주인공의
여동생이다

주인공의 여동생이다 2

안경원숭이 장편소설

초판 1쇄 찍은 날 | 2020년 9월 22일
초판 1쇄 펴낸 날 | 2020년 9월 29일

지은이 | 안경원숭이
펴낸이 | 권태완 우천제

편집책임 | 박은정
편집 | 박가연 유안진 심성경 손혜진 장현아 이예린

펴낸곳 | (주)케이더블유북스
등록번호 | 제25100-2015-43호
등록일자 | 2015. 5. 4
WFN | 제3-064호

주소 | 서울특별시 구로구 디지털로31길 38-9 에이스테크노타워 1차 401호
전화 | 02-867-4626 팩스 | 02-866-4627
E-mail | cl_production@kwbooks.co.kr

ISBN 979-11-293-6237-7 04810
979-11-293-6235-3 (set)

주인공의 여동생이다

안경원숭이 장편소설

2

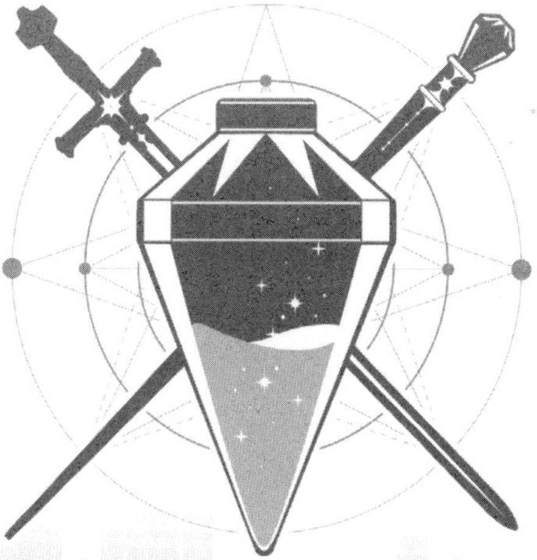

위치북

CONTENES

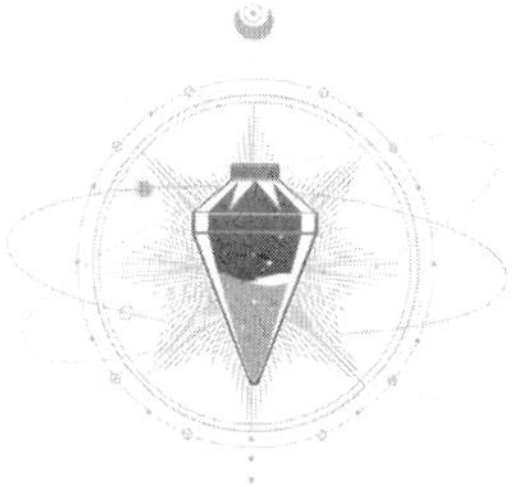

7. 망나니를 찾아서

'젠장, 젠장, 젠장, 젠자앙! 어째서 내게 이런 일이!'

성신의 총애를 받는 체키빙 공작가의 유일한 후계자인 화르세인지 드 체키빙은 이불 속에서 덜덜 떨었다.

내일 다시 올 거라던 돼지의 말이 귓가에서 떠나지 않고 저주처럼 박혀 그가 겪은 공포를 상기시켰다.

'그건 악마가 분명해! 난 잘못 보지 않았어!'

멍청하게 생겼으면 머리라도 좋아 반전 매력을 뽐내기라도 해야지. 그런데 돼지는 멍청하게 생겨서 머리도 나빴다. 멍청하면 멍청한 대로 순종의 미덕이라도 보여야 하는데 그것도 아니었다.

'감히 주인의 말을 믿지 않다니!'

화르세인지는 똑똑히 보았다. 보고 느꼈다. 그 악마는

인간을 흉내 내고 있는 재앙이다. 성신을 고꾸라뜨려 악신을 정점에 세우려는 흑마술사들도 피해야 할 절대 악이며 혼돈이었다.

'그 돼지는 생존 본능도 없나?'

화르세인지는 무심결에 돼지의 안전을 걱정하다 깜짝 놀라 부정했다.

'내가 미쳤나. 그깟 돼지가 뭐라고 걱정을 해. 돼지가 죽든 말든 나랑은 상관없는 일이다.'

널리고 널린 몸종의 안위보다 화르세인지 자신의 안위가 중하다. 비록 육신은 바뀌었으나 체키빙 공작가의 유일한 후계자 아닌가.

화르세인지는 내일 돼지와 함께 찾아올 악마에게서 어떻게 벗어날지 고민했다.

'악마가 두 번 봐준다는 보장이 없다. 어떻게든 피해야 하는데…….'

화르세인지는 가문의 기사들과 마법사들이 그리워졌다. 특히 호위 기사들이 가장 그리워졌다. 그들만 있었다면 어떻게든 이 병원이란 이름의 감옥을 탈출해…….

'잠깐. 탈출?'

비참한 현실에 좌절하던 그때, 화르세인지의 머리에 실로 망나니다운 생각이 스치고 지나갔다.

화르세인지는 제 몸, 아니, 이한생이라는 한심한 이름의 몸을 살폈다.

처음 그가 깨어났을 때 이 몸은 엉망이었다. 시체에 영혼을 넣은 건 아닐지 의심이 될 정도로 뼈만 남아 제 손으로 밥도 먹지 못할 만큼 병약한 상태였다.

하지만 오늘 화르세인지는 10㎞를 달렸다. 피곤은 낮잠 잔 것으로 날아갔고 몸은 푹 자고 일어난 사람답게 가벼웠다.

'탈출할 수 있을까? 젠장, 또 떴군.'

12시 정각이 지나자 화르세인지의 눈앞에 퀘스트창이 떴다. 퇴원할 때까지 반복해야 하는 일일 퀘스트였다.

사람의 모근이 사멸하지 않을까 의심될 정도로 잔인한 단련을 퀘스트랍시고 내놓다니! 화르세인지는 시스템이라는 신의 잔인함에 치를 떨었다.

'흑마술사의 소굴에서 탈출해도 이 짓을 해야 한단 말인가……. 일단 탈출할 힘을 비축한다 해도 내일은 악마를 상대해야 한다. 어째서 내게 이런 시련이!'

돼지와 흑마술사의 말이 사실이라는 가정하에 여기가 정말 병원이라 치자. 그래도 퇴원할 때까지 최소 열흘은 퀘스트를 수행해야 한다. 그건 저주나 마찬가지였다. 자상한 성신이라면 이렇게 무자비한 시련은 주지 않았을 것이다.

'이렇게 살 순 없다. 내가 누군데. 나는 체키빙 공작가의 유일한 후계자란 말이다! 누구도 날 겁주거나 행동을 강요하지 못했는데!'

화르세인지는 병실을 둘러보았다. 보안이 허술했다. 사람들은 24시간 돌아다녔지만 수만 많지 강해 보이는 자는 없었다.

창가로 다가가 병원 밖의 경비를 확인하니 그 또한 만만했다.

초기의 허약했던 몸이라면 탈출은 꿈도 못 꿨을 것이다. 하지만 지금의 몸이라면? 각성한 후 퀘스트를 받아 능력치가 상승한 지금이라면?

그림자처럼 따라다니던 호위 기사도, 성 내와 문을 지키는 삼엄한 경비도 없다. 경비로 추정되는 자가 간혹 있었으나 체키빙 공작가의 호위와 비교하면 양이며 질이며 턱없이 모자랐다.

'할 수 있어!'

망나니라 불리려면 가출은 필수다. 경비가 삼엄한 공작가도 탈출했는데 이런 허술한 병원 건물 탈출하는 것 정도야 식은 죽 먹기다!

망나니는 자연스럽게 병실을 빠져나갔다.

그리고 간호사가 아침 혈압을 체크하러 올 때까지 그의 탈주를 알아챈 사람은 아무도 없었다.

"환자 관리를 어떻게 하는 겁니까?"

입원한 환자에게 문제가 생길 경우 보호자가 가장 먼저 하는 말이다. 숨을 제대로 못 쉬는 이보배 대신 이해기가 병원 관계자에게 따졌다.

"원래 이렇게 환자가 몰래 빠져나가기 쉬운 겁니까?"

"폐쇄 병동이 아니면 환자가 드나드는 건 일일이 통제하기 어렵습니다. 병원에만 있기 갑갑하니 산책하는 분도 있고, 외식하러 나가는 분도 많아요. 그걸 저희가 어떻게 다 확인하겠습니까."

"그래도 그렇지, 지금 제정신인 사람이 나간 게 아니잖습니까. 사람이, 기억이 온전하지 않은데."

"솔직히 말씀드리죠. 이한생 씨의 회복이 저희 예상을 웃돌았습니다. 정상적이라면 이제 막 걷는 재활을 할 시기라 이겁니다."

이한생은 8년간 식물인간으로 와병했다. 전신의 근육이 쪼그라들어 전문 치료사의 도움을 받아 재활 치료를 해야 한다.

컴퓨터 모니터엔 이한생이 병원 담벼락을 훌쩍 뛰어 넘어가는 영상이 생생히 찍혀 있었다. 저게 8년 동안 식물인간이었던 사람이라는 얘기를 하면 아무도 안 믿을 것이다.

"망할 양아치. 맨날 학교 담 타더니 기억 잃은 뒤에도 담치기가 프로야."

이보배는 능숙하게 담을 넘는 막내 오빠의 모습을 보고

콧물을 훌쩍였다. 내용물이 양아치든 망나니든 담치기를 잘하는 건 동일했다.

"탈출은 이해할 수 있습니다. 우리도 예상 못 했으니까. 하지만 너무 늦게 발견한 것 아닙니까? 탈출 시각이 자정 무렵인데 아침 7시에 알아차리면 어떡합니까. 7시간이나 아무도 몰랐다는 게 말이 된다고 생각해요?"

"이한생 씨가 사람들에게 예민하게 반응해서 잠자는 시간은 보장해 드리려 한 건데……."

"작은오빠, 여기서 이러고 있지 말고 빨리 찾으러 가자."

이보배는 흥분한 이해기를 진정시켰다. 지금은 이한생을 찾는 게 우선이었다.

"경찰엔 신고했나요?"

"아직입니다. 이한생 씨는 20대 남성이라 신고를 해도 받아줄지 모르겠습니다."

"막내 오빠 각성했어요."

최요한은 이한생의 상태가 안정될 때까지 숨기라고 조언했다. 이보배도 그럴 생각이었다. 하지만 망나니가 병원에서 탈출한 이상 더는 숨길 수 없다.

망나니가 제 성질 못 이겨 망나니짓을 하다 비각성자가 다친다? 망나니가 비각성자를 때린다?

이보배의 통장이 '아파양, 아파양' 하고 피눈물을 흘릴 것이다.

"아, 그럼 설마."

"네. 아마 각성해서 깨어난 게 맞을 거예요."

병원 관계자는 납득한 얼굴을 하고 고개를 열심히 끄덕였다. 이한생의 말도 안 되게 빠른 회복을 설명할 만한 원인이 붙어 속 시원한 눈치였다.

"식물인간 상태에서 8년 만에 깨어나 바뀐 사회에 대해 아무것도 모르고 기억도 없는 각성자……. 경찰에서도 도와줄 겁니다. 얼른 신고하겠습니다."

이한생이 사고를 치면 그나마 낫다. 재수 없게 각성자인 걸 들켜 나쁜 사람에게 납치당하면 정말 큰일이었다. 이한생은 성인이 되기 전에 식물인간이 되어 등록된 지문도 없었다.

이보배는 경찰에게 사진을 보여주기 위해 핸드폰 갤러리를 뒤졌다. 이한생의 사진이 있으면 찾는 데 도움이 될 터였다.

그러나 참 민망하게도 그녀의 핸드폰엔 막내 오빠 사진이 없었다. 이귀한의 사진이 있긴 한데 그것도 균열 실종자 수배지를 찍어둔 것이었다. 이해기 사진도 증명사진을 재촬영한 게 유일했다.

'아뿔싸.'

영상통화를 하지 않고 사진도 저장해 두지 않는 사이. 그것이 이씨 남매.

"작은오빠?"

이보배가 은근한 기대를 담아 이해기를 응시했다. 이해기가 착잡한 얼굴로 고개를 저었다. 핸드폰이 망가져서 사진 자료를 못 옮겼다고 해석하기엔 표정이 지나치게 어두웠다. 처음부터 없었던 게 분명하다.

"큰오빠?"

이귀한은 이한생이 실종되었단 얘기를 들었을 때부터 풀이 죽어 바닥만 보았다. 애초에 이한생과 가장 많이 만난 그녀에게 사진이 없는데 오빠들에게 사진이 있을 리 만무했다.

'막내 오빠 찾으면 가족사진부터 찍어야겠어.'

1년에 한 번씩 찍어 거실에 걸어두었던 가족사진. 그 전통을 부활시킬 때가 돌아왔다.

사진이 없으면 설명이라도 해야 한다. 최근 이한생을 가장 가까이에서 오래 본 이보배가 인상착의를 설명했다.

"남매지만 엄마 아빠에게 물려받은 게 달라서 인상이 다르거든요. 순하게 생겼는데 안 순해 보이려고 인상 쓰고 다녀서 나이도 젊은 게 미간에 주름이 있고요. 환자복에 슬리퍼 차림으로 나갔어요. 머리는 바싹 깎은 상태고……."

마음이 급하니 말이 잘 나올 리 없었다. 이보배는 횡설수설했다.

"지금 굉장히 혼란스러운 상태예요. 수중에 돈도 없고 있어도 쓰는 법 모를 거예요. TV가 뭔지도 몰랐거든요. 그리고 자기가 다른 사람이라고 주장하는데……."

이보배는 말을 마치지 못하고 말끝을 흐렸다. 귀환과 회귀를 인정했으니 빙의도 인정해야 하나? 애초에 환생과 빙의 중 어느 쪽일까?

"어쨌든 상태가 많이 안 좋아요. 몸만 건강하다고 보시면 돼요."

"알겠습니다. 각성자 문제니 관리국에도 신고해야 하는데, 하셨습니까?"

"이, 일단 오늘 하루만 찾아보고 신고하면 안 될까요?"

"각성자면 무조건 신고해야 합니다."

"8년! 8년 동안 식물인간으로 누워 있다 며칠 전에 일어났거든요! 우리 오빠가 많이 아파요! 관리국 헌터님도 안정되면 등록하라고 조언해 주셨어요!"

이보배는 냉큼 박마노의 명함을 꺼냈다. 말을 꺼낸 사람은 최요한이었지만 박마노는 네임 밸류가 다르다. 이럴 땐 더 높으신 분의 이름을 꺼내야 한다는 것쯤은 그녀도 알았다.

"우왓, 박마노!"

명함에 박힌 박마노의 이름을 본 경찰의 눈이 휘둥그레졌다. 경찰은 하루의 유예를 주겠다고 말했다. 이보배는 명함에 대고 절하고 싶어졌다.

'고마워요, 마노에몽!'

이보배 평생 겪은 적 없고, 겪을 일 없으리라 여겼던 지인 덕을 보게 된 기념비적인 순간이었다.

경찰에 신고도 했으니 이제 진짜 발로 뛸 차례다. 발로 뛰기에 앞서, 이보배는 두 오빠에게 반짝이는 눈빛을 보냈다.

"혹시 이럴 때 도움 되는 스킬이나 능력 같은 거 없어?"

"내 전공은 뿌셔뿌셔일 뿐이고, 나는 쓸모가 없고."

"나도 싸우는 거 말곤 그다지. 사람 부릴 줄은 안다만. 아하하."

시무룩해하던 이귀한이 더 시무룩해졌다. 이해기는 민망한 듯 억지로 웃었다. 귀환자와 회귀자가 언제나 만능은 아님을 알려주는 좋은 사례였다.

"흩어져서 찾자. 큰오빠 혼자 두기 좀 그러니까 작은오빠랑 같이 가."

"안 된다. 네가 형과 같이 다녀라. 네 몸을 지킬 수단이 있어야지."

어이없는 얘기를 들은 이보배가 눈을 깜빡였다.

"작은오빠, 여기 서울 한복판이야. 파출소도 지척에 있고 비명 지르면 사람들이 바로 볼 수 있어."

"균열은? 헌터는? 널 노리는 암살자는?"

"균열은 그렇다 치는데 헌터랑 암살자는 뭐야?"

"……."

이해기가 말을 아꼈다.

이보배는 법칙 하나를 깨달았다. 이해기는 이보배가 이한생과 관련된 일로 혼자 움직이려 하면 예민하게 반응한다.

이전엔 그러지 않았으니 회귀하면서 백지가 된 미래와 관련 있을 것이다.

'내가 막내 오빠 치료약만 만들다가 아무것도 못 남기고 죽었다고 했지.'

그것만으로는 저 예민한 반응을 설명할 수 없었다.

'나중에 자세히 물어봐야지.'

어쨌든 지금 당장 중요한 문제는 그게 아니었다. 서울 한복판 어딘가에서 오들오들 떨고 있을(?) 이한생을 빨리 찾아야 했다.

"알겠어. 그럼 내가 큰오빠랑 같이 찾을게. 난 이쪽 맡을 테니까 작은오빠는 반대편을 맡아. 핸드폰 소리 키워놓고, 가족 대화방 알림은 바로 확인하고 전화랑 문자도 바로 확인하기야."

"알겠다. 너도 형이 있으니 괜찮겠지만 무슨 일 있으면 바로 연락해다오."

남매는 이한생이 넘은 담벼락에서부터 추적을 시작했다. 이보배는 지도 어플을 켜고 병원 주변 지리를 확인했다.

"돈이 없으니까 전철이나 버스는 못 타. 애초에 차가 뭔지 모르니까 타려고 하지 않았을 거야. 그 망나니, 막내 오빠 아니랄까 봐 겁이 많더라고. 겁 많은 걸 감추려고 허세를 부려서 그렇지. 그러니까 멀리 가진 못했을 거야."

"우리 막내 똘똘하다!"

"막내 오빠는 환자복에 슬리퍼 차림이니까 목격자 중에 기억하는 사람이 있을 거야. 일단 주위 상점에 물어보자."

"그래!"

논리적인 추론하에, 이보배와 이귀한은 병원 인근을 수색했다. 병원 주변이다 보니 비슷한 차림의 사람을 봤다는 목격 진술이 많았다.

사람들은 실종자 수색에 협조적이었으나 문제가 하나 있었다. 시간이 너무 지나 버린 것이다.

이한생이 병원을 탈출한 시각은 밤이었다. 편의점이나 24시간 카페 등의 직원이 그나마 목격했을 확률이 높다. 그런데 야간조가 오전조와 교대하면서 목격한 직원 찾기가 어려웠다. 밤에 일한 사람에게 연락하는 것도 미안한 일이었다.

"이래서 골든 타임, 골든 타임 하는구나."

모든 일엔 적기가 있는 법이다. 이보배는 목격자 찾기를 포기했다. 망나니가 흥미를 보일 만한 유흥가도 가봤지만, 오전이라 문 닫은 가게가 대부분이어서 소득이 없었다.

"으음. 큰오빠는 좋은 생각 없어?"

"협박할까? 셋째 데려올 때까지 5분에 한 명씩 죽인다고 하면 다들 나서서 찾아줄 거야."

"와우."

이것이 농담이여 진담이여. 이보배는 판별하기 어려워 감탄사만 뱉었다. 이귀한이 동생의 미적지근한 반응에 고개를 숙이더니 은밀하게 속삭였다.

"걱정 마, 막내야. 얼굴 바꿔서 네 오빠인 건 아무도 모르게 할게. 아니면 목격자도 싹 죽여 버리면 돼."

"미안. 난 작은오빠가 아니라 그런 농담에 맞장구 못 쳐줘."

이귀한의 무시무시한 농담까지 들으며 열심히 뛰어다녔지만 소득이 없었다.

결국 이보배는 최후의 수단을 사용했다. 애초에 떠오르는 방법이 몇 없었다.

이보배는 조용한 곳을 찾아 눈을 감았다. 이귀한이 뭐 하는 거냐고 옷깃을 잡아당겼다.

"잠깐, 나 집중 좀 할게."

"뭐하게?"

"나라면 어떻게 행동했을까 이입해 보고 추리하는 거야. 수사물에서 많이 봤어."

진짜 통할지는 모르지만 안 해보는 것보단 나았다. 이보배는 머리를 텅 비우고 망나니의 현 상태가 연상되도록 집중했다.

"나는 돈이 없다. 호텔, 카페, 음식점은 못 들어간다. 아냐, 이건 아니야. 신분제 사회에서 온 귀족이잖아. 게다가 망나니니까 돈 없어도 무전취식할 가능성이……. 어휴, 집중! 나는 병원을 탈출했다. 흑마술사의 소굴에서 탈출했는데 세계가 다르다. 그래, 다른 세계다. 여기는 다른 세계, 모르는 세계. 나의 상식과 지식과 배경이 통하지 않는 이세계. 그런 세계에서 나는 망나니. 나는 망나니. 나는 지금."

꼬르륵. 아침부터 굶은 위장이 항의했다.

"나는 지금 배가 고프다!"

맛있게 끓여 놓고 한 젓가락도 먹지 못한 라면이 이보배의 눈앞에 아른거렸다. 급하게 나오느라 인벤토리에 넣는 것도 까먹었다. 아마 면이 국물을 모조리 흡수해 우동 가락이 되었을 것이다.

이보배는 닥치는 대로 눈에 보이는 식당에 들어갔다. 직원에게 환자복 입은 손님을 본 적 있는지 물었다. 거리가 있는 식당은 전화번호를 검색해 알아낸 뒤 물었다. 그렇게 해도 성과가 전무했다.

"으으, 나는 망나니다! 나는 양아치다! 나는 어젯밤에 병원을 탈출했다! 나는 돈이 없고 배고프다! 나는 망나니다악!"

이입이 부족했나 싶어 이보배는 다시금 이한생의 상태에 자신을 이입했다. 전문가가 아니라 그럴까. 아니면 방식이 잘못되었을까.

"추하다, 막내야."

결국 막내를 편애하는 이귀한마저 고개를 저었다. 필사적인 사람을 비웃으면 안 되지만 때론 필사적이라 더 보기 안쓰러울 때도 있는 법이다.

천지신명과 시스템에게 망나니와 접선되길 염원하던 이보배는 결국 열이 뻗쳐 외쳤다.

"차라리 무전취식이라도 하지 대체 어딜 간 거야! 딴 집 망나니들은 집 나가면 술집이던데 이 망나니는 어딜 갔어! 망나니면 망나니답게 돈 없어도 술집 들어가서 난동 부리다 경찰서나 가란 말이야!"

사람은 걱정하는 마음이 커지면 분노하기도 한다. 그나마 한 가닥 남은 이성이 인적 드문 골목길에서 폭발하게 해줬다.

이보배는 벽을 발로 걷어찼다. 해본 적 없는 거친 행동에 종아리 근육이 깜짝 놀랐다.

"아야야."

이보배는 각성한 후 처음으로 종아리에 쥐가 났다. 막내 오빠를 찾아다니는 급박한 상황만 아니라면 사내 게시판에 글 하나 쓸 법한 신기한 일이었다. 각성자도 쥐가 난다! 이런 제목으로.

"도대체 어디 간 거야."

이보배가 눈물을 훔쳤다.

말없이 그녀의 뒤를 따르던 이귀한이 입을 열었다. 그는 여전히 기운 없이 시무룩해 보였다.

“막내야, 그 빙의 추리 말인데.”

“응.”

“한 가지 조건이 빠진 것 같아.”

“어떤 거?”

“내가 어제 셋째를 눈으로 팼잖아. 그때 겁 많이 먹었던데……. 오늘 도망친 것도 나 때문인 것 같은데.”

이귀한이 막냇동생의 눈치를 살폈다. 그 때문에 이귀한이 셋째의 탈출 소식을 듣고 내내 풀 죽어 있던 것이다.

“큰오빠 잘못이 아니야. 큰오빠는 막내 오빠가 날 때리려고 하니까 화낸 거잖아.”

“화낸 거 맞지만 일부러 놀린 것도 있거든. 악마 새끼라고 하니까 악마의 매운맛 보여준다고…….”

고량주 먹고 엉엉 울기 전의 이보배라면 사람을 눈으로 어떻게 패냐고 되물었을 것이다. 이보배는 사람을 눈으로 팬다는 게 어떤 의미인지 와닿지 않아 머리를 굴렸다. 그냥 노려보기만 한 건 아닌 것 같았다.

“어떻게 했는데? 나한테도 해줘.”

“무서울 텐데.”

“도망 안 갈게. 큰오빠한테 악마라고도 안 할게. 막내 오빠가 어디 갔는지 생각하는 데 도움이 될 것 같아서 그래.”

“안 돼. 막내한텐 안 해.”

이귀한이 단호하게 거절했다. 이보배는 어쩔 수 없이 어제 망나니가 보였던 공포를 상상력으로 부풀렸다.

망나니는 다리가 후들거릴 정도로 무서워했다. 화르세인지가 기대 온 등에서 갓 태어난 병아리 같은 떨림이 전해졌으니까.

그런 망나니가 병원을 탈출했다. 이때 망나니가 취할 행동은?

"설마 무작정 달린 건 아니겠지. 제발 그것만은 아니어야 할 텐데."

사람은 공포가 지나쳐 패닉 상태가 되면 무작정 숨거나 달려서 거리를 벌리려 한다. 어젯밤 자정에 탈출한 화르세인지가 앞뒤 보지 않고 직선으로 쭉 달렸다면 큰일이었다.

'설마 지금도 달리고 있진 않을 거야. 시간이 많이 지났으니까.'

어느 정도 거리를 벌린 다음 천천히 이동 중이라 치자. 만약 그렇다면 병원 근처를 수색하는 건 무의미한 짓이다. 망나니는 계속 멀어지고 있을 테니까.

이보배는 지도 어플을 켜서 병원을 중심으로 반경 10㎞를 훑어보고는 좌절했다.

'긍정, 긍정적으로 생각하자. 환자복 입고 그렇게 달리는 사람이 있었으면 한 명쯤은 신고했을 거야. 그럴 거야.'

요즘 시대가 어느 시댄가. SNS의 시대다. 핸드폰을 멀리

하는 이씨 남매나 영상통화 하나 못 떠올려 버벅일 뿐이다.

이보배는 혹시나 싶어 '환자복 질주남'을 검색했다. 나오는 건 없었다. 미련을 못 버려 '환자복 망나니'도 검색했지만 검색 결과가 초라했다.

별 소득 없이 황금 같은 시간이 흘렀다. 이보배와 이귀한은 일단 병원으로 돌아가 이해기와 만났다. 구태여 말하지 않아도 표정이 수색 결과를 알렸다.

남매는 초조하게 경찰의 연락을 기다렸다. CCTV 영상을 확인하면 진전이 있을 거란 희망을 품었다.

"곤란하게 됐습니다."

인근 CCTV 영상을 확인한 경찰이 난감한 표정을 지었다.

"이한생 씨로 추정되는 사람이 나오질 않아요. 여기가 CCTV 밀집 지역이라 그러기 힘든데."

대한민국은 CCTV 공화국이다. 멀리 갔더라도 가는 과정을 찍은 카메라가 하나쯤은 있을 법했다. 그런데 경찰이 찾은 녹화 영상 어디에도 환자복을 입은 망나니의 모습이 찍혀 있지 않았다.

망나니가 담긴 영상은 병원 담에 설치된 카메라가 찍은 영상이 마지막이었다.

"자동차 블랙박스 영상은 없을까요?"

"거기까지 조사하기엔 시간과 인력이 부족합니다. 그냥 이쯤에서 관리국에 신고하세요."

"그럼 바로 찾을 수 있을까요?"

"그건 장담 못 하겠습니다. 탐지와 추적 관련 능력자는 대부분 흉악범 잡는 소속이라."

경찰은 일단 계속 수색해 보겠다는 말만 남기고 떠났다. 머리에 돌을 맞은 듯 이보배는 정신이 멍해졌다. 어린 시절 백화점에서 엄마 손을 놓쳤을 때처럼 눈앞이 깜깜했다.

땅은 좁고 인구는 많고 치안은 괜찮고. 내심 CCTV와 경찰을 믿고 있었다. 그런데 못 찾을지도 모른다니. 이보배의 눈에 눈물이 고였다.

"막내 오빠 못 찾으면 어떡해. 각성자가 뭔지도 모르는데. 노숙자 되었다가, 행려병자! 그거 되면 어떻게 해? 막내 오빠 민증 나오기 전에 식물인간 돼서 지문 조회도 안 된단 말이야. 어떡해."

이제 벌금 액수는 중요하지 않게 되었다. 막내 오빠를 찾느냐, 찾지 못하느냐의 문제다.

큰오빠는 6년 만에 돌아오고 막내 오빠는 8년 만에 깨어나 간신히 가족이 다 모이나 했더니 그 꿈이 깨졌다.

이보배는 울먹이며 귀환자와 회귀자에게 하소연했다. 둘 다 전투가 전공이라 동생이 우는 모습을 안타까운 마음으로 지켜볼 수밖에 없었다.

이귀한이 서러워하는 막내를 보다 못해 나섰다.

"막내야, 내가 좀 멀리 가서 협박하면……."

"흐읍, 일단 병원 안을 찾아볼게. 나갔다가 사람에 묻혀 들어와 숨어 있을 수도 있으니까."

"협박 잘하는데……. 많이 해봤는데……."

이보배와 이해기는 장남을 무시하고 병원에 양해를 구해 내부를 뒤졌다. 뒤질 수 있는 곳은 모두 뒤졌지만 이한생은 찾지 못했다. 경찰에 다시 연락해도 수색 중이란 답변만 돌아올 뿐 진척이 없었다.

"작은오빠가 아는 헌터 없어? 탐지나 수색 전문."

견디다 못한 이보배가 재차 회귀자에게 간청했다. 이해기가 힘을 숨기고 눈에 띄지 않으려 한다는 사실을 알고 있지만 마음이 초조해 견딜 수 없었다.

"내가 아는 사람은 지금으로선 연락할 방법이 없어."

이해기가 머리를 쥐어뜯으며 곤란해했다.

이해기 왈, 함께 싸우던 동료들의 지금 연락처는 모른단다. 설령 알아도 연락하면 무시당할 확률이 높았다.

"탐지나 추적 스킬이 있는 헌터에게 의뢰하면 어떨까?"

"민간인 탐지는 불법이라 거절당할 거다. 한생이가 각성자라고 주장해 봐야 증거가 없으니 안 받아줄 거야."

"웃돈 얹어 준다고 하면 어떻게든 오지 않을까?"

"안 돼. 관리국이 수시로 훑어보니까 바로 걸린다. 몰래 고용하려면 아라크네의 거미줄을 이용해야 하는데 그렇게 되면 아라크네한테 꼬리가 밟혀 버리고."

"그게 뭔데?"

"넌 몰라도 된다."

이해기는 몰라도 된다고 했지만 이름과 문맥에서 대충 유추가 가능했다. 왜, 일전에 박마노가 이해기가 구매한 차를 보고 중개인이 누구냐 궁금해하지 않았었나.

'이것도 소설이나 영화에서 많이 봤어. 각성자나 음지에서 불법 중개 해주는 사이트 또는 단체겠지?'

그런 단체도 있는데 사람 찾는 프로 하나 없겠는가.

"진짜 생각나는 사람 없어? 소설에선 이런 일 있으면 회귀자가 바로바로 딱 맞는 사람 찾아왔다고!"

"난 거의 솔플했다. 그게 마석과 보상을 독식하기 좋았으니까. 그리고 동료 아닌 다른 헌터에게 관심을 두지 않았어. 동업자 동향을 일일이 신경 쓰는 건 본인의 능력이 부족하거나 오지랖 넓은 놈이나 한다고 생각했지. 그래서 배신당해도 괜찮을 거라 생각했다. 하지만……."

떠올리면 뒷골이 띵해진다. 이해기가 뒷목을 잡았다. 그는 이를 빠득빠득 갈아가며 이보배를 쳐다보더니.

"다시는 널 잃지 않을 거다."

세상 느끼한 대사를 읊었다. 발가락 끝에서부터 밀려오는 소름에 이보배는 필사적으로 저항했다.

"지금 막내 오빠를 잃고 있는 중이거든!"

"설령 고용한다 해도 한생이를 모르는데 무작정 찾으라고 할 수 없는 노릇이다. 아!"

"뭔가 생각났어?"

숱 아까운 줄 모르고 머리를 쥐어뜯던 이해기가 머리카락을 해방했다. 하지만 표정은 그리 좋지 않았다.

"혹시 최요한이 한생이를 만진 적 있니?"

"막내 오빠 샤워하는 거 도와주고 그랬으니까 만졌을 거야."

"최요한한테 명함 받았지?"

"응!"

이보배는 냉큼 최요한의 명함을 꺼내 이해기에게 바쳤다. 이해기는 명함 속 번호로 전화했다. 신호가 세 번 울리기 전 최요한이 전화를 받았다.

–안녕하세요, 이해기 씨. 무슨 용무이시죠? 지금은 근무 중, 엇차.

–끄아아아악!

최요한의 상냥한 목소리 뒤로 전장에서나 들릴 법한 배경음이 깔렸다. 사람의 비명과 무언가 터지는 소리였다. 전기로 뭔가를 지지는 소리도 들렸다.

–근무 중이라 급한 일이 아니시면 끝나고 연락드리겠습니다.

"최요한 씨의 도움이 필요합니다. 한생이, 저희 집 셋째가 병원에서 탈출했어요."

—오, 저런.

금방 통화를 끊을 것 같던 최요한이 관심을 보였다.

—이보배 씨는 괜찮으세요?

"보배는 옆에서 통화하는 거 듣고 있습니다."

—이보배 씨, 힘내세요. 파이팅! 언젠가 볕 들 날이 올 거예요!

힘차게 응원하는 최요한과 배경음으로 깔리는 비명 소리. 모순적인 조합에 이보배는 그저 얼떨떨했다.

이보배는 이해기에게 눈짓해 핸드폰을 받아 통화를 이었다.

"가, 감사해요. 저기 그보다 도와주실 수 있으면 도와주셨으면 하는데……. 저희가 염치없는 건 알지만 정말 급하거든요. 막내 오빠 상태 보셨잖아요. TV가 뭔지도 모르는데 나가서 어디서 뭐 하고 있을지……."

—어쩌죠. 저도 정말 도와드리고 싶은데 지금 손을 뗄 수 없는 상황이라.

안타까워하는 최요한의 목소리 뒤로 사람 비명이 지나갔다.

"그러시군요……."

—그런데 저에게 도와달라고 한 건 이해기 씨인가요?

"네? 네에, 작은오빠가."

—아, 역시 아시는구나. 정보가 어디서 샜을까……. 일단 제 위치에서 보기에 가족분들 모두 동쪽에 계시거든요.

"네네."

이보배는 얼른 지도를 켜 최요한이 있다고 말하는 장소를 가리켰다. 병원에서 서쪽이었다. 이해기는 최요한이 있는 지점과 병원 사이에 선을 그었다.

—방향 차이가 거의 없는 걸 봐선 일직선상에 있을 거예요. 제 감이지만 거리도 그리 멀지 않네요. 이동 중도 아니고.

이해기가 이보배에게서 핸드폰을 건네받았다.

"상태는 어떻습니까?"

—아, 그것도 아세요? 밑천 다 털렸네. 건강 상태는 양호해요.

10년 가뭄에 한줄기 단비 같은 소식이었다. 이보배는 안도의 한숨을 내쉬었다.

—그럼 정말 끊겠습니다. 급한 일이 끝나면 과장님 허락받고 도와드릴게요.

최요한은 마지막까지 친절했고 비명도 끝까지 이어졌다. 전화를 끊은 이해기는 가족들에게 최요한의 능력을 대강 설명했다.

"최요한은 접촉한 상대에게 표식을 찍을 수 있어. 표식 찍힌 사람의 위치와 상태를 알 수 있는데 거리가 멀어지면 방향만 파악할 수 있지. 그러니까 한생인 이 사이에 있다."

이해기가 최요한이 있다고 주장한 장소와 병원 사이를 지목했다.

"최요한이 정확한 위치를 알지 못하는 걸 봐선 그쪽과 가깝지 않으니 이 사이엔 없는 거고."

그는 직선의 중간 지점을 그었다. 중간 지점부터 병원 사이. 그 사이에 이한생이 있다는 얘기였다. 여전히 만만치 않은 범위였지만 마냥 막막하던 때보단 나았다.

게다가 최요한이 급한 일 끝나면 도와준다고 했다. 그의 능력이 있으면 이한생을 영영 잃는 사태는 벌어지지 않을 것이다.

"얼른 가자!"

이보배는 열의에 불타 주먹을 꽉 쥐었다.

그러나 가혹한 현실이 그녀의 열의에 찬물을 끼얹었다. 이보배는 경찰 연락을 받고 얼굴을 굳혔다.

환자복을 입은 청년이 만취한 사내에게 접근해 자연스럽게 어깨동무를 한다. 청년이 취객을 이끌고 골목길로 이동한다. 이내 둘의 모습이 화면에서 사라진다.

몇 분 후, 만취한 사내가 재등장한다. 환자복을 입은 청년은 보이지 않고 취객만 바삐 걸음을 옮긴다. 흐느적흐느적 갈지자로 걸어 골목에 들어간 취객과 동일인 같다.

하지만 요즘 카메라는 성능이 좋다. 야간이라도 이목구비를 구분할 수 있다.

그건 옷을 갈아입은 이한생이었다.

"한두 번 해본 솜씨가 아닌데."

경찰이 혀를 내둘렀다. 이보배는 부끄러워 죽고 싶어졌다. 쥐구멍이라도 있으면 들어가고 싶은 심정이다.

"이 사람이 오빠 맞죠?"

"오빠는 맞는데. 오, 오해십니다. 저희 오빠는 양은 쳤지만 아리랑은 친 적 없거든요. 진짠데."

분명 진실일진대 영상 속 망나니의 프로페셔널한 범죄행각 때문에 구차한 변명처럼 들렸다.

"저희가 평범한 아리랑치기로 알고 별개의 사건으로 수사하고 있었는데 일이 이렇게 됐네요."

"피해자분은, 다친 데는 없으신 거죠? 괜찮으신 거죠?"

"네. 본래 주사가 옷 벗고 노상에서 자는 양반이라 처음엔 당한 줄도 몰랐다네요."

예전에도 그랬지만 요즘 같은 시대엔 정말 큰일 날 술버릇이었다. 피해자가 다치지 않았다는 소식에 이보배는 마음 놓고 부끄러워했다. 얼굴이 화끈거려 고개를 들 수 없었다.

'미쳤어, 미쳤어.'

평생 겪어본 적 없는 수치와 부끄러움에 절로 눈물이 고였다. 고개 숙여 떠는 자는 이보배 하나가 아니었다. 이해기는 얼굴이 삶은 문어가 되었고 이귀한은 동공이 풀린 눈으로 중얼거렸다.

"우리 집안에서 도둑놈이 나오다니. 부모님 뵐 면목이 없다."

부모님 뵐 면목 없는 건 모두가 마찬가지였다. 만약에 화르세인지와 이한생의 혼이 별개라면 이한생도 같이 부끄러워하고 있을 것이다.

불행 중 다행이라면 피해자가 쉽게 용서했다는 점이다. 피해자는 망나니가 입원한 병원 직원이었다. 이보배의 사정을 알고 있어선지 동정의 힘으로 흔쾌히 용서했다.

"정말 죄송합니다. 막내 오빠를 찾으면 다시 사죄드리겠습니다."

집안에 망나니가 있으면 가장의 머리는 바닥과 가까워진다.

"괜찮습니다. 병이 나쁘지 사람이 나쁜 게 아니니까요. 또, 만약 기억이 돌아왔어도 혼란스러운 상태에서 범행을 저질렀을 수 있잖아요. 식물인간이 된 게."

"균열의 날이요. 18살 때."

"네. 18살이면 어린애네요. 어린애가 갑자기 모르는 곳에 내던져졌다고 생각해 보면 그럴 수도 있죠."

"크흡."

요즘 병원에선 인성으로 직원을 뽑나 보다. 이보배는 수치나 부끄러움이 아닌 감격한 나머지 눈물을 글썽였다.

균열의 날 이후 사람들의 인심이 각박해졌다고들 하지만, 인류애는 마르지 않는 샘처럼 예상치 못한 곳에서 펑펑 솟았다.

용서는 용서고 배상은 배상이다. 이보배는 명함과 인적사항을 넘긴 후 파출소를 나왔다. 출소한 것도 아닌데 햇살이 눈부시고 두부가 당겼다.

'김치에 갓 만든 뜨끈한 손두부 싸서……. 하아.'

막내 오빠가 실종되었어도 배는 고프다. 큰오빠가 실종되었을 때 절절히 깨달은 사실을 재차 깨닫게 되었다. 평생 모르는 게 좋은 사실이었다.

가족의 부재는 익숙해지지만 배는 한 끼만 굶어도 요동친다. 이귀한이 또 실종되고 이해기마저 실종되어도 이보배의 배는 꼬르륵 소리를 내며 허기를 호소할 것이다.

이보배는 궁금해졌다. 오빠들이 모두 사라져도 그녀는 밥을 삼킬 수 있을까? 지금까지 견디고 살았으니 남은 삶도 이어갈까?

"막내야, 멍 때리기 그만. 얼른 찾으러 가자."

이귀한의 재촉에 이보배는 눈을 떴다. 눈 뜨면서 결심했다. 이번엔 제대로 화내리라.

솔직히 그동안은 환자니까 봐줬다. 하지만 제 발로 병원을 탈출한 이상 이한생은 환자가 아니다. 도망자다.

만에 하나 기억이 돌아와 혼란스러운 나머지 탈출한 거라면 봐줄 용의가 있다. 하지만 그게 아니라면……. 이보배는 주먹을 꽉 쥐었다.

"열 대는 때려줘야지!"

화르세인지는 능숙하게 취객을 꼬셔 옷을 벗겼다. 낯선 방식의 의복이지만 옷이란 게 다 그게 그거 아닌가. 구멍이 세 개면 하나는 머리 구멍이고 다른 둘은 손 구멍이다. 벗기면서 참고한 그대로 입으면 그만이었다.

가출해서 옷 바꿔 입기는 본래 화르세인지의 특기였다. 공작가 공자님인 화르세인지의 의복은 전신이 신분패이기 때문이다. 그를 잡으러 온 기사들에게 들키지 않으려면 가출한 후 빠른 환복이 중요했다. 가출의 승패 요소는 거기에 있었다.

가출 다음으로 중요한 건 금전이다. 이 또한 화르세인지는 믿는 구석이 있었다. 취객의 지갑을 턴다는 얘기가 아니다.

'흥, 그런 짓을 할 리 있나.'

본래의 세계라면 지갑을 털었을 것이다. 공작가에서 보상받으라 하면 그만이기 때문이다. 하지만 이곳은 체키빙 공작가가 없는 다른 세계였다.

"쯧."

화르세인지는 하늘을 올려다보고 못마땅해 혀를 찼다. 병원을 탈출하고 처음으로 본 이 세계의 밤하늘은 몇 번을 봐도 익숙해지지 않았다.

"달이 하나밖에 없다니. 참으로 모자란 세계로다."

화르세인지가 알고 있는 밤하늘엔 달이 셋에 별은 무수하게 많았다. 그런데 이 세계는 달이 하나밖에 없고 별의 수도 적었다.

별의 개수야 지상이 너무 밝아 보이지 않는다 쳐도 달이 하나인 건 볼 때마다 이상했다. 보이지 않는 달 두 개의 빈자리가 허전하게 느껴졌다.

'멍청한 돼지 같으니.'

백날 천날 여긴 다른 세계고 자기는 흑마술사가 아니라고 우길 게 아니라 이 밤하늘을 보여줬어야 했다. 그러면 화르세인지는 바로 믿었을 것이다.

제아무리 강한 악마의 힘을 빌렸다고 한들, 달을 하나로 합칠 순 없을 것 아닌가.

괜히 병원을 탈출했나 싶은 생각이 들었지만 화르세인지는 바로 부정했다.

그에게 고문을 예고한 퀘스트가 병원을 나왔을 때부터 정지 상태가 되었다. 또한 병원을 탈출해 사악하고 부정한 악마를 다시 볼 일 없게 되었다. 병원을 탈출한 게 옳은 선택이었다.

'그럼 먼저.'

화르세인지는 배를 어루만졌다.

"배가 고프군."

그는 주위를 두리번거려 영업 중인 음식점을 찾았다. 밤도 낮처럼 환한 번화가답게 대부분의 술집과 음식점이 성업 중이었다. 개중 한 곳, 햄버거 가게가 화르세인지의 이목을 붙잡았다.

화르세인지는 당당하게 햄버거 가게에 입성했다. 취객의 지갑을 털지 않아도 괜찮았다. 그에겐 믿는 구석이 있었다.

'TV를 봤을 때 햄버거 세트는 만 원 이하였다.'

화르세인지는 퀘스트 보상 목록에 적혀 있는 '10만 원'에 주목했다.

'원은 화폐 단위일 터. 달이 하나밖에 없다고 숫자도 다르진 않겠지. 언어도 통하니 괜찮을 것이다.'

화르세인지는 빈자리에 앉아 점원에게 손짓했다.

"여봐라! 제일 잘나가는 걸로 내와라!"

이곳은 24시간 영업하는 패스트푸드점. 이 정도 진상은 하루에도 몇 번씩 출몰하는 격전지다.

"손님, 주문은 카운터에서 부탁드립니다."

"돈은 여기 있다."

화르세인지는 시스템에게 받은 돈을 인벤토리에서 꺼내 던졌다. 더도 말고 덜도 말고 딱 1만 원이었다.

진상 앞에서도 미소를 잃지 않던 직원이 허공에서 돈 꺼내는 모습을 보고 호다닥 뛰어와 돈을 받았다.

“아, 헌터님이시구나. 여기 킹버거 세트 하나.”

균열의 날 이후 진상계에 혜성과 같이 등장한 신유형이 있으니, 바로 헌터 되시겠다. 관리국의 가호 아래 폭행은 씨가 말랐으나 갑질은 사라지지 않았으니 서비스 업종 눈물 마를 일이 없다 카더라.

진상의 횡포 사전 예방 차원에서 직원이 햄버거 세트를 들고 왔다. 직원은 시야에서 진상을 치워 버릴 겸 상냥하게 권했다.

“1층 테이블이 정리 중인데 2층에서 드시겠어요?”

“좋다. 안내해라.”

“네네.”

화르세인지는 직원이 안내한 2층 창가 자리에 앉았다. 지나가는 사람들이 발아래로 보이는 기분이 꽤 유쾌했다.

“흣, 배가 고프군. 이것이 이 몸의 주인이 좋아한다던 햄버거인가.”

먹는 방법은 TV에서 몇 번이고 봤기 때문에 숙지하고 있었다. 화르세인지는 포장지를 벗겨 햄버거를 한입 가득 넣고 깨물었다.

"이, 이 맛은!"

화르세인지는 게 눈 감추듯 햄버거를 먹어치웠다. 감자튀김에서 다시 한번 '이 맛은!'을 외치고 콜라에서 세 번째 '이 맛은!'을 외쳤다.

한 번도 먹어본 적 없는 생소한 맛이지만 이상하게 그립고 익숙한 맛이기도 했다.

'몸 주인이 좋아했다는 게 사실인가 보군. 돼지가 거짓말을 하진 않았구나.'

너무 빨리 먹어 아까운 생각이 들었기에 화르세인지는 직원을 호출했다. 가엾은 직원은 계단을 뛰어 올라왔다. 화르세인지는 직원의 얼굴에 만 원을 던졌다.

"같은 걸로 하나 더 가져와라. 거스름돈은 주방장에게 주는 팁이다. 주방장에게 전해. 아주 만족스럽다고."

"네네, 영광입니다."

화르세인지는 두 번째 햄버거는 음미하며 해치웠다. 배부르니 절로 등이 따뜻하고, 마음이 평화로워졌다.

화르세인지는 2층 구석에 있는 소파 자리로 이동해 누웠다. 잠깐 눈을 붙인 후 도망칠 생각이었다.

하나뿐인 달이 지고 해가 밝았다. 화르세인지는 일어나지 않고 쿨쿨 잤다. 병원을 탈출해 마음이 놓였던 탓이다.

패스트푸드점 2층 계단을 빠르게 뛰어오르는 소리가 나더니 이보배가 빼꼼 고개를 내밀었다. 이보배는 빠른 속도로 2층을 훑은 후 환자복이 보이지 않자 실망해 계단을 내려갔다. 이때의 이보배는 화르세인지가 옷을 갈아입은 사실을 모르고 있었다.

1시간 뒤 화르세인지는 잠에서 깨어났다. 아침으로 밤에 먹은 것과 동일한 메뉴를 주문했지만 오전엔 메뉴가 바뀐다는 얘기에 킹모닝을 먹었다.

2층에 대령된 킹모닝 세트를 보고 화르세인지는 양이 적다고 성질부렸다. 하지만 다 먹으니 은근 배가 찼기에 관대한 마음으로 직원을 용서했다.

쉴 만큼 쉬었고 배도 채웠다. 화르세인지는 카운터에 있는 직원에게 물었다.

"다른 세계로 가는 방법을 알고 있느냐?"

망나니가 옷을 갈아입었단다. 목격자를 찾을 때 환자복에 중점을 두었으니 뒤졌던 곳을 다시 뒤져야 했다.

'빙빙이 도는 것도 아니고.'

이보배는 현기증이 나 벤치에 앉았다. 이해기가 체력 수치가 딸리는 동생을 걱정했다.

"보배야, 괜찮니? 힘들면 좀 쉴래?"

"아냐, 나 괜찮아."

"아침부터 아무것도 안 먹고 12시 지났어. 우리야 괜찮지만 넌 아니잖아. 뭐라도 먹어라. 먹고 싶은 거 말해봐."

"막내 오빠 찾아야 하는데 내가 어떻게 밥을 먹어."

"내가 말했지. 그러지 말라고."

이해기가 엄하게 이보배를 꾸짖었다. 그런다고 8년간 쌓아온 사고방식이 쉽게 바뀌진 않는다. 이보배는 미안한 마음에 가까운 패스트푸드점을 가리켰다.

"그럼 간단하게 햄버거 먹자. 날이 좋으니까 벤치에서 먹을까? 나 비타민D가 부족한 느낌이라. 내가 화장실도 다녀올 겸 사 올게."

"그러자. 난 1966."

"막내야, 난 트리플불고기."

이보배는 오빠들의 주문을 접수한 후 패스트푸드점에 들어갔다. 오전 중에 한 번 수색한 곳이라 재수색 대상에 포함되어 있었다.

이보배는 주문에 앞서 2층을 훑었다. 건성으로 사람들 옷 입은 것만 보던 때와 다르게 꼼꼼하게 살폈지만 이한생은 없었다.

'대체 어딜 간 건지.'

망나니의 피해자가 한 말이 계속 떠올랐다.

화르세인지 뭐시깽인 지금도 걱정된다. 그런데 만약 18살의 이한생으로 길거리에 내던져진 상태라면?

부모님이 돌아가시는 걸 목격하고 기억이 끊겼는데 낯선 거리에서 낯선 옷을 입고, 가족들에게 전화해도 받지 않는다면 심정이 어떨까?

그건 다른 세계에서 깨어나는 것에 필적할 만큼 무서운 일이다.

심지어 8년 동안 세계는 여러 번 격변했다. 2년에 한 번씩 강산이 바뀐다는 말이 나올 정도로 빠르게 발전하고 변화했다.

차라리 계속 망나니인 편이 마음은 덜 짠했다.

'이러는데 내가 밥이 넘어가겠냐고.'

이보배는 소매 끝으로 눈가를 훔치며 주문 대기열에 섰다. 도저히 햄버거가 넘어갈 것 같지 않아 밀크셰이크나 먹고 말려는 그녀의 뒤로 스태프 실에서 나온 직원들이 지나갔다.

"다른 세계로 가는 방법 묻는데 왜 한강 가보라 그랬어?"

"다른 세계는 당연히 한강이지."

"이세계는 트럭이지. 환생 트럭 몰라?"

"여기가 일본이냐? 한국은 한강이라고 균열의 날 전부터 정해져 있거든."

"그럼 지방 사람은 어떡해?"

"그러니까 주인공이 다 서울 시민이잖아."

"크, 그걸 몰랐네."

퇴근하는 직원들의 잡담이었지만 듣는 이보배의 신경을 붙드는 무언가가 있었다. 이보배는 대기열에서 빠져나와 직원을 붙잡았다.

“저, 저기 죄송한데요.”

“네, 말씀하세요.”

자본주의의 미소를 잃지 않은 직원이 친절하게 대답했다.

“제가 일부러는 아니고 대화를 들었는데 다른 세계로 어떻게 가냐는 질문을 받으셨나요?”

“아, 네. 그냥 손님이. 아시는 분이세요? 죄송합니다. 저희가 말실수를.”

“아뇨! 아뇨! 제가 지금 사람을 찾고 있는데 들어보니 그 사람인 것 같아서요. 지금도 있나요?”

“아뇨, 한 시간 전에 나갔는데.”

“혹시 질문한 손님이 말투가 이상하고 다른 사람을 아랫것 부리듯 하고 옷은 이렇게 입은 사람이었나요?”

“네, 맞습니다.”

“찾았다!”

이보배는 펄쩍 뛰었다. 한 시간 전이라니, 너무 아까웠다. 옷 갈아입은 것만 알았어도 잡을 수 있었을 것을.

“그 망나, 진상이 어디로 갔는지 아세요?”

“죄송합니다. 가게를 나간 다음 어디로 갔는지는 모르겠어요.”

이보배는 가게 매니저에게 CCTV를 볼 수 있냐 청했으나 거절당했다. 당연한 일이다. 이보배는 일단 경찰에게 전화해 협조를 요청했다.

"큰오빠, 작은오빠!"

햄버거 사러 들어간 애가 빈손으로 나오자 두 오빠가 의아해했다. 그러든가 말든가 이보배는 따끈따끈한 뉴스부터 외쳤다.

"막내 오빠 여기 있었대! 한 시간쯤 전에 나갔는데, 한강 쪽으로 간 거 같아!"

그 뒤론 계속 운이 따랐다. 인근 노점상에게서 망나니가 택시를 타려다 승차 거부당했다는 증언을 들었다.

"계속 승차 거부당하기에, 지하철 타랬더니 역 위치 물어서 가던데요."

남매는 누가 먼저랄 것 없이 인근 지하철역을 향해 달렸다. 다만 미처 생각하지 못한 복병이 남매의 앞을 가로막았다.

"이게 지하철역이야, 던전이야."

지하 쇼핑센터와 연결된 지하철역을 보고 이해기가 혀를 내둘렀다. 주말이라 사람이 몰려 직진하는 것도 힘들었다.

가끔 여기서 옷을 구입하는 이보배가 쇼핑센터 지도를 검색해 보여줬다.

"우리가 지금 여기고, 지하철 타는 곳은 여기. 이쪽은 쇼핑센터 서쪽이랑 동쪽이고."

"……한생이가 지하철을 탔을까? 여기저기 헤매고 있을 것 같은데."

"그럼 우리야 좋지. 하지만 막내 오빠는 햄버거도 사 먹었어. 속단하면 안 돼."

'돈은 어디서 난 건지.'

제발 절도만 아니길 빌 뿐이다.

"여기서 어떻게 찾는담?"

이해기가 한숨을 쉬었다. 도심 좀 다녀본 사람도 기가 질릴 인파와 꼬인 동선이었다. 항간에선 마굴이라 불리는 곳이니 이한생이 지하철을 포기하고 빠져나갔을 가능성도 염두에 둬야 했다.

남매는 이번에도 둘로 나뉘어 찾기로 했다. 이보배는 이번에도 이귀한과 같이 움직였다. 이리저리 사람에 치이는 이보배를 보다 못한 이귀한이 멈춰 섰다.

"막내야, 잠깐만."

"왜 그래?"

"시도만 해볼게."

영문을 모르겠지만 이보배는 일단 이귀한의 말대로 멈췄다. 그랬더니 갑자기 기분이 나빠졌다. 신경이 날카로워지고 악취를 맡은 것도 아닌데 속이 메스꺼웠다.

이보배만 그런 게 아니었다. 남매 주위를 시작으로 콩나물시루처럼 빽빽한 사람들의 인상이 일그러졌다.

"우엑."

이귀한이 헛구역질했다. 이보배는 깜짝 놀라 큰오빠를 부축했다.

"큰오빠, 왜 그래? 나도 기분이 좀 이상한데 어디서 가스라도 새나?"

"막내야, 나 한 대만 때려줄래?"

"속이 안 좋아? 화장실 갈까?"

이귀한의 속이 뒤집힌 것과 별개로 이보배의 기분은 평소대로 돌아왔다. 불쾌해 보였던 주위 사람들도 다시 평범한 표정을 지었다.

"사람이 너무 많아."

"사람 멀미하는구나."

"싹 쓸어버리고 싶다."

무슨 짓을 했는지 이귀한의 인내심이 임계점을 돌파했다. 기분이 갑자기 나빠졌던 일과 연관된 것 같았다.

"그치만 그러면 안 되잖아. 그러니까 정신 들게 한 대만."

"큰오빠, 그건 좋은 생각이 아닌 것 같아."

이보배는 이귀한을 때리지 않고 그나마 사람 없는 구석으로 데려갔다. 정신이 번쩍 들었다.

이귀한을 구성하는 99퍼센트는 파괴와 살육을 갈구하는 어둠이다. 이귀한에게 무작정 참으라고만 해선 안 된다. 주위에서 사전에 막아줘야 하는 것이다.

'이래서 작은오빠가 큰오빠를 내버려 두지 않았구나.'

칭찬의 박수를 아낌없이 퍼붓는 이유가 있었다. 이보배는 이귀한을 달랬다.

"먹으면 좀 나아진댔지? 내가 시원한 음료 사 올 테니까 여기서 기다려."

"그냥 때려."

"아냐아냐, 큰오빠는 참을 수 있어. 날 위해서라도 참아 줄 거지? 나 여기서 옷 자주 산단 말이야."

이보배가 상표 없는 티를 펄럭이며 배시시 웃었다. 이귀한의 얼굴이 진지해졌다.

"참아볼게."

"빨리 사 올게, 얌전히 기다려야 돼. 어디 가면 안 돼."

이보배는 아이를 혼자 두고 나가는 부모처럼 몇 번이고 뒤를 돌아봤다. 잠깐이겠지만 이귀한을 혼자 두려니 불안했다.

다행히 이귀한은 잘 참았다. 지나가는 사람 사이에서 눈이 마주칠 때마다 손을 흔들어 참고 있음을 알렸다.

생과일주스를 파는 가게를 찾아 주문하자 눈 깜짝할 사이에 음료가 나왔다. 음료를 챙겨 돌아갔더니 이귀한이 두 팔 벌려 환영했다.

"빨리 왔네!"

"말했잖아, 빨리 온다고."

이귀한은 싱글벙글 웃으며 키위 주스를 마셨다. 이보배도 차가운 레모네이드를 마시다 아랫배에서 전해지는 조짐에 인상을 썼다.

"큰오빠, 나 화장실 좀."

"아까 안 갔어?"

"주문하고 가려다 막내 오빠 얘기 듣는 바람에 깜빡했어. 화장실은 사람이 많아서 좀 기다려야 하는데 참을 수 있지?"

"응."

이귀한은 자신 있게 고개를 끄떡였다. 이보배 말대로 시원한 음료를 마시니 기분이 좀 나아졌다. 배변 활동에 좋다는 키위니까 내일도 똥을 쌀 수 있을 것이란 생각에 더 기분이 좋아졌다.

큰오빠의 자신감 넘치는 모습을 보고 이보배는 안심했다. 그렇다고 마냥 안심해선 안 된다. 무슨 일 생기면 바로 전화하라 신신당부한 후 화장실에 줄 서서 기다렸다.

운 좋게도 우르르 빠져나와 예상만큼 오래 기다리진 않았다. 세면대에서 손을 씻은 이보배의 핸드폰이 울렸다.

'최요한 씨네.'

이한생을 발견했다는 연락일까 하는 기대가 들었다. 이보배는 화장실을 빠져나와 근처 벽에 기대 전화를 받았다.

"여보세요, 이보배입니다."

—안녕하세요, 최요한입니다. 계신 곳에 거의 도착했는데요.

“아, 네! 저희 지금 XX역 지하상가에 있어요.”

—이한생 씨를 찾으신 것 같아 다행이네요. 별다른 일은 없으시죠?

“네? 작은오빠가 막내 오빠를 찾았나요?”

—어? 제가 봤을 땐 이보배 씨와 이한생 씨가 가까이에 계신데요. 아주 근접해요.

그 말을 듣자 이보배의 눈이 어느 때보다 빠르게 움직였다.

사람, 사람, 사람, 낯선 사람, 모르는 사람, 처음 보는 사람, 많고 많은 사람.

그 사람들 속에서 이보배는 귀신같이 아는 사람을 찾아냈다.

“막내 오빠!”

부르면 도망갈 거란 생각을 할 겨를도 없었다. 이보배는 인파의 흐름에 끼어들어 정면으로 부딪치며 이한생에게 다가갔다. 그녀를 발견한 망나니가 얼굴을 구기더니 도망가려고 했다.

“막내 오빠야!”

이보배가 애타게 외치자 체념한 듯 몸을 그녀 쪽으로 돌렸다.

“내가 얼마나 걱정했는지 알아!”

잡히면 〈사랑의 매〉 열 대다. 때리기 전에 안아주는 건

반품 불가 옵션이고.

한 걸음, 두 걸음, 이보배와 막내 오빠의 거리가 가까워졌다. 손을 뻗으면 닿을 듯한 거리가 되었을 때 공간이 압축되었다.

"어?"

놀란 이보배가 손을 뻗고 이한생도 그녀를 향해 달려왔다. 하지만 남매가 서로를 붙잡는 것보다 세상에 구멍이 뚫리는 게 더 빨랐다.

"어?"

"긁었냐?"

공용 주차장에 주차 중이던 최요한이 혀를 찼다. 박마노가 긁힌 차에 끼워둘 용도로 최요한의 명함을 뒤졌다. 최요한이 한숨을 쉬었다.

"균열입니다. 이보배 씨와 이한생 씨, 이귀한 씨의 마커가 동시에 사라진 걸 보면 흡수형이네요."

흡수형 균열은 생성과 동시에 주위 사물이나 생명체를 흡수한다. 민간인 피해가 가장 심한 균열 유형이었다.

박마노는 마력과 스킬 쿨타임을 확인했다. 관할 관리국과 길드엔 시민들이 알아서 신고할 것이다. 현장과 가까운 이쪽은 얼른 가 어떤 균열인지 확인하는 게 정답이고. 흡수형이라 피해자가 많을 테니 공략 가능한 균열이면 얼른 들어가 처리하면 더 좋다.

"이해기는?"

"빠른 속도로 이동 중입니다. 균열 쪽으로 가고 있겠죠."

"균열 앞에서 대기하라고 전화해. 우리도 간다고."

"기다릴까요?"

한 번 균열로 가족을 잃은 남매다. 생산계 막냇동생과 각성했지만 정신이 온전치 않은 동생, 균열에 빨려들어 실종되었다가 겨우 돌아온 형까지 동시에 빨려 들어갔는데 얌전히 기다릴까?

박마노는 명쾌하게 대답했다.

"빨리 찾고 싶으면 기다리겠지."

8. 개미굴

이게 뭐야!

이보배는 그렇게 외치고 싶었다. 이곳이 균열만 아니었어도 목청껏 질렀을 것이다.

'이건 아니지. 진짜 아니지. 균열이 왜 여기서 나와? 터질 거면 백화점에서 터지는 게 클리셰 아니야?'

응? 오빠가 귀환자면, 응? 돌아와서 같이 나간, 응? 첫 외출에 말이지. 백화점에서 따란, 균열이 터지고, 힘을 숨기려는 큰오빠와 함께 대피소에 숨고, 몬스터가 대피소까지 뚫고 들어와서 큰오빠가 숨겨왔던 수줍은 힘을 찬란하게 뽐내야 하지 않겠느냐 이 말이다.

'이건 아니지!'

오빠가 회귀자면, 응? 균열 터지는 곳에 가기 전에 회귀자 오빠가 멋있고 진중하게, 작품에 따라선 코믹하게 못 가게 막아야 하는 것 아니냐. 그러고선 평화로운 일상을 보내다 뉴스로 균열이 터진 걸 알고 '운이 좋았군' 안도하는 게 클리셰라 이 말이다.

조목조목 따져가며 항의해 봐야 들어줄 사람 없다. 이보배는 현실도피를 그만두고 상황을 정리했다.

'침착하자.'

균열에 휩쓸렸을 때의 대처법에 대해선 여러 차례 교육받았다. 국가에서도 잊을 만하면 공익광고를 띄우고, 길드에서도 생산계를 위해 특강을 열었다.

이보배는 교육받은 내용을 떠올리며 주위를 살폈다.

깜깜하다. 어둡다. 공기는 습하고 흙냄새가 난다. 흙냄새에 섞여 처음 맡아보는 비린내도 느껴진다.

그녀는 일단 인벤토리에서 머리나 팔에 달 수 있는 휴대용 전등을 꺼냈다. 전등을 켜자 그제야 주위를 살필 수 있었다.

이보배가 있는 장소는 흙으로 된 굴이었다. 천장, 벽, 바닥 모두 흙이었고 굴의 형태와 크기는 일정하지 않았다.

'봐서 뭐 해. 봐도 모르겠는데.'

각성하기 전이나, 각성한 후나 이보배가 균열에 들어가 봤을 리 없다. 자기방어 능력이 없는 생산계는 균열을 멀리하고 생산에 힘쓰는 게 바람직한 처신이었다.

균열과 몬스터에 관심을 갖는 생산계도 있었지만 이보

배는 관심 없었다. 애초에 그녀는 C급 포션 수제 제작법도 숙지하지 않고 살았다. 균열에 휩쓸렸을 때 생존 요령을 기억하고 있는 게 기적이었다.

'일단 무기.'

이보배는 인벤토리에서 무기를 꺼냈다. 빠루(노루발장도리)다. 근력이 부족한 생산계도 쉽게 휘둘러 타격을 줄 수 있도록 무게와 중심점을 개조한 합금 소재로, 길드에서 무상 지급했다.

이보배는 시험 삼아 빠루를 휘둘렀다. 본래 빠루는 휘두르라고 만든 무기가 아니지만, 개조해서 그런지 손에 착착 붙고 크게 힘들지 않았다. 맨손보단 확실히 나았다.

이보배는 〈사랑의 매〉를 off로 돌렸다. 큰 통증을 주는 건 어디까지나 그녀가 호감을 품었을 때의 이야기다. 통증도 주지 못하면서 피해도 입히지 못하면 안 때리느니만 못했다.

'인벤토리에 비축한 물자를 확인하고.'

무기를 장비한 다음엔 소지품 체크다. 비각성자라면 주머니나 가방을 뒤지는 게 끝이겠지만 이보배에겐 인벤토리가 있었다.

이보배는 인벤토리 내부를 살폈다.

물과 식량은 충분해 보였다. 각성자는 유사시 비각성자에게 물과 식량을 제공할 의무가 있기에 일정 수량을 반드시 소지해야 한다. 그래서 물과 식량은 문제 될 게 없어 보였다.

그 외에 신호탄, 있다. 연막탄, 있다. 포션 재료, 조금 있다. 포션, 비상금으로 쓰려고 제작한 게 있다. B급도 둘이나 있었다.

'만들어두길 잘했어.'

제작 직후엔 극심한 두통과 체력 저하에 시달렸지만 지금 같은 상황에선 든든하기 짝이 없다.

'이제 어떡하지?'

회사에서 배포한 생존 매뉴얼과 공익광고에선 구조대가 올 때까지 움직이지 말고 제자리에서 버티라고 했다.

하지만 이보배가 있는 곳은 양쪽으로 길게 뚫린 굴이었다. 몬스터가 드나드는 길이라는 소리다. 가만히 있다가 몬스터와 마주치면 참 곤란했다.

'숨을 곳도 없고. 구석에라도…….'

이보배는 벽을 짚고 움직였다. 자신과 함께 균열에 말려든 막내 오빠 걱정이 앞섰다.

'전투계 각성 같았어. 나보단 나을 거야. 균열 등급이 낮아야 할 텐데.'

시스템이 보조계나 생산계 각성자에게 체력 단련을 퀘스트로 줬을 리 없으니 이한생은 전투계로 각성했을 것이다. 이보배는 막내 오빠가 자신보다 도망은 잘 칠 것이라고 스스로를 위로했다.

'구조대는 빨리 오겠지?'

균열에 몇 명이나 휘말렸는지 모른다. 하지만 이보배가

휩쓸릴 때 목격한 사람만 해도 열 명은 넘었다. 균열 등급만 높지 않다면 구조대는 금방 도착할 것이다.

'침착하자, 침착하자, 침착하자. 나는 그나마 낫잖아.'

이보배는 어금니를 꽉 물었다. 인생 첫 균열 진입이지만 그녀는 다른 피해자보다 사정이 나았다.

생산계이지만 각성자라 시스템의 보조를 받는다. 당장 가진 소지품이 돈과 핸드폰, 상가에서 산 옷이 전부일 다른 사람들과 다르게 인벤토리에서 멋진 빠루도 꺼내지 않았는가. 포션, 물, 식량도 있었다.

'비각성자면서 균열로 출근하는 사람도 있어.'

짐꾼과 채집꾼은 목숨을 걸고 균열로 출근한다. 그런 사람들도 있는데 각성자인 이보배가 겁먹어서야 쓰나.

짐꾼은 공략대의 뒤를 따라다니니 균열에 휘말린 것보다 안전하다는 상식은 잠시 접어두자.

끼릭끼릭.

멀지 않은 곳에서 낯선 소리가 들렸다. 이보배는 가능한 몸을 낮추고 벽에 달라붙었다.

'전등 꺼야 하나?'

몬스터가 빛을 감지할 수 있다면 빛을 보고 그녀의 존재와 위치를 파악할 것이다. 하지만 빛이 없으면 이보배는 바로 발밑도 보지 못한다.

경험이 일천하니 선택 하나하나가 떨린다.

결국 이보배는 전등을 끄지 않는 쪽을 선택했다. 어차피 빛이 없으면 아무것도 할 수 없었다. 위치와 존재를 들키더라도 광원을 확보하는 편이 나았다.

끼릭끼릭.

빛을 감지했는지, 아니면 그냥 이쪽으로 오는 중이었는지 소리가 가까워졌다. 이보배는 전등을 벗어 바닥에 내려두고 빛이 닿지 않는 벽에 붙었다. 입이 바싹 마르고 심장이 빠르게 뛰었다. 빠루를 쥔 손은 땀에 흠뻑 젖었다.

끼릭끼릭.

소리가 점점 가까워지고 커졌다. 흙으로 된 굴과 낯선 소리에서 이보배는 대충 몬스터의 정체를 알아챘다. 균열에 관심 없는 이보배가 알 정도로 흔한 몬스터였다.

이보배는 심호흡을 하고 빠루를 들어 올린 후 그대로 내려쳤다.

끼이이이익!

"죽어, 죽어, 죽어!"

빠루에 잡기 쉽도록 가죽끈을 덧대지 않았다면 많이 미끄러웠을 것이다. 괜히 길드에서 개조한 빠루를 지급하는 게 아니었다. 몬스터는 이보배의 무자비한 빠루질에 명을 달리했다. 이보배는 몬스터의 사망을 알리는 시스템 알림음을 듣고 난 후 턱 끝에 흐르는 땀을 훔쳤다.

[균열개미 Lv.2를 처치했습니다. 경험치를 얻지 못합니다.]

흙으로 된 굴과 비린내, 낯선 소리의 패턴으로 추리한 결과 이 균열의 몬스터는 균열개미였다.

균열개미의 개미굴. F등급 균열이다. 레벨과 등급이 낮은 대신 물량으로 승부하는 타입이라 헌터들이 귀찮아하는 상대다. 굴은 말 그대로 개미굴이라 좁고 복잡하게 얽혀 있어 지하상가가 우스운 미로였다.

대신 딱 하나 장점이 있었다.

"균열개미는 먹이를 산 채로 잡아 식량 창고에 쌓아둔댔지."

그렇기 때문에 균열에 휩쓸린 민간인 사망자의 수가 적다.

"후우."

이보배는 극도로 긴장했던 몸을 달랜 뒤 전등을 챙겼다. 그녀는 균열개미가 온 곳과 반대 방향으로 걸었다.

[균열개미 Lv.1을 처치했습니다. 경험치를 얻지 못합니다.]

몇 마리째일까. 이보배는 빠루에 묻은 개미 체액을 털었다. 한숨이 절로 나왔다.

'개미 새끼들 끝이 없네.'

길을 잘못 들었나 보다. 균열개미가 자꾸 등장했다. 심지어 출몰하는 간격이 점점 짧아졌다.

'군집 생활하는 생물 중엔 사망 시 동료를 부르는 경우가 있다던데……. 괜히 죽였나.'

굳이 동료를 부르지 않더라도 집에서 동족 사체가 연이어 발견된다면 경비를 늘릴 것이다.

살충법은 또 얼마나 잔인한가. 빠루로 두들겨 패 죽이다니……. 잔혹 연쇄살충범을 잡기 위해 균열개미의 상위 개체인 병정균열개미가 뜨면 이보배의 승리도 끝이었다.

'병정개미도 이렇게 약할까? 아닐 것 같은데.'

처음 균열개미와 마주쳤을 때 죽이지 말고 도망쳤어야 했다. 괜히 싸워서 하수인 걸 알게 되자 마주칠 때마다 잡게 되지 뭔가.

늦은 후회가 밀려왔다. 후회는 균열개미 세 마리가 뭉쳐 다니는 걸 보자 더욱 커졌다.

끼릭끼릭끼릭끼릭.

설상가상, 그녀가 왔던 길 쪽에서도 균열개미 우는 소리가 들려왔다. 잔인하게 살해당한 동족의 시체를 따라 살충범을 추적하고 있던 게 분명했다.

세 갈래 길. 한쪽엔 균열개미 세 마리가 버티고 있고, 오던 길에선 살충범을 추적 중인 걸로 짐작되는 소리가 들린다. 남은 길은 하나뿐인데 그쪽으로 가자니 균열개미 세 마리에게 들킬 게 분명했다.

'어쩌지, 어쩌지.'

망할 개미 새끼들은 길목에서 어정거리고 뒤에서 들려오는 소리는 점점 가까워진다.

'연막탄을 쓸까? 그런데 이거 곤충형에게도 효과 있나?'

이보배는 인벤토리에 든 연막탄을 넣었다 빼길 반복했다. 균열개미가 없는 통로의 어둠 속에서 무언가 움직였다.

'뭐지? 또 개민가?'

하필 그쪽을 보고 있지 않았던 탓에 빛이 닿지 않아 무언가 움직였다는 것만 알 수 있었다. 바짝 긴장하던 이보배는 어둠 속에서 나타난 얼굴을 보고 크게 안도했다.

"막내 오빠!"

"돼지?"

이보배는 균열개미를 견제하던 것도 잊고 이한생에게 달려갔다. 길목에서 어정거리던 균열개미 세 마리가 동시에 달려들었다.

"으헝헝."

콰직콰직.

"내가 얼마나."

퍽퍽.

"걱정했는데."

끼에에에엑!

균열개미 세 마리는 부상을 각오한 이보배의 상대가 되지 못했다. 망나니가 황당하단 표정을 짓든 말든, 이보배는 동족 살해 현장을 목격하고 달려온 균열개미까지 해치웠다.

"돼지야, 괜찮은 게냐?"

상처 가득한 승리였다. 이보배는 균열개미에게 물린 상처가 쓰린 것도 잊고 화르세인지를 후려쳤다.

"왜 병원을 탈출해, 왜! 왜 나와서 이 고생을 하게 해! 도둑질은 어디서 배웠어!"

"괘씸하게 무슨 짓이냐! 물린 덴 괜찮은 것이냐?"

"내가, 내가 얼마나 속이 탔는지 알아? 어디서 가출을 해, 어디서! 어디서 건방지게 병원을 나와."

퍽퍽퍽퍽퍽퍽퍽퍽퍽.

이보배는 열 대에서 한 대 모자란 아홉 대를 때린 후에야 이성을 되찾았다.

남매는 균열개미의 사체가 즐비한 삼거리에서 멀어지기로 했다.

"내가 온 곳은 별다른 게 없었느니라."

"나도 그래. 그럼 여기로 가보자."

각자 온 길을 제외하면 남은 길은 하나다. 이보배와 화르세인지는 균열개미 세 마리가 서성이던 통로로 진입했다.

길을 걷던 둘은 숨어 있기 적당한 막다른 길을 발견했다. 새로 길을 내려다 포기했는지 벽과 천장이 어설프게 다져져 있고 개미 비린내도 덜 났다. 적당히 휘어져 있어 안쪽으로 들어가면 균열개미가 오가는 통로가 벽에 가려져 보이지 않았다.

균열에 휘말리면 제자리에서 얌전히 구조대를 기다려야 한다. 이보배는 늦게나마 실종자의 규칙을 지키기로 했다.

"막내 오빠 괜찮아? 다친 데 없어?"

간신히 시야만 확보할 정도로 전등 밝기를 조절한 이보배가 물었다. 화르세인지는 별 해괴한 질문을 받는단 표정을 지었다. 그는 질문에 대답하지 않고 역으로 질문했다.

"도대체 이게 무슨 일이냐? 달이 하나인 것도 해괴한데 갑자기 이상한 굴에 떨어지다니."

"아아, 이곳은 균열이라는 곳이다."

"균열! TV라는 것에서 자주 나오던 그게 바로 이거냐! 이건 갑자기 왜 생긴 게냐, 당장 알아듣기 쉽게 설명해라!"

균열이 발생하는 이유는 모른다. 아무도 모른다. 이보배가 모른다고 하자 망나니가 혀를 찼다.

"멍청한 것."

"아무도 모른다니까."

화르세인지가 이보배를 더 비난하려다 손에 들린 빠루를 보고 입을 다물었다. 균열개미 살해 장면을 목격해서인지 빠루가 더 위협적으로 느껴졌다.

"너같이 멍청한 것에게 물은 내 잘못이구나. 하지만 위험을 무릅쓰고 날 구하러 온 공은 인정하마. 넌 멍청하지만 충성심이 있는 돼지다. 줄여서 멍충한 돼지."

멍청한 돼지와 별 차이 없는 호칭을 하사한 화르세인지가 거만하게 턱을 까딱였다.

"몇 군데 물린 걸 보았다. 치료부터 하거라."

"이 정도는 괜찮아."

이보배는 물린 부위를 확인했다. 흥분해서인지 크게 아프지 않았다. 레벨과 등급 차이 덕분에 상처도 각오한 것보단 작았다.

"살짝 긁힌 정도라 피가 심하게 나는 덴 없으니까……. 피 냄새 같은 거 맡고 찾아오려나? 독이 있을 수도 있겠네."

해독제가 없기 때문에 독은 위험하다. 이보배는 결국 포션을 꺼냈다. 긁힌 상처엔 품질 미달인 D급 포션 정도면 충분했다. E급이 있었다면 E급을 꺼냈을 것이다.

이보배는 상처에 품질 미달 D급 회복 포션을 살살 펴 발랐다. 상처가 붉은 기만 남고 싹 나았다.

그 과정을 목격한 화르세인지의 눈이 커졌다.

"그것은 무엇이냐? 상처가 낫다니!"

"아아, 이것은 포션이라고 하는 것입니다. 상처를 치유해 주죠."

흑마술사 운운하는 걸 보면 마법이 있는 세계일 텐데 포션은 없는 세계인가 보다.

혹 모른다. 흑마술도 사실은 미신 같은 것일지도. 과학 발달 수준이 이곳보다 부족해 화학 현상이나 기타 현상들을 마술로 착각하고 있는 세계일 수도 있었다.

"이것도 과학이냐?"

"이것은 그러니까……. 시스템 님이 주신 은총이지."

"신성력은 느껴지지 않는데."

화르세인지의 얼굴이 진지해졌다. 망나니가 진지하거나 말거나, 이보배는 인벤토리에서 식량과 물, 포션을 절반씩 꺼내 막내 오빠에게 넘겼다.

"이거 식량이야. 비상시에 먹는 거라 맛없어. 이건 사탕이고, 이건 소금, 이건 물이야. 척 보면 알지? 무슨 일이 생길지 모르니까 일단 챙겨놔. 포션은 방금 봤지? 마셔도 되고 발라도 돼. 등급은 색으로 확인하면 돼. 빨간색에 가까울수록 등급이 높아. 여기 이거, 주황색 보이지?"

이보배는 딱 두 병 있는 B급 회복 포션을 꺼내 흔들었다. 주황빛이 아름답게 물결쳤다.

"이게 B급이야. 정말 큰 상처에만 써야 해. 인벤토리에 공간 있지? 전부 챙겨."

이보배는 바닥에 비축 물자를 내려놓았다. B급 포션은 바닥에 내려놓지 않고 직접 건넸다. 화르세인지가 얼떨결에 손을 내밀었다. 이보배는 포션을 건네받는 망나니의 손을 보고 깜짝 놀랐다.

막내 오빠의 손이 피투성이였다.

"손은 왜 이래!"

"너처럼 상대하다 다쳤느니라. 쯧, 손톱이 부러진 것을 몰랐군."

망나니도 그녀처럼 흥분해 작은 상처의 통증을 느끼지 못했던 것이다. 큰 상처가 아니라 이보배는 놀란 가슴을 쓸어내렸다.

"이참에 포션 써보자. D등급 포션을 다친 곳에 발라봐."

"그럴 필요 없다."

"무슨 소리야. 손톱도 깨지고 손바닥이 다 까졌는데."

"몇 번이고 말했지 않느냐. 이 몸은 성신의 가호를 받는 체키빙 공작가의 유일한 후계자 화르세인지 드 체키빙이다."

화르세인지의 손에 밝고 따뜻한 흰빛이 서렸다. 병아리 솜털처럼 포근한 기운이 느껴졌다. 이한생의 손에 빛이 흡수되는 것 같더니, 포션을 부은 듯 상처가 깨끗이 나았다.

이보배는 이보다 더 놀랄 수 없을 만큼 놀랐다. 평균보다 높은 정신력 수치가 아니었다면 균열인 것도 잊고 비명을 질렀을 것이다.

"그, 그, 그, 그게 뭐야!"

"아아, 이것은 신성력이다. 성신께서 주신 힘이지."

"말투는 왜 그래!"

"너희도 내가 질문하면 이렇게 대답하지 않았더냐. 이게

이 세계의 화법 아닌가?”

화르세인지는 깔끔하게 나은 두 손을 쥐었다 펴더니 입꼬리를 올렸다.

“달이 하나뿐인 이상한 세계에 온 뒤로 성신의 따스한 시선이 느껴지지 않아 내내 불안했다만, 시스템 신의 인도에 따라 괴물 같은 개미 몇 마리를 해치우니 레벨이란 것이 오르고 스킬이 생겨 신성력을 쓸 수 있게 되었다. 여전히 성신의 시선은 느껴지지 않지만 대신 시스템 신께서 지켜보고 계시는 것이겠지. 나 화르세인지 드 체키빙은 어느 세계에서든, 심지어 육신이 바뀌어도 신의 총애를 받는 고귀한 혼이라는 증거 아니겠느냐. 으하하.”

화르세인지가 오만하게 고개를 쳐들고 이보배를 내려다보았다.

“그러니 알아 모시도록 하여라, 멍충한 돼지야.”

이보배는 기절하지 않기 위해 숨을 골랐다. 인정하기 싫지만 지금 표정은 좀 멍청해 보일 것 같았다.

탱딜힐. 흔히 게임에서 파티를 구성하는 3대 요소다. HP가 조금 깎이고 마는 게임에서도 힐러는 중요하다. 실제로 다치고 죽을 수 있는 현실에서 힐러의 중요성은 말할 필요도 없다.

8년 전 균열의 날 이후, 모두 힐러가 나올 것이라 기대했다. 하지만 힐러는 등장하지 않았다. 탱커와 딜러에 적

합한 직업과 스킬은 많이 나왔지만 회복 스킬은 한 번도 세상에 공개된 적 없다. 회복 스킬은 탱커의 자가 재생, 자기 회복이 전부다.

모든 상처 치료는 포션이 도맡았고 각성자들은 앞으로도 힐러가 등장하지 않을 거라 예상했다.

이보배는 일말의 희망을 품었다.

"다른 사람은 치료 못 하는 거지? 자가 치유만 가능한 거지?"

빨리 탱커로 각성했다고 말해주오.

"신의 힘과 주인의 능력을 의심하다니! 충성스럽단 말은 제외하마. 넌 그냥 멍청한 돼지다!"

화르세인지가 보란 듯이 이보배의 멍을 치료했다. 포션이 아까워 치료하지 않은 부위였다. 햄스터가 위에서 꼼지락거리는 것처럼 간지럽고 따뜻한 기분이 들더니 멍이 나았다. 터진 실핏줄 하나 없이 깨끗했다.

이보배는 멍들었던 부위를 꾹 눌렀다. 아프지 않았다.

"와, 진짜 치료되네?"

"그렇다! 이 신성력이야말로 체키빙 공작가에 성신의 가호가 내려온다는 증거이자 내가 유일한 후계자라는 증거……인데 뭔가 이상하군."

신나서 으스대던 화르세인지가 눈살을 찌푸렸다. 그러더니 머리를 부여잡았다. 정신력이 바닥난 부작용인가 싶어 이보배가 깜짝 놀랐다.

"무슨 일이야?"

"나는 분명…… 분명……!"

"왜 그래, 막내 오빠. 설마 기억이 돌아온 거야? 오빠 이름이 생각났어?"

"나는 분명 18살에 신성력을 쓰지 못했다. 그런데 어째서 이렇게 신성력이 익숙하고 당연하게 느껴지는 거지? 그리고 나는 분명 18살보다 더 나이가 많은데 어째서 기억은 18살 때까지밖에 떠오르지 않는 것이냐?"

막내 오빠가 기억상실이라더니 이젠 화르세인지까지 기억상실이란다. 기억상실이 두 배란 이야기에 이보배는 될 대로 되라는 의미에서 대충 맞장구쳤다.

"신성력은 스킬로 생겼다니까 자연스럽게 써지는 걸 거야. 원래 스킬이 그렇거든."

"어리석은 돼지가 뭘 아느냐! 참으로 기이하도다……. 분명 성인식 날까지 신성력을 쓰지 못해 불안해하고 있었거늘……."

화르세인지 드 체키빙은 단순히 신분만 믿고 날뛰는 공작가 망나니가 아니었다. 18살이 될 때까지 신성력을 발현하지 못해 불안해하는 망나니였다.

'18살이라…….'

이보배는 화르세인지가 18살까지밖에 기억이 안 난다며 난리 치는 걸 숨죽이고 지켜봤다.

이한생이 식물인간이 된 나이도 18살이었다. 환생이든 빙의든 기억상실이든 간에 연결점은 충분했다. 이보배는 묘하게 납득하고 고개를 끄덕였다.

“그렇구나. 18세라 18세다운 짓을 했구나.”

은근슬쩍 18을 강조해 말했지만 화르세인지는 혼란에 빠져 알아듣지 못했다.

“분명히 아버지에게 혼난 후 창고에 갇혔는데 그 뒤는 기억이 흐릿하다. 이게 어떻게 된 노릇이냔 말이다!”

“진정해. 기억은 물이 아니잖아. 쥐어짠다고 나오는 건 없어. 그것보다 중요한 문제가 있어.”

“주인의 기억이 흐릿하다는데 말버릇이 괘씸하구나!”

“내 얘기 좀 들어봐. 아니지, 들어주세요. 다른 사람 앞에선 신성력을 쓰지 말아줘.”

“무슨 소리냐.”

화르세인지가 이보배를 노려보았다.

“신성력은 성신께서 날 보우하신다는 증거이자 곧 나의 증명이다. 멍청한 돼지 주제에 주인의 행보에 왈가왈부하지 말거라.”

“제발 부탁이니 쓰지 말아주셨으면 좋겠습니다.”

이보배는 정중하게 고개를 숙였다. 그녀는 매우 진지했다.

시스템이 패치되어 새로운 직업과 스킬이 추가되었고, 거기에 힐러가 포함되었을 수 있다. 그녀가 휴가를 받아 회사에 나가지 않는 통에 정보가 늦어 설레발치는 것일 가능성도 있다.

하지만 아니라면?

이 망나니가 전 세계에서 유일하게 타인을 치료할 수 있는 스킬을 가진 힐러라면?

이 사실이 밝혀지는 순간 세상의 모든 이목이 이한생에게 집중될 것이다. 이용해 먹으려 들든, 힘에 걸맞은 대우를 해주든, 뭐든 간에 관심이 쏠리는 건 막지 못한다.

환생이든, 빙의든, 기억상실이든, 이한생의 정신이 온전치 않은 것이 현실이다. 지금도 18살까지밖에 기억나지 않는다고 혼란스러워하고 있지 않은가. 이런 상태의 인간에게 관심이 집중되면 복보다 화가 많을 것이 분명했다.

"막내 오빠만이 아니라, 공자님을 위해서이기도 해요. 다른 사람 앞에선 쓰지 마세요."

"주인의 행사를 막으려면 합당한 이유가 있어야 할 것이다."

"이 세계엔 힐러가 없어요."

이보배는 멀쩡하던 세계에 금이 간 8년 전부터 지금까지 힐러가 단 한 명도 등장하지 않았다는 사실을 천천히 설명했다.

"신성력이 없는 세계라. 흑마술사들이나 좋아할 세계로군."

화르세인지는 희귀하고 특별하면 좋지 않냐는 멍청한 말을 하지 않았다. 그의 세계에서도 어설프게 능력 좋고 빽 없으면 이용당했나 보다.

“8년 전에 생산계 각성자가 얼마나 많이 납치당했는지 몰라요. 특히 포션 메이커는 혼자선 어디 다니지도 못했어요. 납치범들이 납치해서 외진 곳에 가둬놓고 강제로 포션 제작하게 하고 그랬대요. 다행히 우리나라는 빨리 안정되었거든요. 무법 지대가 아니니까 헌터들이 자진해서 구조대 만들고, 불법 포션 불매 운동 하고 그래서 잠잠해진 거래요. 다른 나라는 아직도 횡행한다던데.”

길드에 취직한 생산계의 기본급이 낮은 이유도 인신매매에서 찾을 수 있었다. 초기에 생산직을 보호해 준단 핑계로 기본급을 후려친 관행이 현재까지 이어지는 것이다.

장비류는 장인 정신이니, 주문 제작이니 뭐니 해서 기본급이 절로 뛰었지만 포션은 그게 안 통했다. 개인 공방이면 모를까 길드 월급은 여전하다. 대신 성과급을 후하게 줘 길드 이탈을 막는다.

“각성은 시스템 신이 주신 힘이라고 하지 않았느냐? 신께 힘을 받아 신의 뜻을 행하는 사도를 인신매매하는 흑마술사보다 나쁜 자들이 존재한다니……. 돼지, 네 뜻은 알겠다. 괘씸하긴 하나 나를 걱정하는 충심으로 한 말이니 봐주도록 하마. 돼지의 의견을 선처하겠다.”

“진짜? 정말이지? 약속하는 거야!”

“날 누구라고 생각하는 것이냐! 나는 체키빙 공작가의

유일한 후계자이자 성신과 시스템 신의 사도 화르세인지드 체키빙이다! 가문의 명예를 걸고 약조를 지키겠다. 설령 약속한 상대가 돼지일지라도."

그 가문의 명예는 화르세인지가 아리랑치기를 할 때 이미 바닥으로 추락했다.

영 못 미더웠기에 이보배는 힘을 숨길 것을 거듭 강조했다.

"한데 돼지야. 아까부터 말투가 불손하구나."

"너무 무서워서 입이 잘 안 움직이거든. 것보다 꼭 힘 숨겨야 해. 알겠지?"

"알겠다고 몇 번을 말하느냐. 지금은 신성력을 다 써서 쓰지도 못한다."

화르세인지가 신성력을 쓸 수 있게 된 건 균열에서 레벨업을 하고 난 뒤부터다. 사용 횟수를 물어보니 두 번이 전부였다.

겨우 힐 두 번에 신성력이 바닥났다고 생각했다가 바로 고개를 저었다. 기재가 없는 상태에서 포션을 제작하려면 마력과 정신력에 체력까지 소진한다. 신성력의 효과가 어느 정도인지 모르겠지만 C급 포션과 비슷하다고만 가정해도 대단한 스킬이었다.

"신성력은 시간이 지나면 차는 거야?"

마력과 정신력처럼 시간이 지나면 조금씩 차오르는 것일까, 아니면 기도 같은 신앙 행위를 해서 채우는 것일까.

“본래 신성력은 성신께서 주시는 힘이기에 체력이 감당하는 한 쓸 수 있다만, 시스템 신께선 성신과 많이 다르시군.”

“그러니까 그걸.”

“쉿.”

화르세인지가 이보배의 입을 막았다. 전투계라 이보배보다 감각이 예민해 그녀가 감지하지 못한 뭔가를 알아챈 듯했다. 이보배는 숨소리를 낮추고 벽에 달라붙었다.

잠시 뒤 이보배의 귀에도 망나니가 감지한 소리가 들렸다.

끼릭끼릭, 균열개미가 움직일 때 내는 기묘한 소리에 섞여 사람의 울음소리가 들렸다.

“으흐흑, 살려주세요.”

“엄마아.”

“사람 살려…….”

균열개미 무리가 사람을 운반했다. 이보배는 숨어 있는 게 들킬까 싶어 괜히 더 자세를 낮췄다. 이럴 때 해야 할 일은 하나다.

이보배는 화르세인지에게 눈짓했다. 망나니가 눈짓을 이해했는지 고개를 끄덕였다.

“납작 숨어서 버티는 거야.”

“얼른 구하자.”

이보배는 망나니 입에서 나온 말에 배신감을 느꼈다. 그간 봐온 망나니라면 비겁하지만 보신하자는 의견에 곧바로 동의해 줄 줄 알았던 것이다.

그런데 이게 웬걸. 화르세인지가 참으로 정의로운 발언을 했다. 옳은 말이긴 한데 말한 사람이 망나니라 인지 부조화가 왔다.

'댁이 어떻게 그런 말을?'

이보배의 표정을 본 화르세인지가 기가 찬 듯 건방진 표정을 지었다.

"구하지 않을 셈이었느냐?"

경멸하는 표정과 어조. 이보배가 경멸받을 만한 대사를 한 건 맞다. 각성자에겐 비각성자를 보호할 의무가 있으니까. 그렇다고 망나니에게 저런 말을 듣고 싶지는 않다. 이보배는 목소리를 낮춰 다시 물었다.

"구한다고?"

"그럼 구해야지. 앞장서거라."

생산직에게 앞장서라 말하는 뻰뻰함을 보라. 이보배는 기가 막혀 입을 다물지 못했다.

"노블레스 오블리주 그런 거야? 귀족의 의무로 사람을 구하고 명예를 중시하고."

"흥, 나의 명예는 저딴 천것을 구하지 않아도 충분하다. 돼지가 몽둥이를 휘두르는 솜씨가 괜찮더구나. 다치면 포션으로 치료하면 될 것 아니냐. 가라, 돼지!"

빠루를 쥔 이보배의 손이 부들부들 떨렸다. 이보배는 빠루로 망나니의 뒤통수를 후려갈기고 싶은 충동에 시달렸다.

'한 대 패면 소원이 없겠네.'

"그냥 얌전히 여기서 구조나 기다리자. 응?"

"안 된다."

"균열개미는 사람을 식량 창고에 산 채로 모아둔대. 구조대가 곧 올 거고 저 사람들 안 죽으니까 괜찮아. 그냥 여기서 구조대 올 때까지 기다리자."

"안 된다고 말했지 않느냐. 왜 자꾸 주인 말에 토를 다는 것이냐. 넌 돼지지 앵무새가 아니다."

화르세인지가 혀를 끌끌 차고는 정의로운 말을 한 진짜 이유를 밝혔다.

"이 균열이란 장소에 끌려온 후 새 퀘스트가 생겼다. 균열에 휩쓸린 사람을 구하라는 퀘스트다."

"퀘스트 보상이 좋아도 그렇지 목숨 걸고 퀘스트 하는 사람이 어딨어."

"페널티가 있단 말이다. 토 달지 말거라."

"페널티가 뭔데?"

병원에서처럼 페널티가 통증이라면 참으라고 하면 된다. 아니면 기절시켜도 되고. 경험치나 레벨 다운이면 그냥 당하면 그만이요, 스킬 삭제라면 신성력이 사라지는 것이니 이보배 입장에선 대환영이다.

"페널티가 물음표니라. 시스템 신께선 참으로 뜻을 헤아리기 어려운 분이로다.”

“그건 대처하기 어렵네.”

퀘스트 실패 페널티가 ???라니. 이것 참 대처하기 곤란했다. 화르세인지가 거 보라는 듯이 말했다.

“신께서 내린 일 아니냐. 무시했다간 자칫 목숨을 잃게 될지도 모르는 일. 이 몸의 명이 다하면 돼지 너도 곤란할 텐데?”

망나니가 균열에 들어오더니 계속 옳은 말만 했다. 망나니의 말대로였다. 설마 퀘스트 좀 안 했다고 목숨을 가져갈까 싶지만 ???는 불안한 상상을 증폭시켰다.

“보상은? 퀘스트 페널티는 보상이랑 비슷한 수준이라는 소문을 들은 적 있어.”

“흥, 돼지는 몰라도 되느니라.”

“아오!”

“쉿!”

끼릭끼릭.

균열개미 무리가 통로를 지나갔다. 소리로 추정한 개미의 수가 아까 사람을 운반하던 개미의 수와 비슷했다. 아마 식량 창고에 사람을 내려놓고 오는 모양이었다.

“이 방향이 식량 창고구나.”

“사람을 그쪽에 두고 온 건가? 그럼 이리로 가자.”

사람을 구하겠다며 의욕을 내보인 화르세인지가 한마디 덧붙였다.

“앞장서라, 돼지.”

“아오, 진짜.”

이보배는 머리를 마구 헤집었다. 그간 들인 병원비를 생각하면 빠루로 때려 기절시켜서라도 여기에 함께 숨어 있고 싶었다. 하지만 그놈의 퀘스트가 마음에 걸렸다.

이한생이 깨어난 건 각성했기 때문이다. 확실하진 않아도 그럴 가능성이 높다.

만약에, 아주 만약에 퀘스트 페널티가 각성 취소라면 어떻게 될까? 막내 오빠의 눈꺼풀은 계속 깜빡일 수 있을까?

각성이 취소되었다는 얘기는 들어본 적 없다. 하지만 만약이란 말이 이보배를 불안하게 만들었다.

결국 이보배는 공포에 굴복했다. 균열개미가 아닌 막내 오빠의 죽음이라는 공포에.

“같이 가주긴 하는데, 앞장은 못 서겠네.”

이보배는 인벤토리에서 빠루를 하나 더 꺼냈다. 무기는 최소 두 개 상비해야 한다는 이유로 길드에서 지급한 예비 빠루였다. 하여간 직원 복지 하나는 끝내줬다.

“난 생산계라고. 싸울 거면 공자님이 싸워요.”

“장인이 만든 명검도 아니고 이런 쇠몽둥이 따위를.”

못마땅한 듯이 빠루를 받은 화르세인지가 입술을 삐죽였다. 일단 불평은 했는데 시험 삼아 휘두르니 손맛이 좋았던 모양이다. 망나니는 자세를 잡고 휙휙 휘둘렀다. 자세가 곧고 폼 나는 게 꼭 검술처럼 보였다.

'진짜 체뭐시기 공작가에 내려오는 가전 무술 이런 걸지도 모르겠네.'

"크흠. 없는 것보단 낫지."

"파티 신청 받아줘."

화르세인지는 허공을 노려보다가 이보배가 보낸 파티 신청을 허락했다. 이보배는 파티창에 뜬 파티원 명단을 보고 신음을 삼켰다.

[파티원]
이보배-생존
화르세인지 드 체키빙(이한생)-생존

양아치는 망나니 안에 살아 있다. 그녀의 짐작을 시스템이 인증해 준 듯한 기분이 든다면 자의식과잉인 것일까.

이보배는 소매로 눈가를 훔쳤다.

갑자기 생성된 균열이 주위 생명체를 흡수했다. 지하상가는 난리통이 되었다. 일행을 잃거나 눈앞에서 사람이 흡수되는 걸 목격한 이들의 비명과 통곡이 이어졌다.

쇼핑을 즐기던 시민과 상인들이 대피하고 경비는 관할 관리국 지부와 길드에 신고했다.

균열이 생성되었단 소식에 그 주변에 있던 사람들은 도망치기 바빴다.

이해기는 대피하는 사람의 흐름을 거슬러 올라갔다. 균열 생성 소식에 막냇동생과 형에게 전화했지만 둘 다 연결이 되지 않았다.

갑자기 통화량이 폭주하면서 연결이 되지 않는 걸 수도 있다. 하지만 숙련된 헌터의 감이 단순한 통화량 폭주가 아님을 주장했다.

'느낌이 안 좋아!'

이해기는 회귀자다. 그렇지만 22년 동안 한국에 열린 균열을 모두 기억하고 있진 못했다. 심지어 이 시기의 그는 빠른 성장에 심취해 공략하지 않은, 않을 균열엔 관심도 두지 않았다.

이해기가 기억하고 있는 균열은 어마어마한 사상자가 발생했거나, 보상이 좋거나, 유명한 헌터가 목숨을 잃었던 균열이다.

오늘 상가에서 발생한 이 균열은 어느 쪽에도 해당하지 않았다.

'이렇게 인구밀도가 높은 곳에서 흡수형 균열이 생성되었는데 내가 기억하지 못한다. 피해자가 적었다는 뜻이다.'

이런 일이 생길 걸 예측하지 못한 회귀자로서, 그나마 그것이 위안이 되었다.

최요한에게서 온 전화가 불길한 예감이 진짜임을 알렸다. 이렇게 통화가 정상적으로 되는데 이보배와 이귀한의 전화는 연결되지 않는다. 균열에 들어갔다는 이야기였다.

—이해기 씨, 얌전히 계세요. 함께 진입하죠.

“그럴 수 없습니다.”

—제가 돕는 편이 세 분을 찾기 쉬울 텐데요.

이해기는 이를 갈았다. 형은 물론이고 동생들까지 모두 균열 안에 있단다. 미칠 것 같은데 할 수 있는 게 아무것도 없었다.

이귀한까지 균열에 들어간 것이 불행인지 행운인지도 알 수 없었다.

‘형이 참을 수 있을까.’

민간인이 접근하지 못하도록 쳐둔 테이프를 보며 이해기는 초조하게 마른침을 삼켰다.

당장에라도 균열에 뛰어 들어가고 싶은 것을 참고 있자니 늘 참기 싫다고 투덜거리던 이귀한이 생각났다.

이해기는 쓴웃음을 지었다. 형의 말대로 참는 건 어려운 일이다. 인내는 쓰고 보상은 달다지만 쓰디쓴 인내 끝에 보상이 반드시 따라오진 않았다. 심지어 보상마저 소태처럼 쓸 때도 있었다.

"박마노다!"

"헌터가 왔어!"

"박마노 님! 제 친구 좀 구해주세요!"

"동생이 빨려 들어갔어요!"

"사장님이 갇혔어요!"

"길 비켜주시면 구조가 빠릅니다. 다들 균열에서 멀리 떨어져 주시고, 관할 길드엔 연락했나?"

"네, 했습니다!"

대피하지 않고 남은 사람의 대부분은 실종자의 지인이었다. 관리국 소속 헌터인 박마노가 등장하자 우는 소리와 실종자를 외치는 소리가 뒤섞였다.

"왜 이렇게 늦었습니까."

"주차하고 바로 뛰어왔습니다. 이렇게 빠른 출동이 어딨다 그래. 캬, 빠르다 빨라."

박마노는 느긋하게 대꾸했지만 이해기의 속에선 천불이 났다. 이해기가 겪은 수라장 인생에 이렇게 일분일초가 급한 적이 없었다. 만에 하나 내부에서 뭔가가 잘못된다면 이해기는 또 혼자 남는다.

또 혼자다. 세상 모든 사람이 그를 영웅이라 칭송해도 가족 하나 없는 혼자는 싫었다. 지긋지긋했다. 더 잘해서 혼자가 되지 않으려 돌아왔는데 다시 혼자가 된다면 형 대신 이해기가 마왕이 될지도 모른다.

"이름 불명, 등급 불명, 입장 인원수 불명, 마감 시간 없음. 흡수형에, 몇 명이나 빨려 들어갔나?"

"아직 정확히 모릅니다. 최소 40명은 넘기지 않나 하고……."

"네네, 나 나올 때까지 실종자 수 집계해 주고, 주위 잘 통제해 주고. 여우야, 감정 스크롤."

관리국 소속 헌터들이 보복 범죄를 막기 위해 사용하는 가면을 쓴 최요한이 감정 스크롤을 찢었다. 균열의 등급만 알 수 있는 최하급 감정 스크롤이었다.

[미지의 균열(감정 필요)]

–난이도 : F~D

–마감 : 없음

–그 외 정보는 감정이 필요하다.

"최대 D등급. 만만하네. 현재 시각은?"

박마노가 몸을 풀자 최요한이 시간을 확인했다. 가면을 통해 변조된 목소리가 흘러나왔다.

"지금 시각 13시 58분입니다."

"좋아. 박마노, 여우 새끼, 이해기 헌터 이상 3인. 13시 58분 균열 진입한다. 목적은 흡수된 민간인 수색과 구조."

박마노가 균열을 건드리자 상처가 벌어지듯 균열이 크기를 키웠다. 이해기는 박마노보다 먼저 균열에 뛰어들었다.

[균열개미의 개미굴]

–난이도 : F~D

–마감 : 없음

–흡수형이다. 생성 시 흡수된 사람이 균열 내부에 있다.

–그 외 정보는 감정이 필요하다.

균열은 정상적으로 진입한 각성자에게 이름을 드러냈다. 박마노는 균열에 들어오자마자 이름을 보지 않고도 정체를 알아차렸다.

"거지굴이네."

균열개미의 개미굴을 헌터들은 거지굴이라고 부른다. 일꾼균열개미에게선 마석이 나오지 않고 부산물도 건질 게 없어서다.

그나마 여왕개미와 병정개미에게선 마석이 나오는데 균열 등급이 낮듯 마석 등급도 낮았다.

말 그대로 해치워야 할 적은 개미 떼처럼 많은데 보상은 보잘것없는 균열. 그래서 붙은 별명이 거지굴이었다.

하지만 거지굴이 항상 나쁜 건 아니다. 실종자 찾으러 온 입장에선 이보다 좋은 균열이 없었다.

"다들 살아 있겠어."

"이귀한, 이한생, 이보배 씨 생존 확인했습니다."

"위치는?"

"방향만 잡히는 걸 보면 꽤 거리가 있네요. 그리고 세 분 모두 따로 행동하고 있어요."

"보배부터 찾죠."

균열의 낮은 등급과 모두 살아 있다는 얘기에 안심했지만 마음은 여전히 초조했다. 이해기가 박마노와 최요한을 재촉했다.

그가 재촉하거나 말거나, 박마노와 최요한은 인벤토리에서 고글 모양의 야시경을 꺼내 장비했다. 야시경은 최요한이 쓴 가면 위에도 어색하지 않게 잘 맞았다.

"들었냐, 여우 새끼야. 넌 이보배 씨를 최우선으로 수색해. 다음은 이한생, 이귀한 순이다."

"알겠습니다, 과장님."

"이해기 씨는 나랑 같이 여왕이나 잡으러 갑시다."

최요한을 따라가려던 이해기는 반발했다.

"그게 무슨 말입니까!"

"개미굴은 넓고 비비 꼬여서 실종자 찾느라 시간을 낭비하느니 여왕을 찾아 균열 없애는 게 빠릅니다. 여왕만 빨리 찾으면 여우가 동생분들 찾기 전에 균열 쫑낼지도?"

"여왕이 위험해지면 개미들이 폭주해 생포한 식량을 죽이는 걸 모를 것 같습니까?"

"오, 그렇게 오래 끌려고? 난 후다닥 죽일 건데? 무려

B급이 그렇게 포부가 작아서야 쓰나."

박마노가 오만하게 웃었다. 다른 헌터는 균열의 이름까지 알아내 사전 정보를 캐내려 애쓰는데 등급만 알고서 공략하러 진입하는 강자다운 오만이었다.

"전 이보배 씨가 걱정되니까 이만 가볼게요. 두 분 의견 열심히 나누세요."

최요한이 웃음 섞인 말을 남기고 사라졌다. 이해기는 이를 갈고 흥분을 가라앉혔다.

박마노의 말대로 둘의 조합이면 여왕은 찾는 순간 죽은 목숨이었다. 일꾼개미들이 여왕이 위험해졌다고 난리 치기 전에 중심핵을 잃은 균열이 소멸할 것이다.

이성은 이해하는데 상실을 경험한 마음이 반발했다. 심지어 박마노는 저 오만 때문에 그보다 앞서 상실을 경험한 장본인 아닌가. 아직 잃지 않았고 이제는 잃지 않을 것이라도 경고는 해야 했다.

"박마노 씨 수준에는 낮은 등급이지만 너무 안일한 것 아닙니까? 사람들이 모두 박마노 씨처럼 강하진 않습니다."

"균열개미는 먹이를 생포해 보관하지만 생성 초기의 개미굴은 여왕개미가 일꾼을 늘리려고 마구 먹어치우지. 실종자 찾아서 개미굴 뒤질 시간에 여왕 잡는 게 낫습니다, 이해기 씨."

짐꾼 시절엔 거지굴에 들어가면서 동행할 헌터가 없기

때문에. 각성자 시절엔 너무 잘나가서 거지굴에 들어갈 필요가 없었기 때문에.

헌터가 되고 싶어 개미굴에 대해서도 열심히 공부했지만 이해기에게도 부족한 게 있었다.

이해기는 박마노의 설명을 듣고 납득했다.

"진정됐습니까? 다음부턴 비각성자 앞에서 흥분한 티 내지 맙시다. 사람들이 불안해하니까."

박마노가 인벤토리에서 여분의 야시경을 꺼내 이해기에 던졌다. 이해기는 고맙게 받아썼다.

"균열개미는 둥지에서 동족이 많이 죽으면."

"흉포해져 식량을 공격할 가능성이 있다. 일꾼개미가 동족을 포식하고 병정개미로 진화한다. 알고 있습니다."

이번 건 이해기도 알고 있는 정보였다. 박마노는 크게 고개를 끄덕인 후 진압봉을 휘리릭 돌렸다.

"안 죽게 살살 치면서 갑시다."

끼에에엑!

[균열개미 Lv.1을 처치했습니다. 경험치를 얻지 못합니다.]

[〈균열개미 10마리를 처치하시오〉 퀘스트를 완료했습니다.

경험치를 얻지 못합니다.]

숙련된 헌터들이 균열개미를 숨만 붙여 야무지게 살려 놓는 동안 개미굴 구석에선 균열 초행 각성자 듀오가 개미를 학살하고 있었다.

"하하, 레벨 업이라는구나."

레벨이 오른 이한생이 즐거워했다. 이보배는 빠루에 묻은 개미 체액을 털었다. 퀘스트 완수를 위해 잡은 개미만 스무 마리다 보니 어깨가 뻐근했다.

[〈균열개미 10마리를 처치하시오〉 퀘스트가 생성되었습니다.]

퀘스트를 완수하니 동일 퀘스트가 다시 생성되었다. 이보배는 눈을 가늘게 떴다.

'원래 퀘스트가 이렇게 자주 뜨는 건가?'

지금으로부터 몇십 분 전, 식량 창고로 이동하려는 이한생에게 돌발 퀘스트가 날아왔다.

[균열개미 10마리를 처치하시오.]

파티원에게 공유되는 퀘스트였기 때문에 이보배도 퀘스트 내용을 볼 수 있었다. 돌발 퀘스트라 그런지 페널티는 없었고, 보상은 처치 시 얻는 경험치에 보너스 경험치가 더해지는 것과 균열개미에게서 얻을 수 있는 잡템이었다.

처음 퀘스트를 받았을 때 이보배는 갈등했다. 그녀 자신은 생산계라 전투로 경험치를 얻지 못하지만 안 하고 넘기기엔 막내 오빠가 받을 경험치가 아까웠다.

둘이 만나기 전까지 잡은 균열개미만 해도 합치면 10마리에 가까울 터. 식량 창고로 이동하는 동안 마주치는 개미만 잡아도 10마리를 채울 수 있지 않을까?

결국 이보배는 퀘스트를 하는 게 이득이란 생각에 개미와 마주칠 때마다 빠루를 들었다. 화르세인지야 당연히 퀘스트를 완수하려 했고.

그렇게 10마리를 채워 퀘스트를 완수하고 좋아한 것도 잠시였다.

동일한 내용의 돌발 퀘스트가 다시 날아왔다. 반복퀘였던 것이다.

빠루 무쌍에 맛 들인 화르세인지는 일부러 개미를 자극해 몰아왔다. 레벨이 올라서 그런지 균열개미는 한 방에 죽어나갔다.

균열 초행 듀오는 균열개미 20마리를 학살했고 화르세인지는 또 레벨 업 했다.

균열개미는 등급과 레벨이 모두 낮아 이한생이 쪼렙이라도 레벨 업 하려면 수백 마리는 때려잡아야 한다. 그런데 균열개미 20마리 잡고 2 업이라니. 경험치 뻥튀기가 너무 심했다.

"지금 레벨이 몇이야?"

"네 주인의 힘을 의심하지 말지어다."

'더럽고 치사하게.'

이보배는 대충 망나니의 레벨을 예상했다. 최소 4레벨은 찍은 것 같았다. 이한생이 각성한 시기를 생각해 보면 폭렙에 가까웠다.

'F등급으로 각성했나?'

등급이 높을수록 레벨 업에 필요한 경험치가 많아진다는 루머가 있다. 하지만 필요 경험치가 적은 F등급이라 쳐도 비정상적인 성장 속도였다.

뭔가 찜찜한 기분이 들어 이보배는 눈살을 찌푸렸다.

큰 힘엔 큰 책임이 따른다는 모 영웅의 신념이 떠올랐다. 시스템이 사람 차별한다는 카더라는 들어봤지만 직접 목격하게 되니 기분이 매우 안 좋았다.

최초의 힐러에, 반복되는 후한 퀘스트, 빠른 레벨 업까지. 이렇게까지 퍼주는데 의심하지 않으려면 뇌를 표백제로 씻어야 한다.

"아하하하."

흥겨워하는 화르세인지는 봐주도록 하자. 다른 세계 사람이라 상식이 부족했다.

"막내 오빠, 뭔가 느낌이 안 좋아."

"생존 본능이 죽은 줄 알았는데 살아 있었느냐? 이쪽에서 몹시 불길한 기운이 느껴진다. 여긴 피하자."

이보배는 퍼주는 시스템을 얘기하고 이한생은 어두운 통로를 가리켰다.

이보배는 막내 오빠가 불길하다고 가리킨 통로를 응시했다.

"……난 잘 모르겠는데."

"쯧, 악마 새끼를 가족이라 할 때부터 알아보았지. 못난 것."

"그 악마 말인데."

당시엔 이한생이 입에 익은 대로 이귀한을 부른 거라고 생각해 가볍게 넘겼다. 그런데 그게 아니라면 얘기가 달라진다.

'큰오빠는 정말 파괴 충동을 참고 있으니까.'

"정말 돼지처럼 입에 익어서 그런 게 아니고 무서워서 그런 거야?"

"왜 자꾸 주인의 말을 의심하느냐. 쯧, 공작가였다면 귀를 잘라 내쫓았을 것을."

화르세인지가 진지한 표정을 지었다. 짜증으로 얼룩진 눈이 잠깐이지만 맑게 빛났으나 금방 공포로 얼룩졌다.

"그건 가까이하는 건 물론이고 존재를 알아서도 안 되는 부정하고 타락한 악의 집합이다."

화르세인지가 몸을 떨었다. 이름을 말할 수 없는 무언가에 대해 정보를 풀어놓고 가장 먼저 죽는 설명용 조연 같았다.

"그렇지만 큰오빠는 아무것도 안 했는데. 그냥 좀 나쁜 기운만 풍긴 거잖아."

"도대체 무슨 소릴 하는 것이냐!"

화르세인지가 정색하더니 이보배에게 하찮다는 눈빛을 보냈다.

"그건 존재 자체가 해악이다."

"말이 너무 심한 거 아니야?"

"생존 본능이 살아 있는 줄 알았더니 죽은 게 맞았구나. 정녕 그걸 가족이라고 생각하는 것이냐?"

자신이 말해놓고도 이해가 안 되는지 화르세인지가 다시 물었다.

"정말 그게 네 오라비로 보인단 말이냐?"

고릿적에 유행한 엘리베이터 괴담도 아니고. 이귀한이 오빠로 보이느냐 질문에 이보배는 재회한 날을 떠올렸다.

유리창을 사이에 두고 본 큰오빠는 너무 낯설어 아는 사람 같지 않았다. 아니, 사람 같지 않았다.

그땐 너무 오랜만이라 낯설어 착각한 것이라 대수롭지 않게 여겼다. 하지만 그때 느낀 첫인상이 본능이 보내는 경고였을지도 모르겠단 생각이 들었다.

"큰오빠가 많이 바뀐 건 사실이야. 본인도 99퍼센트는 사람 아니라고 했으니까. 하지만."

이보배는 덤덤히 말했다.

"그렇지만 울었는걸."

이귀한은 이보배를 보자마자 엉엉 울었다. 정말 다행이라는 듯 펑펑 울었다. 이보배가 느끼던 불안과 경계는 큰오빠의 눈물을 보자 물에 탄 설탕처럼 녹아 사라졌다.

이귀한은 화르세인지의 말대로 악마일지도 모른다. 솔직히 1퍼센트만 인간이면 사람이라고 우기기 민망한 수치다.

그러나 이귀한은 동생들이 보고 싶어 돌아왔다. 먹지 않아도 되고, 마시지 않아도 되고, 숨 쉬지 않아도 되고, 자지 않아도 되는 큰오빠가 다시 만나 기쁘다고 엉엉 울어 줬으니 그거면 되는 게 아닐까.

"돌아와 줬으니까. 그리워해 줬으니까. 보고 싶어해 줬으니까. 우릴 위해 참고 있으니까."

"실로 무지몽매하단 말밖에 해줄 말이 없구나. 악마가 사람을 유혹하기 위해 사용할 가장 쉬운 수단이 무엇이겠느냐? 미인의 미소보다 눈물이 더 무섭다는 얘기 들어본 적 없느냐? 하기야, 돼지가 울어봐야 누가 걱정한다고."

이보배가 뭐라 반박하려는데 이한생이 그녀를 잡아당겼다. 당기기만 하고 지탱해 주진 않아 하마터면 넘어질 뻔했다. 간신히 중심을 잡고 화내려는데 망나니가 이보배가 서 있던 공간을 노려봤다.

"뭐야, 개미 나왔어?"

"무릎 꿇고 주인에게 감사를 표해라, 돼지. 내가 방금 너를 악의 기운에서 구했다."

어조와 표정이 모두 진지해 거짓말은 아닌 것 같았다. 다만 이보배의 눈엔 아무것도 보이지 않았다. 그냥 전등 빛이 닿지 않는 부분에 어둠이 넘실거릴 뿐이다.

빛이 닿지 않는 곳의 그림자. 흙과 돌, 이끼나 곰팡이가 전부여야 할 어둠 속에서 무언가가 불길하게 넘실거렸다.

이보배는 등골이 쭈뼛거렸으나 기분 탓으로 넘겼다. 전등 빛으로 확인하니 거기엔 아무것도 없었다.

'귀신도 아닌데 악마 얘기도 계속 들으니 무섭네.'

기분이 안 좋아진 이보배는 걸음을 재촉했다.

"얼른 가자."

"돼지가 앞장서는 걸 잊지 말도록 하여라."

복잡하게 꼬인 개미굴을 질주하던 최요한이 발을 멈췄다. 쉬지 않고 달려 지쳐서가 아니다. 이귀한에게 찍은 마커가 가까웠다.

이보배와 이한생도 멀지 않은 곳에 있었지만 개미굴 구조상 꽤 돌아가야 할 듯했다.

기왕 가까운 것, 무시하고 지나치는 것보단 만난 후 남은 둘을 찾으러 가면 된다. 최요한은 이귀한이 있는 방향으로 한 발짝 걸음을 옮겼다.

평범하게 걸었을 뿐인데 이상하게 다음 걸음을 이을 수 없었다. 발이 진창에 박힌 것처럼 무거웠다. 최요한은 순간 알 수 없는 시선을 느껴 주위를 돌아보고 마력으로 주변을 감지했다. 주위엔 아무것도 없었다.

급체한 듯 속이 불편해졌다. 이내 위장이 아니라 기분 문제인 걸 깨달았다. 마커 위치를 확인하니 이귀한이 가까워지는 중이었다. 이대로라면 곧 마주칠 것이다.

이귀한이 가까워지면 가까워질수록 전신의 솜털이 쭈뼛 서고 소름이 돋았다. 이보다 등급 높은 균열, 강한 몬스터 앞에서도 이랬던 적이 없기에 최요한은 반사적으로 경계했다.

'온다!'

마커가 아주 근접했다. 이귀한이 육안으로 보일 거리까지 가까워졌다. 그러나 이귀한이 있어야 할 곳엔 아무도 없었다. 빛이 들지 않는 개미굴의 새까만 어둠만이 공허하게 최요한을 반겼다.

'뭐지?'

의아해하는 최요한의 발밑 그림자가 그의 몸을 타고 기어올랐다. 최요한이 소스라치게 놀라는 순간 바닥에 들러붙었던 발이 떨어졌다. 꼭 가위에 눌리다 깨어난 사람처럼 최요한은 숨을 몰아쉬었다.

"내가 계속."

코앞에서 갑자기 들린 목소리에 최요한은 깜짝 놀라 거리를 벌렸다. 분명 아무도 없었던 어둠 속에서 이귀한이 무표정한 얼굴로 입을 달싹였다.

"막내랑 셋째를 찾고 있는데."

'조금 전엔 왜 안 보인 거지?'

"이귀한 씨 맞으세요?"

"못 찾겠어."

빛이 들지 않는 곳엔 어둠 또한 공평하게 깔린다. 그런데 기이하게도 이귀한 주위만 더 어둡게 보였다. 어둠에 파묻힌 이귀한의 눈이 형형하게 빛났다.

'젠장.'

최요한은 자신이 착각했음을 깨닫고 야시경과 가면을 벗었다. 야시경이란 본래 어두워 보이지 않는 걸 보기 위한 물건이다. 야시경을 썼는데도 어둠에 묻혀 보이지 않는다는 건 그것이 정상적인 어둠이 아님을 의미했다.

"이귀한 씨, 저 아시죠? 과장님과 함께 뵈었잖아요. 이보배 씨가 병원에 가실 때 제가 에스코트도 해드렸는데요. 이번에 이한생 씨 찾아달라고 도움도 요청하셨잖아요."

최요한이 상냥하게 웃었다. 상대를 속이기 위한 미소엔 숙달되었다고 여겼는데 지금처럼 웃기 힘든 건 처음이었다.

동생 이름이 나오자 이귀한 주위의 어둠이 미세하게 걷혔다.

"계속, 계속, 계속 찾고 있는데."

"네, 저도 찾으려고 진입했어요."

"범위를 더 늘릴까 생각해 봤는데 그럼 애들한테 안 좋을 거 같아서. 그래서 계속 걸어서 찾는데 못 찾겠어."

"이보배 씨와 이한생 씨는 같이 있습니다. 느리지만 계속 이동 중이니 걱정하지 않으셔도 됩니다. 두 분 다 상태는 양호해요."

"가까워?"

"길을 돌아가야 하지만 그리 멀지 않습니다."

"다 부숴 버리고 싶은데……. 안 되겠지?"

"굴이 무너져 매몰될 가능성이 있으니까요. 참아주세요."

"응! 그래서 계속 참고 있었습니다!"

어둠이 걷혔다. 개미굴은 여전히 빛 한 점 들지 않는 공간이었지만 최요한은 해가 뜬 것처럼 세상이 밝고 아름답게 보인다고 생각했다.

"막내랑 셋째 빨리 찾아주세요, 헌터님."

최요한의 코앞까지 걸어온 이귀한은 평범한 사람처럼 보였다. 최요한은 박마노에게 들었던 충고를 떠올리고 속으로 쓴웃음을 지었다.

'천외천이라더니, 하늘이 아니라 무저갱이잖아요, 과장님.'

"그럼 가시죠. 빙 돌아가야 할 것 같지만요. 야시경은 없어도 괜찮으시죠?"

"네!"

최요한은 가면과 야시경을 다시 썼다.

마커가 있어 거리와 방향은 파악할 수 있지만 복잡하게 얽힌 개미굴이다 보니 영 가까워지질 않았다. 최요한은 개미굴이 뚫린 모양을 예상하면서 길을 잡았다.

'꽤 돌아가야겠군.'

길을 돌아가야 하는 것과 별개로 최요한의 심기는 복잡했다. 개미굴을 꽤 이동했는데 개미 새끼 한 마리 보이지 않았다.

"개미가 없네요."

"저는 모르는 일이고 힘을 숨기지 않음."

"아하하, 죽인 건 아니시죠? 개미들이 난폭해져서 실종자가 다칠 위험이 있어요."

"헉."

찔리는 게 있는 듯 이귀한이 눈을 좌우로 굴렸다. 동생 일이라면 평범하게 반응하는 이귀한이 이실직고했다.

"균열 막 들어오고 짜증 나서 좀 죽였는데."

"열 몇 마리 정도는 괜찮습니다. 규모에 따라 다르지만 이 개미굴은 막 생성되었으니 최대 오십 마리까지는 버티지 않을까 싶네요."

"다행!"

최요한은 아무것도 찾지 못한 통로에 야광도료로 표시

를 남겼다. 마커를 확인하니 이보배와 이한생은 꾸준히 어딘가로 이동 중이었다.

이한생이야 그렇다 쳐도 이보배는 균열에 휘말렸을 시 대처법에 대해 알고 있을 텐데 어딜 그렇게 가고 있는 건지 의문이었다.

'설마 개미에게 운반되고 있는 건가.'

만약 그렇다면 남매와 함께 다른 실종자도 찾을 수 있으니 나쁜 일은 아니다. 단, 이씨 남매가 무사하다는 전제에 한해서.

'둘 다 무사해야 할 텐데.'

남매가 무사하지 못할 경우 이귀한이 무슨 짓을 저지를지 모른다.

불안한 생각을 돌릴 겸, 미지의 강자에 대한 정보도 모을 겸, 최요한은 입을 열었다.

"이보배 씨가 데리러 오신 날, 관리국 지하에서 바로 알아차리셨던 걸 보면 탐지 스킬이 있으신가 봐요."

"저는 힘을 숨기지 않음."

"이번에도 쓰신 것 같고. 이한생 씨 찾을 땐 왜 안 쓰셨어요?"

이귀한은 대답하지 않았다.

"이보배 씨가 엄청 걱정하시던데."

동생 얘길 꺼내도 묵묵부답이었다. 반응이 관리국 지하

에 있을 때와 비슷했다. 그땐 흉흉한 기운이 맴돌았지만 지금은 무관심하다는 차이가 있었다.

'가족과 있을 때와 대응이 다르네.'

동생들이 있을 땐 최요한의 질문에 대답도 해주고 대화에 응하더니 둘만 남게 되자 처음으로 돌아갔다. 낯을 가리는 건지 상대할 가치를 못 느끼는 건지 의문이었다. 최요한은 후자일 확률이 높다고 생각했다.

"아까 애들에게 안 좋을 거라 말씀하셨는데, 그것 때문인가요? 탐지 스킬이 범위 내 사람에게 악영향을 끼친다거나."

"스킬 아닌데."

"그럼 이세계에서 배운 기술이나 특기, 마법인가요? 제가 알기로 이세계에서 배운 기술도 시간이 지나면 스킬로 편입된다고……."

"그냥 나랑 엮이면 안 좋은데. 내 존재 자체가 그냥……."

이귀한이 머리를 마구 헤집더니 고개를 푹 떨궜다.

"생각하니 우울하당. 아, 세계 다 뿌수고 싶다."

"물어봐서 죄송합니다. 부디 참아주세요."

미지의 강자에 대한 정보를 캐내려다 위험도만 재확인한 최요한이 입을 다물었다.

얼마 지나지 않아 그들은 참혹한 범죄 현장을 발견했다.

"이건."

둔기에 두들겨 맞아 죽은 균열개미 사체를 발견한 최요

한이 심각하게 현장을 살폈다.

'솜씨가 다르다. 최소 두 명이 저질렀군.'

"개미 죽이지 말라고 했는데?"

"네, 그런데 다른 분이 신나게 저지르셨네요. 공익광고를 안 보시는 분인가."

몬스터에게 쫓기는 게 아니면 제자리에 가만히 있는 것이 실종자의 의무거늘, 이 콤비는 너무 활발했다.

"위험?"

"아뇨, 이 정도는 아직 괜찮습니다. 과장님이 여왕개미를 잡으러 가시기도 하셨고. 길만 잘 찾으면 이보배 씨와 이한생 씨 찾기 전에 균열이 소멸될 수도 있죠."

일반인이 전력 질주하는 속도로 움직이던 두 사람은 균열개미 사체를 발견하고 속도가 자연스럽게 늦춰졌다. 얼마 지나지 않아 둘은 또 다른 학살 현장과 마주쳤다.

"또 있네?"

"우와. 진짜 신나서 저지르셨네요. 안에서 각성이라도 하셨나."

최요한은 개미 사체를 조사한 후 연쇄살충범이 2인조 콤비임을 확신했다.

"여기 보시면 이 개미들은 한 방에 죽었습니다. 그리고 이쪽은 여러 대를 때렸고 개미가 반항한 흔적이 있어요. 뉴비 각성자와 비각성자 콤비, 또는 뉴비 각성자와 비전투계 각성자 조합으로 추리됩니다.”

최요한은 두 개의 마커가 움직이던 행적을 떠올리고 허탈하게 웃었다.

“이보배 씨와 이한생 씨 작품이네요. 두 분 다 건강하신 모양입니다.”

최요한의 말만 듣다가 직접 동생들이 건강하다는 증거를 보게 되자 이귀한이 활짝 웃었다. 이귀한은 신나게 어깨춤을 추었다.

“역시 내 동생이야. 개미 따위에게 지지 않아!”

“두 분이 개미에게 잡히지 않아 다행이네요. 다른 실종자들의 안전을 위해서라도 빨리 찾죠.”

얼른 찾아서 잔혹한 학살을 막아야 한다. 최요한은 늦췄던 속도를 높였다.

‘길이 꼬인 게 아니었나.’

당초 남매를 찾아 마커를 주시했을 때, 이씨 남매는 이 근방을 헤매고 있었다. 그래서 길이 복잡하게 꼬여 있으리라 여겼는데 그렇지 않았다.

‘설마 개미 잡느라 왔다 갔다 한 건 아니겠지.’

불길한 예감이 최요한을 사로잡았다. 이귀한이 방금 지나친 통로를 가리키며 말했다.

“조금 전 통로 안쪽에 인간 다수.”

“식량 창고군요. 알려주셔서 감사합니다.”

식량 창고를 지나고 얼마 지나지 않아 이귀한이 최요한을 앞질렀다. 그동안은 동생들의 위치를 몰라 답답하게 따라갔다는 듯 최요한이 따라잡을 수 없는 속도였다.

어둠 속으로 사라진 이귀한 때문에 최요한은 허탈해져 고개를 저었다.

"과장님은 따라잡을 수 있으려나."

천벌 콤비로서 자존심 상하는 일이었다. 최요한은 한숨을 쉬고 마커를 향해 달렸다.

빠루 무쌍을 찍던 이보배와 이한생은 식량 창고를 발견했다. 창고에 생포되어 있던 실종자 무리도 찾았다. 다들 개미 독에 당해 움직일 수 없는 상태였다.

다행히 균열개미 독은 단순한 마비 독이라 생명엔 지장이 없다. 균열개미는 식량 창고에 식량을 산 채로 잡아둔다. 괜히 생존자를 빼돌려 개미를 자극하느니 식량 창고에 얌전히 숨어 있는 게 나았다.

"이제 여기 숨어 있자."

"무슨 소리냐! 아직 실종자가 남았다!"

"우리도 실종자거든!"

이보배가 정신 못 차린 막내 오빠에게 〈사랑의 매〉로 사량을 주입해 주려는데 복병이 등장했다. 식량 창고에서 덜덜 떨던 실종자였다.

어두운 개미굴에서 덜덜 떨다가 전등 불빛을 본 실종자들이 아우성쳤다.

"우리 애! 우리 애 좀 찾아주세요!"

"저희 알바생도 찾아주세요!"

"헌터님!"

"헌터님! 부탁드려요!"

입만 산(정말로 몸이 마비되어 입만 움직인다) 실종자들이 도움을 요청했다. 일행과 떨어진 실종자의 눈빛이 큰오빠를 찾던 이보배 자신의 과거와 겹쳐 보였다.

당황한 이보배는 딱 잘라 거절하지 못했다. 자신들도 똑같이 균열에 흡수된 피해자라고 말하면 되는데 입이 열리지 않았다.

이보배가 거절하지 못하는 사이 화르세인지는 혼자 창고를 나가 버렸다. 이보배는 허둥지둥 막내 오빠 뒤를 쫓았다.

'이 인간이!'

기고만장한 것이 전형적인 각성 하이였다. 하루에 레벨 업을 세 번이나 했으니 뽕 가서 충고는 뇌에 닿지도 않을 것이다.

"이 미친 새끼가, 내가 들인 병원비가 얼만데 나가 죽으려고!"

"성신과 시스템 신께서 날 굽어살피신다! 너희 같은 평범한 천것은 범접하지 못할 고귀하고 신성한 신의 사랑이 날 비추신다 이 말이다."

"고귀하고 신성한 신의 사랑이 각성이지? 나도 각성자거든?"

"너는 평범한 각성자 아니냐. 신성력을 받지 못한 일개 각성자에 불과하지. 나는 다르다! 나는 너 같은 돼지는 이해할 수 없는 운명의 소유자니라!"

이해할 수 없는 운명의 소유자답게 이해할 수 없는 짓만 골라 했다.

신의 가호가 진짜 있다면 어디로 가든 개미와 마주치지 않아야 하는 게 아닐까. 정반대로 남매는 창고에서 나오자마자 실종자를 운반하는 개미 무리와 조우했다. 쉽게 승리해 실종자를 구출했으나 이보배의 마음은 편치 않았다.

"얼른 들어라!"

실종자 운반을 모두 이보배가 떠맡아서는 아니다. 절대로.

어두컴컴한 흙 굴 한복판에 몸이 마비되고 겁에 질린 사람을 두고 갈 수 없는 노릇이다. 결국 이보배는 실종자를 질질 끌거나 업어서 식량 창고로 옮겼다.

화르세인지가 빠루를 휘두르며 호탕하게 웃었다.

"보아라! 이것이 화르세인지 드 체키빙이 걷는 운명이다. 승리와 정의의 길. 아, 이쪽은 재수가 없으니 가지 말자."

'진짜 신이 보우하시면 어디서나 당당하게 걸어야지 이

양반아.'

화르세인지는 중간중간 불길한 기운이 느껴진다며 길을 피했다. 그렇게 균열 곳곳에 흩어져 있던 실종자를 운반하는 개미를 습격하니 창고에 모인 사람이 마흔 명을 넘었다.

"헉헉."

이보배는 땀을 닦고 물을 마셨다. 처음 식량 창고에 스무 명가량 있었던 걸 생각하면 최소 열다섯 명을 그녀가 운반했다. 힘들어 죽을 것 같았다.

"무엇하느냐! 전리품을 챙기는 것은 종의 일이다!"

'무슨 개미가 다 여기로 와.'

분명 흡수된 사람은 균열 곳곳에 흩어져 있을 텐데 개미들이 이쪽으로만 운반해 오는 것이 이상했다. 식량 창고가 여기에만 있는 듯했다.

'멍청한 개미 같으니. 분산투자도 모르나? 식량처럼 중요한 건 한곳에 몰아두는 게 아닌데!'

빠루 휘두르랴 사람 옮기랴. 이보배의 전신이 비명을 질렀다. 똑같이 빠루를 휘두르지만 레벨 업으로 피로를 잊은 망나니 혼자 건강했다.

"이제 슬슬 숨자. 병정개미가 아직도 안 뜨는 게 더 수상해."

"이만큼 돌아다녔는데 보이지 않으면 처음부터 없었던 것 아니냐. 멍청한 돼지가 잘못 기억하는 게지."

"내가 너보다 성적 좋았거든!"

깊은 빡침은 이보배가 묻어둔 막내 오빠의 진실한 호칭을 부활시키고 말았다. 큰오빠는 큰오빠요, 작은오빠는 작은오빠니, 막내 오빠는 너일 수밖에 없더라.

"괘씸한 주둥이는 여기서 나간 후 벌해주마. 저기 개미가 또 있다! 아하하!"

망나니가 균열개미 10마리를 발견하고 달려갔다. 한 대 치면 바로 죽으니 참 신날 것이다. 상식과 문화가 전혀 다른 세계로 떨어져 불안하던 차에 스트레스도 해소되니 희열을 느끼겠지.

그리고 그 희열은 개미가 옆에 있는 동족을 잡아먹으면서 공포로 치환되었다.

"뭐, 뭐냐!"

"히익, 병정균열개미!"

동족을 포식한 일꾼균열개미가 병정균열개미로 진화했다. 크기는 대형견 정도로 커지고 껍데기는 단단해져 외갑이라 할 만한 강도를 자랑했다.

캬악!

병정균열개미 5마리가 위협적으로 입을 벌렸다.

"도망쳐!"

이보배가 후퇴를 외치는데 망할 망나니가 선빵을 때렸다.

"받아라, 정의의 검!"

그다지 정의롭지 않고 검도 아니었던 공격은 병정개미의 외갑에 맞고 튕겨 나갔다.

"어째서 이놈들에겐 정의의 검이 듣지 않는 게냐!"

"방어력이 높으니까!"

병정균열개미는 D등급. 레벨은 놀랍게도 10에서 15 사이다. 1에서 5레벨의 균열개미가 동족 하나 잡아먹었다고 그렇게 폭렙하는 게 어디 있느냐고 항의해선 안 된다. 그런 거 일일이 따지다가 혈압이 올라 죽은 사람이 많았다. 진짜로.

"너보다 레벨이 5는 높을 텐데 당연히 공격이 안 먹히겠지!"

"말이 많구나, 후퇴한다! 전략적 후퇴다!"

"살기 위한 후퇴겠지, 바보야!"

부활한 '너'에 이어 이보배는 봉인해 두었던 막내 오빠의 호칭을 하나 더 잠금 해제했다.

샤아아악!

병정균열개미가 도망치는 둘에게 개미 산을 뱉었다. 흙바닥에 부딪힌 개미 산이 연기를 내뿜으며 흙을 녹였다. 물어봤자 생채기 조금 내는 게 끝인 균열개미와 달리 몹시 치명적인 공격이었다.

이보배와 이한생은 기겁하고 달렸다.

"멍청아! 등신아! 인생에 도움 안 되는 새끼! 산소 축내는 새끼! 열라 하찮은 새끼야아!"

이보배는 봉인해 두었던 호칭을 모조리 잠금 해제했다.

병정개미 두 마리가 천장에 달라붙어 둘을 앞지르더니 뛰어내려 앞을 가로막았다.

샤아아악!

병정개미가 산을 뱉었다.

'못 피해!'

이보배는 얼굴을 가리고 눈을 꽉 감았다. 개미 산이 떨어질 위치가 딱 얼굴이었다. 넓게 퍼지는 탓에 몸을 굽혀 피할 수도 없었다.

"이 멍청한 돼지가!"

기억에 선명한 체온이 그녀를 감쌌다. 얼굴 곳곳이 불타듯 아팠지만 각오했던 것에 비해 면적이 좁았다. 턱없이 작았다.

"크윽."

그러니까 말이다. 인생에 하등 도움 안 될 거라 여겼던 새끼가 왜 하필 그때 착한 오빠 노릇을 했을까. 왜 감싸선 식물인간이 되어버리고, 이번엔 왜 감싸서 등에 화상을 입느냐 이거다.

"크으윽! 시발. 아파."

"오빠? 괜찮아, 막내 오빠?"

"뇌가 있으면 생각을 해라, 돼지야. 괜찮아 보이느냐?"

개미들은 남매가 티격태격하게 놔두지 않았다. 쓰러진 적에게 입을 벌리고 동시에 달려들었다. 이한생이 부상당한 몸으로 재차 이보배를 감쌌다.

병정균열개미의 위협적인 이빨이 이한생과 이보배의 몸에 파고들었다. 이보배를 감싼 이한생의 팔에 힘이 더 들어갔다.

이보배는 세계가 뒤집힌 것처럼 갑자기 숨이 막혔다. 짧은 순간이었지만 영혼이 뽑혀 나가는 듯한 기괴한 감각이 이보배를 훑고 지나갔다.

키에에에에엑!

사정없이 남매를 물어뜯던 개미들이 일시에 비명을 지르더니 악취 나는 체액을 쏟고 쓰러졌다. 이보배는 허둥지둥 막내 오빠의 아래에서 빠져나와 포션을 꺼냈다.

이상한 감각은 뭐고 개미가 왜 쓰러졌는지 알 겨를이 어딨는가. 막내 오빠가 죽게 생겼는데.

"어떡해, 어떡해, 막내 오빠."

넓게 퍼지는 개미 산을 몸으로 막는 바람에 이한생의 등은 녹은 옷과 피부가 들러붙어 보기만 해도 끔찍했다. 이보배를 감쌌던 팔다리는 개미에게 물려 피투성이였다.

이보배는 상처가 가장 심각한 등부터 포션을 발랐다. B급 포션이었다.

"으헝헝. 이거 어떡해."

그냥 포션을 부으면 천이 재생되는 살 안에 박히기 때문에 이보배는 어쩔 수 없이 천을 잡아 뜯었다. 옷이 제거되자마자 쥐 죽은 듯 쓰러져 있던 화르세인지가 고개를 쳐들었다.

"크아악! 이 미친 돼지가!"

생살이 찢기는 고통에 이한생이 도마 위 횟감처럼 펄떡였다. 이보배는 쌍욕을 시전하려는 이한생의 입에 포션을 물렸다.

"어헝헝, 우리 막내 오빠 어떡해. 죽으면 어떡해."

막내 오빠의 등엔 이미 큰 흉터가 있었다. 8년이 지나도 사라지지 않던 흉이다. 그런데 오늘 큰 흉이 하나 더 늘었다. 피부를 아예 뜯어 재생시키는 게 아니면, B급 포션으론 흉을 없앨 수 없었다.

흉이 진 것보다 흉이 생긴 원인과 당시의 고통이 이보배의 마음을 아프게 했다.

"그러니까 바보야, 왜 날 감싸. 멍청하게, 너는 피해야지."

이보배는 상처가 다 나아 붉은 기만 남은 막내 오빠의 등을 때렸다. 이보배의 손만 아팠지만 화르세인지가 발작하듯 외쳤다.

"너는 죽었다! 내 손으로 죽여주마! 내 고귀한 손에 돼지의 피를 묻히기 싫어 참았거늘 감히 목숨을 구해준 주인을 때려?"

서로를 놀리고, 비웃고, 죽이지 않으면 버틸 수 없는 관계. 그것이 바로 남매지간이다. 유전자 단위로 투쟁이 설계된 이 관계엔 예외가 있었으니.

"막내야, 셋째야! 무사한 거지!"

"큰오빠!"

나이 차가 있을 경우 투쟁심이 줄어든다. 이보배는 어둠 속에서 모습을 드러낸 큰오빠를 보고 안심한 나머지 서럽게 울었다. 이보배는 울면서 하소연했다.

"막내 오빠가, 등신 같이이, 히잉, 나 감싸고, 또, 바보가, 멍청이가, 허엉."

안도와 서러움이 복받친 나머지 이보배는 횡설수설했다. 이귀한이 가까이 다가가자 이보배 품에 안겨 있던 이한생이 질겁했다.

"으아악, 악마다! 오지 마!"

"우리 셋째가 또 막내를 감쌌구나. 장하다!"

"빨리 도, 도망쳐야……. 돼지는 이리 와라!"

참으로 감격스럽게도, 망나니는 이귀한을 두려워하면서도 이보배를 등 뒤로 잡아끌었다. 누가 봐도 지켜주려는 자세였다. 이귀한이 입을 틀어막았다.

"우리 셋째가 말은 험하게 해도 막내를 아꼈지. 형은 믿었다."

"저리 꺼져라, 이 악마야! 개미를 죽이고 도와준 척 속이려는 거지? 돼지는 멍청해서 속겠지만 나는 속지 않는다! 나는 두 신의 가호를 받는, 우, 우에에엑."

서슬이 시퍼렇게 눈을 뜨고 이귀한을 경계하던 망나니가 갑자기 속을 게워냈다. 이보배는 서럽게 이한생을 불렀다.

"막내 오빠!"

"우웨에에엑."

마신 포션은 모두 흡수되었기 때문에 소화되다 만 햄버거가 쏟아졌다. 이보배는 화르세인지의 등을 두드려 주려다 회복한 지 얼마 안 된 등을 두드려도 되나 싶어 내민 손을 움츠렸다.

"소, 속지 않는다. 너는 역병 같은……. 악의……."

이보배와 둘만 있을 때 설명하고 죽어버리는 조연 같은 역할을 했던 게 복선이었던 것일까. 화르세인지가 조연이 죽을 때 남기는 대사 비슷한 걸 읊더니 쓰러졌다.

놀란 이보배가 흔들어도 깨어나지 않았다. 화르세인지의 안색은 식물인간 시절처럼 창백하고 손발이 찼다.

"아, 왠지 이럴 것 같더라."

짚이는 바가 있는 듯 이귀한이 인상을 찌푸리고는 머리를 긁었다. 이귀한은 풀이 죽어 울상을 지었다.

"셋째야, 미안. 나랑 너 상극인가 봐."

훌쩍훌쩍. 이귀한이 구슬프게 눈물을 흘렸다.

"막내 오빠가 왜 이러는 건지 큰오빠 알아? 왜 쓰러진 건데!"

"잠깐만 나 좀 울고. 너무 슬퍼. 1분만 울래."

이보배는 일단 막내 오빠 입에 포션을 꽂았다. 일이 어떻게 돌아가든 간에 포션을 먹여 손해 볼 건 없었다. B급은 다 써버려서 C급을 꽂을 수밖에 없었다.

'그깟 두통이 뭐라고! 여유 있을 때 잔뜩 만들어뒀음 좋았잖아!'

그렇다고 정신 바짝 차려야 하는 개미굴에서 포션을 제작할 순 없다. 이보배는 막내 오빠의 맥을 짚으며 이귀한이 다 훌쩍거리기만 기다렸다.

1분이 지나기 전에 가면 위에 고글과 가면을 겹쳐 쓴 남자가 등장했다. 이보배가 흠칫 놀라자 남자가 가면과 고글을 벗었다. 최요한이었다.

최요한은 가면을 벗어 이보배를 안심시킨 뒤 야시경을 쓰고 상황을 파악했다.

병정개미는 죽어 있고 이귀한은 크게 잘못한 아이처럼 훌쩍거린다. 이한생은 쓰러진 상태에서 입에 포션 병을 물고 있으며 몸 곳곳에 부상 흔적이 있다.

마지막으로 이보배. 이보배도 이한생처럼 몸 곳곳에 부상이 있었다. 이한생의 상처를 치료해 준 건 이보배인 듯싶었다. 자신의 몸은 돌보지 않았는지 팔다리 상처에서 피가 흘렀다.

최요한은 심란한 속내를 숨기지 않고 착잡한 표정을 지었다. 여기에 혼란을 가중할 필요는 없었다. 최요한이 이보배에게 상냥한 미소를 지었다.

"일단 상처부터 치료하실까요. 치료 후에 상황 설명 부탁드려요."

병정균열개미에게 물린 상처는 꽤 깊었다. 중요 혈관이 무사했기에 망정이지 하마터면 과다출혈로 사망할 뻔했다.

개미에게 저항하면서 상처가 더 벌어져 이보배의 품질 미달 D급 한 병으론 완치되지 않았다.

"제 포션을."

최요한이 자기 포션을 꺼내려 하자 이보배가 막았다.

"아뇨, 저 포션 더 있어요."

이보배는 품질 미달 D급 포션을 두 병 더 꺼냈다. 포션 바르는 걸 도와주던 최요한이 의아한 표정을 지었다.

"왜 그러세요?"

"많이 놀라셨나 봐요. 포션 쿨타임도 잊으시고."

"네? 포션도 쿨타임이 있어요? 시스템창엔 안 뜨던데요."

"아."

최요한이 이보배가 민망하지 않도록 자연스럽게 넘어갔다.

"생산계는 포션 쓸 일이 없으니 모르실 수도 있죠. 일단 환부에 포션을 부으면 쿨타임이 지날 때까지 동일 등급 포션을 더 부어도 상처가 낫지 않아요. 그래서 헌터들이 높은 등급의 포션을 선호하죠. 시간이 없는데 쿨타임이 찰 때까지 기다릴 수 없으니까요."

"저는 그냥 회복력으로만 등급 붙이는 줄 알았는데."

팔이 절단된 상처가 있다고 하자. 상처가 벌어지지 않게 고정하고 시간을 들여 D급 포션을 부으면 언젠가는 깔끔하게 아문다.

하지만 전투 중에 그럴 시간이 어디 있나. 팔 대충 갖다 대고 휙 부으면 샤라락 붙는 고등급 포션이 최고지.

“그래서 연금술사 중엔 등급이나 부가 효과보단 쿨타임을 없애려 연구하는 사람도 있다고 들었어요.”

“그, 그렇군요.”

처음 듣는 얘기에 이보배는 민망해 고개를 들지 못했다. 최요한이야 생산계는 포션 쓸 일 없어 모를 수 있다고 포장해 줬지만 그래선 안 되는 거였다.

이보배가 포션 메이커로 종사한 기간이 6년이다. 최초의 각성자가 8년 전에 나왔으니 최요한의 경력이 길어봐야 이보배보다 2년 많은 게 전부일 터.

포션 제작자면서 포션에 대한 설명을 최요한에게 듣고 있자니 자괴감이 밀려왔다.

‘못났다, 진짜.’

제대로 피하지도 못해 막내 오빠는 다치고, 불안하다고 하면서 개미 잡는 거 말리지도 못했다. 정말이지 제대로 하는 게 하나도 없었다.

오늘의 굴욕이 내일의 거름이 될 수 있을까.

‘자신 없어.’

이보배는 C급 포션을 꺼내 환부에 바르고 한 모금 마셨다. 분명 아무 맛도 나지 않을 텐데 기분이 씁쓸해서인지 포션이 무척 쓰게 느껴졌다.

"나 다 울었어."

한 많은 귀신처럼 눈물을 뽑던 이귀한이 고개를 들었다. 최요한은 이씨 남매에게 말했다.

"상황 설명을 듣고 싶지만 일단 식량 창고로 이동하죠. 개미들이 난폭해져서 실종자들이 걱정되어서요. 자세한 얘기는 가서 듣겠습니다."

최요한이 이한생을 어깨에 둘러멨다. 상체가 아래로 쏠리는 자세라 이보배는 화르세인지가 또 토하진 않을까, 그러다 기도가 막히진 않을까 걱정됐다.

"죄송한데 자세 바꿔주시면……. 큰오빠가 들자."

"안 돼. 나랑 닿으면 토해."

"구토한 분께 자세가 좀 그런가요. 그럼 이렇게."

최요한은 이보배에게 끈을 건네고 자세를 고쳐 이한생을 업었다. 이보배는 고리 달린 끈으로 화르세인지를 고정했다. 단단히 고정된 걸 확인한 최요한이 일어섰다. 언제 썼는지 얼굴에 가면이 씌워져 있었다.

"다른 사람 앞에선 아는 척하지 말아주세요."

"네, 알겠습니다."

"이귀한 씨는 이보배 씨를 부탁드려요."

이귀한이 이보배 앞에 무릎 꿇고 등을 보였다. 이보배는 사양하지 않고 업혔다. 다른 개미들도 병정개미로 진화했다면 사람들이 위험했다.

'난 각성자니까 이 정도로 다친 거지, 비각성자는 팔다리가 잘릴 거야.'

이보배는 이귀한의 목을 끌어안은 손에 힘을 주었다. 눈 몇 번 깜빡했더니 식량 창고였다. 얼떨떨한 상태의 그녀를 이귀한이 식량 창고 구석에 살포시 내려놨다.

마비된 상태로 오들오들 떨던 사람들은 갑자기 무언가 잔뜩 들어오니 깜짝 놀랐다. 그러다 이보배가 달고 있는 전등의 빛으로 들어온 게 사람임을 알고 안도했다.

어린아이가 가면 쓴 최요한을 보고 놀라 울긴 했으나 금방 그쳤다. 부모가 공무원이라고 설명한 것이다.

"관리국 헌터 맞지? 저 가면 뉴스에서 본 적 있어."

"헌터님 상태가 안 좋아 보이는데."

"괜찮으세요?"

"저 사람도 헌터인가?"

"우리 살 수 있는 거겠지?"

"누구 지금 어떻게 돌아가는 건지 설명해 줄 사람 없소?"

최요한은 식량 창고에 있는 사람 수를 헤아리고 감탄했다. 총 41명. 식량 창고 하나에 모여 있기엔 숫자가 많긴 했다. 분산투자를 모르는 여왕개미와 망나니의 과욕이 낳은 수혜였다.

'뭔가 어감이 이상한데.'

최요한은 상황을 설명해 달라고 했다. 그러나 이보배에겐 상황 설명보다 급한 게 있었다. 이귀한에게 이한생이 쓰러진 이유를 듣는 것이다. 최요한도 이해한다는 듯 실종자 중 부상자 여부를 확인했다.

이보배는 전등 밝기를 키워 이한생을 살폈다. 화르세인지는 몸살 난 사람처럼 식은땀을 흘리며 끙끙거렸다.

이보배는 C급 포션 하나를 더 꺼내 입에 꽂으려다 그만뒀다. 쿨타임이 찼는지 모르겠고 포션으로 회복될 상태가 아닌 듯했다.

대신 물을 꺼내 입에 대주었다. 목이 말랐는지 신음하던 망나니가 입을 열어 물을 마셨다. 소금 사탕을 까서 넣어주자 신음이 약해졌다.

지극정성으로 이한생을 살피는 이보배 곁에 이귀한이 슬금슬금 다가왔다. 주인에게 혼난 강아지처럼 어깨가 축 처져 보기 안쓰러웠다.

"어떻게 된 거야?"

"나랑 셋째 상극인 것 같은데."

"그러니까 그게 무슨 소리야?"

자세한 설명을 요구하면서도 이보배는 대충 짐작 가는 게 있었다. 이귀한은 자신을 악이라 칭했고 화르세인지는 신성력을 사용했다.

빛과 어둠, 어둠과 빛. 극과 극을 달리는 두 속성의 대치는 어디서나 써먹는 설정이다. 보편적이다 못해 거의 공식 수준이었다. 서로가 서로에게 약점인 것도 흔하디흔한 설정이었다.

"셋째가 나더러 악마라고 했잖아. 나 좀 귀찮아도 잘 숨기고 있었는데 바로 알아채더라고. 눈으로 때릴 때도 과민 반응했고."

"그래서?"

"셋째가 남들보다 예민하게 반응하는 거 같아서 셋째 찾을 때도 힘 안 썼거든. 그러다 네가 걱정하는 것 같아서 쓰려다가 사람이 너무 많아 그만뒀고."

뿌셔뿌셔가 전공이지만 탐지도 할 줄 알았던 모양이다. 이보배는 지하 쇼핑센터에서 갑자기 기분이 나빠졌던 것이 이귀한의 짓임을 짐작했다.

"네가 기다리라고 했잖아. 그래서 균열 안 들어가려고 버텼거든."

'균열 흡수가 버틸 수 있는 거였어?'

아무도 못 막는 균열 흡수가 버틸 수 있는 현상인가에 대한 의문이 생겼지만 화끈하게 접어서 치웠다. 이보배는 이귀한의 말을 끊지 않고 경청했다.

"근데 흡수되는 사람 중에 너랑 셋째가 있는 거야. 그래서 따라 들어왔는데 아무리 찾아도 너희가 안 보이잖아.

길은 못 찾아도 너희 위치는 파악되어야 하는데 계속 안 느껴져서. 그래서 이상하다고 생각했거든."

'막내 오빠가 내내 지적하던 불길하고 재수 없는 기운이 큰오빠였나?'

이귀한이 기운 없이 읊조렸다.

"내가 악이면 셋째는 선이야. 내가 암흑이면 셋째는 빛이야. 내가 불이면 셋째는 물이야. 서로가 서로에게 약점이고 치명적인데 내가 존나 쎄잖아. 그래서 셋째가 못 버티나 봐."

"그럼 큰오빠랑 막내 오빠는 같이 있을 수 없는 거야?"

기껏 네 식구가 모두 모였는데 같이 살 수 없게 되는 것일까? 이보배가 안타까워 물었다.

"아니."

이귀한이 상큼하게 대답했다.

"내가 힘을 잘 숨기면 되는뎅."

"뭐야, 걱정했잖아."

"어차피 셋째 앞에선 힘 못 써. 지금도 개미 잡느라 힘 조금 썼다고 저렇게 쓰러졌잖아."

병정균열개미를 처치한 건 큰오빠였다. 반전이랄 것도 없는 당연한 결과였다.

이보배는 원거리에서 어떻게 공격했냐고 묻지 않았다. 한순간 세계가 뒤집히고 혼이 뽑히는 것같이 끔찍했는데 그때 이귀한이 수를 썼을 것이다.

"너도 있어서 힘 조절한 건데."

이보배는 갑자기 기분이 나빠졌다. 누가 옷 속에 뱀이라도 넣은 것처럼 등골이 오싹해지고 전신에 소름이 돋았다. 헛구역질이 나오더니 귀에서 뇌를 끄집어내는 듯한 끔찍한 착각이 일었다.

이보배가 놀라 펄쩍 뛰자 기분 나쁘던 것이 싹 가셨다. 이귀한이 고개를 끄덕였다.

"너는 이렇게 기분 좀 나쁘고 마는데."

소금 사탕을 녹여 먹던 망나니가 갑자기 끙끙거렸다. 신음이 커지나 싶더니 벌떡 일어나 구역질했다. 반쯤 녹은 소금 사탕이 바닥을 구르고 이한생의 전신에서 식은땀이 비 오듯 쏟아졌다.

"셋째는 이렇게 과민반응하니까."

"말로 해도 알아듣거든! 이제 겨우 조금 나아진 사람을 또 괴롭히면 어떡해! 큰오빠가 그러니까 막내 오빠가 큰오빠더러 악마라고 부르는 거야!"

"그렇지만 동생을 괴롭히는 건 형의 특권."

"지금은 그럴 때가 아니잖아!"

때와 장소를 모르는 이귀한에게 화난 이보배가 손을 올렸다. 그러자 이귀한이 이보배의 손목을 잡았다.

"막내야, 스킬 켰니?"

"아니."

"안 켰을 땐 때리지 마. 힘 튕겨서 네가 다치면 오빠는 마음이 너무 아파서……."

이귀한이 보란 듯이 울상을 지었다.

"다 뿌수고 싶어져."

세상엔 밥 잘 먹고 건강하기만 해도 세계를 지키는 영웅이 있다. 이보배가 그렇다.

세계를 지키는 영웅은 호시탐탐 세계 멸망을 노리는 대마왕을 사랑의 힘으로 격퇴했다.

"자꾸 이럴 거야?"

"따흐윽! 오랜만에 맞으니 더 찰지구나, 막내야!"

막내의 사랑을 등으로 느낀 이귀한이 벽에 등을 비볐다.

이보배는 큰오빠에게서 신경 끄고 다시 막내 오빠의 상태를 살폈다. 환자에게 실수하지 않도록 〈사랑의 매〉를 off로 돌리는 것을 잊지 않았다.

"으으……."

"정신 들었어? 괜찮아? 더 악화된 건 아니지? 포션 마실래?"

"저…… 저 악마에게 다가가지 마…… 라. 저것을 가까이하면, 부정…… 탄다……."

대화의 여지가 보이지 않는 이한생의 말에 이보배는 안타까워 이귀한을 두둔했다.

"큰오빠가 힘 잘 숨기겠대. 숨기면 같이 있어도 괜찮을 거야."

"저건 그런 종류의 악마가 아니다. 저건…… 저것은 악신이야. 저것은 파괴만을 원한다. 모조리 죽이고 타락시켜 더럽히는 게 저것의 목적이야. 대가를 바라지 않고 보상도 필요 없이 존재의 목적 자체가 파괴와 오염인 거다."

"크으, 다 사실이야. 우리 셋째 보는 눈이 있구나."

이귀한이 가까이 다가오자 화르세인지는 기겁하고 뒤로 물러났다. 망나니는 침통한 표정을 짓더니 제 몸에 스킬을 사용했다.

"정화."

힐을 쓸 때보다 더 새하얗고 신성한 빛이 나타났다 사라졌다. 화르세인지의 안색이 눈에 띄게 좋아졌다.

"사악한 악마 새끼. 네놈의 부정한 기운을 얼마든지 정화해 주마! 너 따윌 두려워할 것 같으냐! 나는 네게 떨지 않는다! 두 신께서 나를 지켜주신다!"

화르세인지가 갓 태어난 사슴 새끼처럼 떨었다. 이보배는 말없이 망나니의 어깨에 팔을 둘러 체온을 나눴다. 망나니가 거칠게 숨을 몰아쉬며 이보배에게 기대 훌쩍였다.

"그래, 그래. 일단 나가서 얘기하자, 나가서."

이보배는 눈물 대신 콧물을 훌쩍이는 막내 오빠를 토닥였다. 느는 건 한숨이었다.

사람들을 진정시킨 최요한이 남매에게 다가왔다. 그는 앞서 말했던 대로 상황 설명을 부탁했다. 이보배는 균열에 흡수된 이후 벌어진 일들에 대해 간략히 설명했다.

최요한이 탄식하며 말했다.

"개미를 잡으셨구나."

"죄송해요, 몰랐어요."

"아니에요, 괜찮습니다. 몇 마리 잡았는진 기억하세요?"

"혼자 헤매면서 대여섯 마리, 막내 오빠도 대여섯 마리, 둘이 같이 퀘스트 세 번 깼으니까 서른 마리 넘기고……."

말해 놓고 보니 생산계 주제에 너무 활개 쳤다 싶어 민망했다. 이보배는 화르세인지의 폭주를 말리지 못한 자신을 탓했다.

"인원이 많아 균열 출구까지 이동하느니 여기서 기다리는 게 낫겠습니다. 과장님과 이해기 씨가 여왕개미를 잡으러 갔으니 곧 균열이 끝날 거예요. 저는 남은 실종자를 찾고 두 분과 여기 계신 실종자분들의 안전은 이귀한 씨에게 부탁드리고 싶은데 괜찮으실까요?"

"노노해."

이귀한은 이보배 뒤에 숨어 자신을 경계하는 이한생을 가리켰다.

"내가 힘쓰면 셋째가 아파요."

최요한은 왜 아픈지 묻지 않았다. 아마 사람들을 진정시키면서 남매가 하는 대화를 다 들었을 것이다.

"아, 맞다. 저는 힘을 숨기지 않음."

"아주 잘 숨긴 힘으로도 가능하시잖아요. 창고 입구만 지켜주세요."

"나는 많이 참고 있는데."

자꾸 이러면 참지 않겠단 이귀한의 경고에 최요한이 밀리지 않고 웃었다. 가면을 써서 이보배 눈엔 보이진 않지만 평소보다 조금 더 약게 웃고 있으리란 느낌이 들었다.

"동생분들이 열심히 지킨 사람들인데 힘을 보태주시면 좋죠."

"맞아, 큰오빠. 막내 오빠한테 균열 내 사람 구하라는 퀘스트도 떴어."

솔직히 말해 이보배는 갇힌 사람들 수십보다 두 오빠가 더 중요하다. 화르세인지가 받은 퀘스트 페널티가 공포의 트리플 물음표가 아니었다면 참견하지 않았을 것이다.

전원 구출하지 않아도 괜찮지만 일단 구한 사람 수는 유지하고 싶었다.

"셋째 퀘 떴어? 그럼 버스 태워줘야지. 나 운전 잘해."

이귀한의 태세 전환은 30년 경력 전집 주인이 부침개 뒤집는 것보다 빨랐다. 이귀한은 최요한에게 열심히 손가락질했다.

"여기서 쫌 더 가면 셋, 이쪽에 조금 덜 가서 하나, 저쪽에 둘."

알면서 미리 말하지 않은 이귀한을 최요한은 비난하지 않았다. 오히려 이보배가 부담될 정도로 감사를 표했다.

"협조 정말 감사합니다."

최요한이 바람과 같은 속도로 사라졌다. 이보배는 그를 걱정했다.

"헌터님 괜찮을까. 등급이 낮아도 수가 많을 텐데."

"허튼 걱정."

이귀한이 한마디로 이보배의 걱정을 일축했다. 실제로 기우였다. 최요한은 금방금방 돌아왔다. 양팔에 사람을 한 명씩 들고 오더니 금방 이귀한이 말한 인원을 채웠다.

그가 가면 위로 땀을 훔치는 시늉을 했다.

"휴우, 이 근방은 다 뒤진 것 같아요. 여러분 덕분에 실종자를 원활하게 구출할 수 있었어요. 정말 감사합니다."

최요한이 꾸벅 고개를 숙였다. 이보배는 손을 내저었다.

"아니에요. 저희야말로 큰 도움 못 드려서 죄송해요."

"그렇지 않습니다. 정말 큰 도움이 되었어요. 특히 이귀한 씨, 협조 감사합니다. 만약 관리국에서 감사패 얘기 나오면 적극 추천하겠습니다."

"아니, 감사패라니. 저희는 그러니까……. 관심을 받으면 곤란한 그런 상황이라."

"그렇군요. 뜻이 그러시다면 적극 막겠습니다."

"그래주시면 감사하고요. 그리고 아까 저희 얘기 엿들으신 것 중에 막내 오빠 스킬도 못 들은 척해주셨으면 하는 소망이."

"네? 저는 아무것도 못 들었는데요."

"부끄럽지만 저희 막내 오빠도 각성 하이가 와서요. 전투계로 각성한 건 맞는데 정화 스킬 같은 건 없어요. 그냥 전등 가지고 장난친 거예요. 큰오빠가 어둠이라면 막내 오빠는 빛 설정인 거죠. 하하하."

"아하하, 이보배 씨 오빠분들은 참 유쾌한 분들이세요."

"그, 그렇죠?"

이보배가 필사적으로 이한생의 스킬을 숨기려 애쓰는 동안 당사자인 이한생은 창고에 있는 실종자 수를 셌다.

"하나, 둘, 셋, 넷……."

헷갈리지 않도록 앉아 있는 사람들의 머리를 짚어가던 이한생이 창고에 있는 인원을 모두 점검한 후 청천벽력 같은 말을 꺼냈다.

"하나가 부족하다."

"뭐가?"

"한 명이 부족해. 균열에 흡수된 사람은 나를 제외하고 모두 49명이다. 퀘스트창에 그렇게 나와 있어. 그런데 여긴 돼지 너를 포함해 48명밖에 없다."

이보배는 사람 수를 헤아렸다. 이한생은 구출 퀘스트를 받았으니 구조 인원에서 빠진다. 그렇게 치면 균열이 생성될 때 흡수된 인원 49명 모두 창고에 있었다.

"응? 49명 맞는데?"

"무슨 소릴 하는 거냐."

망나니가 두려움과 혐오를 숨기지 않고 이귀한을 가리켰다.

"사람 수를 헤아릴 때 저것도 포함시키더구나. 저건 인간이 아니다. 그러니까 세면 안 돼."

양 떼에 양의 탈을 쓴 늑대가 숨어 있다. 그것은 양이 아니니 털이 몽실몽실 복슬복슬해도 양으로 세선 안 된다. 양이라고 우기며 풀을 뜯어 먹어도 양이 아닌 것이다.

이보배가 그게 무슨 말이냐고 항의하려는데 이귀한이 고개를 끄덕였다.

"응, 나 99퍼센트 부족하니까 시스템이 보기엔 인간 아니겠지."

그 말에 이보배는 울컥했다. 이해기가 최근 입에 달고 살던 말을 그녀가 할 차례였다.

"큰오빠는 인간이니까! 우리 오빠니까!"

"감사. 근데 이 근방엔 사람 없어. 죽은 거 아닐까?"

"아직 생존으로 뜬다고 악마에게 전해라, 돼지."

이보배는 기가 막혀 막내 오빠를 흘겼다.

"주인의 말을 전하지 않고 무엇 하느냐!"

"우와, 큰오빠가 퀘스트 도와준다고 했을 땐 별말 안 했으면서 갑자기 이러기?"

"악마가 무슨 속셈인지 모르니 챙길 건 챙겨 힘을 모아야 한다. 멍청한 돼지야."

화르세인지가 그것도 모르냐는 듯 이보배를 비웃었다. 그 눈깔, 확 찔러 버릴 뻔했다가 이한생이 몸을 돌리면서 드러난 등의 흉을 보고 참았다.

'인생에 도움 안 되는 새끼는 영구 봉인이네.'

큰오빠 편을 들어주지 못해 미안한 마음에 눈짓으로 사과했다. 이귀한이 이보배의 머리를 쓰다듬었다. 자신보다 이한생을 우선시해도 괜찮다는 의미였다. 큰오빠의 포용력에 이보배는 배시시 웃었다.

이한생이 몸을 돌려 최요한에게 명령했다.

"거기 가면 쓴 수상한 놈. 나라의 녹을 받는 자라고 했지? 하나가 부족하다. 더 찾아와라."

"그건 곤란한데요. 이 근방은 거의 다 뒤졌지만 아무도 없었거든요. 곧 균열이 소멸할 테니 여기서 대기하는 게 나을 것 같습니다. 여왕이 위험해지면 개미들이 난폭해져 식량 창고를 습격할 수 있거든요."

"난 숫자가 하나 비고 그런 게 싫단 말이다!"

옷과 모자는 깔별로, 신발은 구입 연도별로 정리하던 막내 오빠다운 생떼였다. 이한생은 게임할 때도 1회차에 게임 내 모든 이벤트와 퀘스트를 하기 위해 공략집을 뒤지던 인간이었다. 절반도 못 채웠으면 모를까, 하나가 어설프게 비는 건 용납할 수 없을 것이다.

하지만 안 되는 건 안 되는 거다.

"막내 오빠 개미 산 맞으면서 많이 아팠지? 그런 놈들이 우글거리는데 어떻게 저분을 멀리 보내."

"도움을 못 드려 죄송합니다."

"아뇨, 저희 오빠가 아직 불안정한 상태라 저야말로 정말 죄송합니다."

"이 수상한 굴에서 나가면 돼지의 주리를 틀겠다!"

"그런데 이상하네요. 과장님치고 너무 오래 걸리는데.. 길을 잘못 드셨나."

최요한이 의아한 듯 고개를 갸웃거렸다.

여왕균열개미는 개미굴의 보스다. 균열핵을 체내에 지니고 있거나 지키고 있을 확률이 높다.

이해기와 박마노는 균열 내 마력의 흐름과 농도를 이정표 삼아 여왕균열개미가 있을 산란실로 이동했다.

키릭키릭.

산란실로 가는 길은 병정균열개미가 철통 경비하고 있었다. 박마노와 이해기는 개미를 무시하고 달렸다. 병정균열개미가 천장과 벽을 타고 둘을 앞지르려 했지만 속도를 따라잡지 못해 뒤처졌다.

그렇게 몇 번 병정균열개미 무리를 지나치자 다음 타자가 나타났다. 날개 달린 수개미였다. 수개미의 전투력은 병정균열개미보다 약하지만 날개가 있어 기동력이 좋다. 그러니 아예 몸으로 침입자를 막겠다는 의도였다.

키에에에엑!

박마노는 정면에서 달려오는 수개미를 순식간에 피했다. 그 정도로 빠르지 못한 이해기는 정면으로 쇄도해 달라붙으려는 수개미를 눈썹 한 번 까닥하지 않고 양분했다. 여기까지 도착하는 동안 개미를 죽이지 않았으니 두 마리는 괜찮을 것이란 판단이었다.

박마노는 이해기의 솜씨보다 그가 들고 있는 검에 주목했다. 단순하고 밋밋한 철검이었지만 기본에 충실한 좋은 물건이었다.

“검 좋아 보입니다?”

“지인의 솜씨입니다.”

미래에 S급 무기 장인이 되는 대장장이가 만든 연습 작품이다. 지금은 자금난에 시달리는 대장장이일 뿐이지만 몇 개월 뒤 속성 부여 스킬을 얻게 되어 승승장구한다.

지금까지 속성이 깃든 무기는 균열 보상으로만 얻을 수 있었고 제작할 순 없었다. 그러던 것이 이 무기 장인을 시작으로 극소수의 각성자가 스킬을 얻는다.

'그래 봐야 전 세계에 5명이었지만.'

이해기가 회귀한 후 가장 먼저 투자, 섭외하려 한 각성자였다. 일단 그가 기억하고 있는 각성자 중에서 투자 회수를 가장 빨리할 수 있는 인물이기도 했다. 그런 이유로 이해기는 이보배가 준 1억을 무기 장인에게 아낌없이 투자했다.

"좋은 대장장이 알면 공유합시다!"

"박마노 씨가 조금 더 저를 믿어주신다면야!"

"사람 참 인색하게."

둘은 사담을 나눌 정도로 여유롭게 산란실에 도착했다.

여왕개미를 지키기 위해 개미들이 산란실 입구를 막았다. 빽빽하게 밀집해 정면을 막고 다른 개미가 뒤에서 나타나 퇴로를 차단했다.

하나하나 잡아도 끝이 없는 수의 개미 떼. 이게 균열개미의 저력이다. 낮은 등급을 보고 얕본 헌터들이 수적 열세를 견디지 못하고 고지를 앞둔 채 후퇴하는 경우가 종종 있을 정도였다.

물론 이해기와 박마노에겐 해당되지 않는 일이었다. 박마노가 몸을 돌려 퇴로를 확보했다.

"겉바속촉 이것들아!"

박마노의 몸에서 푸른 전기가 튀더니 오른팔에 집적되었다. 박마노가 오른팔을 휘저었다. 박마노가 서 있는 곳에서부터 지면을 타고 강력한 전력이 부채꼴 모양으로 쏟아졌다.

범위 내에 있던 개미들이 저항 한번 못 하고 쓰러졌다. 쓰러진 개미 사체에서 연기와 탄내가 올라왔다.

"사람은 잘 되는데 왜 곤충류는 어렵지. 원래 겉이 바삭해서 그런가."

겉은 바삭하고 속은 촉촉해야 하는데 겉은 태우고 속은 녹아버렸다. 박마노가 안타까워하며 몸을 산란실 쪽으로 돌렸다.

개미가 얼마나 많든 상관없었다. 여왕을 지키는 개미를 여왕과 함께 전기 마사지로 지져주려는데 사람의 비명이 들렸다.

"살려주세요!"

열심히 알을 낳는 여왕개미를 위해 일꾼개미들이 입가에 먹이를 가져다 대고 있었다.

산 채로 씹어 먹히게 생긴 사람이 비명을 질렀다. 개미 독에 마비되었는지 움직이진 못했다.

"으아아악!"

"아까비."

박마노가 안타까워 혀를 차고 진압봉을 휘둘렀다. 박마

노의 공격 스킬은 모두 강력하지만 피아 구분이 되지 않는다는 단점이 있었다.

원거리 공격 스킬로 개미만 공격하자니, 전기가 흘러 사람이 다칠 가능성이 높았다. 여왕개미를 단번에 죽이려면 결국 주위에도 피해가 간다. 붙잡힌 사람을 구하려면 몸으로 뚫고 가는 수밖에 없었다.

"요한이만 있었어도."

박마노가 일이 귀찮아진 것에 불만을 토로했다.

"최요한 씨가 동생들을 찾았겠죠?"

"못 찾았어도 괜찮게끔 얼른 처리해야죠."

그 말이 정답이다. 이해기가 자세를 정비하고 개미의 틈을 살피다가 지면을 박차고 앞으로 나갔다.

수백 마리의 균열개미가 이해기를 막으려 몰려들었다. 이해기는 겁먹거나 당황하지 않았다.

개미를 밟고, 가르고, 걷어차니 여왕개미 코앞이었다. 놀란 여왕개미가 이빨을 부딪쳐 위협했다.

이해기는 눈썹 하나 까딱하지 않았다. 높아봐야 D급 균열의 주인 정도야 그에게 위협이 되지 않는 데다가 애초에 이해기가 노린 상대는 여왕개미가 아니었다.

이해기는 여왕개미의 주둥이 앞에서 기절 직전인 실종자를 둘러메고 높이 뛰어올랐다.

"지금!"

"센스 있네!"

박마노가 호탕하게 웃으면서 축전 후 바닥을 지졌다. 푸른 색으로 빛나는 벼락이 불꽃을 튀기며 산란실 바닥을 휩쓸었다. 개미의 비명과 팝콘 터지는 소리가 산란실에 메아리쳤다.

고전압이 쓸고 간 자리엔 새까맣게 탄 개미 사체만 남았다.

이해기가 착지하자 그의 발밑에서 남은 전력이 지지직거렸다. 이게 이해기가 균열에서 허용한 최초의 공격이었는데, 버틸 만했다.

그가 버틸 만했다고 다른 사람도 버틸 수 있는 건 아니었기에 이해기는 바닥을 발로 툭툭 쳐 전기가 모두 가신 걸 확인한 후에 둘러멨던 사람을 내려놓았다.

"괜찮으십니까?"

균열에 휩쓸려, 개미에게 운반돼, 여왕개미에게 먹힐 뻔했다가 수동 자이로드롭을 타 혼이 쏙 빠진 민간인이 말했다.

"바, 바, 박마노다."

"네, 박마놉니다."

"살았다!"

"국민 여러분의 성원과 신뢰에 보답하는 관리국이 되겠습니다!"

박마노가 상쾌한 얼굴로 웃었다. 일이 귀찮아질 뻔했는데 이해기가 센스있게 움직여 한 큐에 끝난 것이다.

"이 정도는 되어야 거래할 자격이 있지. 나랑 합 맞추는 건 처음일 텐데 전투 센스가 좋다."

"하하하."

이해기가 박마노와 합을 맞춘 기간이 10년이 넘는다. 홀로 기억하는 추억이 애틋하고 또 아까워 이해기는 억지로 웃었다.

"우리 시민분은 시간 지나면 자연적으로 해독되니까 잠시 여기 계시고."

이해기는 박마노가 시키는 대로 산란실 구석으로 가엾은 시민을 옮겼다.

"여왕 막타는 이해기 씨가 먹읍시다! 경험치 챙기셔!"

이해기가 귀찮음을 덜 수 있는 센스를 발휘했다면 박마노는 한 방에 잡을 여왕을 쪼렙 거래처를 위해 남겨두는 센스를 발휘했다.

이해기는 바닥에 즐비한 개미 사체를 지나쳐 여왕균열개미에게 갔다. 개미 사체를 밟을 때마다 바싹 탄 외갑이 부서지고 탄내 나는 체액이 쏟아졌다.

"병정개미의 수가 많은 것 같지 않습니까?"

"그렇긴 한데 여왕 잡으면 끝날 거 후딱 해치웁시다."

타당한 의견이었다. 여왕균열개미는 이해기가 다가가자 신음하며 도망치려 했다. 하지만 숨이 간신히 붙은 상태에서 육중한 몸을 일으키는 건 무리였다.

끆에에엑.

이해기는 손쉽게 여왕균열개미의 숨통을 끊었다. 여왕개미를 잡았다는 시스템 알림이 떴다. 파티를 맺지 않은 박마노가 거의 다 잡은 것을 그가 숨통만 끊어서 그런지 경험치는 많이 주지 않았다.

“이해기 씨!”

박마노가 이해기를 부르더니 엄지와 검지를 붙여 동그라미를 만들고는 엄지를 치켜들었다. 마석은 알아서 몰래 챙기란 의미였다.

개미굴은 일꾼개미에게서 마석이 나오지 않는 대신 보스인 여왕개미의 마석이 가치가 높다. 박마노는 수천만 원대의 마석을 태연하게 넘겼다. 돈과 가오가 넘치는 자만 누릴 수 있는 배포였다.

이해기는 숙련된 솜씨로 여왕균열개미의 가슴을 갈라 마석을 꺼냈다. 이 마석이 균열핵이다.

균열엔 반드시 균열핵이 존재한다. 보스의 체내나 균열 어딘가에 숨겨져 있는 거대한 마석을 파괴하거나 인벤토리에 수납하면 균열이 소멸했다.

“어?”

어린아이 머리만 한 크기의 마석을 집어 든 이해기는 이상하다고 생각했다.

‘마력량이 적다.’

오랫동안 S급, SS급 마석만 본 탓에 눈이 높아져 F급 마석이 허접해 보이나 싶었다. 하지만 아니었다.

이해기는 눈살을 찌푸리고 산란실 내 마력 농도를 살폈다. 여왕개미가 거대한 체구를 뽐내고 있고 민간인 인질도 있어 미처 산란실 내 마력을 확인하지 못했다.

"마노 누나, 위!"

산란실 천장에 있는 구멍 근처에 날개 달린 균열개미 한 마리가 달라붙어 있었다. 박마노는 제 이름이 불리자 묻지도 따지지도 않고 전기를 날렸다.

하지만 공주균열개미는 천장에서 떨어져 허공을 날았다. 박마노가 연달아 공격했지만 날개 끝만 스치고 아슬아슬하게 빗나갔다.

나비처럼 팔랑팔랑 날던 공주균열개미가 천장에 난 구멍으로 쏙 들어가 사라졌다.

"아니, 무슨 개미가 개미처럼 날아야지 나비처럼 날고 지랄이야!"

하늘을 날 수 없는 박마노가 입에서 불을 뿜었다. 이해기는 마석을 쥔 손에 힘을 주었다. 마석은 이해기의 손아귀 힘을 버티지 못하고 부서지더니 가루가 되어 흩어졌다.

"속 빈 강정. 여왕이 공주에게 왕위를 물려줬습니다."

"그거 둥지 절반은 아작 나야 생기는 패턴 아니었나?"

개미굴의 개미가 빠른 속도로 사망해 개미굴의 존속이 위험해질 경우, 여왕개미는 공주에게 왕위를 물려준다. 여기서 왕위를 상징하는 물건은 왕관이나 홀이 아니다. 마석이다.

이해기와 박마노가 산란실에 들이닥치기 전에, 여왕은 이미 균열핵을 공주에게 넘겼던 것이다.

이해할 수 없는 현상에 이해기는 얼굴을 굳혔다. 가능한 한 빨리 균열의 주인을 쓰러뜨려 실종자를 구하겠다는 작전이 실패했다.

박마노는 천장에 뚫린 구멍을 보고 이를 갈더니 그에게 물었다.

"벽 타고 가거나 나는 스킬 있습니까?"

"아니요."

"하긴, 센스 있는 분이니 그런 스킬이 있었으면 이미 잡았겠지. 아놔, 텄네. 거기서 왜 나풀거리냐고, 왜."

빡친 박마노는 박지랄이 되어 천장에 무의미한 공격을 날렸다. 흙과 돌이 떨어지자 구석에 있던 시민이 비명을 질렀다. 박지랄이 정신 차리고 박마노로 돌아왔다.

"우선순위 조정합니다. 보스 처치보다 발견한 실종자 보호와 탈출을 최우선으로 하겠습니다."

"아뇨, 그럴 시간이 없습니다."

"나도 알지만 어쩔 수 없잖습니까."

이해기는 입을 굳게 다물었다. 산란실 내 병정균열개미의 수로 짐작건대 일꾼균열개미들이 동족 포식을 했을 가능성이 높았다. 그렇다면 이보배와 이한생도 위험했다.

'최악은 형이 폭주하는 거지만.'

이해기는 형을 믿었다. 이귀한이라면 분명 끝까지 이성을 유지하고 동생들을 지킬 것이다.

"이제 와 실종자를 찾을 시간이 없습니다. 공주를 잡죠."

"날개가 없는데 무슨 수로."

"저 정도로 좁은 통로면 벽에 무기를 박아 타고 오를 수 있잖아요?"

이해기는 아직 이전 능력치를 회복하지 못해 불가능하지만 박마노라면 점프해 천장에 닿을 수 있다. 이해기의 부족한 추진력은 박마노가 밑에서 던져 올려 주는 걸로 해결하면 된다.

"오호라."

이해기의 제안이 마음에 들었는지 박마노의 입꼬리가 올라갔다.

"쉰 넘은 아재가 치근거리는 것처럼 굴더니 현장에선 제 할 일 하는 양반이었구먼."

박마노가 힘차게 오른손을 내밀었다. 이해기는 약간 억울해졌다.

'쉰은 안 넘었는데.'

이해기가 박마노의 손을 마주 잡자 손이 힘차게 흔들렸다.

"저, 저는? 두고 가지 말아주세요! 살려주세요!"

둘의 대화로 두 사람이 공주개미를 쫓아갈 걸 알게 된 시민이 떨었다.

"하하하, 두고 간다뇨. 저 박마놉니다."

박마노가 부하의 미소를 흉내 내면서 고리가 달린 벨트와 밧줄을 꺼냈다. 박마노는 허리와 가슴에 벨트를 찬 후 시민을 등에 업었다.

"속이 불편하면 토해도 괜찮습니다. 아하하하."

"사, 사, 살."

"괜찮아요, 괜찮아. 저 박마놉니다."

박마노가 양손 깍지를 껴 자세를 잡았다. 이해기는 거리를 벌렸다가 박마노를 향해 달렸다. 깍지 낀 손을 밟고 힘차게 뛰어올라 공주균열개미가 들어간 통로에 진입 성공했다. 통로가 좁아 다리와 등으로 충분히 버틸 수 있었다.

이해기는 대충 자리 잡은 후 신호했다. 박마노는 시민의 애원을 무시하고 솟구쳐 올랐다.

"끄아아악!"

이해기표 자이로드롭에 이어 박마노표 청룡열차에 탑승한 시민이 감격의 비명을 질렀다. 업힌 시민은 기절해 축 늘어졌다.

박마노는 시민의 목이 부러지지 않도록 잘 고정되었는지 재차 확인했다.

"나비처럼 날아 벌처럼 튄 개미 새끼. 반드시 잡는다."

"이동하겠습니다."

자신이 기억하지 못할 정도로 평범했던 균열. 자신과 가족들이 말려들면서 어떻게 바뀔지 알 수 없어 이해기는 마냥 답답했다. 딱 하나 바라는 것은 가족의 안전뿐이다.

'다른 사람은 어떻게 되든 좋아. 무사해라, 보배야, 한생아!'

또다시 그 상실을 경험한다면 이해기는 버틸 자신이 없었다. 회귀자야말로 상실에 가장 취약한 사람일지도 모른다. 이해기는 입안에 들어온 흙을 씹어 삼켰다.

몹시 썼다.

"한 명이 부족하다!"

식량 창고엔 모두 51명이 있다. 균열 입구로 진입한 최요한을 빼면 50명이 된다.

[48/49]

시스템이 알려준 균열에 흡수된 사람과 확보한 사람의 수였다. 이한생은 퀘스트를 받은 수주자이니 제외. 인간이라 보기에 99퍼센트 부적절한 이귀한을 빼면 48명이 된다.

이보배는 발끈했다.

"큰오빠가 전투계 각성자라 보호해야 할 인원에 안 넣은 거겠지! 사람이 아니라 안 넣었다니, 어떻게 그런 말을 해?"

"악마를 악마라고 하는데 뭐가 문제냐, 돼지."

산은 산이요, 물은 물이니. 이귀한은 악마 또는 악마에 준하는 무언가다.

8년 전이었으면 관절기가 작렬했을 건방진 발언이지만 지금의 이귀한은 풀이 죽었다.

"자자, 여러분. 가정 내 문제는 댁에서 풀어주시고요. 한 명 빼고 전원 확보라니 다행입니다. 모두 이한생 씨의 공입니다."

"훗, 신께서 날 굽어살피시는 증거지."

망나니는 기고만장하고 대악마는 쭈구리가 되었다. 이보배는 이귀한을 위로해 주기 위해 다가가다가 화르세인지에게 붙잡혔다.

"왜?"

"옮는다."

화르세인지는 기고만장한 와중에도 이귀한 오염 물질설을 밀었다. 말하는 투만 들으면 흑사병 보균자나 방사능 폐기물이 따로 없었다.

붙잡힌 이보배 대신 최요한이 이귀한에게 접근했다.

"제가 과장님 상태를 살펴보니 한곳에 머물러 계시는 게 전투 중이신 것 같아요. 이귀한 씨가 이쪽을 탐지해 주시면 안 되겠습니까?"

"내가 왜?"

최요한이 선량한 미소를 지었다. 가면 때문에 보이지 않겠지만 이귀한은 모두 파악하고 있으리라 여겼다.

"제가 말씀드리는 걸 잊었네요. 이해기 씨가 과장님과 같이 계십니다."

"둘째는 어디 가서 맞고 다닐 애 아니라 괜찮은데."

"과장님이 여왕개미를 찾으러 가셨으니 산란실에 계실 겁니다. 산란실은 찾지 못한 실종자가 있을 유력한 후보지예요."

그 말에 이귀한이 미끼를 물었다.

"셋째 버스는 내가 몬다! 그런데 힘은 안 쓸 거라니까요."

"저보다 청각이 좋으신 것 같던데 그 정도만 신경 써주셔도 괜찮습니다."

낚시에 성공한 최요한의 말에 웃음기가 묻어났다. 이보배는 슬슬 저 착한 인상의 청년이 마냥 선량한 호인은 아님을 눈치챘다.

'하긴, 범죄자 체포는 아무나 하는 게 아니니까.'

외근으로 바쁜 박마노를 대신해 서류 업무를 대신하는 보좌라고 생각했는데 아니었나 보다.

이한생이 작게 중얼거렸다.

"악마의 지능이 낮은 듯하군. 그나마 다행이야."

'너보다 성적 좋았거든.'

최요한은 방향을 제대로 확인하는 듯하더니 바닥을 가리켰다.

"아무래도 산란실은 아래쪽에 있는 것 같습니다."

"그럼 이제 조용히 시켜줘."

"알겠습니다."

"웃는 거 안 돼, 우는 거 안 돼, 살려달라는 말도 금지."

이귀한은 사람들에게 협조를 요청하려는 최요한에게 세 가지 조건을 밝혔다. 무미건조한 어조의 요구에 최요한이 약간 긴장했다.

"셋째야, 내가 버스 태워줄게! 너흰 떠들어도 돼."

최요한을 대할 땐 무미건조하던 얼굴이 동생에게 향하자 웃음꽃이 피었다.

"음, 아냐. 잡음 끼면 작은 소리가 안 들리잖아."

"아냐. 나 너무 집중하면 무의식적으로 뿌셔뿌셔 해버리니까 너희 목소리 들리는 게 좋아."

사람이 많을 때 몰살 충동을 느끼더니 집중해도 파괴 충동이 인단다. 이보배는 이귀한의 정신 상태가 심히 걱정되었다.

'나가자마자 정신과부터 알아봐야지.'

상담을 받으면 내부의 파괴 충동이 완화되지 않을까? 가족 상담과 병행하면 막내 오빠와의 관계 개선도 꾀할 수 있을지 모르고 말이다.

"여러분, 잠시 조용히 해주세요."

사람이 모여 있으면 아무리 조용히 시켜도 시끄럽게 마련이다. 하지만 최요한이 부탁하자 식량 창고 안에 무거운 침묵이 내려앉았다.

균열의 날로 인해 한국인의 고질병인 안전 불감증이 완치되었다는 증거였다.

하지만 그것도 잠시였다.

균열 내 기계 오작동으로 불안정하게 깜빡이는 핸드폰 불빛과 옆 사람의 온기에 의지해 균열에 떨어진 공포를 이겨내던 사람들은 적막을 오래 유지하지 못했다.

한두 명이 입을 틀어막고 흐느끼기 시작하니 전체로 번졌다. 다행히 이귀한이 청취를 마친 뒤였다.

"방향이 아래랬지?"

"네, 실종자가 거기 있나요?"

"사람이 셋, 개미는 다수. 근데 이거."

바닥에 귀를 붙였던 이귀한이 몸을 일으켰다. 그는 두어 발자국 물러나 지면을 가리켰다.

"가까워지는데?"

"네?"

최요한이 되물었다가 금방 지면을 노려보았다. 이귀한은 이보배에게 달려가다가 망나니의 격렬한 저항에 막혔다.

"저리 가라, 이 악마야!"

"끙, 막내 다치면 형아가 이놈 한다."

"돼지는 죽는 게 네놈에게 오염되는 것보다 행복할 것이다!"

"난 사는 게 좋거든!"

이보배는 가족들만 있다면 개똥밭을 굴러도 이승이 좋았다. 자신의 몸은 스스로 지키잔 생각에 이보배는 빠루를 굳세게 쥐었다.

지면이 들썩이더니 흙이 아래로 풀썩 꺼지고 구멍이 생겼다. 창고 바닥에 생긴 구멍에서 일꾼균열개미와 병정균열개미가 우르르 몰려나왔다.

"꺄아아아악!"

"으아아악! 살려주세요!"

"도망, 도망쳐야 해!"

"개미 떼다!"

개미가 튀어나오는 소리에 사람들이 겁에 질렸다. 마비가 다 풀리지 않은 몸을 억지로 일으켜 창고 밖으로 나가려 했다.

"움직이시면 위험합니다!"

최요한이 잔상이 보일 정도로 빠르게 개미를 잡았지만 구멍에서 쏟아지는 개미의 수가 너무 많았다.

"여러분 진정하세요! 진정 안 되시겠지만 진정하셔야 살아요!"

"으아아악!"

아비규환이 따로 없었다. 일꾼균열개미야 크게 위협적이지 않았으나 병정균열개미가 문제였다.

도울 것인가 도망칠 것인가. 이보배가 선택의 기로에서 고민하는데 잡힌 손이 잡아당겨졌다. 화르세인지였다.

'이번에도 돕자고 말하려나?'

이보배가 침을 꿀꺽 삼키고 뛰쳐나가려는데 화르세인지가 말했다.

"작전상 후퇴다."

'이 새끼가.'

망할 망나니가 뻔뻔하게 도주를 종용했다. 만난 지 얼마 안 된 사람과 오빠라면 이보배도 당연히 오빠를 선택한다. 하지만 저 사람 중에 열 몇 명은 이보배가 땀 흘려가며 운반했다. 움직이지도 못하는 사람들을 두고 이제 와 발을 빼자니.

마음이 도와주는 쪽으로 기우는데 최요한이 이귀한에게 요청했다.

"시민들에게 가는 개미만 막아주시면 안 되겠습니까?"

"에엥."

어수선한 식량 창고에서 홀로 여유롭던 이귀한이 싫은 소리를 냈다.

동생들이 도망가면 뒤를 봐주고 남으려고 하면 지킬 생각이었지, 그 외 사람은 어떻게 되든 신경 쓰지 않았다.

이보배는 결국 돕기로 결정했다. 이름도 모르는 낯선 사람들이지만 죽게 내버려 둘 수는 없었다.

"큰오빠, 도와줄 수 있으면 도와줘. 부탁이야. 큰오빠는 강하다고 했잖아."

"난 살육과 파괴 전문이라니까."

말은 투덜거려도 이귀한이 움직였다. 그는 창고에서 도망치던 사람들을 하나하나 붙잡아 한군데에 몰았다. 달라붙는 개미는 발로 차 죽이고 대충 인원수를 헤아리더니 손가락을 튕겼다.

검고 불길한 기운의 막이 사람들을 감쌌다. 막은 구체가 되어 사람을 가뒀다. 갇힌 사람들이 놀라 막을 두드리며 뭐라 외쳤다. 하지만 막이 소리를 차단하는지 이보배의 귀엔 아무 소리도 닿지 않았다.

"외부에서 공격해도 안에 안 닿아."

"정말, 감사합니다!"

최요한이 감사를 표하고 개미 잡기에 몰두했다. 이귀한은 구멍에서 기어 올라오는 개미들을 단번에 죽일까 하다가 그만두고 일일이 때려잡았다.

'거리가 조금 가까웠지?'

아닌 게 아니라 이귀한이 근처에서 힘을 쓰자 화르세인지가 발작했다.

"크어억! 사악한 힘이 내 생명을 깎아먹는다. 나 죽어……."

공격 기술이 아니었음에도 화르세인지가 고꾸라지면서 코피를 흘렸다. 이보배는 상극이란 말의 의미를 다시금 되새겼다.

"버스 태워주다 셋째 잡겠네."

이귀한은 코피 흘리는 동생을 심란한 얼굴로 바라보다 뒤에서 달려드는 개미를 붙잡은 뒤 다리와 더듬이, 이빨 순으로 뜯었다. 누가 봐도 화풀이였다.

이귀한이 개미를 무자비하게 쥐어뜯어 죽이는 동안 이보배는 손수건을 꺼내 이한생의 코를 틀어막았다.

"괜찮아, 막내 오빠? 토할 때는 기절하더니 지금은 코피가 나도 기절 안 하네. 공격이 아니라 그런가?"

"멍청하고 보는 눈 없는 돼지가!"

화르세인지가 이보배의 손에서 손수건을 뺏어 코를 막았다. 이보배가 D급 포션을 꺼내자 화르세인지가 원샷했다.

"지금 저들의 혼이 빨려 나가는 게 보이지 않느냐? 저대로 내버려 두면 생기를 빼앗기고 혼이 오염되어 영혼의 강에 돌아가지 못하고 소멸할 때까지 구천을 떠돌게 될 것이다!"

화르세인지가 사람들을 보호하는 막을 가리키며 말했다.

저것 또한 공격 기술이란 소리에 이보배는 막 내부를 살폈다. 구해달라 외치던 사람들이 모두 쓰러져 실신한 상태였다. 이보배는 깜짝 놀라 이귀한을 찾았다.

"큰오빠, 저 사람들 괜찮은 거야? 전부 기절했는데?"

이귀한이 쥐어뜯던 개미를 뒤로 던지고 어깨를 으쓱였다.

"출력 낮췄어. 최소 보름은 탈모, 혓바늘, 소화불량, 빈혈, 두통, 가위를 동반한 수면 장애, 발기부전, 생리 불순, 설사에 시달리겠지만 죽지는 않을 거야!"

"잔인한 악마!"

"혼을 건드려서 기억장애도 있겠지만 괜찮을 거야. 살려만 두면 되는 거잖아."

최소가 보름이면 최장기간은 얼마란 말인가. 이보배는 밀려오는 두려움에 차마 묻지 못했다.

망나니가 악마, 악마 해도 와닿지 않았는데 이번만큼은 큰오빠가 사악한 악마 그 자체로 보였다.

'아냐, 진정하자. 그래도 살리려고 한 거잖아. 물려 죽거나 개미 산에 녹아 죽는 것보다 낫지. 구하는 거야. 치질이랑 변비가 안 낀 게 어디야.'

치질과 변비가 꼈으면 이보배도 이귀한에게 악마라 외쳤으리라.

"사악한 악마! 크윽, 피는 왜 멈추지 않는 거냐!"

화르세인지가 도통 멎지 않는 코피에 짜증 냈다. 이보배가 고심 끝에 인벤토리에서 아까 준 B급 포션을 꺼내 마시라고 권했다. 화르세인지는 코로 포션을 마시는 셀프 물고문을 견뎠다. B급 포션을 몇 모금 마셨음에도 출혈이 멎지 않았다.

"아까 정화인지 뭔지 써서 나았잖아. 또 쓸 순 없는 거야?"

"신성력이 모자라다."

"어떻게 해야 채워지는데?"

"퀘스트를 완료하거나 레벨 업을 해야 하느니라."

출혈 자체는 적어서 대단한 상처로 보이진 않았다. 문제는 코피가 난 원인이다. 평범한 코피가 아닌 만큼 시간이 지나면서 그친다는 보장이 없었다.

'레벨 업이라.'

이보배는 균열개미로 시선을 돌렸다. 개미는 거의 처리된 상태였다.

최요한이 윈힛윈킬로 균열개미를 학살했다. 광역기가 없는지 진압봉과 팔다리로 처리한 것을 감안하면 엄청난 속도였다.

이보배의 시선을 눈치챈 최요한이 태연하게 우는소리를 냈다.

"도와주셨는데 금방 끝내지 못해 죄송합니다. 저는 이런 일 대 다수 싸움에 약하거든요."

구멍에서 나온 개미들은 더 이상 최요한과 이귀한에게 달려들지 않고 눈치를 살폈다. 도망가지 않는 이유가 궁금할 정도로 일방적인 전투였다.

"막내 오빠, 지금 경험치 몇이야? 몇 마리 더 잡아야 레벨 오르는데?"

이보배는 이귀한에게 부탁해 남은 개미 밥상을 떠먹여 달라 하려 했다.

그런데 최요한과 이귀한의 시선이 구멍에 박혀 떠나지 않았다. 일방적인 학살에서 도망가지 않던 개미들 또한 구멍을 보았다.

이유는 곧 밝혀졌다. 이보배는 곤충 날갯짓 소리를 들었다.

위이이잉.

구멍에서 이제까지 본 균열개미와 확연하게 다른 외향의 균열개미가 등장했다.

'예쁘다.'

예쁘장한 생김새에 거대한 덩치, 등에 달린 날개까지. 문외한인 이보배가 봐도 공주개미였다.

구멍 근처에서 대기하던 최요한이 공주균열개미의 다리를 붙잡았다.

그러자 내내 주위를 맴돌던 균열개미들이 일시에 달려들었다. 결국 최요한은 공주균열개미를 놓쳤다. 최요한은 힘들게 잡은 것치곤 쉽사리 공주개미를 놔주었다.

공주균열개미는 날개야 날 살려라 통로 쪽으로 날아갔다. 최요한은 도망가는 공주개미를 쫓지 않고 제자리에 섰다.

"전 정말 곤충형에 약한데."

최요한이 앓는 소리를 내더니 인벤토리에서 무언가를 꺼냈다. 50㎝가 넘을 듯한 꼬챙이였다. 최요한이 꼬챙이를 묶은 끈을 풀고 꼬챙이 다발을 허공에 집어 던졌다.

끈 풀린 꼬챙이는 허공에서 흩어져 바닥에 떨어지는 게 정상이다. 하지만 꼬챙이는 떨어지는 대신 허공에 꼿꼿하게 고정되었다.

허공에 고정된 수십 개의 쇠꼬챙이가 공주균열개미를 향해 쏟아졌다. 시위를 떠난 화살보다 빠른 속도였다.

공주균열개미는 공격을 피하려고 위로 날았다. 쇠꼬챙이는 당연하단 듯이 방향을 선회해 공주균열개미의 몸을 꿰뚫었다.

끄엑, 끄엑, 끼아아악.

남은 균열개미들이 몸을 던져 공주를 보호하려 했지만 소용없었다. 쇠꼬챙이는 속도를 늦추는 법 없이 목표물을 향해 날아갔다.

기관총을 쏜 것처럼 요란한 소리가 나더니 공주균열개미가 벽에 꽂혔다. 이보배는 과학실에서 본 곤충 표본을 떠올렸다.

작은 침에 고정된 곤충 표본처럼, 공주균열개미가 쇠꼬챙이에 꽂혀 바르르 떨었다.

균열의 주인이 순식간에 박제, 아니, 표본 전시되었다. 너무 순식간에 벌어진 일이라 이보배는 어안이 벙벙했다. 화르세인지도 마찬가지였는지 코맹맹이 소리로 말했다.

"전사인 줄 알았더니 마법사였나 보군?"

"어, 그러게."

"아하하, 민망하네요. 잘 맞출 뿐이지 치명타는 못 입히니까 대단한 스킬은 아니에요."

최요한이 겸손하게 말했으나 공주균열개미의 라인을 따라 박힌 꼬챙이는 실로 무시무시했다.

몸통을 꿰뚫은 건 하나도 없고 모두 가장자리에 박혀 있었다. 하나쯤 삐뚤어질 법한데 참 깔끔했다.

"여우냐? 개미 새끼 잡았냐? 생포했지?"

구멍 안에서 박마노의 목소리가 들렸다. 기침과 침 뱉는 소리가 뒤따르더니 이해기가 흙투성이가 된 채로 기어 올라왔다.

"카악, 퉤!"

이해기가 구멍에서 나오자마자 거창하게 침을 뱉었다. 뒤따라 나온 박마노도 흙투성이인 얼굴을 문지르고 침을 뱉고 코를 풀었다.

"흥! 흥! 왜 이렇게 안 나와."

"퉤! 퉤!"

"아 씨, 눈에도 들어갔, 시발, 저게 뭐야."

실종자가 들어 있는 구체를 본 박마노가 깜짝 놀라 외쳤다. 이귀한은 휘파람을 불면서 구체를 없앴다. 기절한 실종자들이 우르르 떨어졌다.

"큰오빠! 살살 내려야지!"

"응? 내가 한 거 아닌데? 나는 모르는 일인데? 나는 힘을 숨기지 않았는데? 저 높이에서 떨어졌다고 죽으면 자기 팔자인데?"

생기를 빼네 마네, 혼을 건드리네 마네 했던 말이 진짜인 듯했다. 허리 높이에서 바닥에 추락했는데도 깨어나는 사람이 없었다.

"방금 그거 뭐였어? 내 눈에 흙이 들어가서 잘못 본 건 아닌데."

"생명엔 지장이 없다고 합니다. 최소 보름은 탈모, 혓바늘, 소화불량, 빈혈, 두통, 가위를 동반한 수면 장애, 발기 부전, 생리 불순, 설사에 시달리겠지만요."

"염병, 그게 사는 거냐? 차라리 죽이지?"

"치질이랑 변비는 없잖아요."

"그건 그러네."

최요한도 이보배와 비슷한 생각을 했었나 보다.

"퉤! 퉤!"

이보배는 침 뱉느라 정신없는 이해기에게 다가가 물을 건넸다. 박마노도 흙을 뒤집어썼지만 이해기는 아주 생매장당했다가 빠져나온 사람 같았다.

"이걸로 얼굴 씻어. 어떻게 된 거야?"

"보배야? 보배니? 다행이다, 무사했구나."

이보배는 그대로 실눈 뜬 작은오빠의 품에 안겼다. 이보배는 이해기의 귓가에 대고 정말 작게 속삭였다.

"막내 오빠가 힐을 써."

"그래, 알겠다. 아는 사람은?"

"나만. 근데 최요한 씨에게 다른 스킬 쓰는 건 들킨 것 같아."

"다른 스킬 어떤 거?"

이보배는 질문에 대답하지 못했다. 이해기의 몸을 덮고 있던 흙먼지가 이보배의 위로 쏟아졌기 때문이다. 더는 안고 있을 수 없어 이보배는 오빠를 안은 팔을 풀었다.

감격의 재회 뒤엔 산통 깨는 침 뱉기가 이어졌다. 물로 입 안을 헹구고 흙과 모래를 뱉는 이해기에게 박마노가 말했다.

"그냥 들어올 때마다 뱉지 그랬습니까."

"그럼 아래에 있는 박마노 씨가 맞을까 봐."

"에이, 그냥 뱉어도 되는데."

흙 섞인 침에 맞을까 봐 그냥 흙을 먹었단 소리에 박마노가 깔깔 웃었다. 기분이 썩 괜찮아 보였다.

"과장님, 어떻게 된 겁니까?"

"여왕이 공주한테 균열핵 넘겼는데 공주가 위로 튀더라고. 그래서 벽 타고 올라가는데 개미 새끼들이 갑자기 새로 굴을 파는 거야. 굴 파면서 생긴 흙이랑 모래 다 뒤집어쓰고 올라왔지."

"아하. 식량 창고에 비축한 식량을 노렸나 보네요. 공주에게 먹이려고."

박마노가 고리를 풀어 업고 있던 사람을 내려놓았다. 본인은 흙먼지를 뒤집어썼으면서 업은 시민에겐 천을 씌워준 것이다.

'와, 뉴스에서나 보던 박마노 미담.'

걷힌 천 아래로 드러난 시민이 게거품을 물고 기절한 상태라는 건 중요하지 않다. 이보배는 살짝 감동했다.

"형, 잘 참아줬어. 형이 해낼 줄 알았어. 정말 자랑스러워."

막내의 안전을 확인한 이해기가 이귀한을 챙겼다. 이해기는 이귀한에게 칭찬을 아끼지 않았다. 참은 것과 사고친 것은 별개다. 이귀한은 울상을 지었다.

"둘째야, 어떡하지?"

이귀한이 시무룩하게 화르세인지를 가리켰다. 망나니의 코피는 여전했다. 맑은 콧물처럼 질질 흘렀다.

"나랑 셋째랑 상극이야."

이해기의 턱에 힘이 들었다. 이해기는 잠시 침묵했다가 침통하게 고개를 끄덕였다.

"알겠어……. 자세한 건 집에 가서 얘기하자, 형."

"이 몸의 둘째 형이라 했던가? 너도 그 악마를 가족이라 착각하고 있는 어리석은 종자구나."

화르세인지가 코맹맹이 소리로 시비를 걸었다. 이해기는 개무시했지만 표정은 착잡했다.

"곁에 있는 것만으로도 위험한 건 아니지?"

"힘을 잘 숨기면 돼."

"다행이다. 형은 잘못하지 않았으니까 자책하지 마."

이해기가 이귀한의 어깨를 두드렸다. 화르세인지는 자기가 악마와 접촉이라도 한 것처럼 질색했다.

박마노는 벽에 아름답게 꽂힌 공주균열개미를 보고 웃었다. 박마노가 확인차 최요한에게 물었다.

"찍었냐?"

"네."

"이해기 씨, 한 입으로 두말하기 미안한데 보스는 그냥 내가 잡겠습니다."

"저는 괜찮습니다."

"좋아, 너는 천벌이다!"

"과장님, 저희 여기 나가도 일 안 끝나는데. 마력이야 그렇다 쳐도 쿨타임 괜찮을까요?"

"우리가 안 되면 딴 놈이 일하는 거지. 거지굴 들어와 거지꼴 됐으니 분은 풀어야겠다."

박마노를 중심으로 마력이 모였다. 전신에서 스파크가 일더니 좁아터진 개미굴에서 써도 되는가 싶을 정도로 강한 에너지가 느껴졌다.

기겁한 이보배를 뒤에서 누군가 잡아당겼다. 확인해 보

니 이해기였다.

"위험한 거 아니야? 멀리 떨어져야지."

"최요한은 접촉한 상대에게 마커를 찍어 위치와 상태를 확인할 수 있지. 그의 능력은 그게 전부가 아니다. 마커가 찍힌 상대는 최요한의 스킬 공격에 반드시 명중하게 돼. 관통 효과가 붙은 건 덤이지. 그렇지만 제일 위험한 건."

"크하하하하하하!"

힘에 취한 박마노가 광소했다. 박마노는 지금 살아 있는 벼락 그 자체였다. 번개가 모여 사람의 형체를 이룬 것처럼 위험하고 강해 보였다.

"파티원의 스킬도 유도한다는 거다. 박마노의 필살기는 피아 구분 없는 광역 스킬이라 주위에 사람이 있으면 쓸 수 없어. 하지만 최요한이 있으면 마음 놓고 쓸 수 있지."

'그래서 천벌 콤비.'

이보배는 둘에게 붙은 별명을 바로 이해했다. 눈앞의 박마노는 번개의 신이라도 된 것처럼 위대해 보였다. 한국에서 가장 강한 헌터를 얘기할 때 빠지지 않고 거론되는 이유를 알 것 같았다.

검성의 검은 산을 가르고 빙제는 열대우림을 남극으로 만든다고 했다. 박마노는 뭐랄까.

'서울 전력을 다 댈 수 있을 것 같네.'

"크하하하하하!"

필살기라 그런지 전기 모으는 시간이 길었다. 스파크가 번쩍번쩍하는 걸 보고 있자니 눈이 부셔서 이보배는 눈을 찡그렸다. 이 난리가 났는데도 기절해 깨어나지 못하는 사람들이 놀라웠다.

"응?"

코를 막고 진귀한 구경을 하던 망나니가 허공을 응시했다. 화르세인지는 표정을 일그러뜨리더니 허공을 열심히 휘저었다. 허공을 휘젓는 손길이 다급해질수록 표정이 절박해졌다.

"지금 나한테? 아니, 왜 하필 지금……."

'설마 또 퀘스트가?'

파티 공유가 안 되는 퀘스트인지 이보배에겐 보이지 않았다. 만약 퀘스트라면 부족한 신성력을 채울 수 있을 것이다. 이보배는 막내 오빠에게 물었다.

"퀘스트 떴어? 뭔데, 어떤 건데. 보상으로 힘 채워주는 거면 얼른 하자."

"레벨 업과 신께서 주신 힘. 나더러 저걸 잡으라는데, 그게 가능한 것이냐?"

'저것'은 공주균열개미를 가리켰다. 화르세인지가 얼굴을 찌푸린 이유가 있었다. 제아무리 안하무인 망나니라 할지라도 지금 상태의 박마노를 보면 막타 치겠단 얘기가 쏙 들어갈 것이다.

"크하하하하하하하하!"

"페널티는? 페널티는 없는 거지?"

"강제 퀘스트다. 페널티는 치유 스킬 삭제. 어, 어째서! 어째서 제게 이런 가혹한 시련을 내리시나이까, 시스템 신이시여!"

세상에서 제일 치사한 게 줬다 뺏기다. 치사한 건 차치하고, 이한생의 생존을 위해서라도 치유 스킬은 꼭 필요했다.

고장 난 수도꼭지에서 물 흐르듯 졸졸 흐르는 코피를 보니 그런 생각이 강해졌다.

"나, 나만 믿어, 막내 오빠."

이보배가 박마노 앞에 나서려 하자 이해기는 눈썹을 위로 올렸다. 하지만 말리진 않았다. 쓴맛을 봐야 정신 차리겠다는 의미일 수도 있고, 박마노를 믿는 것일 수도 있다.

어쨌든 이보배는 용기 있게 박마노에게 접근했다.

"박마노 헌터님!"

"크하하하, 응? 무슨 일?"

"너무 접근하면 위험해요."

최요한이 접근 가능한 안전거리를 알려주었다. 전신에 번개를 두르고 광소하는 것만 보면 힘에 취해 이성을 잃은 상태로 느껴졌는데 다행히 박마노는 이성이 남아 있었다. 이보배가 이름을 부르자 박마노가 재깍 반응했다.

"정말 죄송하지만 저 개미를 양보해 주시면 안 될까요! 저희 막내 오빠에게 강제 퀘스트가 떴는데 실패하면 스킬을 회수한대요!"

"퀘스트?"

"정말 죄송합니다! 이 빚은 꼭 갚을 테니 부디!"

전투계는 아니지만 비매너 행위에 대해선 이것저것 많이 주워들었다. 심지어 분노한 박마노가 필살기까지 쓰려는데 이런 부탁을 하다니, 거의 자살행위였다.

이보배는 두려움에 떨면서도 눈을 감지 않았다. 눈이 부시다 못해 터져서 멀어버릴 것 같았다.

"돼지야……. 나를 위해 무시무시한 마법사에게 다가가다니. 저 거룩한 돼지를 보라."

이한생이 이보배의 용기를 칭찬했다. 저렇게 감격하는 건 이보배가 막내 오빠의 성적표를 몰래 버려준 이후 처음이었다.

"시스템이 막타 치래요? 무슨 그런 퀘스트가 다 있어."

"죄송합니다! 정말 죄송합니다! 믿기 어려우시겠지만 진짜예요!"

"안 믿는다는 건 아니고. 이런 잡졸은 경험치도 안 줘서 괜찮긴 한데 좀만 일찍 말해주지."

박마노가 허탈한 표정을 지었다. 그래 봐야 전기가 번쩍번쩍 튀어서 이보배 눈엔 안 보였다.

"아 씨, 똥 싸다 끊는 것보다 기분 더러운데. 원래 이해기 씨 준다 했다가 내가 말 바꾼 거라 도로 넘겨주는 겁니다."

"감사합니다, 정말 감사합니다."

안전거리를 유지한 이보배의 볼을 따끔하게 하던 정전기가 사라졌다. 이보배가 한 번 허리를 굽힐 때마다 밝기가 낮아지더니 번개 인간이 전격 두른 인간이 되었다.

이보배는 그제야 박마노의 얼굴을 볼 수 있었다. 박마노는 허탈한 얼굴로 목을 스트레칭했다.

"아오, 마력 아까워."

"감사합니다, 정말 감사합니다. 이 은혜 잊지 않겠습니다."

"원래 줬다 뺏는 게 제일 치사하니까."

축전보단 방전이 빠르다. 박마노는 대충 모았던 마력을 갈무리한 뒤 관전 모드로 돌아섰다.

"한 방에 죽이는 것보단 쪼렙에게 맞아 죽는 게 더 고통스럽겠지?"

어째 얌전히 비켜준다 했더니, 흙 먹은 원한이 있었다.

이보배는 코피 흘리는 화르세인지에게 손짓했다. 망나니가 빠루를 들고 나왔다.

"무기 좋고! 아프게 튀어나온 부위로 잘 찍어요! 저 사람들 병원 가야 하니까 너무 오래 끌진 말고!"

박마노의 참견을 들으며 이한생이 빠루를 고쳐 잡았다. 박마노 옆엔 최요한이 서고 이해기와 이귀한도 거리를 벌려 지켜보는 바람에 공개 처형 비슷하게 되어버렸다.

이보배는 다른 사람처럼 구경하진 않았지만 막내 오빠

가 걱정되어 화르세인지 근처를 서성였다.

"받아라, 정의의 검!"

뀨우우우욱!

망나니의 빠루가 공주균열개미의 머리를 강타했다. 레벨 차가 있어서 그런지 일꾼균열개미 때처럼 외피가 뚫리지는 않았다. 대신 공주균열개미의 머리가 움푹 파였다.

"푸하하하하, 미쳤어. 정의의 검이래. 이 집 식구들 다 왜 이러냐."

"과장님, 이한생 씨는 정말 진지합니다."

"아, 맞다. 책빙의인지 체키빙인지 뭐시기였지."

본래 망나니란 가까운 주먹엔 약한 법이다. 약한 사람 앞에선 분노 조절 장애를 보이고 강한 사람 앞에선 분노 조절 잘해가 된다. 박마노가 뭐라 하든 말든 화르세인지는 묵묵히 공주개미를 두들겨 팼다.

한 번은 무리였지만 두 번, 세 번 연달아 때리자 공주균열개미의 머리 외갑에 금이 갔다. 원활한 관람을 위해 가면을 벗은 최요한이 방긋 웃었다.

"체계 잡힌 검술 같은데요."

"그러게. 검도장 다닌 기록은 없었는데, 스킬인가."

뀨우우웃!

공주균열개미가 고통스럽게 울었다. 하지만 반항하진 않았다. 박마노에게 죽을 뻔한 후 투쟁 의지가 꺾인 듯했다.

"이것으로 마지막이다!"

화르세인지가 어디서 많이 들어본 대사를 외쳤다. 주인공이 외치면 진실이고 악당이나 조연이 외치면 거짓말이 되는 대사였다.

'가끔 주인공이 외쳐도 거짓말일 때도 있긴 했지.'

빠루가 공주균열개미의 머리에 박혔다. 단단한 외갑이 박살 나고 개미의 명이 다하나 싶은 그때, 공주균열개미가 허물어지더니 안에서 왕벌이 튀어나왔다.

"갑자기 여기서 기생벌이?"

박마노가 어이없다는 듯 항의했다. 그러거나 말거나, 생포된 개미를 후려치다 자유로운 기생균열벌과 마주하게 된 망나니가 당황했다. 지극히 당연하게도 기생균열벌은 코앞에서 얼어붙은 적을 놓치지 않았다.

"막내 오빠, 위험해!"

기생벌이 튀어나올 때부터 이보배는 달렸다. 기생벌이 독침으로 이한생을 공격했다. 이보배는 그를 감싸고 쓰러졌다.

거의 동시에 벌어진 일의 승자는 이보배도, 기생벌도 아니었다.

"내가 그러지 말랬지."

따끔한 질책과 함께 따뜻한 손이 이보배를 화르세인지에게서 떼어 놓았다. 이보배는 어지러운 머리로 자신의 몸이 멀쩡한 걸 확인했다. 그녀가 감싼 망나니도 다친 곳은 없어 보였다.

망나니를 공격한 기생벌은 철검에 꿰여 벽에 꽂혀서 바르작거렸다. 진짜 승자인 이해기의 눈은 지독히 차가웠다.

"왕위 계승에 기생벌이라. 한 번 귀찮게 일이 꼬이면 더 꼬일 수도 있단 좋은 경험이네."

좋은 경험이라면서 말투는 조롱에 가까웠다.

"고작 개미굴에서 시간을 너무 지체했어. 얼른 나가자."

이해기가 한숨을 쉬더니 이한생을 붙잡아 일으켰다. 어느새 다가온 이귀한이 바르작거리는 기생벌의 독침을 뽑았다. 침과 함께 내장과 독 주머니가 딸려 나왔다.

이귀한은 독침에서 그치지 않고 마석도 뽑았다.

마석이 뽑히거나 파괴되어도 몬스터는 죽지 않는다. 이해기가 하나 있는 남동생에게 눈짓했다.

"시이발. 균열은 뭐고 개미는 뭐고 이 괴물 같은 벌은 무어란 말인가. 이 세계는 엉망진창이구나."

화르세인지가 억울한 듯 얼굴을 찌푸렸다. 하지만 도망가거나 숨진 않았다. 그가 곁눈질로 이보배를 보더니 힐난했다.

"멍청한 돼지가 한 번 칭찬해 줬다고 주제도 모르고 기어오르는구나. 주인의 행사엔 참견하는 게 아님을 명심해 두어라."

화르세인지가 벌을 벽에 꽂은 검 손잡이를 잡았다. 기생벌이 그를 물어뜯으려고 이빨을 부딪쳤다. 망나니는 이번엔 얼어붙지 않았다. 그는 검을 뽑자마자 벌의 머리를 쳤다.

외피와 외피 사이 연한 부분을 제대로 노린 덕에 기생벌의 머리가 그대로 날아갔다. 머리와 몸이 분리된 기생벌이 곤충답게 계속 움직였다.

이해기가 이한생에게 물었다.

"퀘스트 완료 떴니?"

"그래."

퀘스트 완수 보상으로 레벨이 올랐는지, 지겹게 흘리던 코피가 멎었다. 하지만 망나니의 표정은 어두웠다. 퀘스트를 완수했거나 레벨이 오른 사람처럼 보이지 않았다.

이한생이 이귀한을 흘끔 보다가 고개를 숙였다. 망나니는 바닥을 내려다보며 어금니를 꽉 물더니 벌떡 고개를 들고는 이보배에게 다가왔다.

"돼지 너. 이 몸뚱이의 이름이 무어라 했었느냐."

"이한생."

"돼지의 이름은?"

"이보배."

"둘째 형이라는 저자의 이름은 무엇이냐."

"이해기."

"그럼 저 악마가 이귀한이로구나."

망나니는 이보배가 대답해 주지 않은 큰오빠의 이름을 맞추더니 허탈한 눈을 눈꺼풀을 닫아 숨겼다. 그의 얼굴에 절망이 깃들었다.

"시스템 신은 도대체 무엇을 바라시는가……."

화르세인지가 의문을 품자 그걸 지켜보는 이보배에게도 의문이 생겼다. 의문이 의문을 품어 확대되는 와중 상황을 종결하는 손뼉 소리가 들렸다.

짝짝.

"자자, 기생벌 때문에 갑자기 분위기 싸해진 건 건 알겠는데 원래 기생벌이 그렇잖아. 오죽하면 별명이 갑분벌이야. 갑자기 분위기 기생벌. 원래도 구린 거지굴에서 갑분벌 떠서 화나겠지만 이미 죽은 벌 새끼는 빨리 잊고 이만 나갑시다. 시간 너무 지체했어."

박마노는 이귀한에게 손짓했다. 균열핵을 넘기란 의미였다.

"막타 양보했으니 균열핵은 우리가 가져가겠습니다. 원래는 민간 헌터에게 특혜를 제공해선 안 되는데 목격자가 없어서 봐준 거거든."

박마노가 목격자가 없다 부분을 말하면서 아직도 깨어나지 못하는 사람들을 흘끗 봤다.

"저거 깨는 거 맞아요?"

"왜 제게 묻는지 모르겠지만 일어날 거임."

이귀한은 딴청 부리면서 박마노에게 마석을 넘겼다. 박마노는 마석을 인벤토리에 넣기 전 남매에게 말했다.

"가족끼리 할 말 많아 보이는데 뒤처리는 내가 해줄 테니 썩은 표정 짓지들 말고 가족회의나 해보셔."

박마노의 지적대로다. 이한생은 물론이고 이해기의 얼굴에도 수심이 가득했다. 이보배가 위험한 일을 해서라기보단 다른 데에 화가 난 듯 보였다. 이귀한의 표정도 썩 좋진 않았다.

'내가 놓쳤거나 모르는 무언가가 있다.'

분위기가 싸해진 건 기생벌이 등장한 이후부터다. 이보배는 진짜 가족회의를 해서라도 이유를 알아내겠다고 결심했다.

"그럼 돌아갑니다. 무기 알아서 잘 숨기시고, 저기 가서 같이 쓰러져 있는 시늉 얼른 하시고. 이해기 씨는 이리 와요, 같이 진입하는 거 사람들이 다 봤으니까."

이보배는 오빠들을 따라 쓰러져 있는 사람들 사이에 누웠다. 박마노가 인벤토리에 마석을 수납했다.

시스템 알림음이 울렸다.

[F급 균열 〈기생벌이 숨어든 균열개미의 개미굴〉을 공략했습니다.]

[균열 공략에 기여했습니다. 경험치를 얻지 못합니다.]

[기여도가 일정치 이상입니다. 대체 보상을 지급합니다.]

[레벨 업!]

[F급 마석 10개, F급 포션 1개, 금 500g을 지급합니다.]

'본전인가?'

이보배가 균열에서 쓴 포션값을 생각하면 본전과 적자 사이였다. 물론 포션을 일반 소매가로 계산하면 적자 확정이었다. 막내 오빠 입에 꽂아준 B급 포션이 적자의 주된 원인이다.

[??? 제작 레시피 조각을 입수합니다. (현재 수집도 0.001%)]

있어 보이는 보상이 나왔지만 이보배는 기쁘지 않았다. 수집도 0.001퍼센트라니. 이건 모으라는 게 아니라 이런 게 있다고 알려주는 용도에 가깝다. 정보로도 못 써먹게 감정을 요하는 ???라는 부분이 심히 거슬렸다.

'안 주느니만 못한 보상은 됐네요.'

그래도 오랫동안 제자리걸음이었던 레벨이 올랐다. 이보배는 그걸로 만족했다.

금은 여기저기 쓰이는 데가 많아 시세가 올랐기 때문에 감사히 받았다. 실질적으로 제대로 된 보상은 레벨과 금이 전부였다.

'피곤해 죽겠다.'

F급 균열 개미굴이 소멸했다. 이보배는 현실로 돌아왔다.

9. 가족회의

“돌아왔다!”

“사장님! 사장님 계세요?”

“다들 쓰러져 있는데?”

“설마 죽은 거야?”

“살아 있어! 숨 쉰다!”

F급 균열 개미굴이 소멸했다. 균열 내에 있던 사람들은 균열이 생성되었던 장소에 갑자기 나타났다.

이보배와 이귀한, 이한생은 쓰러진 척 연기를 했기 때문에 깨어 있는 사람은 이해기, 박마노, 최요한 세 명이 전부였다.

관리국 직원이 균열 소멸을 재차 확인한 다음 공략 완료를 알렸다.

관할 길드 공략대의 헌터가 먼저 접근했다.

"박 과장님, 무사히 나오실 줄 알았습니다."

"좀 늦었지?"

"말씀대로 개미굴인데 안 나오셔서 진입 여부를 의논 중이었습니다."

"길 헤매고 갑분벌 했거든. 헤매면서 실종자 찾아 모으다 보니 이렇게 됐네."

"아, 역시 우리 박 과장님! 클라스가 다르십니다!"

이보배가 땀 흘려 운반한 공을 박마노가 날로 먹었지만 불쾌하지 않았다. 박마노는 이씨 남매가 귀찮은 일에 시달리지 않게 도와준 거니까.

'고마워요, 마노에몽!'

박마노와 최요한은 균열에서 나오자마자 연락을 받더니 관리국 직원에게 대충 인수인계하고 떠났다.

구급 대원이 몰려와 실종 피해자들의 건강 상태를 확인했다. 박마노에게 인수인계를 받은 관리국 직원이 이씨 남매를 찾아 따로 불렀다.

"박 과장님이 따로 피해자 명단에서 빼달라고 하셔서 기록하지 않을 건데요. 이 경우 보험 적용을 받으실 수 없고 병원비 할인이 되지 않으며……."

"네, 다 괜찮습니다. 알고 있습니다."

이해기가 직원의 말을 막았다. 직원은 더 말하지 않고 실종자 명단을 작성하러 가버렸다.

"일단 병원으로 가자. 차를 병원에 주차해 놨거든."

"우리 이대로 가도 되는 거야? 정말?"

"방금 일로 우린 공식적으로 균열에 휩쓸린 적 없는 사람이 되었어. 나는 지나가다가 우연히 균열 생성을 목격해 헌터의 의무 조항 때문에 실종자 수색을 도왔고 너흰 다른 곳에서 한생이를 발견했지만 균열이 터지는 바람에 대피소에 대피해 있었던 거야. 알겠지?"

왕년에 작가를 꿈꾼 짬밥이 남았는지 이해기가 즉석에서 모난 점 없는 설정을 만들었다.

"지금 병원이랑 인근 경찰서는 이 일로 정신없을 거야. 이 틈에 한생이 찾은 거 빨리 신고한 다음 집으로 가자. 다 모였으니 할 얘기가 있다."

할 얘기가 있다는 작은오빠의 말에 이보배도 고개를 끄덕였다. 가족회의를 하자는 거라면 그녀도 찬성이었다.

이귀한은 여전히 말이 없었고 이한생은 굴에서 나온 게 눈부신지 눈살을 찌푸렸다. 찌푸린 눈살은 펴질 줄 몰랐다.

병원은 혼잡했다. 환자가 갑자기 마흔 명 넘게 몰아닥쳤으니 의료진은 숨 돌릴 틈도 없이 뛰어다녔다. 행정 직원도 마찬가지였다.

"으윽, 눈부셔."

"속 쓰려……."

"난 머리 아파……."

"우엑."

"화장실이 어디지?"

"나만 가위눌렸나?"

깨어난 실종자들이 이귀한이 예고한 증세를 호소했다. 이보배는 양심의 가책을 느끼며 병원에 이한생을 찾았으니 외박시키고 싶다는 의사를 전달했다. 정신이 없는 병원은 이한생을 찾았다는 얘기에만 반응했다.

이보배는 어영부영 외박 허가를 받고 주차장으로 향했다.

"으윽, 머리가 깨질 것 같아."

"혓바늘 났어. 쓰리다."

'미안해요. 개미에게 물려 다치는 것보다 나으니까요.'

과연 그럴까? 개미에게 물린 상처는 돈만 있다면 포션으로 치료할 수 있지만 탈모는 포션으로도 치료가 안 된다. 이보배는 최소 보름 동안 자고 일어날 때와 머리 빗을 때, 머리를 감을 때 공포에 떨 숱 적은 이들을 위해 묵념했다.

'중요한 건 우리 가족이니까.'

그렇다. 중요한 건 각자의 가족이다. 주차된 차 옆에서 기다리고 있는 세 남정네를 보니 이보배의 눈에 눈물이 핑 돌았다.

'모두 모였어.'

큰오빠, 작은오빠, 막내 오빠가 모두 모여 막내를 기다렸다. 모두 표정이 어두웠지만 아무렴 어떤가.

이씨 사 남매가 모두 모였다. 문제가 있다면 힘을 합쳐 해결하면 되는 것이다.

부르릉.

'가능할까.'

집에 가는 길. 차 안은 그렇게 적막할 수가 없었다.

이해기는 굳은 얼굴로 운전에 집중했다. 이귀한은 핸드폰을 열심히 들여다보고 있지만 자세히 보면 의미 없이 화면만 두드렸다. 이한생은 이귀한을 곁눈질하며 가끔 성호 비슷한 걸 긋고 기도문 같은 걸 읊었다. 기도문 내용은 실로 절망적이었다.

이 상태에서 남매가 힘을 합쳐 문제를 해결하는 게 가능할까. 분위기가 무거우니 이보배도 절로 회의적인 생각이 들었다.

'현실과 꿈은 다르구나.'

오빠들이 모두 모이면 마냥 행복할 줄 알았다. 밝은 미래 맑은 내일을 꿈꾸던 것과 다르게 어두운 현재, 혼탁한 지금이 이보배에게 제시되었다. 정말 한 치 앞도 예상하지 못할 만큼 혼탁했다.

"다 왔다. 먼저 내려."

이해기가 좁은 골목길에 차를 주차하기 위해 먼저 내리라고 말했다. 이보배는 망나니가 도망가지 않도록 잘 붙잡고 집으로 이끌었다.

차에서 내려 밤공기를 쐬니 기분이 좀 나아졌다. 이보배는 가능한 밝은 어조로 집을 소개했다.

"여기가 우리 집이야. 막내 오빠 처음이지. 쓰러지고 나서 이사했으니까."

"돼지우리치고 썩 나쁘진 않구나."

그립고 즐거운 이씨 남매의 해피 하우스다.

2층짜리 단독주택을 위아래로 훑어보면서 말하는 것이, 반지하 층만 쓴다는 걸 모르는 것 같았다. 이보배는 피식 웃고 비밀번호를 눌러 대문과 현관문을 열었다.

화르세인지를 집에 들이기에 앞서 이보배가 경고했다.

"들어가기 전에 이 집을 폄하하지 말 것. 여기 구하느라 큰오빠가 얼마나 고생했는지 모르면 가만히 있어. 우리에겐 정말 소중한 집이니까."

"악마가 구한 집이란 말이냐."

그 뒤에 이어질 말은 대충 예상 갔다. '누가 그딴 집에 발을 들일까 보냐!' 뭐 이런 말을 할 게 뻔해서 아예 잡아당겼다.

계단 끝에서 당기는 바람에 중심을 잃은 화르세인지가 넘어지지 않기 위해 계단을 뛰어 내려갔다.

망나니가 이보배에게 역정을 내려다 열린 현관문으로 집 안을 살핀 후 입을 열었다.

"내가 돼지우리라고 한 것은 어디까지나 비유였다만. 이게 집이냐, 돼지우리냐."

양아치 주제에 깔끔한 걸 좋아했던 이한생 보시기에 집이 심히 더러웠던 모양이다. 이보배는 약간 욱했지만 실제로 더러웠기에 입을 다물었다.

"막내 오빠가 탈출해서, 찾느라 못 치운 거거든. 원래는 깨끗하거든. 집이 좁아서 너저분해 보일 뿐이거든."

이보배는 일단 거실에 있는 밥상부터 치웠다. 팅팅 불어 냄비 밖으로 넘친 면발이 '까꿍' 하고 이보배를 비웃었다.

불은 라면을 음식물 쓰레기 봉투에 넣는 게 귀찮아서 냄비째 인벤토리에 집어넣었다. 막내 오빠에게 인벤토리에 쟁여둔 물품을 반씩 넘겼더니 수납공간이 남아 다행이었다.

'내일 치우자.'

인간적으로 오늘은 너무 피곤했다. 브런치로 해장라면 즐기려다 연락 받고 뛰쳐나갔다가 지금 돌아왔다. 하루 종일 포션과 물만 마신 배가 꾸르륵거렸다. 너무 피곤해서 뭘 먹기도 귀찮았다.

이대로 방에 들어가 자고 싶었지만 그럴 수 없었다.

화르세인지는 거실 구석에 서서 상념에 잠겼고 이귀한은 이해기를 기다리는지 현관에 서서 하늘만 올려다보았다.

"기다리게 해서 미안하다."

이해기가 현관에서 신발을 벗었다. 주차한다는 사람이 왜 이렇게 늦나 했더니 손에 편의점 봉지가 들려 있었다. 봉지가 처진 모양새를 볼 때 캔 음료를 사 온 것 같았다.

"다들 이리 와 앉아봐. 할 애기가 있어."

가장인 이보배가 운을 띄웠다. 그 말이 신호가 되어 네 명이 밥상에 둘러앉았다.

이해기는 자신과 이보배, 이한생 앞엔 캔 맥주를, 이귀한 앞엔 캔 콜라를 놓았다.

"일단 이번 균열에 말려든 건 미안하다. 내가 미리 알았어야 했는데 그러지 못했다. 이건 내 실수다. 후에 반드시 벌충하마."

이해기는 먼저 균열을 기억해 내지 못한 것에 대해 사과했다. 이보배는 미간을 좁혔다.

"그게 왜 작은오빠 잘못이야. 작은오빠한텐 20년도 전에 일어난 일인데 그걸 어떻게 기억해."

"아니, 했어야지. 했어야 한다."

이해기가 강박적으로 반복해 말했다. 이보배는 기에 밀려 조용히 캔을 땄다. 따는 김에 화르세인지의 것도 같이 따줬다.

"병원 근처에 공략이 이 정도로 꼬인 균열이 발생했었다면 네가 분명 내게 말했을 거다. 그 당시에 내가 없었어도 후에 분명 얘기했을 거야. 그런데 기억하지 못했다."

이해기가 손가락 두 개를 펼쳐 들었다.

"가능성은 크게 두 가지다. 우리가 끼어들어 미래가 바뀌었거나, 본래 발생하지 않았던 균열이었거나."

이해기는 손가락 두 개 중 하나를 접었다.

"본래 발생하지 않은 균열이었을 거란 가능성은 일단 배제하자. 내가 말하고 싶은 건 전자다."

그것은 말 그대로 나비효과. 이보배와 이한생이 신나게 개미를 잡고, 이귀한은 동생을 찾기 위해 타락한 마력을 뿌렸다. 여왕균열개미는 닥쳐온 위기에 왕위를 계승한다.

이씨 남매가 끼지 않았다면 박마노와 최요한도 없었다. 관할 길드가 공략대를 꾸려 실종자를 우선 수색한 후 시간을 들여 정석적으로 공략했을 것이다.

공략 시간은 늘어났어도 왕위 계승은 발생하지 않았을 것이다. 기생벌이 등장해 갑분벌 했어도 산란실에서 안정적으로 공략을 마쳤을 것.

헌터닷컴에 거지굴도 짜증 나는데 갑분벌 해 짜증 난다는 공략 후기가 올라왔을 평범한 균열이었다 이 말이다.

그럼 여기서 변화의 원인이 된 나비 날갯짓은 무엇일까? 이한생의 병원 탈출? 이귀한의 눈깔 폭력? 환생인지 책빙의인지 알 수 없는 망나니의 각성?

아니다. 이 꼬인 현재의 시작엔 이해기의 회귀가 있었다.

"좋지 않은 일이라 말이 씨가 될까 하지 않았지만 내가 아는 미래에서 한생이는 깨어나지 못했다."

이해기가 회귀자인 걸 모르는 화르세인지가 물었다.

"네 오라비가 예언자냐?"

"그건 아닌데 미래의 기억이 있어."

"그걸 믿느냐? 멍청한 돼지가 스스로 제 팔자를 꼬는 거였군."

망나니는 사기꾼의 헛소리를 들어주겠다는 듯 콧방귀를 뀌었다.

이해기는 표정 변화 없이 말을 이었다.

"죽을 때까지 침대와 생명 유지 장치를 벗어나지 못했다. 그래서 난 그 미래를 바꾸기로 결심했다. 좀 더 일찍 편하게 해주거나 한생이를 치료하거나. 보배 너라면 한생이를 치료할 수 있다고 생각한 한편, 전자에 더 강하게 끌렸던 것도 사실이다. 그런데 한생이가 깨어났다."

"미래가 바뀌어 막내 오빠가 깨어난 거면 좋은 일이잖아."

"결과에 즐거워하기 전 원인을 알아야 한다. 한생이는 왜 깨어났을까. 어떻게 깨어났을까. 각성해서 식물인간 상태를 벗어난 거라면 어째서 기억이 없고 다른 사람의 인격을 갖고 있을까."

이해기가 화르세인지를 정면에서 응시했다.

"화르세인지 드 체키빙이라고 했나. 내가 하는 말이 이해하기 어렵겠지만 하나만 묻겠다. 시스템은 네가 성장하길 바라고 있어. 그렇지?"

"……그 말대로다, 사기꾼아."

"퀘스트는 시스템의 의지 표명이지. 퍼주기에 가까운 일일퀘와 반복퀘. 돌발 퀘스트에 강제 퀘스트까지. 균열 보스를 잡으라는 퀘스트가 떴을 때 직감했다."

이해기의 목소리가 낮게 가라앉았다. 침잠한 눈빛이 이귀한에게 향했다. 이귀한은 동생의 눈빛을 피하지 않고 덤덤히 받아들였다.

"시스템이 형을 견제해."

"그게 무슨 말이야?"

"예기치 않은 한생이의 각성, 형과 상극인 속성과 퀘스트 밀어주기를 통한 성장 보조까지. 모두 내가 아는 미래엔 발생하지 않은 일이다. 이것들이 노리는 건 하나야. 형밖에 없어."

균열의 날로부터 8년. 시스템은 멸종 위기에 선 인류의 든든하고 유일한 보호자였다. 그런 시스템이 큰오빠를 견제한단 얘기에 이보배의 심장이 철렁였다.

"큰오빠가 마왕 비슷한 거여서 그래? 마왕이어도 본인이 정복이나 파괴 의지가 없으면 괜찮은 거 아니야?"

"어리석구나, 돼지야."

"네가 몰라서 그래, 보배야."

두 오빠가 동시에 입을 열더니 망나니가 추가로 말했다.

"불이 참는다고 꺼지더냐? 빛이 억제한다고 사라지더냐? 너는 네 의지로 심장을 멈출 수 있느냐? 저건, 그런 것이다. 악 그 자체야."

"세상에 악은 어딨고 선은 어딨어? 그건 누가 정하는 건데? 폭력은 무조건 악이야? 다른 사람을 구하려고 때리는 것도 악이야?"

철학에 대해선 잘 모르지만 이보배는 이귀한을 변호하기 위해 애썼다. 화르세인지는 가소롭다는 듯 말했다.

"선과 악은 신이 정하는 것. 이 세계의 신인 시스템이 정했다. 이귀한은 악이며 세계의 적이다."

화르세인지가 허공을 열심히 휘젓더니 뭔가를 콕 눌렀다. 그러자 이보배의 앞에 퀘스트창이 떴다.

본래 퀘스트는 파티원과 공유할 수 있는 퀘가 아니면 이렇게 보여주는 게 불가능하다. 이 또한 시스템의 편애일까?

[이귀한(???)을 처치하시오.]

–난이도 : 불가능

–보상 : 소원 교환권 1매

–페널티 : 없음

난이도는 불가능에 보상은 소원 교환권이란다. 둘 다 이보배가 보기엔 말이 안 됐다.

이보배는 와닿지 않는 난이도와 보상보다 실패 시 페널티 없음에 주목했다.

“페널티가 없네. 안 해도 되는 거잖아.”

“돼지는 무르구나. 멍청해서냐?”

화르세인지가 이귀한을 노려보고 삿대질했다.

“이 세계의 신이 저 악마를 적으로 선포했느니라! 세계에 있어서 해악 그 자체! 불가능한 걸 알면서도 쓰러뜨려야 하는 악마라는 소리다!”

“크. 크. 크.”

이귀한이 왼손에 봉인용 붕대 감은 사람처럼 웃었다. 기계음처럼 정확한 발음의 크과 사이사이에 낀 마침표가 화룡점정이었다.

“네놈! 사기꾼, 이해기! 돼지는 멍청하고 순수해 속아 넘어갔다지만 너는 처음부터 이 악마의 정체를 알고 있었다! 그렇지!”

“으음.”

“세계와 신을 적으로 돌리고 싶지 않다면 정신 차려라! 너도 악마에게 속아 가족놀이를 하려는 게냐? 나를 도와 저 악마를 쓰러뜨려 네 사명을 다해라!”

“시스템이 나를 동료 삼으라고 말했나 보지?”

"그건……!"

"예상했지만 이렇게 나오는 건가."

이해기가 땅이 꺼져라 한숨 쉬었다. 그는 착잡한 얼굴로 마른세수를 했다.

"날 회귀시켜 준 시스템에겐 미안하지만 난 도울 수 없다. 돕지 않을 거야. 그럴 수 없어."

"너는 저 악마가 세계를 멸망시키는 것을 방조할 셈이냐?"

화르세인지가 깜짝 놀라 말했다.

"그건 단순한 멸망이 아니다. 저 악마의 본질은 평범한 파괴가 아니야. 혼을 오염시키고 타락시킨다. 물질이 아닌 정신 자체가 썩어 완전히 변질되는 것이다. 그걸 모르겠느냐?"

"알아. 내 눈으로 직접 봤어. 아주 끔찍했지."

"그럼 어째서 돕지 않겠다는 것이냐!"

화르세인지가 벌떡 일어나 성질냈다. 그 바람에 앞에 둔 캔 맥주가 쓰러져 맥주가 흘렀다. 이보배는 울컥해 같이 외쳤다.

"그러니까! 큰오빠가 참겠다잖아! 참아준다잖아!"

"우리가 살아 있는 동안만."

이보배에게 찬물을 끼얹은 건 화르세인지가 아니라 이해기였다. 이보배는 깜짝 놀라 이해기를 보다가 그 말에 담긴 속뜻을 깨닫고 이귀한을 보았다.

이귀한이 반박하지 않고 히죽 웃었다. 재회했을 때 유리창 너머에서 보여준 불길한 미소였다.

"형은 참기 싫다고 했어. 우리를 위해서만 참겠다고 했지. 우리가 죽은 뒤에도 참는다는 보장은 없다. 내가 회귀하면서 시스템도 미래에 대한 정보를 습득했으니 형이 참지 않을 때의 결과를 알아버렸을 테고. 알아버린 이상 내버려 둘 수 없다고 판단했겠지."

이해기가 입술을 깨물었다.

"시스템의 입장은 이해한다. 반쯤 멸망한 세계를 복구할 수 없어 날 과거로 보냈는데, 더 잘해보겠다고 나선 놈이 회귀한 목적을 포기했으니 황당하겠지. 형이 정보보다 빨리 와서 대체할 인력도 구할 수 없었을 테고."

이해기가 눈을 감고 도리질 쳤다.

"하지만 난 할 수 없다. 한 번은 모르고 했지만 알아버린 이상 두 번은 할 수 없어."

괴로운 듯 도리질 치는 작은오빠를 보자 이보배의 심장이 다시 한번 철렁였다. 이해기에게 회귀자다운 목적이나 계획이 없다며 핀잔주었던 대화가 떠올랐다.

판타지 소설의 회귀자는 대부분 중대한 사명을 지닌다. 미래에 닥칠 거대한 위험에서 세계를 구하기 위해 미래의 지식으로 힘을 모으고 대비한다.

미래를 바꾸기 위해. 세계를 구하기 위해.

알고 싶지 않은데 머리가 멋대로 생각해 답을 도출했다. 이보배는 억지로 웃었다. 웃을 수 없는데 쥐어짜서 웃었다.

"아니지? 흔한 클리셰랑 다르지? 현실이잖아. 작은오빠한테 일어났던 일이잖아. 무서운 적이 등장해 사람이 너무 많이 죽어서 더 잘해보려고 회귀하는 거, 너무 자주 나오잖아."

"네겐 정말 말하고 싶지 않았는데."

이해기가 신에게 고해하듯 눈을 감고 손을 모았다.

"내가 형을 죽였다."

"내가 둘째한테 죽었대."

"형은 날 알아봤는데 난 알아보지 못했어."

"내가 막 날뛰었어도 결정타는 안 날렸대."

배려라는 이름으로 감춰져 왔던 진실을 들었다. 이보배는 머리가 아파 와 손을 휘저어 이해기의 입을 막았다.

"그게 뭐야. 이상하잖아. 회귀도 시켜줄 수 있으면서 왜 우리한테 시켜? 시스템이 직접 하면 되잖아. 애초에! 더 과거로 가면 되잖아! 큰오빠 실종되기 전으로 가면 되는 거잖아!"

"시스템은 전지전능하지 않아. 내가 파괴 전문인 것처럼 시스템도 할 수 있는 게 있고 못하는 게 있을걸."

"큰오빤 조용히 해봐! 큰오빠도 어찌 못 하면서 쓰러뜨린 사람 소원은 어떻게 들…… 아."

이보배는 일말의 깨달음을 얻어 화르세인지 쪽으로 고개를 돌렸다. 기억상실이든 환생이든 빙의든 중요한 건 내부의 혼이 아니다. 중요한 건 이곳을 다른 세계라 인식하고 있는 화르세인지가 빌 소원이 뻔하다는 것.

귀향.

잘 살던 도련님이 어느 날 갑자기 상식과 문화가 다른 세계에, 그것도 몸이 바뀌어서 떨어졌다? 그럼 도련님이 빌 소원은 하나밖에 없다.

집에 돌아가게 해주세요.

"흐윽."

이보배는 얼굴을 감쌌다. 돌아가신 부모님이 보고 싶었다. 엄마 소매를 잡고 흔들면서 오빠들이 울렸다고 이르고 싶었다.

"막내가 알기 쉽게 설명하자면."

이귀한이 묘하게 쾌활한 어조로 말했다.

"막내가 제일 무서워하는 바퀴벌레에 방사능을 합친 게 나야. 방에서 방사능 바퀴가 막 날아다니니까 시스템이 비명을 지르는 거야."

"큰오빠가 왜 방사능인데!"

"방사능보다 더 안 좋아, 막내야."

고개를 들자 어딘지 체념한 것처럼 생글생글 웃는 큰오빠의 얼굴이 보였다. 눈가에 고인 눈물 때문에 웃는 얼굴이 일그러져 보였다.

"나 잠깐 화장실."

이보배는 화장실로 들어가 얼굴을 씻었다. 눈물은 안 흘렸는데 눈가가 붉었다.

물기를 닦고 나오자 세 쌍의 눈동자가 그녀에게 향했다. 세 쌍을 채우면 행복할 줄 알았던 과거가 떠올랐다.

이보배는 굉장히 서러워졌다.

"악마도 자신이 해악인 걸 알고 있구나."

"그 무서운 악마가 네게 무슨 짓을 할 줄 알고 그렇게 당당해? 시스템보다 형이 더 강한데."

"크윽. 그, 그건."

"막연하게 형이 널 해치지 않으리란 믿음이 있겠지. 그래서 시스템이 널 깨운 걸 테고. 네 안에 든 혼이 한생이의 것이든 다른 세계에서 온 영혼이든 몸이 한생이라면 형은."

"동생은 안 때려."

"이럴 거니까."

이해기가 쓴웃음을 지었다.

"네가 한생이가 맞다면 어이없긴 하겠다. 형한테 많이 맞았지, 우리 한생이."

세상에 균열이 생기고 많은 것이 변했다. 반항하던 동생은 형을 우러러보게 되었으며, 철없던 형은 믿음직한 가장이 되었다.

정말 많은 것이 변했다. 믿음직한 가장은 시스템이 견제할 재앙이 되었고 동생은 재앙을 죽여 회귀했으며 또 다른 동생은 시스템의 새로운 견제 수단이 되었다.

속성은 약간의 능력을 쓴 것만으로도 코피를 흘릴 정도로 상극. 시스템의 전폭적인 지원도 있겠다, 이한생이 전성기의 이해기만큼 성장하면 이귀한에 대한 훌륭한 카운터가 될 것이다.

"신이 주신 사명을 거부하고 하려는 게 고작 가족놀이냐! 집어치워라! 저 악마는 반드시 사라져야 한다! 악마의 변덕에 세계를 맡길 셈이냐?"

이귀한이 전력으로 상대하면 이한생은 상대가 되지 못한다. 하지만 이귀한은 인간성을 상실한 미래에도 이해기를 죽이지 못했다. 지금의 이귀한이라면 묵묵히 죽어줄 확률이 높았다.

"셋째가 정 그러면, 죽어줄게."

그래. 바로 이렇게.

이보배의 머릿속이 새하얀 백지가 되었다. 그녀는 아무 말도 못 하고 입술만 깨물었다.

"죽어주겠다고? 그 말을 어떻게 믿느냐?"

화르세인지가 미심쩍단 얼굴로 물었다. 이귀한은 태연하게 말했다.

"죽어줄게. 일단 네가 실력을 키워야지. 지금은 나 때리다 네가 죽겠다. 시스템도 있고, 둘째가 적당히 버스 태워주면 10년이면 크지 않을까? 나 대충 10년만 너희랑 있다 죽을게."

10년만 놀겠다던 때보다 어투는 가벼웠고 내용은 비교 불가능할 정도로 무거웠다. 숨이 턱하고 막혀와 이보배는 뭐라 반응할 시기를 놓쳤다.

그녀 대신 이해기가 외쳤다.

"무슨 소릴 하는 거야, 형!"

"솔직히."

이귀한이 머리를 긁었다.

"네 말대로 너희가 죽은 다음에 참을 자신 없고, 참을 이유도 없어. 뿌셔뿌셔 해봐서 아는데 진짜 재밌다? 짜릿짜릿해. 솔직히 그럴 때만 내가 살아 있다는 생각이 드는데. 그래도 말이야……."

이귀한이 다 마신 콜라 캔을 손으로 찌그러뜨렸다. 캔은 찌그러지고 찌그러지다 겉면이 매끈한 공이 되었다.

"난 고향에 오고 싶었고, 너희가 보고 싶었어. 둘 다 이뤘으니까 이젠 인간으로 죽고 싶어."

이귀한이 공이 된 캔을 손안에서 굴렸다.

"내 존재 자체가 해악인 건 알아. 내가 너무 많이 달라진 것도 알아. 나는 옛날에 선을 넘었고 돌아올 수 없는 강을 건넜어. 너희가 보고 싶어서 마지막 한 발을 내딛지 않았을 뿐이야. 사실은 너희를 봐도 아무것도 안 느껴지면 다 죽여 버리려고 했는데."

이귀한이 눈을 깜빡였다. 동생을 죽일 생각이었다고 말

하면서 표정 한 번 바뀌지 않았다.

“너희가 소중한지, 너희를 소중하게 여기는 나에 집착하는 건지 모르겠는 때가 있어. 솔직히 위험한 거 맞으니까 이렇게 살아도 되나 싶었거든. 그래서 둘째한테 부탁해볼까 했는데 너무 미안해하는 거 같아서 죽여달라고 말하기 좀 그렇더라고. 근데 셋째가 해주겠다네?”

이귀한이 활짝 웃으면서 손뼉쳤다. 손안의 공이 납작해졌다.

“난 환영이야! 죽어줄게!”

이귀한이 응원하듯이 두 주먹을 쥐었다. 납작해졌던 것이 다시 공이 되었다.

“형, 그건…….”

이해기가 눈물을 참으려 어금니를 꽉 물었다. 화르세인지는 죽겠다는 말을 소풍 가는 것처럼 말하는 이귀한 때문에 당황했다.

“그렇게 말해 나를 방심시키려는 것이냐! 소, 속지 않는다, 이 악마야!”

“아닌데? 진짠데? 죽어줄 건데? 우리 셋째야말로 이 형님을 쓰러뜨릴 수 있을 만큼 성장해 줘야지! 어이어이, 형은 믿는다고.”

“개소리하지 마! 형은 작은형만 믿고 나는 안 믿잖아! 어? 방금 내가 무슨 말을 한 거지?”

이보배는 충격받았다.

이귀한이 그녀와의 재회에서 아무런 감흥을 느끼지 못했다면 오빠 손에 죽었을 것에 충격받은 것은 아니다.

화르세인지 속에서 종종 튀어나오는 이한생의 잔재에 충격받은 것도 아니다.

이보배의 앞에서 태연하게 죽어주겠다고 말한 이귀한의 발언에 충격받았다.

“형, 정말 진심으로 말하는 거야?”

“응!”

“형도 알다시피 나는 형에게 이래라저래라 할 자격이 없어. 하지만 형이 정말 그걸 원한다면……. 형 뜻대로 할게.”

“장하다, 둘째야.”

“뭐냐. 진짜로 죽어주겠다는 건가? 그, 그렇다면 한번 속아주도록 할까!”

“한생이의 성장이 급선무겠지. 독식하려고 정리한 자료 안 버렸으니까 그걸 참고로 한생이 성장 코스를 짜서…….”

“너흰 열심히 성장해. 난 버킷 리스트 짤래.”

믿기 힘든 일이 벌어졌다. 이보배의 눈앞에서 오빠가 오빠를 죽일 계획을 짜고 있었다.

실행일은 언제, 그때까지 성장은 어떻게, 필요한 장비는 무엇, 장소는 어디. 처음엔 반대했던 작은오빠가 계획을 짤 땐 가장 열심이었다.

'이게 뭐지?'

이보배의 정신이 멍해졌다.

"꼭 죽어야 해? 큰오빠의 힘이 문제면 그걸 없애거나."

"네가 몰라서 그런다, 돼지."

"네가 못 봐서 그래, 보배야."

"막내는 계속 몰랐으면 좋겠당."

세 오빠는 그녀의 주장을 일축하고 다시 큰오빠 살해 10년 대계획을 세우기 시작했다.

늘 형들이 자기 따시킨다고 투덜거리던 막내 오빠까지 셋이서 똘똘 뭉쳐 이보배를 따돌렸다.

정신이 멍해지고 눈물이 쏟아졌다.

이보배는 열심히 살았다. 정말 성실하게, 열심히. 쓰레기 무단 투기 정도는 했지만 그 외 법은 준수하면서 착하게 살았다.

진짜 착한 건지, 나쁘게 살 용기와 힘이 없어서 착하게 산 건지 모르겠지만 어쨌든 그렇게 살았다.

그런데 자꾸 그녀에게 벅찬 일이 닥쳐온다. 그중에서도 눈앞에서 벌어지고 있는 회의가 제일 질이 나빴다.

"내 시체도 장난 아닐 텐데 어떻게 처리하려고?"

"그건 시스템이 어떻게든 하겠지."

"듣자 듣자 하니까 못 하는 말이 없어!"

이보배는 이귀한이 만든 공을 집어 던졌다. 공은 이귀

한에게 맞아 튕겨 나가 이해기를 맞추고, 이어 이한생의 이마까지 때리고서 바닥으로 떨어졌다.

"죽어? 뭐? 죽여? 가장 앞에서 못 하는 말이 없어!"

이보배는 가장 나쁜 말을 한 큰오빠의 등부터 후려쳤다. 그다음은 막내 오빠, 마지막이 작은오빠였다.

〈사랑의 매〉를 처음 맞은 이한생이 끔찍한 비명을 질렀다. 이보배는 노성으로 비명을 덮었다.

"그래! 나 아무것도 모른다! 뵈는 게 없다! 나 혼자 생산계라 느낌으로 와닿는 것도 없고 미래 얘기도 모르겠다! 그런데 그러면 안 돼. 진짜 오빠들 나한테 이러면 안 돼. 말로만 공주라고 막내라고 예뻐하면서 중요한 일엔 나 빼먹지! 내 얘긴 무시하지! 이렇게 동생 울리면 좋아?"

"마, 막내야."

"옆에 있으면 안 좋아서 죽겠다고? 인간일 때 죽겠다고? 6년 내내 속 썩이다 돌아오더니 하는 말이 그거야? 고작 그런 거야? 그렇게 치면 막내 오빠부터 죽어야지! 내 마음이랑 통장이 얼마나 아팠는데!"

"끄으윽, 돼지 네가 감히."

"감히다! 그래, 감히다! 더 맞아라!"

"끄아아악!"

이보배는 더도 말고 덜도 말고 딱 10대를 때렸다. 이한생이 바닥에 쓰러져 곡을 했다.

"내가 모를 수도 있지! 지는 아는데 나는 모르면 멍청해 보이기도 하겠지! 그래, 내 눈엔 안 보인다. 나는 본능이 뒈져서 큰오빠가 그냥 오빠로 보인다! 시력 1.3, 1.0인 내 눈엔 큰오빠 잘만 보이네!"

"보배야, 진정하고."

"내가 지금 진정하게 생겼어!"

이보배는 이해기의 멱살을 잡고 짤짤 흔들었다.

"큰오빠가 안 참는단 보장 있어? 왜 믿지를 못해? 허구한 날 믿는다고 옆에서 내시처럼 조잘거리더니 왜 이런 건 안 믿어? 맨날 사람이라고, 큰오빠는 충분히 사람이라고 말하더니 사실은 아니라고 생각하는 거였지? 그러니까 이러는 거잖아! 작은오빠가 본 미래는 이미 죽었어! 뒈졌어! 왜 죽은 미래를 기준으로 생각하는데? 그거 소설에서 맨날 나오는 회귀자의 오만이거든?"

쓰읍, 후우.

정신없이 말하다 보니 숨이 가빴다. 이보배는 호흡을 고르기 위해 잠시 돌아섰다.

다시 고개를 돌리니 망할 오빠 새끼들이 공손히 무릎 꿇고 고개를 조아린 자세로 있었다.

"귀환자, 회귀자, 환생…… 씹. 환생자인지 빙의자인지 잘 들어."

이귀한, 이해기, 이한생이 동시에 고개를 끄덕였다.

"서로 싸우지 말고, 형제끼리 다투지 말고, 부모님 돌아가셔서 서로 지탱해 줄 건 우리밖에 없으니까 잘살자. 잘 살아보자. 죽여달라느니, 죽여주겠다느니 그런 무서운 말은 하지 말자."

귀환자, 회귀자, 환생 혹은 빙의자. 소설 속 주인공처럼 화려해진 오빠들과 약방의 감초처럼 등장하는 주인공의 여동생인 자신.

조연에 불과한 여동생의 안일한 발언이래도 좋았다. 독자들에게 고구마를 선사하는 주인공의 여동생의 답답한 발언이라도 좋았다.

이보배는 세계의 위기와 오빠 중 고르라면 서슴없이 후자를 고를 테니까.

"큰오빠, 다시는 그런 말 하지 마. 우리가 보고 싶었다며. 나도 큰오빠가 보고 싶었어. 우리랑 행복하게 살면 안 돼? 큰오빠가 참는 게 힘들어도 더 참아주면 안 될까? 내가 너무 이기적인 부탁 하는 거야?"

이보배는 오빠들 앞에 무릎 꿇고 흐느꼈다. 아기 피부처럼 부드러운 손이 그녀의 얼굴을 감쌌다.

"막내야, 나도 정말, 나도 정말 그러고 싶은데. 나는."

그 순간 시스템 알림이 시끄럽게 울렸다. 이보배만 받은 게 아니었다. 이해기와 이한생은 물론이고 이귀한까지 눈을 찌푸리고 귀를 막았다.

이보배는 눈물 젖은 눈으로 허공에 뜬 휘황찬란한 퀘스트창을 보았다.

[이귀한(???)을 정화하시오.]

–난이도 : 불가능

–보상 : 없음

–페널티 : 없음

–현재 오염도 : 99%

※정화 완료 시 이귀한은 죽지 않음.

이보배는 멍하니 눈을 깜빡였다. 눈물을 훔치고 다시 봐도 퀘스트창의 문자는 바뀌지 않았다.

"지금."

"내가 보는 게 진짜가?"

"퀘스트가 하나 더 왔다."

"너흰 뭐 보여? 난 다 깨졌는데."

직감이 왔다. 지금 이보배가 받은 퀘스트를 두 명도 같이 받았다는 직감이.

이귀한은 퀘스트는 아니지만 뭔가 알림이 뜨긴 뜬 듯했다.

깨진 문자가 가득한 알림창을 노려보던 이귀한이 해석을 마쳤다.

"믿겠다는데?"

시스템이 특정 인물에게 직접 의사를 표현한 최초의 사례였으나 그런 건 중요하지 않았다. 이보배는 내용에 주목했다.

믿겠다. 남매가 받은 퀘스트와 연관 지으면 무엇을 믿겠다는 건지 분명해졌다.

"시스템이 큰오빠의 인간성을 믿겠대! 믿어보겠대!"

"방사능 바퀴를 참겠다니……. 그냥 방사능 바퀴도 아니고 날개 달린 왕바퀸데."

이보배의 눈에서 슬픔의 눈물이 걷히고 감동의 눈물이 번졌다. 이귀한은 눈살을 찌푸리며 감탄하고 이해기는 시스템을 선뜻 믿지 못하고 머리를 굴렸다.

이한생은 초를 쳤다.

"처치 퀘스트는 그대로 남아 있다. 넌 여전히 세계의 적이니라."

"믿는 것과 거슬리는 건 별개란 이야기군. 하긴, 그렇겠지."

이해기가 말한 뒤 턱을 짚고 고심하더니 입을 열었다.

"시스템이 믿어보겠다니 다행이긴 한데 정화 방법이 문제로군. 형은 짚이는 거 없어?"

"몰랑."

"정화수를 제작해야 하는 건가? 하지만 그건 형에겐 소용없을 텐데. 역시 엘릭서를 제작해야 하나? 엘릭서 제작만큼은 피하고 싶은데……."

이해기가 미래의 지식을 중얼거리며 상념에 잠겼다. 하

지만 그럴 필요 없었다. 이보배는 답을 알았다.

"나 알아! 알 것 같아! 막내 오빠가 할 수 있어!"

"한생이가?"

"막내 오빠! 큰오빠한테 정화 스킬!"

"정화 스킬이 있다고?"

이해기가 깜짝 놀라 눈을 크게 떴다. 화르세인지는 날을 세웠다.

"내가 왜 악마에게 신이 주신 힘을 써야 한다는 것이냐! 공격도 아니고 정화에!"

"대놓고 정화라잖아. 빨리 해봐!"

화르세인지는 싫다고 하다가 이보배가 접근하자 어깨를 움찔거렸다. 〈사랑의 매〉 10연타는 평생 잊지 못할 아찔한 추억이었다.

"주인을 때린 건방진 돼지 같으니. 난 화르세인지 드 체키빙이다! 폭력에 굴할 것 같으냐!"

"아휴!"

이보배는 〈사랑의 매〉의 스킬 설명을 읊었다. 피해가 없고 사랑하는 만큼 통증이 강해진단 얘기에 망나니가 정색했다.

"그런 스킬이 있을 리 없다!"

"있어! 그러니까 큰오빠랑 작은오빠도 아파했지."

"페널티보다 아팠는데……. 그런 공격을 받았는데도 반격하지 않는다니, 악마 새끼도 가족놀이에 심취했구나. 하지만 나는 다르다!"

"아니, 너도 같아."

이해기가 화르세인지의 말을 정면에서 반박했다. 망나니가 시끄럽게 떠들자 이해기가 말했다.

"우린 네가 누구든, 기억상실이든 환생이든 빙의든 가족으로 받아들이겠다고 결정했어. 너도 균열에서 나온 후 다시 도망갈 수 있었지만 얌전히 집까지 우릴 따라왔지. 가족회의에도 참석했잖아."

"크윽, 그건."

"막내 오빠……."

"으윽."

망나니가 눈을 감고 오만하게 턱을 치켜들었다.

"어쩔 수 없지. 통하지 않아도 난 모른다, 돼지."

이한생이 이귀한에게 정화 스킬을 사용했다. 밝고 포근한 빛이 이귀한의 몸을 감싸다가 안으로 빨려 들어갔다. 이귀한이 눈을 동그랗게 떴다.

"오오! 오오오오오!"

"어때? 어때?"

"0.00001퍼센트 정도 뿌셔뿌셔 충동이 줄어든 기분이 들어."

수치로 들으니 효과가 없는 것에 가까웠다. 이보배는 혹시나 싶어 퀘스트창을 살폈다. 오염도가 98.99999로 바뀌었다. 효과가 있었다!

"효과가 있어!"

"0.00001이라……. 쿨타임은 어떻지? 하루에 몇 번이나 쓸 수 있어?"

"흥! 알아서 무엇 하게? 돼지가 간곡히 빌어 시도해 봤을 뿐! 난 너희를 가족으로 생각하는 게 아니다! 어디까지나 거룩한 돼지의 충심에 답을 해준 것뿐이야!"

"가족이 아니라니. 어쩔 수 없네."

이해기가 갑자기 꺼낸 얘기에 이보배가 눈을 부라렸다. 이해기는 작게 쉿, 하고는 화르세인지에게 말했다.

"가족도 아닌 사람을 부양할 순 없지. 여길 나가줘야겠어. 그동안의 병원비는 받지 않을게."

"무슨 소리냐. 신의 사도를 모시는 건 크나큰 영광이다!"

"보면 알겠지만 우리 집은 가난해서 신의 사도님을 모실 여유가 없거든. 부잣집을 알아봐."

"크윽."

"시스템 신께서 널 보살피시니 돈은 퀘스트로 벌면 될 거야. 아, 능력은 아무 데서나 쓰면 안 돼. 균열에서 봤던 무서운 누나가 잡아가."

"그것은!"

"아니지. 힐을 쓸 수 있댔지? 납치당할지도 모르겠네. 사지가 잘려 평생 힐만 하는 도구로 쓰일지도 모르지."

화르세인지의 얼굴에서 핏기가 사라졌다. 실컷 겁을 줬

으니 이젠 구워삶을 차례였다.

"한생아. 선생님들은 너더러 겉멋 든 양아치라고 했지만 난 늘 널 믿었다. 네가 사실은 따뜻하고 상냥한 아이란 걸 믿었어."

"나도 믿었어."

"막내 오빠가 할 땐 하는 사람인 거 내가 제일 잘 알아!"

이보배는 이한생의 손을 꼭 잡았다.

"두 번이나 날 구해줬잖아. 고마워, 오빠."

"으으으으."

"형이 고개 숙여 부탁한다! 형을 구해다오! 형을 구할 수 있는 건 너뿐이다, 한생아!"

"나도 숙인당. 날 정화해 줘! 나 열심히 참을게!"

"으으으으으으."

너밖에 없어! 너만 믿는다! 부탁해!

애정과 관심이 고파 엇나간 양아치는 쏟아지는 관심과 기대를 견디지 못했다. 이한생이 눈 꼭 감고 외쳤다.

"하면 될 거 아냐!"

"와아!"

0.00001퍼센트씩 어느 세월에 정화하나, 그런 현실적인 고민은 집어치웠다.

남매는 누가 먼저랄 것 없이 이씨 집안 셋째 아들을 끌어안았다.

사람은 머리를 쓰면 배가 고프다. 감정 소모가 심해도 배가 고프다.

가족회의는 머리와 감정 모두 소모되는 일이었다. 이씨 사 남매는 배가 고파 잠잘 수 없다는 결론에 도달했다.

"배달?"

"나가자, 보배야."

"지금 시간이 늦어서 야식집만 문 열었을걸. 나가나 안 나가나 메뉴는 그게 그건데."

"집 미어터지겠다. 나가자."

이보배는 이해기의 말에 고개를 끄덕였다. 셋일 때도 좁았던 집에 하나가 추가되었다. 성인 넷이 거실에 있으니 숨이 막혔다.

'소파랑 게이밍 의자 치우면 잘 공간 나오겠지.'

넷은 24시간 영업하는 감자탕집에 들어가 감자탕 대자와 소주 세 병을 주문했다. 이보배는 침을 꼴깍 삼키며 감자탕이 끓길 기다렸다.

아침에 라면 끓여놓고 뛰쳐나간 후 계속 굶었다. 배가 요동쳤다.

'응? 알림이 더 있었네?'

[압도적으로 강한 자를 위엄으로 무릎 꿇렸습니다! 위대한 업적!]

[〈가장의 위엄〉 습득!]

[〈가장의 위엄〉 SS급]

–상대의 의사를 무시하고 무릎 꿇릴 수 있다.

–단, 상대가 시전자를 가장으로 인식해야 한다.

'이 무슨…….'

〈사랑의 매〉에 이어 쓰레기 SS급 스킬이 또 나왔다. 다른 사람에겐 써먹을 수 없고 오빠들에게만 사용 가능한 가정용 스킬이다.

이보배는 자신과 마찬가지로 감자탕이 끓기 기다리는 오빠들을 보았다.

"너 왜 이게 뭐냐고 안 물어봐?"

"돼지 뼈 스튜 아니냐! 이런 건 내 쪽 세계에도 있다!"

"씁, 아무래도 수상한데. 형, 이 새끼 맞기 싫어서 기억 안 돌아온 척하는 거 아닐까?"

이해기는 마혼을 넘겨 쉰을 앞뒀다면서 유치하게 굴었다. 많이 힘들었고, 가장 걱정하던 게 해결되어 안심한 건 알겠지만 듬직하던 작은오빠가 그리웠다.

이보배는 스킬도 시험해 볼 겸 잔소리했다.

"오빠들, 밥 먹을 땐 조용히 하자."

스킬의 효과는 놀라웠다. 작은오빠, 큰오빠는 물론이고 막내 오빠까지 무릎 꿇고 공손한 표정을 지었다.

"방금 미지의 힘이 느껴졌는데?"

"내가 왜 천것들이나 하는 자세로 앉은 것이냐!"

"막내가 뭔가 했어."

'오빠들 진정시킬 때 유용하겠네.'

남들에겐 쓰레기의 SS지만 이보배 한정 SS급이다. 이보배는 찬찬히 새로 얻은 스킬에 대해 설명했다. 강제로 무릎 꿇린다는데 두 오빠의 반응이 온건했다.

"나 어설프게 뿌셔뿌셔 하고 싶을 때 진정용으로 좋겠는데."

"그러게, 형 진정시킬 때 좋겠어. 나중에 형이 힘 쓰고 있을 때도 통하는지 시험해 보자."

"감히 주인을 무릎 꿇리겠다니! 가암히!"

"화내지 마. 공자님이 날 가장이라고 생각해서 스킬이 통하는 거잖아. 아니면 정말 기억 돌아왔는데 큰오빠에게 맞을까 봐 구라 치는 거야?"

"그럴 리 있나! 내가 돼지 널 가장이라 여기는 건! 네가 하도 병원비 타령을 하기에 위로 오빠가 둘이나 있다면서 고생한다고 생각했을 뿐이다! 내 집은 체키빙 공작가인데 이런 듣도 보도 못한 집안의 일원이라 여길 리 있겠느냐!"

그 말이 사실이면 〈가장의 위엄〉은 남의 집 식구에게도 통한다는 이야기다.

'가족을 위해 열심히 일하는 가장이 멋있긴 하지. 딴 사람에게도 통하면 진짜 SS급이네.'

그렇다고 지나가는 사람 붙잡아 실험해 볼 수도 없는 노릇이다. 이보배는 추측이 진짜든 아니든 주위에 가장임을 광고하고 다녀야겠다고 다짐했다.

다음 날 아침. 이보배는 힘겹게 눈을 떴다. 눈을 뜨긴 했지만 몸이 움직여지지 않았다.

'피곤한 하루였지.'

이보배는 피곤하고 길었던 어제를 회상하고는 피식 웃었다.

"아구구, 어깨야, 팔다리어깨무릎 삭신아."

스킬로 포션이나 만들던 그녀에게 균열에서 개미를 때려 죽이는 건 가혹한 노동이었다. 마비된 사람 운반은 어떻고?

포션은 상처는 치료해도 근육통은 치료해 주지 않는다. 전신의 근육이 비명을 질렀다.

"나 죽어."

"이따 찜질방 가자. 이건 응급조치."

이해기가 전자레인지에 돌린 물수건을 어깨에 얹어줬다. 뜨끈하니 근육이 풀리는 기분이 들었다. 이보배는 부엌에서 나는 냄새에 행복해져서 웃었다.

"김치찌개?"

"응. 엄마 손맛은 아니지만."

"다음엔 내가 만들게. 진짜 엄마 손맛."

"맛이 있지도 없지도 않은 기적의 김치찌개. 기대한다."

어제 남매는 좁아터진 거실에 모여 잠을 청했다. 전신 근육통엔 불편한 잠자리도 한몫했을 것이다.

하지만 이보배는 모여 잔 걸 후회하지 않았다. 일주일만 지나도 징그러워지겠지만 지금 당장은 그렇게 하고 싶었다.

"큰오빠랑 막내 오빠 깨울까?"

"조금 더 자게 둬."

이해기가 검지로 입을 가리더니 손가락으로 이귀한을 가리켰다.

"돌아오고 나서 처음으로 자고 있으니까, 깰 때까지 두자."

먹을 필요 없고, 마실 필요 없고, 숨 쉴 필요 없다던 큰오빠는 인간이고 싶어 먹고 마시고 호흡했다. 그런 큰오빠지만 잠은 자지 못했다.

깨고 나면 꿈일까 봐 무섭다는 얘길 들은 게 어제다.

이보배의 입꼬리가 올라갔다. 이해기도 마찬가지로 흐뭇하게 웃었다.

"어제 라면 둔 냄비는 어쨌니? 찾아도 안 보이던데."

"미안, 치우기 귀찮아서 인벤토리에."

"에휴, 이리 다오. 내가 설거지할게."

오빠가 돌아왔다. 하나만 돌아온 게 아니라 셋 모두 돌아왔다. 모두 돌아와 모였다. 이보다 더 행복할 순 없었다. 이 세상 무엇도, 어떤 말도 이보배의 행복을 망칠 수 없을 것이다.

"내일 휴가 끝나지? 피곤해서 어쩌냐."

"시발."

출근만 빼고.

10. 오빠가 모인 일상

“잘 다녀와!”

“일찍 올 수 있으면 일찍 와라.”

“노동하러 가는 게 확실하겠지? 악마와 사기꾼에게 날 팔아치운 거라면 용서하지 않겠다.”

“돈 벌러 간다니까.”

사랑하는 오빠 새끼들의 배웅을 받으며 이보배는 출근했다. 하루가 한 달처럼 긴 휴가였다. 특히 균열에 들어간 날은 1시간이 1년 같았다.

‘쉬어도 쉰 것 같지 않아.’

찜질방에 다녀왔어도 근육통은 여전했고 눈은 피곤해서 건조했다. 설상가상, 버스엔 자리도 없었다.

이보배는 손잡이에 몸을 지탱해 사람들에 눌려가며 속

으로 울었다.

'출근하기 싫어.'

월요일 아침 버스에 탄 사람이라면 모두 비슷한 생각을 하고 있지 않을까. 이보배는 출근할 직장이 있는 게 없는 것보단 낫단 결론을 내려 위안 삼았다.

'그래. 돈 많이 벌어야 하니까.'

20대 성인 넷이 살기에 지금 사는 집은 너무 좁았다. 심지어 다들 힘 좋은 각성자니 집이 버티질 못할 것이다.

이보배는 핸드폰에 부동산 어플을 깔았다.

'방이 최소 세 개는 있어야 해.'

오빠 셋에게 한방을 쓰라고 했다간 화르세인지가 화병으로 쓰러지거나 가출할지 모른다. 최소한 망나니에겐 독방을 내줘야 했다.

'햄스터는 한 마리씩 키워야 하니까.'

이보배는 회사에 출퇴근할 수 있는 거리의 방 세 개짜리 집을 검색했다. 집값이 어마어마했다. 전세는 씨가 말라 자취를 감췄고 월세밖에 없었다. 그 월세도 무지 비쌌다.

'집엔 귀환자, 회귀자, 환생 또는 빙의자가 있는데 통장엔 집 구할 돈이 없구나.'

어지간한 판타지 소설 주인공 셋이 모였는데 통장은 빈곤하다. 비일상에서 일상으로 복귀한 기분이 들어 이보배는 피식 웃었다.

'힘내자. 난 가장이잖아.'

이보배가 누구냐. 시스템에게 인정받은 가장이다. 이보배는 앞으로 수그러드는 허리에 힘을 주고 어깨를 폈다.

2주 만에 출근한 회사는 지겹고 한편으론 반가웠다. 이러니저러니 해도 회사는 이보배의 인생에서 많은 비중을 차지하는 장소였다.

'오, 저게 뭐람.'

이보배는 회사 출입문에 대문짝만 하게 붙은 사보를 발견했다. A등급 균열 공략 성공을 알리는 자화자찬 사보였다. 이보배는 진심으로 안도했다.

'휴가 받은 사이 회사 망하면 슬프지. 공략해서 다행이다.'

휴가 첫 주엔 행여나 회사가 망하지 않을까 관심을 가졌었는데 이한생이 깨어나면서 회사 동향을 살피지 못했다.

다행히 이보배가 망나니 뒤치다꺼리를 하는 동안 사계절 길드는 A등급 균열 공략에 성공했다.

회사의 주축인 길드 마스터와 부길드 마스터는 부상 없이 복귀했다. 그 외 길드원도 사망자나 장애가 남을 만한 부상자가 없다고 하니 성공적인 공략이었다.

출입 게이트를 지나려면 핸드폰을 제출해야 한다. 이보

배는 아직 시간이 남은 걸 보고 핸드폰으로 균열과 길드 동향을 살폈다.

'반야 길드에 이은 두 번째 쾌거'부터 '헌터 선진국 대한민국' 같은 애국심이 고취되는 기사가 즐비했다.

이보배가 흡수되었던 개미굴 사건은 형식상의 기사만 존재하는 수준이었다. 사람들의 관심은 사계절의 공략 성공에 쏠려 있었다.

사람들의 이목을 사로잡은 기사가 또 있었다. 이보배는 '신라 길드를 둘러싼 의혹'이라는 기사를 보고 잊고 있던 기억을 떠올렸다.

'신라가 일부러 짐꾼이나 채집꾼을 낙오시켜 균열 마감 시간을 연장한다고 했었지.'

이해기가 이귀한에게 해준 말을 다시 이보배가 들었으니 사실일 것이다. 이보배는 소름이 돋아 부르르 떨었다. 소설에서나 벌어질 법한 흉악한 범죄를 저지른 길드가 한국을 대표하는 대형 길드였다니.

'작은오빠가 우리 회사는 믿을 만하다고 했지.'

그런 면에서 이해기는 사계절 길드를 평가할 때 늘 믿을 만하다고 말했다. 그 말은 과거에나 미래에나 사계절 길드가 더러운 수를 쓰지 않았다는 의미다.

자신이 속한 회사가 인정받는 건 기분 좋은 일이다. 이보배는 뿌듯한 미소를 머금고 핸드폰 전원을 껐다. 카드를 찍어 출입 게이트를 지나 포션 제조실로 가는데 이상하게 발걸음이 가벼웠다.

'내가 너무 무심했어.'

각성 직업인 연금술사, 밥줄인 포션 제작, 그녀를 고용한 회사와 직장 동료에 이르기까지. 이보배가 그간 힘들고 지친다는 이유로 무시하고 지나친 것들이 너무 많았다.

'다 먹고 살기 바빠서, 마음에 여유가 없어서.'

오빠들이 돌아왔으니 앞으론 저 변명을 쓰지 않기로 했다.

억지로 힘을 넣었던 허리에 저절로 힘이 들어가고 어깨는 자연스럽게 펴졌다. 일하러 가는 길이 이렇게 즐거웠던 적이 있던가?

'맞아. 난 포션 제작이 싫지 않아.'

싫어하지 않는 일로 돈을 벌 수 있고 사람도 살릴 수 있다니 얼마나 좋은가. 그걸 모르고 무덤 속 시체처럼 살았다니 정말 슬픈 일이었다.

'오늘부터 바꾸자. 인사부터 크게 하는 거야.'

절대 스킬 등급이 올라 승진할 것 같아서 이러는 게 아니다.

이보배는 심호흡하고 포션 제조실 문을 열었다. 그녀가 문을 열자마자 축하 인사가 쏟아졌다.

"보배 씨, 소식 들었어요!"

"정말 축하드립니다!"

"좋은 일이 좋은 일을 몰고 오나 봐요!"

직장 동료의 8년 동안 식물인간이었던 가족이 깨어났다. 그 전엔 6년 동안 실종되었던 다른 가족이 돌아왔단다.

폭죽은 터뜨리지 않아도 다 함께 모여 축하의 말은 건넬 만한 기분 좋은 일이었다.

"어, 어떻게 아세요?"

"사보에 기사 떴는데요? 다른 팀에서도 축하해 주고 갔어요."

회사와 제휴한 병원이니 이한생의 각성이 알려진 모양이었다. 개인 정보를 위해 익명으로 길드원의 가족이 회복되었다고만 기사를 작성했지만, 길드원 중에 식물인간 가족을 둔 건 이보배밖에 없었다.

'익명으로 한 의미가 없잖아.'

다행히 또 다른 각성은 병원에서 비밀에 부쳤는지 식물인간 오빠가 깨어난 것만 축하받았다.

"정말 감사합니다."

이보배는 얼떨떨하게 자리에 앉았다. 대화 한번 제대로 안 해본 팀원들이다. 가식이거나 빈말일지라도 다른 사람에게 축하받으니까 기뻤다. 오빠들이 돌아온 걸 제삼자에게 인정받은 기분이 들었다.

자리에 앉아 포션 제작에 착수하려던 이보배는 의자를 빙글 돌렸다. 포션 제작에 돌입하면 표정부터 바뀌어 집중하는 그녀를 아는 팀원들이 깜짝 놀랐다.

"깜짝이야. 무슨 일이세요?"

"저어……."

이보배는 두 손으로 옷을 쥐어짜며 말했다.

"제가 커피라도 한 잔씩 돌려도 될까요?"

입사 후 직장 동료들에게 벽을 쌓았던 이보배가 처음으로 까치발을 하고 벽 너머를 살핀 순간이었다.

업무 시작 전 이보배는 팀원에게 모닝 음료를 쐈다. 어색하고 얼떨떨한 한편 기분이 썩 나쁘진 않았다.

들뜬 기분은 자리에 앉자마자 가라앉았다. 이보배는 능숙하게 포션을 제조했다. 스킬 등급이 올랐기 때문인지 정신력과 마력 소모량이 줄어들었다. 포션 제작 속도도 줄어든 것 같아 이보배는 시간을 쟀다.

'줄었네.'

오늘 할당량을 오전 중에 끝냈다. 이보배는 지나치게 독주하지 않도록 적당히 페이스를 조절했다.

'스킬 등급 오른 거 보고해야 하는데 나중에 해야겠지.'

좋은 일이 좋은 일을 불러온다지만 너무 좋은 일이 집중되면 화도 불러오게 마련이다. 이보배는 일부러 마력을 적게 불어넣어 제작 속도를 늦췄다.

'큰오빠가 귀환하고 막내 오빠가 각성했어. 스킬 등급 올랐다는 것까지 겹치면 너무 과해.'

오를 기본급이 아깝긴 하지만 최소 한 달은 숨겨야 했다. 이보배는 목을 스트레칭하는 척 주위를 살폈다.

A급 균열을 공략했다고 해서 균열 공략이 끝난 게 아니다. 애초에 사계절만큼 큰 길드는 균열 여러 개를 동시에 공략한다.

긴급 물량을 맞춘 후 휴가를 받았으니 그동안 소모된 비축 포션을 채울 때다. 팀원들은 성실하게 포션을 제작했다.

"이보배 씨!"

팀장이 이보배를 불렀다. 이보배는 바로 반응하고 싶었지만 돌아보지 않고 못 들은 척했다. 포션 제작에 집중한 자신이라면 열 번 불러도 못 알아듣는 게 정상이기 때문이다.

"이보배 씨, 집중하고 있는데 미안해요! 인사팀에서 전화 왔어요. 잠시 와달라고 하네요."

"네?"

이보배는 이름이 다섯 번 넘게 불린 후에야 아는 척할 수 있었다. 처음 이름을 불릴 때부터 그녀의 심장은 철렁였다. 인사팀이 연락했다고 하니 숨이 가빠졌다.

'설마 오빠들에게 무슨 일이 생긴 건 아니겠지?'

이보배는 애써 마음을 진정시켰다. 집에 얌전히 있겠다고 한 세 놈이 그새 사고를 쳤을 리 없었다.

만약에 치면 그건 오빠가 아니다. 오빠 새끼다.

불안 반, 걱정 반으로 인사팀을 찾아간 이보배는 용건

을 듣고 안도했다. 오빠가 주제긴 했는데 사고 쳐서 부른 게 아니었다.

“이보배 씨도 아시다시피 우리 사계절의 모토는 가족 같은 길드잖아요. 동종 업계 최고의 직원 복지도 직원이 한 식구라는 모토에서 나오는 거죠. 이번에 인사팀에서 이보배 씨 가족 스토리를 듣고 느낌이 딱 왔어요.”

안면 있는 인사팀 직원 옆에 낯선 홍보팀 직원이 있었다.

“실종되었다가 기적적으로 귀환한 첫째, 식물인간이었다가 포기하지 않은 가족들 덕분에 깨어난 셋째, 첫째와 셋째를 포기하지 않고 서로를 지탱해 온 둘째와 넷째까지. 동시대를 살아가는 사람들에게 공감과 감동을 불러오고 비슷한 처지인 사람들에겐 희망을 줄 수 있을 거예요.”

요는 그거다. 이보배의 가정사를 회사 홍보에 써먹고 싶다.

‘막내 오빠 버틴 게 회사 덕분이긴 하지.’

이보배가 사계절에 취직하지 않았다면 병원비를 감당 못 해 포기했을지도 모른다.

균열의 날에 부모님 돌아가신 것부터 시작해서 실종된 큰오빠에, 식물인간이 된 막내 오빠, 짐꾼으로 고생하던 작은오빠까지. 소개만 들으면 아주 드라마틱했다.

여기에 진실을 끼얹으면 더 드라마틱해진다.

실종된 큰오빠는 시스템이 견제할 정도로 강해져서 돌아왔고, 짐꾼으로 고생하던 작은오빠는 세계를 구한 후

회귀했다. 식물인간이었던 막내 오빠는 사실 아직도 환생인지 빙의인지 모르겠지만 어쨌든 힐러다. 귀족이었다.

이런 내용의 드라마가 나오면 드라마 작가 미쳤냐, 주인공 가족에게 몰빵 실화냐, 개연성 없는 캐릭터 설정은 나도 한다 수준으로 까일 것이다.

'따지고 보면 주인공이 셋이나 몰려 있는 거니까.'

이보배 자신은 주인공이 머스트 해브 아이템으로 갖고 있는 여동생이고 말이다.

"지금 우리 사계절은 업계 최고가 되느냐 마느냐의 기로에 서 있어요. 신라가 언론 통제와 불법 등의 더러운 수법을 쓰던 게 발각되었죠. 그에 비해 우리 사계절은 깨끗하거든요. A급 균열 공략에 성공한 이때, 이보배 씨 가족 얘기로 길드 이미지를 돋보이게 하면 길드 내외적으로 성장에 도움이 될 거예요."

"어, 저기."

"일단 우리가 생각한 건 공익광고 느낌인데요."

홍보팀이 뭔가를 넘겼다. 무려 광고 제작할 때 쓰는 스토리보드였다.

'이건 또 언제 만들었대.'

"이보배 씨와 가족분들이 직접 출연하는 게 제일 좋지만 부담 가면 배우를 섭외할 수도 있어요."

"음, 개인 정보라 병원에서 거기까진 안 알려준 모양인데 저희 오빠들이요. 조금 상태가…….”

“아, 막내 오빠분은 무리하면 안 되니까 동영상 촬영이 아니라 그냥 사진도 괜찮아요.”

“그게…… 몸이 문제가 아니라 마음이…….”

이보배는 억지로 웃는 척하면서 머리와 가슴을 짚었다. 그녀는 가능한 구구절절하게 들리도록 하소연했다.

“큰오빠는 돌아왔지만 정신연령이 어려졌어요. 혼자선 버스도 못 타고 잠도 잘 못 자요. 막내 오빠는 상태가 더 안 좋아서, 깨어나긴 했는데 기억을 많이 잃었더라고요. 기억상실 때문인지 인격도 바뀌어서 폭력적인 행동을 보이고 말투도 이상해지고…….”

이보배가 눈물을 쥐어짜며 하소연했다. 인사팀과 홍보팀 직원 표정이 바뀌었다. 둘은 만면에 연민과 동정을 머금었다.

“세상에.”

“저런.”

“큰오빠랑 막내 오빠 모두 사람을 무서워해서요. 만약에 광고 같은 게 나가 관심이 쏠리면 상태가 악화될 것 같아요. 병원에서도 절대 안정하라고 했거든요.”

“맙소사, 그런 줄도 모르고 저희가 실례했네요.”

“휴가 2주 받은 것치고 피곤해 보이더라니, 그런 사정이…….”

“아니에요, 저는 오빠들이 돌아와서 정말 기쁜걸요. 금방 나을 거예요. 전 오빠들을 믿어요. 제가 힘내야죠."

이보배는 적극적으로 오빠들을 지지하는 소녀 가장을 연기했다. 나름대로 실화가 바탕이 되어서 그런지 메소드 연기가 뛰어나왔다.

"자세히 알아보지 않고 권유해서 미안합니다."

"아니요, 정말 괜찮아요."

광고 제안은 그렇게 마무리되었다. 이보배는 인사팀에 온 김에 궁금한 것을 물어보았다.

"그런데 사내 대출은 한도가 어떻게 되나요?"

직원이 말해준 이율은 생각보다 높았다. 초반 자금이 없어 장비를 구하지 못하는 전투계를 위한 대출이라 이율이 높았던 것이다.

이보배는 장기 근속한 사원이라 대출 한도가 높았지만 이자도 같이 높으니 말짱 황이었다. 이보배는 사내 대출을 포기했다.

'은행에 가봐야 하나.'

대출 한도를 올리려면 스킬 등급이 오른 사실을 가급적 빨리 알리는 게 좋을 것이다. 이보배는 어느 시기에 말을 꺼내야 적당할지 고민하며 오후 시간을 보냈다.

퇴근은 정시에 했다. 한동안은 정시 출근, 정시 퇴근해 화르세인지를 같이 돌볼 계획이었다.

출구 게이트를 지나 핸드폰 전원을 켜니 가족 대화방에

보지 않은 문자가 있었다.

[두부 사와.]

'된장찌개 끓일 건가 봐.'

야근할 때 타는 회사 차가 아닌, 버스를 타고 지는 노을을 보며 퇴근하는 길. 오는 길에 잔심부름을 시키는 가족과 집에서 끓고 있을 된장찌개. 그녀를 기다리고 있을 가족들.

절로 마음이 푸근해지고 행복이 차올랐다.

집에 도착하자, 이보배는 비밀번호를 누르는 대신 벨을 눌렀다. 누구라고 묻지도 않고 문이 벌컥 열렸다.

"막내 왔네!"

"왔어? 쉬지도 못하고 출근해서 피곤하겠네."

"배신한 게 아니었군. 안심하지 마라. 나는 방심하지 않고 계속 지켜볼 것이다!"

이제 집에는 그녀를 기다려 주는 가족이 있다. 텅 빈 집을 보며 이해기가 언제 돌아올지 날짜를 세고, 같이 궁상떨며 밥 먹던 시절은 안녕이다.

이보배는 기분이 좋아 헤실헤실 웃었다.

저녁은 예상대로 된장찌개였다. 계란말이에 된장찌개, 멸치볶음과 비름나물, 배추김치. 완벽한 밥상이었다.

이귀한이 소파를 인벤토리에 넣었지만 거실은 여전히 좁았다. 이보배는 빨리 집을 구해야겠다고 결심했다.

"오늘 어땠어? 나 없는 동안 별일 없었지?"

"아무 일도 없었어! 난 심심했어!"

"일단 한생이에게 핸드폰을 사 줬다."

화르세인지가 건드리면 화면이 켜지는 핸드폰이 신기한지 퍽퍽 때렸다.

"제일 튼튼한 걸로 달라고 했으니 부서지진 않을 거다. 그리고 내일은 같이 병원에 가 퇴원 수속을 밟으려고 하는데 너한테 확인 전화가 갈 수 있으니 사정을 말하고 핸드폰을 갖고 있어다오."

"퇴원을? 괜찮을까?"

"신체는 더할 나위 없이 건강하고 본인도 병원이 싫다고 하니 퇴원시켜야지. 병원에 두는 것보단 내가 지켜보는 게 안심이 된다."

이보배가 화르세인지를 보자 핸드폰을 때리던 망나니가 말했다.

"병원에 있던 침대가 돼지의 사유물이라 들었다. 이 몸을 위해 구입한 것이니 내 소유겠지? 침대도 가져올 것이니 공간을 마련해 두도록 해라. 침대는 돼지 네 방에 둘 것이다."

"어허, 한생아. 어디 뺏을 게 없어서 여동생 방을."

이해기가 노려보자 망나니가 어깨를 움찔 떨었다. 이보배가 출근한 사이 서열 정리를 마친 듯했다.

"슬라임 침대 좋아!"

"침대는 형 인벤토리에 보관해 두마."

"젠장. 체키빙 공작가의 유일한 후계자인 내가 화장실보다 좁은 공간에서 살아야 한다니."

소파에 이어 욕창 방지 침대도 이귀한의 인벤토리에 보관하게 되었다. 이귀한의 인벤토리에 살림 차릴 게 아니니 새집이 시급했다.

"그리고 오늘 정화를 한 번 더 시도했다."

그 말을 듣자마자 이보배는 이귀한의 오염도를 확인했다. 어제와 비교해 0.000005퍼센트가 깎인 수치였다.

"너무 조금 정화됐는데?"

"정화는 한생이가 보유한 신성력 양에 비례하는 것 같다. 어제 소모한 신성력이 차지 않은 거지. 마력과 비교해 회복 속도가 턱없이 느리더구나."

"신성력은 신께서 주시는 힘이다. 시간이 지나면 차는 게 이상하느니라!"

"신성력은 한생이만 갖고 있는 특수 능력치다. 내가 알기로 신성력을 보유한 각성자는 없었어. 그렇다면 의문이 남는다. 시스템은 한생이를 적극적으로 성장시키려고 하는데 어째서 신성력 회복은 이렇게 느린가."

"레벨 업이랑 퀘스트로 신성력을 채울 수 있댔으니까, 계속 성장하도록 유도하려는 거 아닐까?"

이보배는 혹시나 싶어 화르세인지에게 물었다.

"퀘스트 새로 받은 거 있어?"

"악마 퇴치와 정화 이후로 없다."

"둘 다 지금은 불가능하니 꾸준한 레벨 업이 답이로군."

이해기가 손가락으로 밥상을 두드렸다.

"한생이를 레벨 업 시키려면 균열을 도는 게 빠르다. 문제는 등급이 낮은 균열은 구하기 어렵고 감시망을 피하기 힘들어. 저렙 헌터에게 많은 경험을 쌓게 해주려고 국가에서 개인이나 소수의 균열 공략은 허용하지 않는다. 독식해야 성장이 빠른데 그걸 막는 거지."

국가 입장에선 당연한 얘기다. 소수의 헌터만 승승장구하다 죽어버리거나 이민을 가거나 갑질을 하면 문제가 생긴다. 분산투자는 위험을 줄이는 현명한 선택이었다.

"작은오빠가 아는 균열은? 미신고 균열에 들어가서 공략하지 않고 레벨만 올리는 건 어때?"

"내가 기억하는 균열은 대부분 등급이 높다. 나 혼자면 모를까 한생이를 지키면서 싸우기엔 힘들어."

"그럼 작은오빠가 먼저 레벨을 올리자. 큰오빠가 작은오빠는 버스 태워줄 수 있잖아."

이해기가 말없이 이한생을 가리켰다. 젓가락질을 못 해 포크로 계란말이를 먹던 망나니가 뭐가 불만이냐는 얼굴로 야렸다.

"눈 깔아라."

"애를 혼자 두라고?"

"……그렇구나."

아는 게 쥐뿔도 없는 망나니는 잘 참는 마왕보다 위험했다. 자기보호 능력이 부족하다는 점에서 아주 많이 위험했다.

"나름의 루트로 미신고 균열을 찾아볼 테니 한생이 일은 내게 맡겨라."

"회귀자만 아는 루트?"

"비슷하지."

이해기가 씨익 이를 드러내고 웃었다. 이보배는 웃겨서 따라 웃었다.

다음 날부터 이해기는 바쁘게 움직였다. 형과 동생을 혼자 둘 수 없어 늘 대동하고 다니니 그의 고생이 컸다.

'역시 작은오빠야.'

이보배는 언제나 믿음직스러운 작은오빠를 우러러보았다. 잠시 방황하긴 했지만 모범생인 천성이 도망가진 않는다.

'10년을 놀겠다니. 작은오빠가 그럴 리 없지.'

지금도 보라. 회귀자가 아는 정보통을 통해 미신고 균열을 찾아내 공략하고 온 참이다. 불법에 수수료도 만만치 않았지만 레벨 업을 위해선 어쩔 수 없었다.

'들키면 벌금이 어마어마하겠구나.'

이보배는 고생한 삼 형제를 위해 과일 주스를 건넸다.

"주스 갈았어. 이거 마셔."

"고마워, 막내야."

"고맙다."

이귀한과 이해기는 반갑게 받아 들었지만 화르세인지는 격렬하게 거부했다.

"치워라!"

망나니의 손에 부딪힌 과일 주스가 흘러넘쳤다. 화르세인지는 분노를 감추지 않고 분출했다.

"저 야비한 사기꾼이 오늘은 어떻게 했는지 아느냐? 나를 더러운 몬스터 무리에 던졌다!"

"한생이 레벨로 충분히 해치울 수 있는 수준이었어. 덕분에 레벨 업 했잖아."

"내가 피를 보았단 말이다! 나를 죽이려는 게 틀림없다! 나를 죽여 고귀하고 신성한 혼을 뽑아 이용하려는 게 분명하다!"

"아닌 거 알잖아, 한생아. 난 네가 성장하길 바라는 마음에 그러는 거다."

"크아아악!"

"막내 오빠 진정해. 작은오빠는 막내 오빠를 괴롭히려고 그러는 게 아니야. 우린 막내 오빠가 없으면 안 되는걸.”

“멍청한 돼지가 오랜만에 맞는 말을 했다! 내 존재 자체가 이 세상의 홍복이며 축복이다. 성신은 물론이고 시스템 신의 가호를 받은 나, 화르세인지 드 체키빙이 아니라면 저 흉악한 악마를 어찌 정화하겠느냐! 그런데! 그런 나를!”

이전에도 화르세인지는 자신을 위험에 빠뜨렸다고 길길이 날뛰었다. 그땐 이보배가 말려 어떻게든 진정했는데 이번엔 반대로 폭발했다.

“날 몬스터에게만 던진 게 아니다! 균열을 돌아다니는 내내 날 종 부리듯 부려먹었단 말이다! 나를! 가암히 나를!”

“그건 막내 오빠가 이해해 줘. 작은오빠 정신연령이 내일모레 쉰이잖아. 막내 오빠는 18살이니까 동생이나 아들 같은 마음에 그런 걸 거야.”

“닥쳐라! 그렇게 치면 내 나이는 쉰을 넘는다!”

화르세인지는 기억이 18살까지밖에 없는 주제에 자기가 쉰을 넘겼다며 아득바득 우겼다. 이보배가 보기엔 18살도 많이 쳐준 거였다.

“내 분명 저 시건방지고 야비한 낯짝의 언사에 속아 정화하겠다고 약조하긴 했다! 신께서도 바라시는 일이니 수행하긴 해야겠지! 하지만 내가 하는 일은 어디까지나 정화다! 그 외의 것은 바라지도, 요구하지도 마라. 무례하고 건방진 것들!”

망나니는 거칠게 화내며 집으로 들어갔다. 하지만 망나니는 갈 곳이 없었다. 부엌이 곧 거실이요, 이해기의 방은 게이밍 의자 때문에 문도 안 닫히니. 그렇다고 이보배의 방에 들어갈 수도 없었다.

결국 망나니는 화장실로 들어가 문을 쾅 닫았다. 안에서 샴푸 통 쓰러지는 소리가 들렸다.

"좁아터진 돼지우리! 크아악!"

햄스터는 사육 환경이 안 좋으면 스트레스를 받아 폭력성을 보인다. 동족도 합사를 거부하는 햄스터인데 천적이 둘이나 있으니 오죽하겠는가.

이보배는 진지하게 권했다.

"레벨 업은 잠시 미루고 집부터 구하자."

미신고 균열은 미지의 정보통을 이용하면 되지만 남매의 해피 하우스는 그럴 수 없었다. 집값보다 정보료와 수수료가 더 나올 판이다. 그런 연유로, 이해기는 직접 집을 찾아보기로 결정했다. 언제 사고 칠지 모르는 형과 동생을 데리고 발품을 파는 대모험을 강행한 것이다.

이보배가 이해기에게 건 조건은 이렇다. 방은 최소 3개. 출퇴근 시간이 최대 2시간일 것.

며칠 뒤 이해기는 이보배에게 발품의 성과를 전달했다. 이보배가 건 조건을 충족하면서 이해기의 눈에 차는 집들이었다.

"……."

그렇다. 이해기의 눈에 차는 집. 대한민국 최고의 헌터라 불리며 세계를 구한 이해기의 눈에 차는 집.

이해기가 알아 온 집들은 너무 비쌌다. 이보배는 가장이 할 수 있는 가장 슬픈 말을 뱉었다.

"미안해, 작은오빠. 나 능력이 부족해서 이 집 월세 보증금도 못 내."

"아니다, 보배야. 설마 내가 생각 없이 이런 집들을 알아왔겠니."

"쉰을 앞둔 감각으로 고른 거 아니야?"

이해기가 고른 집 중에 전원주택 비슷한 게 몇 있어 더욱 의심스러웠다. 이해기가 정색했다.

"크흠, 오빠 회춘했다. 그리고 쉰은 아니지. 마흔아홉."

이보배는 그게 그거라고 생각했지만 이해기의 마음을 위해 입 밖으로 내뱉는 실수는 하지 않았다.

"두어 달만 버티면 투자한 돈을 회수할 수 있을 게다."

"망한 거 아니었어?"

"……회귀자인 거 믿어준다고 했잖니."

"그건 그거고 이건 이거?"

이해기가 입버릇처럼 한 말이 무엇인가. '미래가 바뀌었다'다. 미래가 그렇게 자주 바뀌었는데 투자가 잘되리라 의심하지 않는 게 신기할 정도였다.

'자기 분야에서 크게 성공한 뒤 은퇴한 사람이 사기당할 확률 높다던데.'

목숨 걸고 대전해 번 돈을 사기당하는 격투기 선수들이 좀 많던가. 이보배는 스포츠 뉴스를 보며 혀를 끌끌 차던 아빠를 떠올렸다. 부모님을 떠올리니 자동적으로 원래 살던 집이 같이 떠올랐다.

'옛날 집은 못 돌아가겠지.'

남매가 살던 동네는 균열의 마감을 막지 못해 침식되었다. 다행히 균열의 침식은 일정 구역을 확보한 후 멈췄으나 완전히 멈췄다는 보장이 없었다.

'이 동네 집값이 싼 것도 근처에 침식된 곳이 있어서니까. 아예 이 동네에서 집을 구해볼까?'

출퇴근 시간이 오래 걸려 회사와 가까운 곳으로 옮기고 싶었지만 돈이 없으니 어쩔 수 없었다.

이보배는 가계 수입을 점검했다. 이해기가 균열을 공략하고 있긴 하지만 정보상에게 정보료와 수수료를 내주면 남는 게 없다고 했다. 돈보단 경험치가 중요해 어쩔 수 없단다.

설마 작은오빠가 뒷주머니를 찼을 거라곤 생각하고 싶지 않기 때문에 이보배는 믿기로 했다. 그러므로 가계 수입은 이보배가 벌어오는 게 다였다.

이한생의 병원비가 사라져 돈을 모을 수 있다고 생각한 건 오산이었다. 사람이 늘었으니 생활비도 늘어난다. 한번 커진 씀씀이는 줄이기 어렵고 이해기는 억을 소비의 기본 단위로 쓰던 잘나가던 헌터였다.

뿐이랴. 이씨 남매 중엔 귀족이 한 분 계셨다. 저렴한 건 입에 대지 않고 몸에 걸치지 않으시는 진짜 귀족이.

“만약에 투자가 성공해도 그건 그때 가서 생각하자. 일단 대출 한도를 생각해 보면…….”

이보배가 진지하게 앞으로의 소비와 저금에 대해 논의하는데 천지가 흔들렸다.

콰앙!

주차된 차들이 시끄럽게 경보음을 울렸다. 사람들이 밖으로 뛰쳐나오고 지진이 났냐며 뉴스를 확인했다.

이보배와 이해기는 밖으로 뛰쳐나가지 않았다. 방으로 달려가 문을 열었다.

“큰오빠, 무슨 일이야!”

“형! 왜 그래!”

지진의 원흉 이귀한이 헤드셋을 집어 던지고 외쳤다.

“게임 X같이 하네!”

당신의 플레이 실력은 저보다 월등하십니다. 솔직하지 못한 한국 게이머를 대표하는 대사다.

“왜, 왜 저러는 것이냐? 악마가 폭주하는 것이야?”

거실 구석에서 고독을 씹다가 깜짝 놀란 이한생이 이보배의 등 뒤로 숨었다. 이보배는 겁먹은 화르세인지를 다독이고 안심시켰다.

"아니야, 화가 나서 그런 거야. 괜찮아."

이귀한이 폭발한 이유를 알아챈 이해기가 이마를 짚었다.

"형, 내가 아직 〈별전쟁〉은 안 된다고 했잖아. 지금의 형은 동물 영상이나 봐야 한다니까."

"둘째야, 내가 왜 진 거지? 쟤 핵 쓴 거지? 맞지?"

"그게 아니야, 형."

이해기가 한숨을 쉬고 이귀한에게 설명했다.

"고인물만 남다 못해 석유가 되었다니까. 그 석유가 자기들끼리 배틀로얄 중이라고. 석유의 엑기스만 모였어."

"이 동체 시력! 이 반사 신경! 이 몸으로 지는 게 말이 돼? 핵이지?"

"코리안 난이도를 무시하지 마. 세상이 이 지경 되었는데도 게임을 안 접은 고인물들이라고."

"크아아아악!"

"자자, 진정하자."

핵이 아니라는 얘기에 이귀한이 2차 폭발했다. 하루에 한 번씩 폭발하던 화르세인지와는 위압감이 달랐다.

이해기는 대수롭지 않게 이귀한을 달랬으나 이보배의 뒤에 숨어 떨던 망나니는 도망가 버렸다.

"형, 내 말 잘 들어봐. 저긴 고인물이 가득해 형 같은 청정수가 들어갈 구석이 없어. 차라리 형이 새 게임을 시작해 고인물이 되자."

이해기가 이귀한의 핸드폰을 붙잡고 게임을 설치했다. 이귀한이 정색했다.

"자동 전투네? 그게 게임이냐?"

"요즘 대세는 자동 전투야."

"자동 전투는 사도! 난 그런 걸 게임으로 인정할 수 없는…… 이 캐릭터 귀엽다."

이귀한이 게임 속 깜찍한 캐릭터를 보고 표정을 누그러뜨렸다. 게임이 시작하자 이귀한의 눈빛이 달라졌다.

게임 초반 스토리는 간단하다. 다른 세계로 소환된 플레이어는 정의의 용사가 되어 공주, 왕자와 힘을 모아 세계를 구하면 된다.

다른 세계에서 온 플레이어를 부르는 맑고 명랑한 목소리가 핸드폰에서 흘러나왔다. 이귀한이 정색했다.

"우와, 이세계인한테 이렇게 친절하다니. 믿을 수 없어. 분명히 약을 먹여 잠재운 후 고문용 지하실에 감금할 거야."

"형 도대체 다른 세계에서 무슨 일을 겪은 거야."

이보배가 묻고 싶은 말이었다. 이귀한은 대답 없이 게임에 집중했다. 이해기가 그런 이귀한의 곁에 붙어 이것저것 조언했다.

"막내 오빠, 큰오빠 진정됐어. 이제 나와도 돼."

이보배는 어딘가로 숨은 이한생을 찾았다. 그러자 이귀

한이 말했다.

"셋째 집에 없다."

"뭐?"

"아까 집 밖으로 도망쳤어."

이보배는 뒷목을 잡았다. 전자음을 들었다 싶었는데 착각이 아니라 진짜였다.

"무슨 소리야. 그걸 그냥 두면 어떡해."

"너무 걱정하지 말렴. 나랑 같이 부동산 돌아다녀서 근방 지리는 익혔거든. 그리고 한생이 핸드폰 위치 추적 된단다."

천만다행히 망나니는 핸드폰을 들고 집을 나갔다. 그렇다 해도 안심할 순 없었다. 망나니가 사고 치는 건 괜찮다. 다른 사람을 때려도 괜찮다. 하지만 망나니가 힐러인 게 들키면 문제가 심각해진다.

"스킬도 밖에선 안 쓸 거야. 우리가 단단히 교육시켰거든."

"둘째 말이 맞아. 셋째 위험하지 않도록 열심히 했어."

이보배는 불안한 마음에 물었다.

"혹시 때린 건 아니지?"

"그럴 리 없잖니. 힐러인 게 들켰을 경우 벌어질 일에 대해 적절한 사례를 들어 설명해 줬다. 화르세인지도 한생이 못지않게 겁이 많더구나."

그렇게 겁 많은 화르세인지 드 체키빙은 도망칠 때 혼자 도망간 적이 없다. 늘 이보배를 챙겨 도망쳤다. 그런 망나니가 혼자 도망가다니.

'오죽 무서웠으면.'

덤으로 개인 공간 없이 천적 둘과 같이 지내는 스트레스도 한몫했을 것이다. 이보배가 막내 오빠를 찾기 위해 신발을 신자 이해기가 변함없이 예민하게 반응하려 했다.

"보배야! 가지 말……. 그래, 동네에서 무슨 일 생기겠니."

"둘째야, 이거 재밌다."

"그렇지? 론칭 초기엔 인기 없었지만 나중엔 전 세계적으로 큰 인기를 끌어 게이머 지갑을 턴 게임이야. 오픈 초기엔 아이템도 퍼줬었다니까 이거나 해. 채팅 기능은 꺼놓고."

이귀한은 순한 표정으로 핸드폰 화면을 두드렸다. 이해기가 뒤늦게 깨달음을 얻었다는 표정을 지었다.

"아, 여기 주식이나 살걸. 보배야, 혹시 몰래 모아둔 돈은."

"어허. 거기까지."

"아냐, 들어봐. 저 게임은 진짜라니까. 헌터들도 지갑 여는 미친 게임이었어."

"응응, 거기까지."

이보배는 회귀자의 투자 권유를 원천 봉쇄했다. 이율이 낮아도 적금을 들면 들었지 투자는 그녀 취향이 아니었다.

이보배는 신발을 고쳐 신고 현관을 나섰다. 이놈의 망나니를 어디서 찾아야 할지 막막했다. 감정 이입형 추리 방식을 재도전해 볼까 했으나 그 전에 집 주변을 살펴보기로 했다.

다행히 화르세인지는 멀리 가지 않았다. 이보배는 집 근처 사거리에서 화르세인지를 발견했다.

'대화 중이네?'

이보배는 다른 사람과 대화하는 막내 오빠를 보고 깜짝 놀랐다가 이내 진정했다.

큰오빠면 모를까 화르세인지는 사교성에 문제가 없었다. 타인과 교류할 기회가 없었을 뿐 가게에서 물건도 살 수 있고 혼자서 외식도 잘하는 훌륭한 공자님이었다.

다가가던 이보배의 얼굴이 굳었다. 가까이 갈수록 커지는 대화 소리가 영 이상했다.

"내 이곳에 머무른 지 얼마 되지 않았지만 신앙을 지닌 자가 적어 이상하게 여긴 차였다. 이렇게 믿음을 가진 자를 만나 반갑구나."

"저도 형제님을 만나 반갑습니다."

"형제?"

"저흰 모두 시스템 님을 믿는 동포 아니겠습니까."

"헛소리! 나는 너희와 같지 않느니라! 나는 시스템께 직접 사명을 받은, 읍! 으읍!"

이보배는 웃으면서 이한생의 입을 틀어막았다. 레벨이 오른 그를 제압하느라 젖 먹던 힘까지 쥐어짰다.

"오빠 여기 있었구나. 얼른 집에 가자."

"동생이세요? 동생분도 시스템을 믿으시나요?"

"하하, 믿죠. 물론 믿죠. 이만 가볼게요."

"여기 책자 가져가세요. 시스템 님께서 우릴 바른길로 인도하십니다."

도대체 누구와 웃으며 대화를 하나 싶었는데 신흥종교인 시스템교 신자였다. 이보배는 시스템의 존재 자체는 목격하고 믿기도 하지만 시스템을 신이라고 여기진 않는다.

실령 시스템이 진짜 신이나 비슷한 무언가일지라도 시스템교와 엮이기 싫었다. 이보배는 화르세인지를 잡아서 멀리멀리 도망쳤다.

"감히 대화 중인 주인의 입을 틀어막다니! 네년의 손목을 비틀어주마!"

"아니, 세상에 지나가는 사람이 이렇게 많은데 하필 시스템교야!"

"하필이라? 멍청한 돼지답게 멍청한 소릴 하는구나. 시스템 신께 막중한 임무를 부여받은 나는 교단의 중책이라 할 수 있다. 방금 그자는 나의 신성함을 바로 알아보았느니라."

"어떻게?"

"나를 보자마자 얼굴에서 덕이 느껴진다 하였다."

'응, 그거 아니야.'

"또한 나를 만나기 위해 시스템께서 계시를 내린 것 같다고도 하였다."

'그건 더 아니야.'

화르세인지 드 체키빙은 신이 실존하고 힘을 내려주는 세계에서 왔다. 그런 화르세인지에게 시스템이 신이 아니라는 말을 해봐야 예전에 한 설명과 다르지 않냐는 반감을 살 뿐이다.

이보배는 고심 끝에 말했다.

"잘 들어, 공자님. 이 세계엔 진짜 시스템교와 가짜 시스템교가 있어."

"그게 무슨 소리냐?"

"공자님에게도 여러 번 말했지만 이 세계에 시스템이 등장한 지 8년밖에 안 됐잖아. 그래서 입지가 좀 약해. 그걸 노리고 거짓말로 사람을 선동하는 나쁜 사람들이 있단 말이야."

"흐음, 네 둘째 오라비처럼 말이냐."

"작은오빠는 사기꾼 아니거든. 여하튼 그런 나쁜 사람이 있단 말이야. 심지어 시스템께 축복받은 각성자 중에도 있어."

망나니가 화들짝 놀랐다.

"아주 나쁜 자로구나!"

"응, 아주 나쁜 자지. 그런데 알다시피 시스템이 관대하시잖아. 큰오빠처럼 세계를 위협할 정도가 아니면 나서지 않으시거든."

이보배는 화르세인지에게 신신당부했다.

"거리에서 전도하는 사람은 대부분이 가짜 시스템교 사

람이야. 그러니까 절대 아는 척하면 안 돼. 안 그러면.”

“안 그러면?”

이럴 땐 오빠들이 깔아놓은 공포를 이용하는 게 정답이었다.

“신성력을 쓸 수 있는 걸 들킬 때와 비슷한 결과를 맞이하겠지.”

화르세인지의 안색이 급격히 창백해졌다. 얼마나 겁을 줬는지 보기 안쓰러울 지경이었다.

이보배는 가장 아픈 손가락인 막내 오빠의 등을 토닥였다.

“큰오빠랑 작은오빠를 너무 미워하지 마. 둘 다 막내 오빠를 아껴.”

이해기가 유독 짓궂게 구는 데엔 미안한 마음도 한몫할 것이다. 미안해서 얼굴도 못 마주쳤던 것에 대한 민망함도 있을 테고.

물론 그건 이해기의 사정이지 당하는 이한생이 알 바 아니었다. 망나니가 이를 갈았다.

“난 그 새끼들이 정말 싫다.”

정말 싫다는 말에 ‘형은 왜 나만 미워해!’라고 서운해하던 이한생의 목소리가 겹쳤다. 이보배는 쉬지 않고 화르세인지의 등을 토닥였다.

“내가 오빠들 혼낼 테니까, 집도 얼른 구해서 막내 오빠한텐 독방 줄 테니까 조금만 참아줘.”

"그냥 돼지 네가 나만 모시고 독립하면 될 것 아니냐. 아니면 그놈들을 쫓아내든가."

기껏 8년 만에 모두 모였는데 한 달도 안 되어 따로 살자는 얘기에 이보배는 쓴웃음을 지었다. 화르세인지 입장에서야 생판 남과 사는 것이니 어쩔 수 없다는 생각이 들면서도 괜히 서운했다.

"오빠들 너무 미워하지 말아줘."

"그놈들이 나를 성심껏 모실 때는 정화할 때밖에 없다."

"정화 때문에 막내 오빠한테 잘하는 건 아니야."

"흥, 거룩한 돼지의 충심은 알고 있다. 네가 목숨을 바쳐 주인을 구하는 돼지인 건 아느니라. 돼지 말을 못 들어줄 건 없다만."

무슨 꿍꿍이를 품은 건지 화르세인지가 입을 다물었다. 그리고 집에 도착할 때까지 한마디도 하지 않았다.

그 뒤 용기를 얻은 것인지, 집 안이 답답한 것인지 화르세인지는 혼자 동네를 산책했다. 이보배의 퇴근 시간에 맞춰 버스 정거장에서 기다리고 있을 때도 있었다.

'오늘은 없네.'

오늘은 정거장에 화르세인지가 없었다. 이보배는 약간

의 아쉬움을 느끼며 귀가했다. 집에서는 성대한 환영 인사가 그녀를 기다렸다.

"싫어, 싫어, 싫드아아악!"

망나니가 오랜만에 망나니짓을 하면서 거실을 뒹굴었다. 이보배는 당황해 이해기를 찾았다.

"왜 저래?"

"오늘 새 퀘스트를 받았대."

"퀘스트? 좋은 거 아니야?"

이귀한 처치와 정화 퀘스트가 뜬 날로부터 한 달이 지나려 한다. 그동안 망나니는 퀘스트를 받은 게 없었다. 균열에 진입했을 때도 경험치 자체는 후하게 받았지만 퀘스트는 받지 않았다고 했다.

없던 퀘스트를 받았으니 신성력도 채울 수 있고 좋은 일 아닌가? 이보배가 의아해하자 이해기가 답했다.

"동네 청소 퀘스트래."

"그런 퀘스트도 있어?"

"받았다니까 있는 거겠지."

동네 청소 별것도 아닌데 이한생은 사형 선고라도 받은 사람처럼 굴었다. 이보배가 막내 오빠의 어깨를 토닥이자 이한생이 발작했다.

"건드리지 마라! 널 만나고 되는 일이 하나도 없어!"

"날 만나고가 아니라 여기서 눈 뜬 뒤부터겠지. 청소가 그렇게 싫어?"

"당연하다! 나는 체키빙 공작가의 유일한 후계자다. 씻고 몸을 치장하는 것도 내 손으로 하는 굴욕을 참고 있건만 청소라니! 청소라니!"

"그렇지만 막내 오빠. 신께서 시키신 일이잖아."

"크윽."

"몬스터 잡는 것보다 안전하고 좋잖아. 아마 시스템께서도 막내 오빠를 사랑하셔서 그런 시, 시, 시……."

'시험 아니고, 실험 아니고, 시시시.'

단어가 생각 안 나 버벅거리던 이보배는 결국 이해기에게 도움을 청했다. 이해기가 입술만 움직여 단어를 알려줬다.

'시련.'

"그래, 시련. 막내 오빠를 위한 시련인 거지."

망나니가 솔깃해하는 게 눈에 보였다. 하여간 망나니든 양아치든 귀가 얇아 큰일이다.

"분명 막내 오빠만 할 수 있는 일이라 시키신 게 분명해. 막내 오빠는 특별하잖아. 세계에서 유일한 시스템 신의 사도야!"

"흐흥, 당연한 얘기를."

미션 클리어. 이보배는 막내 오빠의 어깨를 부드럽게 토닥였다. 퀘스트 자체가 쉽다 보니 회복되는 신성력은 쥐꼬리보다 적었지만 없는 것보단 나았다.

"말이 나온 김에 신성력에 대한 내 추측을 들어다오."

이해기가 거실 구석에서 눈 한번 깜빡이지 않고 핸드폰만 노려보는 이귀한을 불렀다. 이귀한이 미적미적 다가왔다. 눈은 여전히 핸드폰에 고정된 채였다.

'뭘 보는 거야?'

이보배가 흘끗 핸드폰 화면을 살폈다. 전처럼 화면이 꺼졌다 켜지는 걸 즐기는 건가 했더니 그게 아니었다. 게임을 하고 있었다. 이해기가 소개해 준 게임이 마음에 든 듯했다.

"신성력은 마력과 다르게 시간이 지나도 회복이 거의 되지 않는다. 퀘스트와 레벨 업이란 조건을 완수해야만 차올라. 시스템이 각성자에게 조건을 충족해야만 보상을 주는 걸 고려하면 이상하지 않다. 하지만."

이해기가 이귀한을 가리켰다.

"시스템이 빨리 형을 치워 버리거나 정화하고 싶어 한다는 사실을 감안하면 이상하지."

"방사능 바퀴가 날아올라!"

게임하던 이귀한이 무시무시한 소리를 했다. 이보배는 그래선 안 된다는 걸 알면서 시스템에 감정이입해 버렸다. 바퀴벌레가 방사능을 뿌리고 다니는 것도 미치겠는데 날개까지 달렸다니. 이보배가 시스템이었으면 기절했을 거다.

"그래. 파드득 날기 전에 치워 버리고 싶을 텐데 신성력은 너무 적게 주지. 한생이가 이룬 업적이 소소해서 신성력 보상도 소소하다고 하기엔 말이 맞지 않는다. 내 헌터 인생 22년에 한생이만큼 편애받는 헌터를 본 적이 없어."

신에게 편애받는 게 자랑스러운 듯 화르세인지의 목이 빳빳해졌다.

"동시에 22년 동안 신성력을 한 번도 본 적 없지. 신성력이 형의 오염된 마력에 효과적인 걸 감안하면 이 또한 이상한 일이다. 시스템은 생존한 각성자에게 어떤 식으로든 신성력을 줬어야 해. 하지만 주지 않았지. 그래서 난 가설을 세웠다."

"어떤 건데?"

"신성력이 이 세계에 속하지 않은 힘이라는 가설이다. 시스템이 주고 싶어도 주지 못한 거지."

"무슨 망발을 하는 것이냐. 지금 내가 사용하는 신성력은 시스템 신께서 주신 힘이니라."

"형 얘기하는데 말 끊지 마라, 한생아."

말이 끊긴 김에 이해기가 목을 축였다.

"가설을 세운 후 형에게 다른 세계에서 신성력이나 비슷한 힘을 접한 적 있는지 물어봤다. 그랬더니 형이."

"있는 곳도 있고 없는 곳도 있었어."

"그래. 이렇게 대답했다. 즉, 신성력이 있는 세계도 있고 없는 세계도 있다는 얘기다."

"큰오빠 휩쓸린 곳 말고 다른 세계도 간 적 있어? 한곳에만 있었던 게 아니야?"

“뿌셔뿌셔 했는데 집 못 찾겠더라. 여기저기 다녔엉. 아, 여기 오기 전에 있던 곳은 다 못 뿌셨당. 뿌수다 말고 그냥 옴.”

그냥 방사능 바퀴도 아니고 집 몇 개 초토화한 전적이 있는 방사능 바퀴란다.

차원 몇 개 박살 내고 돌아왔단 소리에 화르세인지가 거품을 물었다. 정작 이귀한은 이보배의 눈치를 살폈다.

“이런 오빠라 싫어?”

“아니야. 돌아와 줘서 기뻐.”

“그럼 나 과금해도 돼? 얘 갖고 싶어.”

“큰오빠 용돈 줬잖아. 그 안에선 해도 돼.”

“와, 신난다!”

이귀한이 신이 나 과금 전사의 첫발을 밟았다. 이보배는 이해기에게 눈짓했다. 얼른 마저 얘기하란 의미였다. 그나 이보배나 착잡한 마음을 숨기기 위해 억지로 웃었다.

“신성력이 있는 세계가 있고 없는 세계가 있다. 그렇다면 시스템은 신성력이 있는 세계에서 신성력을 가져오는 게 아닐까. 신성력을 자체적으로 수급할 수 없기 때문에 보상도 적게 줄 수밖에 없다. 그러면 자연 회복되지 않는 신성력과 보상에 대한 의문이 해결된다.”

신성력에 대한 이해기의 추측과 설명이 끝났다. 이귀한은 처음부터 대충 들었고 이한생은 다 들어놓고 항의했다.

“신께서 주신 힘을 갖고 헛소리가 많구나, 사기꾼아!”

"얘 하나도 이해 못 한 거 같지?"

"응. 작은오빠가 좀 쉽게 설명해 줘."

"그럼 한마디로 정의하마. 신성력은 수입품이다."

신이 주신 신성한 힘이 졸지에 석유나 가스 비슷한 취급을 받아버렸다.

"내 생각에 한생이가 쓰는 신성력은 화르세인지 뭐시기 가문이 있는 세계의."

"체키빙! 나는 새도 떨어뜨리는 체키빙 공작가이니라! 좀 더 존경심을 품고 말해라!"

"그래. 체키빙 공작가가 있는 세계의 성신의 신성력이 맞는 것 같다. 그걸 시스템이 가져와 한생이에게 공급하는 거지. 중개상이라 생각하면 된다. 차원 간 거래가 가능한 건 확실하다. 내가 봤어."

이보배는 차원 간 거래 여부에 대해선 궁금하지 않았다. 그녀가 길고 지루하며 알아들을 듯 말 듯한 추측과 설명을 들은 이유는 하나였다.

"그래서 신성력이 수입품이면 어떻게 되는데?"

"효율이 떨어지지."

유통 과정에 끼는 손이 많을수록 가격이 오르는 건 당연한 일이다. 그래서 사람들은 유통을 간소화하려 애쓴다.

"그럼 효율을 높이려면 어떻게 해야 하는데?"

중간 유통을 없애 효율을 높이면 신성력을 더 많이 받

을 수 있을지도 모른다. 그럼 이귀한의 정화도 빨라질 테고 시스템 좋고 이보배 좋은 일이었다.

이보배는 남매 중에 가장 성적이 좋았던 작은오빠를 바라보았다. 똑똑하고 믿음직스러운 작은오빠가 하하 웃었다.

"나도 모른다."

"에이, 작은오빠. 농담하지 말고."

"정말 모른다. 애초에 직접 힘을 주는 게 가능했다면 시스템이 그렇게 했겠지."

"그럼 이 긴 설명은 왜 한 거야?"

"신성력에 대해 고민한 시간을 보상받고 싶었다. 악! 아악, 보배야! 폭력 반대!"

맞을 짓을 했으면 맞아야 한다. 이보배는 믿음직스럽고 똑똑한 작은오빠를 취소했다. 하여간 존경심이 들 만하면 헛소리를 해대는 데 일가견이 있었다.

"잘한다, 돼지야! 좀 더 세게! 사랑을 퍼부어라!"

이해기는 등과 팔에서 느껴지는 아찔한 사랑에 정신을 차리지 못했다. 그는 맞은 부위를 비벼가며 처음으로 신성력에 의문을 품었던 계기를 상기했다.

어째서 이한생이 아니라 화르세인지가 깨어나야 했나. 남동생이 깨어나지 못하고 사망하는 모습을 본 그만이 품을 수 있는 의문이었다.

그 의문에 대한 해답이 신성력의 출처였다. 이한생이 아니라 화르세인지여야 하는 이유. 신성력 때문이라면 이해할 수 있었다.

빙의인가 환생인가. 중요하지 않다고 말만 번드르르하게 해놓고 정작 말을 꺼낸 이해기 자신이 가장 연연했다.

'이것은 그 죗값이다.'

오늘을 마지막으로 더는 연연하지 않으리라 다짐하며 이해기는 막냇동생이 보여주는 가족의 사랑을 아낌없이 누렸다.

성신의 사랑을 받는 체키빙 공작가의 유일한 후계자 화르세인지 드 체키빙은 신이 내리신 시련을 받아들이기로 했다.

동네 청소를 시작한 것이다.

이보배가 보기엔 청소보다 산책에 가까웠다. 퀘스트를 수행한단 핑계로 형 새끼들이 있는 집을 빠져나오려는 것이다.

퀘스트 완수 기준이 무엇인지 모르겠지만 가만히 앉아서 숨 쉬는 것보단 신성력 회복이 빨랐기에 이해기는 반대하지 않았다.

이보배는 막내 오빠를 방치하는 작은오빠의 결정이 마음에 들지 않았다. 하지만 이해기가 과보호라고 못을 박았다.

"보배야, 한생이 나이가 너보다 두 살이 많다. 정신연령이 18살이라고 해도 18살이면 제 앞가림은 할 나이야."

"그렇지만 막내 오빤 아무것도 모르잖아."

"알아가고 있지. 네가 그렇게 과보호해선 성장하지 못해."

이한생은 이한생대로 집에 있거나 형제들과 함께 외출하는 걸 거부했다.

"좁아터진 집구석보단 나와 있는 게 낫느니라."

햄스터는 의외로 활동 반경이 넓은 동물이다. 결론은 집이 문제였다.

'빨리 집을 구해서 독방을 주면 숨통이 좀 트이겠지.'

이보배에겐 안타깝게도 집을 구하는 것보다 화르세인지가 새 친구를 사귀는 게 더 빨랐다.

"헌터 씨! 반지하 헌터 씨!"

"네, 저요?"

퇴근하는 이보배를 동네 부동산 사장이 불러 세웠다. 혹시 적당한 집이 나왔나 싶어 이보배는 반색했다.

"전세 나온 거 있나요?"

"전세는 없고. 요즘 동네 청소하는 젊은 총각이 헌터 씨 오빠 맞죠? 옷 깔끔하니 잘 입고 다니는 총각."

"네, 저희 오빠 맞는데……. 혹시 저희 오빠가 사고라도 쳤나요? 저희 오빠가 생긴 것만 멀끔하지 사실은 마음이 많이 아프거든요. 혼자 돌아다니는 것 때문이라면 죄송합니다! 앞으로 안 그럴게요!"

"그런 게 아니라 요즘 그 총각이 어울리는 사람들이 있는데 헌터 씨도 아나 싶어서 불러봤어요."

"네? 막내 오빠가 누구랑요?"

처음 듣는 이야기에 이보배가 정색했다. 어울리는 사람들의 정체를 들은 후엔 더 정색했다.

"무료 급식이랑 자원봉사하는 모임이 하나 있는데 그쪽 사람들이랑 어울리더라고. 근데 그 모임이 시스템교를 믿거든. 사고 친 적은 없는데 시스템교는 좀 그렇잖아요. 몰랐으면 알아두라고 말해봤네요."

사지 멀쩡한데 우울한 낯빛으로 평일 대낮 주택가를 방황하는 청년. 포교 대상에 적합했다.

이보배는 당장 망나니에게 전화했다. 망나니는 받지 않았다.

이보배는 일단 집으로 달려갔다. 다행히 망나니는 집에 있었다.

"막내 오빠! 시스템교 사람이랑 어울린다는 거 진짜야?"

"훗, 그러하다. 내 너에게 가짜 신도에 대해 들어 접근하는 자들을 의심하고 관찰했는데 이 사람들은 진짜다! 신실한 신자들이야!"

"그걸 어떻게 알아!"

"같이 청소하다 만났다. 빈자들에게 양식을 내주는 선행을 하고 있더구나. 길거리에서 포교하지 않고 몇 번 마주친 뒤에 조심스럽게 신자임을 밝혔으니 진짜 아니냐."

진짜는 진짜였다. 진짜 조심스러운 사이비거나.

'진짜 신실한 시스템교!'

재물이나 권력이 목적이 아닌, 진퉁. 정말로 시스템 신께서 강림하시어 세상을 구할 거라 믿는 진퉁 신자 모임이 분명했다.

사회가 혼란스러울수록 사이비의 해악은 극에 달한다. 반면 신실하고 선량하게 신흥종교를 믿는 사람도 있는 걸 안다. 부동산 주인도 자원봉사를 열심히 하는 좋은 모임이라고 말하긴 했다.

하지만 8년 동안 시스템 교단이 저지른 온갖 사건 사고가 안겨준 편견은 지우기 쉽지 않았다.

'망할 이해기! 과보호가 어쩌고 어째?'

이씨 집안엔 한정치산자가 둘 있다. 이보배가 돈 버는 가장이라면 작은오빠 이해기는 두 한정치산자를 돌보는 중대한 임무를 자처했다.

이보배는 한정치산자에게 사이비가 접근할 때까지 임무를 방기한 이해기를 찾았다.

"아싸! 레어 카드 떴다! 카드 뽑기 재미썽!"

"큰오빠, 작은오빠 어디 갔어?"

"핸드폰 들고 옥상 가던데."

이보배는 외부 계단을 통해 단독주택 옥상으로 올라갔

다. 석양을 배경으로 이해기가 서 있었다.

“아니, 그러니까. 이러시면 안 되죠. 투자 제안할 때 계약서 쓰셨잖습니까.”

“작은오빠.”

집에서 통화해도 될 것을 왜 굳이 옥상까지 올라왔나 했더니, 이해기의 입에서 담배 연기가 뿜어져 나왔다. 담배를 얼마나 많이 피워댔는지 발밑에 꽁초가 잔뜩 있었다.

“위약금을 준대도요. 이건 도리가 아닙니다. 어떻게 그럴 수가. 아니, 물론 애국이 좋긴 하지만 애국이 밥 먹여 줍니까? 네? 돈 없어도 가오가 있다고요?”

이보배도 귀가 있고 눈치가 있다. 대충 듣자 하니 망한 투자 건인 것 같아 끼어들기 미안해졌다. 이보배는 헛기침으로 존재를 알리고 통화가 끝나기를 기다렸다.

“됐습니다! 끊죠!”

몇 분의 실랑이 끝에 이해기가 버럭 소리 지르고 전화를 끊었다. 이해기가 붉은 석양에 대고 고함을 질렀다.

“으악! 박마노!”

갑자기 박마노 헌터는 왜 튀어나오는가. 이보배가 투자와 박마노 사이의 관계를 추리하는 사이 이해기는 다시 핸드폰을 붙잡았다.

“박 과장님! 너무하는 거 아닙니까!”

–어, 내가 박마논데 무슨 일입니까?

"박 과장님, 이러시면 곤란합니다. 그 공방은 제가 먼저 알았는데."

—아, 정철수 씨? 철검 잘 뽑는 거 같아서 찾아갔더니 사정이 힘든 거 같더라고. 그래서 관리국에서 일하면 어떠냐 물어본 건데. 왜요? 무슨 문제라도?

"잡아떼지 마십시오! 남의 투자처를 가로채 놓고 무슨!"

—어? 나랑 요한이가 천벌 콤비인 거 아는 분이 내가 인재다 싶으면 스카우트하는 거 모르셨을 리도 없고. 에헤, 왜 이러시나. 꼬시라고 알려준 거 아니었남?

"순수한 호의였습니다!"

—순수한 호의 감사히 접수했습니다! 다음에도 좋은 인재 있으면 소개해 줘요. 그럼 이만.

전화가 일방적으로 끊겼다. 이해기가 석양에 대고 다시 외쳤다.

"으아악! 마노 누나!"

허공에 대고 백날 외쳐봐야 박마노는 듣지 못한다. 이보배는 작은오빠를 위로하기 위해 다가갔다. 이해기는 배신감에 몸부림쳤다.

"마노 누나가 나를 배신하다니……!"

"음……. 친했나 봐? 그런데 박마노 헌터님은 기억 못 하니까. 작은오빠 혼자 일방적으로 친한 거니까 어쩔 수 없지."

'솔직히 기분 나빠.'

만난 지 얼마 안 된 사람이 혼자 내적 친밀감 max를 찍으면 기분이 나쁘다. 사람에 따라 반가워서 친분 쌓는 사람도 있겠지만 일단 이보배는 기분 나빴다.

"힘내, 작은오빠. 많이 잃었어? 메꿔야 해?"

"십……."

이보배의 숨이 막혔다. 일십백천만 중에 십만 원일 리는 없다. 일십백천만억……. 설마 십억?

"십억을."

이보배는 급히 가슴을 쳤다. 숨을 쉴 수 없었다.

"십억을 받았어."

이보배의 막혔던 숨통이 확 트였다. 속이 편안해졌다. 이보배는 진정하기 위해 심호흡했다. 이해기가 슬퍼하는데 그 앞에서 입이 찢어져라 웃을 수 없었다.

"받았다고? 줘야 하는 게 아니고 받은 거 맞지?"

"그래……. 계약서에 위약금을 십억으로 적었으니 받은 게 맞다. 젠장, 백억으로 적어둘걸. 그럼 마노 누나가 껴도 취소할 생각 못 했을 텐데. 내 불찰이다. 이 시기 마노 누나의 성격을 잊고 있었어."

"어머, 어머. 아냐. 사람이 크게 욕심내면 못쓰는 거야. 십억이라고? 어머어머, 일억이 십억 됐네?"

"십억이 대수냐! 지금 S급 대장장이를 뺏겼는데! 그것도 마노 누나가 배신해서!"

"아니, 박마노 헌터님이 능력 좋은 각성자 발견하면 스카우트 제의하는 건 나도 아는데 배신까지야."

이보배는 이해기가 보이는 기행을 이해할 수 없었다. 온 국민이 다 아는 사실을 지금까지 몰랐던 것처럼 피해자 코스프레를 하다니? 나름 성실하고 믿음직스럽던 작은오빠가?

이해기는 동생의 말이 귀에 들리지 않는지 석양을 응시하며 그윽하고 애틋한 표정을 지었다.

"박마노……. 지킬 사람 없는 세계에서 당신만은 믿었는데."

이해기의 우수 어린 눈동자가 촉촉하게 젖어들었다. 회귀자 딴에는 믿었던 동료에게 당한 배신감을 삭이는 행동이다. 이해한다.

다만 겉으로 보기엔 치사하고 치졸하고 추했다. 특히 하늘을 보는 눈빛이 많이 느끼했다.

"박마노!"

"그래, 그래. 내려가자, 오빠."

옥상에서 고래고래 소리 지르고 있으니 동네 창피했다. 이보배는 이해기를 부축해 계단을 내려갔다.

현관문에 들어선 이해기를 보고 이귀한이 딱 한마디 했다.

"추하다, 둘째야."

"형이 뭘 알아!"

"네가 추한 거. 십억 받은 거 개평 줘라. 나 카드 뽑기 한 번 더 하고 싶어."

"십억이고 뭐고 다 필요 없어. 다 가져가."

이해기가 이보배에게 십억이 든 통장을 넘겼다. 이보배가 당황하자 이해기가 허탈한 얼굴로 가지라는 손짓을 했다.

"이걸로 집을 알아보렴. 오빠는 좀 쉴게."

이보배는 얼떨결에 십억을 받았다. 일억을 투자해 약 두 달 만에 십억을 벌었으니 열 배의 이익을 거둔 것이다. 회귀자의 투자는 언제나 승리한다는 걸 목격했으니 욕심이 생겼다.

이보배는 십억이 든 통장으로 드러누운 이해기의 옆구리를 찔렀다.

"작은오빠, 투자 또 안 해?"

"나는 이제 쉬련다. 10년만 놀게."

이해기가 돌아누워 얼굴을 가리더니 땅이 꺼져라 한숨을 내쉬었다.

"하, 인생."

연륜이 느껴지는 한탄에 이보배는 더 말을 붙이지 못했다. 이귀한은 동생이 한탄을 하든 말든 개평을 달라고 졸랐다. 이해기가 인벤토리에서 마석을 꺼내 무성의하게 던졌다.

"야야! 마석은 돈이 아니잖아! 돈으로 줘!"

"형이 팔아서 돈으로 바꿔. 하, 인생."

"진짜 추하다, 둘째야."

그날을 기점으로 회귀자는 타락했다. 회귀 직후 계획이 어그러지면서 번아웃 온 것을 이한생의 각성으로 다잡았다. 그러나 다잡았던 마음이 사랑하는 사람의 배신(?)으로 산산이 흩어졌다.

이해기는 체면과 수치와 자존심을 버렸다. 처음부터 다 버리진 않았다. 티 나지 않게 매일 조금씩 버렸다.

예를 들면 이렇다.

매 끼니 먹고 바로 하던 설거지를 하루 치씩 몰아서 하고, 매일 돌리던 청소기와 세탁기를 하루씩 미루고, 쌓인 먼지를 털지 않고.

집이 좁고 사람이 많으니 치워도 더럽고 안 치워도 더러워 보였다. 이보배도 깔끔 떠는 성격이 아닌 데다 일한다는 핑계로 마왕과 망나니를 떠맡긴 게 미안해 집안일로는 얘기를 하지 않았다.

집을 구하던 것도 건성건성, 이보배에게 다시 떠넘겼다.

덕분에 이보배는 퇴근 후에 집 알아보러 다니기 바빠 이한생이 시스템교와 어울리는 걸 막지 못했다.

간신히 집을 구하고 난 뒤엔 이보배가 갈라놓을 수 없는 친분이 형성된 후였으니. 이제 와서 후회한들 어쩌겠는가. 진짜 신실한 신자들이고 나쁜 짓은 하지 않는다는 것에 안도하는 수밖에 없었다.

그렇다고 이해기가 아주 정신을 놓은 건 아니었다. 남매가 이사 가는 날, 이해기는 평소의 성실한 이해기로 돌아와 집을 열심히 쓸고 닦았다.

남매의 이사는 간단했다. 트럭도 필요 없었다. 거주하던 단독주택의 1층과 2층 세가 동시에 끝나 집주인에게 팔 생각이 없냐고 물었다. 현금이 필요했던 집주인은 집을 남매에게 팔았다.

화르세인지는 2층의 제일 크고 좋은 방을 차지했다. 욕창 방지 침대를 놓자 그제야 만족스러운 미소를 지었다.

1층은 방범상 위험하다는 이해기의 주장에 따라 이보배의 방도 2층이 되었다. 이귀한과 이해기는 1층에 자리 잡았다.

"지하는 어떡하지? 세 둘까? 전세는 씨가 말랐으니까 반지하라도 잘 나갈 거야."

"네 공방으로 쓰자꾸나."

"공방?"

이보배가 의문을 표하든 말든 이해기는 당당하게 반지하를 이보배의 공방으로 규정했다. 이보배는 오랜만에 보는 성실한 작은오빠에게 토 달기 싫어 반지하를 비워두기로 했다.

가구 배치를 끝낸 이해기는 언제 그랬냐는 듯 도로 한량이 되었다. 외출 자체를 거부하고 행복한 백수 생활을 영위했다. 이귀한은 핸드폰 게임에 용돈을 탕진했고 이한생은 자원봉사한단 핑계로 집 밖을 나돌았다.

그렇게 이야기는 프롤로그 시점으로 이동한다.

삼 형제가 모두 모인 날로부터 두어 달이 지났다. 이보배는 두 달 만에 완성된 식충이들에게 외쳤다.

"나가! 노는 걸로 말 안 할 테니까 나가서 놀아! 아주 내 속이 답답해 미치겠어!"

"에엥, 밖 시룬데. 집이 조운뎅."

"나도 형처럼 집이 좋다."

"아오, 이 화상들아!"

요즘은 퇴근하자마자 〈사랑의 매〉를 날리는 게 새로 추가된 스케줄이었다. 이보배가 등짝을 후려갈기자 두 총각의 비명이 울려 퍼졌다.

"따흐윽!"

"끄악!"

"흐흐, 어제만큼 아프다. 조아쓰, 막내의 사랑은 똑같은 걸로."

"후후, 고작 그 정도야, 형? 난 어제보다 더 아픈 거 같은데."

"더 세게 때렸으니까, 웬수야! 내가 못 살아, 내가 미쳐!"

자랑할 게 따로 있지. 자기가 더 아프게 맞았다고 자랑하는 꼴을 보니 이보배의 속에서 천불이 터졌다. 밖으로 나도는 망나니의 마음이 이해 가는 순간이었다.

"난 막내 오빠 찾아올게."

이보배는 불편한 출근용 옷을 벗은 뒤 편한 옷으로 갈아입었다. 그녀가 나갈 준비를 하자 이귀한이 눈을 반짝였다.

"막내야, 올 때 메론바!"

받는 용돈을 모두 게임에 탕진했으니 간식을 먹으려면 이보배나 이해기에게 기대야 했다. 이것이 지갑 사정을 무시한 과금 전사의 말로다.

"보배야, 잠깐만."

이해기가 진지하게 그녀를 불러 세웠다. 작은오빠 새끼가 작은오빠였던 시절엔 이보배가 혼자 나가려 하면 따라와 주곤 했다. 설마 따라와 주려는 건가 싶어 흐뭇해한 것도 잠시.

"나는…… 나는……. 씁, 요즘은 뭐가 맛있지? 내가 좋아하던 거 아직 출시 안 됐던데."

"10, 9, 8, 7."

"설렘! 바닐라 맛!"

주문 접수 완료. 이보배는 뒷목을 잡고 집을 나왔다. 자꾸 이렇게 받아줘선 안 된다는 걸 아는데 오빠들이 고생했던 걸 생각하면 마음이 약해졌다.

'막내 오빠는 또 거기 있으려나.'

자원봉사를 열심히 하는 선량한 시스템교도와 마주친 후 이한생은 자원봉사에 심취했다.

"시스템 천국, 불신 지옥!"

역 앞에서 피켓을 들고 외치지는 않는다. 이보배는 피켓을 지나쳐 무료 급식 모금을 하는 무리에게 다가갔다.

"불우 이웃에게 따뜻한 한 끼를 대접해 주세요. 여러분의 성원이 큰 힘이 됩니다!"

"거기 지나가는 남자! 덕을 쌓을 기회를 주마! 돈을 바쳐라!"

이보배는 모금함에 만 원을 넣었다. 이보배를 알아본 시스템교 신자가 반갑게 인사했다.

"안녕하세요, 이보배 씨. 이한생 씨는 오늘도 잘 계셨어요. 욕설도 안 하시고 다른 사람이랑 싸우지도 않으시고요. 또……."

"아하하하. 그렇군요. 좋은 일이죠. 막내 오빠, 그만하고 집에 가자. 너무 늦었잖아. 벌써 8시야."

"음, 거룩한 돼지가 왔구나. 좋아, 나는 이만 가보겠다."

"조심히 들어가세요, 한생 씨."

"내일 뵙겠습니다."

"하하하, 다들 수고하거라!"

집이 싫은, 정확하겐 집에 있는 마왕과 사기꾼이 싫고 무서운 화르세인지는 아예 시스템교 모임에 발을 담갔다. 놀라운 건 시스템이 이한생이 하는 자원봉사를 퀘스트로 인정해 줘 신성력을 준다는 사실이다.

신성력을 보상받으니 이한생은 더욱 기고만장해 시스템교 모임에 심취했다. 뒤늦게 이보배가 시스템은 자신을 모시라고 한 적 없고, 종교를 창시하라 한 적도 없음을 알렸지만 소용없었다.

'하필 진퉁이야.'

진짜 신이 있던 세계에서 왔으니 사이비와 어울려도 곧 빠져나올 거라 생각했는데 아니었다. 이보배의 동네에서 자원봉사를 하는 시스템교 신자는 '진짜'였다.

평범한 사람은 오히려 '저게 뭐야, 몰라, 무서워' 하고 피할 것을 망나니는 신심 깊은 깨달은 자들로 이해했다.

'젠장.'

이보배가 더 빡치는 건 시스템교에서도 이한생을 동료 신자가 아니라 돌봐줄 생각으로 받아들였다는 사실이다.

이씨 남매 중 셋째가 식물인간이었다는 건 모르는 사람이 많지만 많이 아파 오랫동안 병원 신세를 졌다는 건 모르는 사람이 없다.

많이 아팠다는 총각이 이상한 언행을 보이며 동네를 쏘다니니 대부분의 주민이 혀를 끌끌 찰 수밖에.

시스템교가 화르세인지에게 접근했던 건 포교 목적이 아닌 케어 목적이었다. 혹 정신이 온전치 않은 청년이 사고를 치거나 당할까 봐 접근한 것이다.

그 사실을 알아챈 날 이보배는 울면서 과일 한 상자를

사 모임의 주최자에게 바치고 왔다.

간혹 환자에게 접근해 보호자의 환심을 산 뒤 포교하거나 금전을 요구하는 사이비 종교가 있으니 방심해선 안 된다. 이보배는 수시로 자신을 다그쳤다.

이귀한은 메론바, 이해기는 설렘 바닐라 맛. 이보배가 오빠들의 주문을 기억해 아이스크림을 고르자 이한생은 고심 끝에 뚜게더를 집었다.

"뭐 하느냐. 빨리 골라라. 아이스크림이 녹는다."

이보배는 토마토 맛 쮸쮸바를 골랐다. 헌터들이 많이 사는 동네면 모를까, 이런 주택가에서 인벤토리를 쓰면 이목이 집중되기 때문에 이보배는 아이스크림을 봉지에 담았다.

가게를 닫는 부동산 주인이 이보배를 보더니 웃으면서 묵례했다. 혀를 끌끌 차는 부분에서 이보배에게 보내는 응원과 연민이 동시에 느껴졌다.

"막내 오빠 데려왔어."

"아이스크림은?"

"여기."

이귀한이 손짓하자 이해기가 아이스크림을 받아 인벤토리에 넣었다.

"치킨 왔으니까 아이스크림은 디저트로 먹자."

"다리 다 내 거!"

"무엇 하느냐, 돼지야! 살점을 발라 대령해라."

퇴근 후 저녁을 먹고 가족들과 즐기는 디저트 타임. 가족 모두가 모인 행복한 보금자리. 이전보다 넓어진 방.

치킨과 아이스크림을 모두 먹고 씻은 후, 이보배는 요에 누워 눈을 감았다. 유치원생이나 초등학생 보호자에게 알려주듯이 친절했던 시스템교 신자와 그녀를 보고 혀를 끌끌 찬 부동산 주인의 미소가 잊히질 않았다.

이보배는 두 손을 공손히 모았다.

'시스템 님, 보고 계시면 제발, 제발 종교를 설립해 주세요. 진짜 신 아니어도 되니까 전체 공지 좀.'

오빠들이 돌아온 일상. 소녀 가장 이보배는 오늘도 기도하며 잠든다.

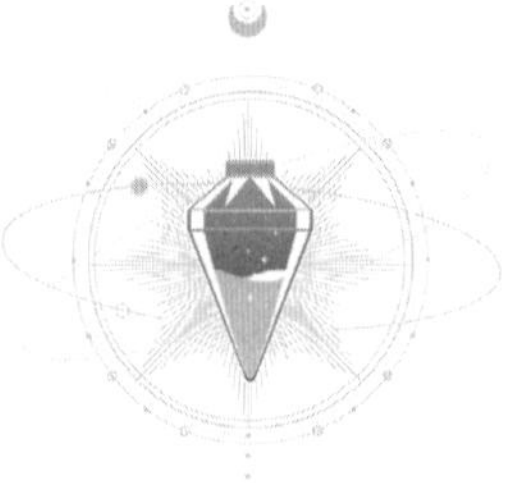

11. 막내는 꿈꾸기 시작한다

“오오오오오오오오오오오.”

이한생의 몸 위로 하얗고 성스러운 빛이 넘실거렸다. 이보배는 심드렁한 눈으로 그걸 지켜봤다. 화르세인지가 집중하겠답시고 저러고 있는 게 12분째였다.

‘가래를 모으는 거야, 힘을 모으는 거야. 그것도 아니면 신들에게 관심을 구걸하는 거야. 뭐야, 저거.’

하지만 세상은 가진 놈이 갑이고 없는 놈이 을이다. 이보배는 신성력이 필요했고 이 세계에서 신성력을 쓸 수 있는 사람은 화르세인지 드 체키빙 한 명밖에 없었다.

이보배는 망나니의 심기를 거스를 만한 말을 자체 차단했다. 눈빛에서 불손함을 빼고 존경심을 담았다.

“성신이시여, 시스템 신이시여! 선택받은 저에게 힘을!”

장장 15분에 걸친 힘 모으기가 끝나고 망나니가 두 손을 쭉 뻗고 외쳤다.

"정! 화!"

따뜻하고 포근한 기운이 이귀한의 몸에 빨려 들어갔다. 언제 봐도 질리지 않는 광경이었다.

"휴우."

"수고하셨습니다."

이보배는 손수건으로 이한생의 이마에 맺힌 땀을 훔쳤다. 정화 스킬을 쓸 땐 이씨 집안 셋째가 집안의 갑이었다. 무슨 일이 있어도 갑의 비위를 상하게 해선 안 됐다.

"정말 고생했어."

이보배는 체키빙 공자님께 부채질을 해주면서 미리 준비한 아이스 아메리카노를 건넸다. 이 세상에서 유일무이한 힐러님은 기꺼워하며 받아 마셨다.

"세계를 지킨 후 마시는 커피 한 잔의 여유라……. 나쁘지 않군. 하하하!"

망나니가 2층에서 아래를 내려다보는 꼴값을 떨었다. 화르세인지의 자뻑에 익숙해진 이보배와 이해기는 오염도를 확인했다.

[오염도 : 98.99903]

오빠들이 돌아온 날로부터 석 달, 정화를 시작한 후로 두 달이 지났다. 두 달 동안 신성력이 차오를 때마다 꾸준히 정화를 시도한 결과가 저 수치다.

이보배는 물론이고 이해기의 미간이 좁아졌다. 이귀한의 얼굴만 주름 하나 없이 팽팽했다.

"와아, 쪼금 더 착해졌다. 세상이 더 아름다워 보여. 한…… 0.00003만큼?"

"생각보다 신성력 상승 폭이 작은데."

"그, 그래도 늘긴 늘었잖아."

"와, 이거 죽기 전에 되겠나."

여기서의 죽기 전은 이귀한이 죽기 전이 아니라 이한생이 죽기 전이다. 오염도가 오르진 않으니 계속하다 보면 정화가 되긴 될 것이다. 그 전에 이한생이 수명이 다해 죽을까 봐 걱정되어서 그렇지.

"뭐 그런 재수 없는 소릴 해!"

이보배는 이해기에게 〈사랑의 매〉를 내리려다 손을 거뒀다. 이해기가 맞을 준비 하는 게 마음에 안 들었기 때문이다.

'요즘 묘하게 즐기는 거 같은데.'

더럽게 아프고, 아픈 만큼 사랑받는다는 의미여서일까. 큰오빠와 작은오빠가 〈사랑의 매〉를 은근슬쩍 즐기는 것 같단 생각이 들었다. 둘이 서로 더 아프게 맞았다 자랑하는 것만 봐도 그랬다.

"크흠!"

아이스 아메리카노를 다 마신 막내 오빠가 신경 써달라는 듯 헛기침했다. 이보배는 무수리에 빙의해 상전을 모셨다.

"나 다녀올게."

"갔다왕."

출근하는 이보배를 배웅하는 이는 큰오빠가 유일했다. 이해기는 석양에 대고 박마노의 이름을 외친 뒤로 아침에 일어나지 않고 이한생은 원래 귀족이라 아침에 일어나지 않는다.

그나마 이귀한이 이 시간에 일어난 이유도 이보배에게 인사를 하기 위해서가 아니다. 핸드폰 게임의 아침 출석 보상을 받기 위해서였다.

"오늘 해가 좋으니까 셋이 같이 공원에라도 가."

"응응."

"건성으로 듣지 말고."

"갈겡."

"공원에서도 게임만 하고 있지 말고."

이게 4살 많은 큰오빠와 나누는 대화란 말인가. 신체 나이를 따져 2살 아래 동생이라도 이런 말은 하지 않을 게 분명하다.

이보배는 가족 대화방에도 같은 말을 썼다.

[가장 명령! 오늘은 제발 나가. 마트라도 좋으니까 나가서 인증샷! 막내 오빠도 오늘은 가족들이랑 어울리기!]

다들 자고 있어서 이보배가 적은 문장 앞에 붙은 숫자는 변하지 않았다. 그나마 깨어 있는 이귀한은 게임에 열중해서 대화방을 보지도 않을 것이다. 이보배는 한숨과 함께 집을 나섰다.

'욕심이 너무 큰가.'

이보배는 흔들리는 버스 손잡이에 몸을 지탱하고 창밖을 응시했다. 스쳐 지나가는 건물과 사람들. 승객이 꽉 찬 출근 시간 만원 버스. 평소와 같은 평화롭고 평범한 일상.

오빠들이 돌아온 것만으로도 감사해야 하는 걸 안다. 하지만 사람의 욕심은 끝이 없고, 끝이 없기에 더 나은 행복과 미래를 위해 노력한다.

'큰오빠랑 막내 오빠는 그렇다 쳐. 하지만 작은오빠는 그러지 말아야지.'

겉은 멀쩡하지만 속은 시커멓게 곪은 이귀한과 기억이 없어 상식도 없는 이한생은 이해할 수 있다.

이해기가 문제다. 마흔을 넘겨 쉰이 내일모레였던 어른이 어째 하는 짓은 회귀 전보다 철없고 유치했다.

'미래가 바뀌었다고 본인이 말했잖아. 인간관계가 다 똑같을 수 없는데 왜 그러는 거야. 진짜 큰 배신이었으면 몰라. 그냥 인재 스카우트한 것 가지고. 우리가 박마노 헌터에게 신세 진 게 얼마나 많은데.'

이보배가 이해기에 대한 불만을 떠올리다가 퍼뜩 이러면 안 되지, 하고 마음을 고쳐먹었다.

'내가 작은오빠한테만 야박하긴 해. 작은오빠한테만 기대고. 따지고 보면 작은오빠도 피곤할 텐데. 어떤 미래였는지 모르지만 사람이 많이 죽었댔지.'

아픈 가족과 건강한 가족이 있으면 사람의 기대가 건강한 가족 쪽으로 기울게 마련이다. 관심과 배려는 아픈 쪽에 주면서 건강한 가족은 이해해 주길 바란다.

이보배가 이해기에게 바라는 게 많은 만큼 이해기는 서운할 수밖에 없다. 사람 마음이 원래 그랬다.

'내가 작은오빠한테 이러면 안 되는데.'

이해기는 십억을 벌었다. 통장에 들어오자마자 집값으로 빠져나가 실감이 안 들었다 뿐이지, 연봉 일억인 사람이 한 푼도 안 쓰고 10년을 저축해야 모을 수 있는 거액이었다.

이해기는 그 십억을 이보배에게 넘겼다. 이보배가 준 종잣돈이 없었으면 벌 수 없었던 돈이라며 자신의 몫을 떼가지도 않았다.

뿐인가. 그 십억으로 집을 샀는데 집 명의도 이보배 이름으로 했다. 이해기는 십억을 벌어 제 도리를 다했다. 그와 이귀한이 농담 삼아 말하듯 10년을 놀아도 이보배는 할 말이 없었다.

그런데 이보배의 마음 씀씀이가 야박하고 간사해 내가 힘드니까 제일 믿을 만한 오빠에게 기대게 되고, 실망하게 된다.

이보배는 스킬창에 있는 〈가장의 위엄〉을 보며 의지를 다졌다.

'오빠에게 의지하지 말자. 내가 좀 더 힘내야지.'

이해기가 아예 한량이 되어버린 것도 아니다. 일주일에 한 번 몰아 해서 그렇지 집안일을 전담했다. 이보배가 그 일주일을 참지 못해 괴로워하는 것뿐이다.

'내가 좀 더 잘하자. 스킬 등급이 올랐다고 보고하면 월급도 늘 테니까.'

어쩌면 승진할지도 모른다. 시스템에 인정받은 이씨 집안 가장 이보배는 파이팅을 외쳤다.

이보배는 회사에 등급 성장을 보고하기에 앞서 팀장에게만 스킬 등급이 오른 사실을 밝혔다.

"와, 이번엔 진짜 팀장 진급하겠네요."

"잘 모르겠어요. 기본급은 오르겠죠?"

"이보배 씨 기본급이 팀장보다 높단 소문을 들었는데……."

사실이다. 이보배는 부정하지 않았다. 이보배가 회사에 공헌하는 바가 크기 때문에 팀장도 딱히 질투하진 않았다.

"사실 이보배 씨 경력이랑 등급에 일반 사원으로 두는 게 이상한 거였죠. 축하해요. 이제 이 팀장님으로 불러야겠네."

"정해진 건 아니니까요. 그리고 자리가 있어야죠."

이보배는 김칫국을 마시지 않았다. 팀장 말대로 그녀 경력과 등급이면 진즉에 팀장을 달았어야 한다. 어쩌면 이번에도 진급 누락될 가능성이 컸다.

"아냐, 팀장 달 거예요. 이번에 새로 신설되는 팀이 많을 거라고 하던데 이보배 씨가 팀장이 되어서 중심을 잡아주면 좋지 않을까요. 그리고 사실……."

팀장이 말끝을 흐리는가 싶더니 침을 꿀꺽 삼키고 말했다.

"이런 말 하면 듣기 좀 그렇겠지만 두 달 전의 이보배 씨면 몰라도 지금의 이보배 씨는 팀장 될 거라고 생각해요. 스킬 등급이 아니라 다른 이유에서요."

이보배는 팀장이 하고자 하는 말을 이해했다. 회사에 다니는 동안 이보배는 직장 동료와 담쌓고 지냈다. 하루하루 포션 만드는 기계로 자신을 몰아붙이며 주위를 신경 쓰지 않고 무시했다.

팀장은 포션만 잘 만들어선 안 된다. 팀과 팀원을 관리할 수 있어야 한다. 이보배는 그 사실을 얼마 전에 깨달았다. 직장 생활 5년 차지만 헛되게 보낸 날이 많아 사회인으로서 부족하고 허술했다.

“이번에 팀 늘리면서 신입과 경력직 모두 뽑고 부길마님 직속으로도 하나 만들 거래요.”

“우와, 엘리트만 뽑겠네요.”

전투 연금술사 한현우는 대한민국을 대표하는 연금술사다. 본인 재능이 뛰어나고 연금술에 대한 애정도 깊어 업계에 공헌한 게 많다. 연금술을 논할 때 빠지지 않고 거론되고 해외에서도 러브콜이 오는 천상계 각성자였다.

“이보배 씨도 엘리트잖아요. 포션 메이커 B급이면 천상계인데. 어쩌면 부길마님 직속으로 가게 될지도 모르겠네요.”

“에이, 설마요. 부길마님은 수제 포션만 취급하시잖아요. 저처럼 스킬발로 때우는 사람이 뽑힐 리 없죠.”

“수제 제작이야 배우면 되죠.”

팀장은 퇴근 후나 주말에 수제 포션을 제작하고 연구하는데 죽을 것 같다며 경험담을 말했다.

“팀장님이야말로 저번에 눈도장 찍었으니까 가능성 있지 않을까요.”

“그때 진짜 힘들었어요. 분명히 준비된 재료랑 설비, 레시피로 제작하는데 결과가 사람마다 다른 거예요. 그때 깨달았죠. 아, 수제 포션은 정말 재능의 영역이구나. 저는 그냥 포션 1팀에 뼈를 묻으려고요.”

팀장과의 사담을 마친 후 이보배는 회사에 스킬 등급이 오른 사실을 보고했다. 즉시 등급 조정 심사가 이어졌다.

심사는 간단했다. 이보배가 스킬로 B급 포션을 제작하고 심사관이 감정한다. 심사관은 이보배가 속한 포션팀과 장비팀, 기타 생산계 부서를 총괄하는 생산부 부장이었다.

여느 길드가 그러하듯 사계절도 생산계보단 전투계 각성자를 우대한다. 부장급은 전원 헌터였고 생산부 부장도 마찬가지였다.

생산계에 대해 아는 게 없어서인지 생산부 부장은 회식비를 내줄 때 빼곤 얼굴을 비추지 않았다. 부장이라는 직책 자체도 길드에서 그를 중용한다는 감투이고 실제 속한 곳은 공략팀이었다.

이보배가 B급 포션 메이커임을 확인한 부장이 기분 좋게 웃었다.

"앞으로 고등급 균열 공략이 늘어날 겁니다. 고등급 포션 메이커의 등장이라니, 반가운 일이군요."

부장이 이보배가 제출한 포션과 함께 축하금을 건넸다. 이보배는 축하금 봉투의 두께를 가늠하느라 부장의 덕담과 축하 인사를 한 귀로 듣고 한 귀로 흘렸다.

심사실을 나온 이보배는 화장실로 들어가 축하금 액수를 확인했다. 애사심이 치솟았다.

포션 제조실로 돌아간 그녀에게 무수한 축하와 악수 요

청이 쏟아졌다. 이한생이 깨어난 뒤 축하받은 때보다 더 친근한 반응이었다.

"보배 씨 정말 축하해요!"

"아하하, 정말 감사합니다."

이보배는 그때보다 능숙하게 팀원들의 축하 인사를 받았다. 식후 커피를 쏘겠단 제안도 이전보다 매끄럽게 할 수 있었다.

이보배가 등급 심사를 받은 날로부터 일주일이 지났다. 더는 등급을 숨길 필요가 없기에 이보배는 성과급을 위해 포션을 초과 제작했다. 팀원들은 기계가 업그레이드되었다며 혀를 내둘렀다.

-프리랜서 헌터로 활동하던 A급 헌터 김혁 씨가 사계절 길드에 입단했다는 소식입니다.

회사 구내식당에서 밥을 먹던 이보배는 뉴스에서 회사 이름이 나오자 고개를 들었다. 일주일 전부터 사내에 소문이 파다하던 소식이었다. 같이 밥을 먹던 팀원이 부러운 기색을 내비쳤다.

"와, 계약금 얼마 받았을까."

"그러게요, 부럽다."

전투계는 생산계와 받는 액수가 다르다. 이보배는 부러운 마음에 지그시 TV를 보았다.

똑같은 귀환자지만 누구는 고액 연봉을 받으며 대형 길드에 입사하고 누구는 집에서 뒹굴며 핸드폰을 연타한다.

'비교하면 안 되는데.'

이귀한은 재활 치료 중이다. 힐링이 필요하다. 이보배는 자꾸 무시하고 싶어지는 사실을 상기하고 국을 떠먹었다.

"이보배 씨 오빠분도 귀환자였죠?"

"네."

"오빠분은 좀 어떠세요?"

"늘 똑같죠."

〈가장의 위엄〉 효과를 볼까 싶어서 이보배는 자신이 소녀 가장임을 어필하고 다녔다. 정작 스킬이 통하는지 시험해 볼 기회는 얻지 못하고 동정표만 잔뜩 얻었다.

'멀쩡한 타인을 무릎 꿇릴 순 없잖아.'

게다가 겉으로 봤을 때 이보배는 동정받아 마땅하다. B급 포션 메이커로 천상계에 진입했지만 그러면 뭐 하나.

큰오빠는 실종되었다가 귀환한 후 마음의 문제로 집에서 요양. 막내 오빠는 식물인간 상태에서 깨어났지만 부작용으로 집에서 요양. 작은오빠는 그런 둘을 보살피기 위해 집에서 간병.

소녀 가장도 이런 소녀 가장이 없었다. 심지어 속을 들여다보면 더 심각했다.

귀환자, 회귀자, 환생 또는 빙의. 어디 가서 주인공을 해야 하는데 그러지 못해 집에 박혀 있는 식충이들이다.

오빠들을 떠올린 주인공의 여동생 이보배가 쓴웃음을 지었다. 그 미소가 팀원을 슬프게 만들었나 보다. 팀원이 주위에 전투계 각성자가 없는 걸 확인하고 목소리를 낮춰 말했다.

"독립해서 개인 공방 차릴 생각은 없어요? 생산계가 B급이면 묻지도 따지지도 말고 공방부터 차리라던데. 그쪽이 경제적으론 더 나을 거예요."

"모아둔 돈도 없고 집에 일하는 사람이 저밖에 없으니까요. 자영업은 조금 그래요."

"그렇구나. 안정적인 게 좋긴 하죠."

이보배가 소녀 가장임을 어필하자 팀원은 안쓰럽단 눈빛만 보냈다. 이보배는 너무 동정받는다 싶어 말을 꺼냈다.

"그래도 저 기본급 꽤 되는데."

월급을 까는 건 동료 간 불화의 씨앗이 될 수 있다. 그래서 상세한 액수를 밝힐 순 없지만 이보배의 기본급은 굉장히 높다. 거기에 성과급까지 받으니 돈 먹는 하마가 사라진 이상 옛날처럼 먹고살기 팍팍하진 않았다.

"B급인데 당연히 그만큼 줘야죠. B급 포션 가격이 얼만데."

"B급 포션 제작 안 하니까요."

"그건 좀 이상해요. 저는 보배 씨가 등급 심사 받고 난 뒤에 바로 B급 포션 제작하게 될 줄 알았거든요. 서류상으론 포션 1팀이어도 포션 제작은 미리 할 줄 알았는데."

"거래하는 공방이랑 계약 같은 게 있어서 그런 거 아닐까요? 여기랑 계약한 기간 동안 다른 곳에서 B급 포션 수급 금지 조항 같은 거."

"일주일이면 최소 B급 포션 하나는 나오잖아요. 이보배 씨가 D급 물량을 책임진다고 해도……. 하긴 휴식 기간일 수도 있겠다. 마력이랑 정신력 비축하라고 일부러 배려하는 걸 수도 있으니까 마력이랑 정신력 좀 아껴두세요."

팀원의 말을 듣고 보니 그럴싸했다. 스킬만으로 B급 포션 하나를 제작하면 이틀은 두통에 시달린다. 등급 심사를 받기 위해 포션을 제작했으니 소모한 능력치 보충을 위해 휴식 기간을 주는 걸 수도 있었다.

'진짜 승진하거나 부길마님 직속팀으로 가는 걸까. 돈만 잘 나오면 되는데.'

돈만 잘 나오면 승진하지 못해도 괜찮다고 생각하면서도 이보배는 은근히 승진을 바랐다.

'솔직히 5년 다녔는데 사원 말고 다른 거 달 때 됐지. 막팀장보다 더 좋은 직책 주면? 아냐, 그건 좀 오번가.'

이보배는 사계절 길드의 조직도를 보며 승진의 꿈을 무

럭무럭 키웠다. 꿈을 불어넣은 풍선이 나날이 부풀어 그녀의 마음을 들뜨게 했다.

풍선이 뻥 터지기 전, 개인 면담이 잡혔다. 이보배는 물론이고 포션팀이 모두 놀랄 만큼 아주 높으신 분과의 면담이었다.

꿀꺽.

이보배는 면담실 앞에서 마른침을 삼켰다. 문 뒤에 부길드 마스터 한현우가 있었다.

여기서 잠깐 사계절 길드에 대한 TMI를 풀어보자.

사계절 길드는 온라인 게임 속 길드에서 시작했다.

균열이 터지고 세상이 뒤집힌 다음 시스템으로 인해 사회가 안정되고 인터넷이 복구되었다. 서로에 대한 정이 깊었던 길드원들은 동료의 생사부터 확인했다. 그러다 각성한 길드원들이 현실에서 모여 설립한 길드가 사계절이다.

최초 네 명의 게임 속 닉네임이 중금속미세먼지, 더워쥬금, 가을태풍실화냐, 레릿꼬였다.

멤버들은 각자의 닉네임이 대한민국의 新 사계절에 속한다는 사실을 깨닫고 발족하는 길드를 사계절이라 명명했다.

사계절 길드는 업계 선점과 각성에 빠르게 적응한 초기 멤

버의 성장으로 대한민국을 대표하는 대형 길드로 성장했다.

기록이 불분명해 공식적으로 인정받지는 못했지만 일단은 대한민국 최초의 각성자 길드이기도 하다. 그 외에도 쟁쟁한 업적이 많다.

길드 마스터와 세 명의 부길마 체제지만 실제로는 네 명의 지위와 권한이 동등하다. 그러니까 말만 부길마지 사실은 길드 마스터 면담이나 마찬가지였다.

심지어 지금 면담실 안에서 이보배를 기다리는 사람은 게임 닉 중금속미세먼지. 전투 연금술사 한현우다.

한현우가 국내 최고의 연금술사인 건 앞서 여러 번 나왔으니 생략한다. 한현우에겐 국내 최고의 연금술사보다 더 유명한 별명이 따로 있었다.

전투 연금술사다.

본래 연금술사는 생산계 직업이라 전투로 성장하지 못한다. 하지만 한현우는 복합계 능력자로 각성해 전투와 생산 양쪽에서 경험치를 받고 스킬을 얻었다.

언뜻 들으면 좋은 것 같지만 현실은 시궁창이다. 복합계 능력자의 대부분이 한쪽 능력을 봉인하고 하나에 올인한다. 양쪽 모두 대성한 인물은 거의 없고 대한민국에선 한현우가 대성의 대표였다.

보통 노력으론 두 마리 토끼를 잡을 수 없는 만큼 이보배는 한현우를 대단하게 생각했다. 그녀와 동갑이라 더욱 그랬다.

누구는 균열 터지는 날 각성해 세계에서 손꼽히는 연금술사가 되었고 누구는 이제 막 B급 포션 메이커가 되어 면담받으러 왔다. B급 포션 메이커도 천상계라지만 한현우와 비교하기엔 격이 너무 달랐다.

이보배는 목이 탔다. 면담실 앞에 서서 들어가지는 않고 물만 마셨다.

“이만 들어오시죠.”

“들어가겠습니다!”

전투계 각성자라 이보배가 문밖에서 침 삼키는 소리도 다 들었을 것이다. 이보배는 마음속으로 머리를 쥐어박았다.

“안녕하세요.”

“반갑습니다.”

부길마 한현우가 쓰고 있던 외알 안경을 벗었다. 저 외알 안경은 헌터라면 누구나 탐내는 꿈의 아티팩트 [현자의 외알 안경]이다.

‘감정, 관찰, 번역 스킬 상시 발동이라고 했나. 완전 국보급이잖아.’

그 외에 한현우가 걸치고 있는 장비들도 모두 억 소리 나는 아티팩트일 터다. 이보배에겐 그저 높으신 분, 남의 이야기였다.

한현우가 내민 오른손이 부담스러워 이보배는 슬쩍 잡고 흔들었다. 엉성한 악수가 끝나자 한현우가 자리를 권했다.

"입사하실 때와 두 달쯤 전에 뵙고 오랜만입니다. 그렇죠?"

"그, 그렇네요."

'본 적 있나? 아니면 그냥 인사치렌가?'

그때도 놀랐는데 이번에도 한현우가 먼저 안면 있는 척 해서 이보배는 당황했다. 열심히 기억을 더듬어보니 만난 적이 있긴 했다.

사계절 길드에 지원했을 때 면접관 중 한 명이 한현우였다. 요즘은 신입 면접에 부길마가 나서지 않는다. 길드 설립 초창기라 있을 수 있었던 일이다.

기억하고 있었다면 어디 가서 전투 연금 봤다고 자랑이라도 했을 텐데, 너무 긴장한 나머지 면접 당시의 기억이 없었다. 휘발되어 깔끔히 비었다. 떡하니 붙어 면접 때 사고 안 쳤구나 생각했을 뿐이다.

"이보배 씨의 가정사에 대해선 동시대를 헤쳐 나가는 또래로서 늘 안타깝게 생각하고 있었습니다. 가족분의 귀환과 회복을 진심으로 축하드립니다."

"감사합니다."

한현우가 정중히 고개를 숙였다. 이보배는 황송해서 마주 조아렸다.

"제가 오늘 이보배 씨를 이렇게 뵙자고 한 것은."

'승진 얘긴가?'

김칫국은 마시기 싫지만 솔직히 이 시점에서 부길마가

그녀를 부를 이유는 그것 말곤 없었다. 면담이 잡히자 팀원들도 모두 같은 생각을 했고.

하지만 한현우의 말은 이보배의 예상을 비켜 갔다.

"둘째 오빠분과 막내 오빠분이 각성하셨다는 얘기를 들었습니다. 전자는 인사팀에서 보고받았고 후자는 병원에서 연락받았습니다. 개인 정보는 민감한 문제지만 전자의 경우 인사팀 직원이 관리국에 상주하다 보니 어쩔 수 없이 알게 되었습니다. 후자도 식물인간에서 회복된 원인이 각성으로 지목되다 보니 어쩔 수 없이 제 귀에 들어왔으니 오해 없으시길 바랍니다."

"알고 있습니다. 막내 오빠 각성 얘기는 제가 의사 선생님께 알려 드린 거니까요."

'진짜 승진 얘기가 아냐?'

솔직히, 아주 솔직히 이보배는 김칫국을 들이켰다. 많이는 아니고 한 모금 정도 마셨다. 그런데도 이렇게 서운한데 막걸리 마시듯 드링킹했으면 그 실망을 어찌 감당했을지.

사실 각성한 오빠들 얘기는 부길마쯤 되는 높으신 분이 불러 꺼낼 만한 얘기였다. 사 남매가 모두 각성자라니. 해외 토픽감이다.

"귀환한 큰오빠분과 막내 오빠분의 상태가 좋지 않아 이해기 씨가 헌터로 활동하지 못하고 보살핀다는 얘기를 전해 들었습니다."

"네, 그렇죠."

부길마 귀에까지 들어가다니. 가장이랍시고 너무 소문 냈나 보다. 이렇게 소문 내놓고 〈가장의 위엄〉 스킬은 써 본 적도 없다.

"어떻게, 회사 차원에서 지원해 드리면 이해기 씨가 헌터로 활동하실 수 있겠습니까?"

"작은오빠가요?"

"아시겠지만 일전에 A급 균열 〈용의 무덤〉을 공략하는 데 이해기 씨의 도움을 많이 받았습니다. 이해기 씨의 기여도를 인정해 공략 후 일정 지분도 드리고 이후로도 주기적으로 연락을 주고받았습니다만, 언젠가부터 연락을 받지 않으시더군요."

이해기가 회사에서 돈을 받았다는 얘기는 금시초문이었다. 그 액수가 궁금하지만 이보배도 축하금 받은 사실을 숨겼기에 캐묻지 않기로 했다.

'그래, 비자금은 있어야지.'

이해기가 벌었으니 이해기의 돈이다. 가족끼리 너무 오픈하는 것도 좋지 않았다. 적당히 숨기지 않고 공유하면 이보배가 당했듯 비상금을 털린다. 홀라당.

이보배의 비상금으로 지른 차는 이해기가 운전하지 않아 먼지가 뽀얗게 쌓였다. 이보배는 비상금과 별개로 작은오빠를 족치기로 결정했다.

"아마 작은오빠가 너무 바빠서 그럴 거예요. 아시다시피 저희 집에 케어가 필요한 환자가 둘이나 있으니까요."

이해기가 연락 두절이 된 시기는 석양에 대고 박마노의 이름을 외친 시기와 일치했다. 이보배는 작은오빠의 사회적 명예를 위해 거짓말했다.

"이해기 씨는 장기간 짐꾼으로 활동하셔서 그런지 균열과 몬스터에 대한 이해가 높고 관찰력이 좋으셨습니다. 분명 헌터로 대성할 수 있는 분인데 가정의 일로 발목이 붙잡히시다니……."

한현우의 표정이 우울해졌다.

"정말 안타까운 일입니다. 이해기 씨 같은 헌터 한 분은 어중간한 헌터 열 분보다 귀중한데 어떻게 안 되겠습니까? 이해기 씨가 사계절에 입단해 주신다면 병원비는 물론이고 도우미 비용과 생활비 일부도 길드에서 부담할 수 있습니다."

세계를 구하고 왔다더니 이해기가 잘나긴 잘난 모양이었다. 될성부른 나무는 떡잎부터 푸르다고 이해기의 떡잎을 알아본 한현우가 투자를 약속했다.

"아뇨, 저희도 도우미를 생각 안 한 건 아닌데요. 아무래도 오빠들이 폭력성이 있고 각성자다 보니까 도우미도 각성자를 모셔야 하는데 그게 참 힘들어서요."

폭력적인 각성자. 오던 도우미도 도망가게 만드는 마법

의 핑계다. 하지만 사계절 길드의 부마스터는 뭔가 달랐다. 이보배가 내민 필살기에 꼬리를 말지 않았다.

"헌터를 고용해 도우미를 맡기는 건 어떻습니까? 비용은 길드에서 대겠습니다."

천상계 연금술사는 뭔가 다르긴 달랐다. 그만큼 이해기가 고평가받는다는 뜻이기도 했다.

"아무래도 타인과 가족은 다르니까요. 그리고 큰오빠가 가족 아닌 사람을 많이 무서워해요."

"확실히 그건 예민한 문제죠. 정말 안타깝습니다."

이건 한현우도 떠오르는 방책이 없는지 어쩔 수 없다는 얼굴로 납득했다. 그러나 미련은 계속 내비쳤다.

"이해기 씨의 센스는 독보적입니다. 짐꾼 경력이 있다고 얻을 수 있는 게 아니라 천부적인 능력이죠. 스킬과 직업이 안 좋더라도 공략팀 자문을 맡기고 싶은 분인데……."

그야 당연하다. 이해기는 22년 경력자니까. 이제 8년 반을 채워가는 초창기 각성자보다도 세 배는 숙달된 베테랑이었다.

"이해기 씨가 정말 간병을 자처하셨습니까?"

"네, 오빠가 원한 거예요."

이보배는 강요한 적 없다. 형인 이귀한과 죽이 잘 맞아 노는 걸 보면 불행해 보이지도 않았다.

"일전에 뵈었을 땐 확고한 비전이 있는 걸로 보였는데……. 오빠분들이 하루빨리 쾌차하시길 빌겠습니다."

어째 면담이 끝날 것 같은 분위기라 이보배는 당황했다. 설마 연락이 끊긴 이해기에 대한 얘기를 하려고 자신을 불렀나 싶어 실망감도 들었다.

"사계절 길드는 언제든 길드원 복지에 힘쓰고 있습니다. 길드 차원에서 도울 수 있는 일이 생기면 언제든 요청하십시오. 적극적으로 돕겠습니다."

"감사합니다."

정말 면담이 끝난 것 같아 이보배가 고개를 숙이고 표정 관리에 힘쓰는데 한현우가 깍지를 끼고 턱을 괴었다.

"그럼 이제 본론으로 들어가도록 합시다."

'승진!'

이보배는 물김치 통을 통째로 들어 머리 위에 부었다.

"이보배 씨는 사계절에 약 6년 동안 근속하셨습니다. 저희 사계절의 설립 멤버를 1기로 치면 이보배 씨는 2기 단원에 해당합니다. 포션팀은 물론이고 생산부 전체에서도 최고참에 속하시죠. 그리고 2기 멤버 중 평사원은 이보배 씨가 유일합니다."

입사 동기가 승진하거나 퇴사하는 걸 보며 짐작은 했지만 정말 혼자 승진하지 못하고 있는 거라고 들으니 느낌이 달랐다.

'보통 승진 못 하면 퇴사하니까.'

최고참이 8년 경력인 세계다. 사계절 정도 되는 대형 길드에서 몇 년 일했으면 개인 공방을 차리거나 이직하기 충분한 경력이었다. 회사에 반드시 붙어 있어야 하는 이보배가 특수한 경우였다.

“누구보다 사계절을 위해 성실히 힘써주셨는데 평사원에 머무르면 불만이 생기시겠죠. 알고 있습니다. 길마 회의에서도 이보배 씨의 승진 얘기는 1년에 한 번씩 나왔습니다.”

일개 평사원 승진을 길마 회의에서 의논한다는 말에 이보배가 깜짝 놀랐다. 한현우가 계속 말했다.

“이보배 씨의 능력과 스킬, 성실함과 길드에 대한 헌신은 모두가 인정합니다. 막내 오빠분을 어떻게든 살리려 한 모습은 인상적이었죠. 이보배 씨의 끈기와 인내심은 어떤 일을 맡겨도 해내실 수 있을 거란 믿음을 주었습니다. 하지만.”

긍정적인 평가 뒤에 하지만이 붙는다. 앞의 말은 하지만 뒤에 올 본론을 위한 쿠션이라는 암시였다.

“팀장은 팀원과 팀을 관리할 수 있어야 합니다. 이보배 씨는 그것이 가능한 모습을 보여주지 않았죠.”

‘역시 그랬구나.’

팀장이 지적했던 부분이 그대로 나왔다. 이보배가 생각해도 팀원을 챙기고 관리하라고 하면 할 자신이 없었다.

지금이라면 어떻게든 해보겠지만 오빠들이 돌아오기 전에 하라고 했으면 난색을 표했을 것이다. 승진을 거절했을지도 모른다.

"자리가 사람을 만든다고 일단 승진하면 이보배 씨가 잘할 거라는 분도 계셨습니다만 가정사로 힘든 이보배 씨에게 일적으로 부담이 가중되는 게 아니냔 의견이 나와 기본급을 올려드리는 걸로 항상 의논이 끝났죠."

승진은 시켜주지 않지만 월급은 착실히 올려준다. 실제로 이보배는 팀장 직함보다 돈이 더 중요했으니 나쁘지 않은 대우였다. 그렇다고 서운하지 않은 건 아니다.

'한 번 귀띔이라도 해줬으면 납득했을 텐데.'

동기들이 퇴사하고 이직하고 승진하는데 계속 평사원으로 있으면서 알게 모르게 서러웠다. 눈치 주는 사람이 없는데도 신경 쓰였다. 오늘 들은 말을 한 번이라도 해줬다면 그런 스트레스는 받지 않았을 것이다.

"팀장이 승진의 전부는 아닙니다. 대인 관계 기술이 필요 없이 이보배 씨가 우직하게 포션을 제작할 수 있는 자리로 승진시켜 주면 어떠냐는 의견이 있었으니까요. 이건 제가 막았습니다."

자신이 승진을 막았다고 면전에서 얘기하는 부길마 때문에 이보배가 놀란 토끼 눈을 했다.

"왜 이 새끼가 승진길 막아놓고 사람 불러 자랑하나 싶으시겠죠. 한 대 때리고 싶으시겠죠. 알고 있습니다. 그러니까 여기에서 제가 이보배 씨 승진을 반대한 이유를 말씀드리려 합니다."

한현우의 눈빛이 예리해졌다. 진심으로 궁금했기 때문에 이보배는 두 손을 꼭 모으고 경청할 자세를 갖췄다.

"사실 이보배 씨가 입사했을 때 개인적으로 기대했습니다. 〈포션 메이커〉가 C급이고 이보배 씨의 정신력과 마력은 동등급 동레벨보다 높아요. 실제로 이보배 씨는 무리한 요구에도 항상 수량을 맞춰주셨죠. 절대 마감을 넘기는 법이 없었습니다. 이보배 씨라면 길드 요인이 될 수 있겠다, 그런 기대를 했었습니다만."

마감 넘긴 적 없어, 수량도 딱딱 맞춰줘. 이렇게 성실한 직원이 어딨다고 승진을 막았을까? 이보배는 한현우의 이야기에 집중했다.

"이보배 씨의 레벨과 스킬 등급은 6년 동안 제자리걸음이었죠. 그게 승진을 막은 이유는 아닙니다. 이보배 씨보다 낮은 스킬 등급에 팀장을 단 분도 계시니까요."

맞다. 이보배의 성장이 지지부진하긴 했지만 그건 승진 누락 사유가 될 수 없다. 사람 상대할 필요가 없는 자리면 사회성 부족도 사유는 아닐 것이다.

'빨리, 빨리.'

이보배가 속으로 한현우를 재촉했다. 한현우는 한 박자 쉬고 이보배를 직시했다.

"이보배 씨는 지난 5년간 한 번이라도 '연금술사의 솥뚜껑'에 접속한 적 있습니까?"

연금술사의 솥뚜껑. 국내 최고의 연금술사 한현우가 연금술 재료부터 레시피까지 사비와 길드 공금을 털어 꽉꽉 채운 국내 최고의 연금술사용 데이터베이스다.

연회비가 비싸고 가입하려면 자체 제작 레시피를 제공해야 한다는 의무 조항이 있지만 개인 공방을 연 연금술사라면 대부분 가입했다. 등급별로 열람 제한이 있음에도 회비가 아깝지 않다는 호평이 대부분이다.

그리고 길드원에겐 무료로 제공된다. 무료! 길드 소속 연금술사에게만 제공되는 무료 혜택! 놓치지 마세요!

이보배는, 길드원에겐 공짜인 그 비싼 사이트에 접속한 적이 없었다. 한 번도 없다.

"없습니다."

"그럼 길드 내 개인 제작실은 이용한 적 있습니까?"

사계절 길드 건물엔 전투계 각성자를 위한 개인 단련실이 있다.

생산계에게도 비슷하게 개인 작업 가능한 공간을 내준다. 설비가 완비되어 있기 때문에 인기가 많아 예약은 필수였다.

이보배는 남들이 부러워하는 설비의 개인 제작실을 한 번도 이용한 적이 없다. 몇 층에 있는지만 알았다.

"없습니다……."

"길드에서 분기마다 제공하는 재료로 포션을 연구해 보

신 적은?"

"없습니다."

"개인적으로 포션 레시피를 구해본 적은 있습니까? 나만의 포션을 개발하려 한 적은 있습니까? 늘 만드는 D급 포션에 어떤 재료를 추가하거나 공정을 변경하면 어떤 부가 효과가 추가되는지 생각해 본 적은 있습니까?"

팩트가 날아와 비수처럼 꽂혔다. 이쯤 되니 이보배도 승진 못 한 이유가 짐작되었다.

"마지막 질문입니다. 제가 C급 포션을 수제 제작 가능하냐 여쭌 이후 제작법을 찾아보신 적은 있습니까?"

한 번 찾아보았으나 발견한 당시의 조합책은 먼지가 뽀얗게 내려앉은 상태였다. 이해기가 차 사놓고 방치한다고 뭐라 말할 자격이 없는 수준으로 먼지가 가득이었다.

이보배는 자백하듯 말했다.

"없습니다……."

"하다못해 게임에서도! 경험치가 안 오르면 사냥터를 바꿉니다. 대부분의 각성자는 성장하기 위해 안 하는 짓이 없습니다. PK, 아니, 각성자를 죽여서 경험치를 얻을 수 있었다면 각성자 사냥도 유행했을 거라는 것에 제 손을 겁니다."

말하다 보니 흥분했나 보다. 한현우가 냉철한 기색을 벗어던지고 양손을 흔들었다. 지은 죄가 있는 이보배는 머리가 무거워졌다.

이보배가 지은 죄가 뭐냐고? 아무것도 안 한 죄다.

"사실 그동안은 제 나름대로 이보배 씨에 대해 변명거리를 생각했습니다. 가정사가 복잡해 일에 신경 쓸 여유가 없겠지. 실제로 가족분들에게 좋은 일이 생기자 이보배 씨의 스킬이 오르셨더군요. 포션 메이커 B급은 정말 높은 겁니다. 만들 수 있는 포션 종류도 무궁무진해요. 저도 포션 메이커 등급은 B급입니다. 이보배 씨와 동급이란 말입니다. 그런데 어떻게 한 번을!"

한현우가 탁자를 쳤다. 힘 조절을 했는지 쪼개지진 않았다.

"한 번을 접속 안 합니까!"

이보배는 최요한이 알려주기 전까지 포션에 쿨타임이 있는 것도 몰랐다.

한현우의 지적이 모두 맞았다. 틀린 말이 하나도 없었다. 어쩜 이렇게 팩트 폭행에 능한지, 이보배는 전신이 해체되는 기분이었다.

"모든 각성자가 성장에 목매는 건 아닙니다. 현재 능력에 만족하고 안주하는 사람도 있습니다. 다만 우리 사계절은 노력하지 않고 안주하는 자에게 돈 외의 지위는 드릴 수 없다는 것. 그게 제가 이보배 씨의 승진을 막은 이유입니다."

전신인 온라인 게임 속에선 서버에서 순위를 다투는 공략대로, 현실에선 게임 내 경험과 판타지 소설로 얻은 지식, 유연한 사고를 접목시켜 대형 길드로 성장한 길드의 부길마다운 발언이었다.

이보배는 계속 침묵했다. 돈 때문에 일한다면서, 정작 힘들다는 이유로 돈 벌어오는 능력을 성장시킬 생각을 하지 않았다. 이유 있는 팩트 폭행에 입을 떼기 민망했다.

'〈포션 메이커〉가 B급으로 오른 것도 작은오빠가 가져다준 재료로 직접 포션 제작해서 그런 거였지.'

이보배는 성장의 힌트를 얻은 후로도 계속 현재에 안주했다.

각성하고 싶어 위험과 갑질을 무릅쓰고 균열을 도는 짐꾼이 있다. 레벨 업 하고 싶어 위험한 균열에 뛰어드는 헌터가 있다. 등급을 높이기 위해 해외 데이터베이스를 탐독해 가며 값비싼 재료를 실험대에 올리는 각성자가 있다.

이보배는 아무 노력도 하지 않았다. 치열하게 발버둥 쳤지만 제자리에서 빙빙 돌기만 했다. 누구보다 열심히 살았다고 자부하면서 정작 오르지 않는 레벨과 스킬 등급은 무시했다.

"저는……."

"하실 말씀이 있다면 듣겠습니다."

"부길드 마스터께서 하신 말씀이 모두 맞습니다……. 승진 못 한 이유도 납득했습니다. 제가 정말 드릴 말이 없습니다."

이보배의 얼굴이 화끈하게 달아올랐다.

“앞으로 어떻게 하실 생각입니까? 계획은 있으십니까?”

“저는 그냥 계속 회사를……. 허락만 해주신다면.”

“이보배 씨가 먼저 그만두지 않는 한 사계절에서 이보배 씨를 내치는 일은 없을 겁니다. 다시 말씀드리지만 저도 포션 제작 스킬은 B등급입니다.”

쓰레기의 SS급 두 개를 빼고 지닌 스킬이 〈포션 메이커〉 하나인 이보배와 다른 쟁쟁한 스킬도 갖고 있을 한현우를 비교할 수 있나. 하지만 한현우는 이보배가 꿇리지 않음을 거듭 강조했다.

“이보배 씨가 연금술사로서의 성장보다 재정적 여유를 중시하신다면 사계절을 나가는 게 더 좋은 선택이라는 말씀을 드리려는 겁니다.”

이한생이 퇴원해 이전처럼 사내 복지가 절실하지 않으니 독립해 공방을 차리는 게 돈을 더 벌 수 있는 길이긴 하다. 스킬을 사용해 B급 포션만 내다 팔아도 수입은 지금과 비슷할 터였다.

“사계절에서의 경험을 살려 다른 길드에 경력직으로 입사하는 것도 나쁘지 않습니다. 이보배 씨 능력과 경력이면 팀장, 과장도 너끈히 맡을 수 있습니다. 빌어먹을 사회 인식 때문에 시작부터 부장은 힘들겠지만 서른 넘기시면 부장도 가능할 겁니다. 소속되는 게 싫으면 개인 공방도 추천해 드립니다. 이보배 씨가 지금 하시는 만큼만 포션을 제작하면 금방 자리 잡을 거예요. 요즘 고인물이 신규 유입을 방해하는 낌새가 보이긴 하는데, 그건 제가 막아드리죠. 재료상도 소개해 드리겠습니다. 아마 지금 버시는 것의 세 배는 버실 겁니다."

한현우가 대놓고 타 길드 이직과 퇴사 후 독립 이야기를 꺼냈다. 정말 나가란 소린가 싶어 이보배는 긴장했다.

심장이 쿵쿵 뛰고 입안이 바싹 말랐다. 이보배는 입술을 깨물고 주먹을 꽉 쥐었다.

매일 회사 욕을 해도 그녀가 막내 오빠를 살리는 데엔 사계절 길드가 혁혁한 공을 세웠다. 미운 정이 잔뜩 든 데다 회사, 집, 병원이 생의 전부였던 그녀에겐 인생의 일부기도 했다.

그만둘 생각은 한 적 없었다.

"저는 사계절에 계속 다니고 싶습니다! 돈 때문이 아니라."

"버는 금액에도 안주하시려는 겁니까? 아니면 환경이 바뀌는 게 무섭습니까?"

"그게 아닙니다! 막내 오빠를 살릴 수 있었던 건 회사 덕분이라 생각하고 있습니다. 은혜를 입었다고 생각하고 있고."

"계약서에 명기된 복지입니다. 은혜로 생각하시면 곤란합니다. 그리고 길드에서 퇴출하겠다는 게 아닙니다. 이보배 씨의 경력과 재정을 고려해 진지하게 드리는 조언이었습니다."

"남고 싶습니다."

여기선 나갈 생각 있더라도 남겠다고 해야 한다. 그게 바로 사회생활. 물론 이보배는 나갈 생각이 없었다. 나갈 생각을 못 해봤다는 게 맞는 말이지만.

"다행입니다. 저 개인적으로도 이보배 씨가 남아주시면 기쁩니다."

승진을 막은 이유를 팩트 폭행으로 설명해 놓고 남으면 기쁘다니? 이보배는 다음 말을 기다렸다.

"저는 여전히 이보배 씨에게 재능이 있다고 생각합니다. 사람마다 첫 각성 등급이 다르죠. 노력해도 등급이 오르지 않는 각성자가 정말 많은가 하면 처음부터 B급으로 각성해 승승장구하는 사람도 있죠. B급으로 시작해 환호하다 오르지 않는 등급에 좌절하는 사람도 있고요. C급에서 시작해 6년 만에 B급이면 나쁜 성장세는 아닙니다. 이보배 씨는 더 올라갈 수 있습니다."

이보배는 한현우와 연고 없는 생판 남이다. 그런 남의 일인데도 한현우는 열정을 보였다. 저 정도로 열정적인 사람이니 이보배를 볼 때마다 얼마나 한심했을까.

이해기로부터 재능이 있다는 말을 듣고 이보배는 단순하게 기뻐했다. 하지만 진짜 재능 있고, 치열하게 노력하는 한현우에게 동일한 말을 들으니 마냥 기뻐할 수 없었다.

기쁘단 생각보다 부끄럽단 생각이 앞섰다. 그건 이보배가 노력하지 않았기 때문이다. 정당하게 성취하지 못했기 때문이다.

"안주하셔도 괜찮습니다. 현재 사계절이 개편 중인 건 아실 겁니다. 포션팀을 정비하면서 C급 포션 전담팀을 신설할 계획입니다. 이보배 씨를 그 팀의 팀장으로 배정해 드리겠습니다."

한현우가 다시 깍지를 꼈다.

"하지만 성장하실 생각이 있다면 제게 B급 수제 포션을 가져와 주십시오. 등급만 맞추면 어떤 포션이라도 상관없습니다. 쓸모없는 효과를 지닌 포션이라도 좋습니다. 개인 제작실은 이보배 씨가 우선적으로 쓸 수 있게 해드리겠습니다. 재료는 자유롭게 쓰시고 희귀한 재료가 필요하다면 제게 문의해 주세요. 가능한 한 맞춰 드리겠습니다. 기간은, 한 달로 하죠. 창작 포션이 아니니 넉넉할 겁니다."

이보배는 어떤 제안에도 바로 대답하지 못하고 어물거렸다. 오빠들이 관련된 일엔 어떤 상황이든 입이 열렸는데 자기 일이 되니 머리가 돌아가지 않았다.

"이상입니다. 귀한 시간 내주셔서 정말 감사합니다."

"아니요, 저야말로 정말 감사하고, 죄송합니다."

개편 중인 대형 길드의 부길드 마스터와 일개 사원. 어느 쪽이 더 바쁜지 스케줄표를 보지 않아도 명약관화하다.

한현우는 정중하게 고개를 숙였고 이보배는 이번에도 황송해 머리를 꾸벅였다.

자리에서 일어나 문 쪽으로 걸어가는데 한현우가 빠르게 다가와 문을 열고 붙잡아줬다. 이보배는 더 황송해 몸 둘 바를 몰랐다.

“즐거운 하루 되십시오.”

“감사합니다.”

혼이 쏙 빠져 걷는 것도 힘들었다. 팀으로 돌아간 후에도 내내 일이 손에 잡히지 않았다. 승진이 분명하다며 축하하려던 팀원들은 이보배의 넋 나간 얼굴을 보고 말없이 제자리로 돌아갔다.

“보배 씨.”

“네네?”

혼이 나간 채로 일하고 있는데 갑자기 어깨에 손이 닿아 깜짝 놀랐다. 돌아보니 팀장이었다.

“퇴근 안 해요?”

“어어, 해야죠. 할게요.”

이보배는 정신없이 만든 포션들의 상태를 살폈다. 감정 스킬이 없어도 자신이 제작한 아이템의 상태는 확인할 수 있다.

다행히 모두 품질이 정상이었다. 혼이 나간 상태에서도 포션 품질을 떨어뜨리지 않았다니. 이보배 본인이 생각해도 기계 같았다.

'좋은 능력이지만 부길마님 보시기엔 아니겠지.'

핸드폰을 받고 카드를 찍어 출구로 나오는데 회사 로비 분위기가 평소와 달랐다. 이보배는 저도 모르게 원인을 찾아 로비를 둘러보다 이곳에 있어선 안 될 사람을 발견했다.

"박마노 과장님?"

"오, 보배 씨! 잘 지냈어?"

로비 소파에 앉은 박마노 맞은편엔 이보배를 심란하게 한 원흉, 한현우가 앉아 있었다. 한현우는 이보배와 박마노를 번갈아 보았다. 그의 눈빛이 더욱 싸늘해졌다.

"정말 사적인 일입니까?"

"진짜라니까. 보배 씨, 나랑 술 먹기로 했잖아요. 그렇지?"

"어어, 네? 네!"

한현우의 눈초리가 더러워졌다.

"목적이 이보배 씨군요."

"아, 진짜 개인 용무라니까. 치사합니다. 한현우 부길드 마스터, 저 못 믿습니까? 우리 좋은 거래 하는 사이잖아."

"사적인 용무라니까 더 못 믿겠습니다. 이보배 씨와 접점이 어떻게 되시죠? 이해기 씨가 접점입니까? 설마 노리는 게 이해기 씨인 겁니까?"

"그 허당 양반은 그닥. 이해기 씨보단 이귀한 씨에 관심이 많지. 이귀한 씨 첫 발견자가 접니다."

"단발로 끝낼 인연이군요. 개인적으로 만날 일 없는 사이 같습니다. 이보배 씨는 사계절 길드의 소중한 식구입니다."

"안 빼 가요."

"그 말씀 여러 번 들었죠. 다른 건 믿어도 그건 못 믿습니다."

"진짜 안 빼 갑니다. 이보배 씨는 가오보다 돈이 중한 상태거든. 내가 양심이 있지, 어떻게 소녀 가장을 빼 옵니까. 그리고 내가 빼 갈 거면 한현우 씨를 빼 가죠."

"안 갑니다."

"나도 해본 말입니다. 어쨌든 만날 사람 왔으니 나는 이만!"

박마노가 소파에서 일어나 이보배에게 다가왔다. 이보배는 얼떨결에 박마노에게 팔을 잡혀 회사 밖으로 나갔다.

"더럽고 치사하게, 옛날에 길원 몇 명 빼 갔다고 부길마가 나와서 눈총을 줘. 보배 씨도 그렇게 생각하지 않습니까?"

"어어……. 아뇨?"

이해기가 침 발라둔 대장장이를 홀라당 채가는 바람에 이해기는 잉여 인간이 되어버렸다. 이보배는 차마 동의할 수 없었다.

"하하, 회사 앞이라고 회사 편들 거 없는데. 그럼 술 마시러 갑시다. 아는 데 있어요?"

"어, 저는 그러니까."

이보배는 언제나 퇴근하면 집으로 직행했다. 회식 참가

가 자유로운 회사라 회식에도 어지간하면 빠졌다. 아는 데도 없거니와 집에 가지 않고 딴 길로 샌다니? 이보배 인생에 없던 비행이었다.

'아냐. 오늘은.'

일찍 집에 가도 할 일은 없다. 엉망인 집 안 꼴을 보고 한숨을 쉬고 오빠들 등짝이나 때리며 잔소리를 퍼부을 뿐.

오늘 팩트 폭행에 너덜너덜해진 정신이 힐링을 요구했다. 다 큰 성인이 퇴근하고 한잔하는 게 무슨 비행인가. 마음 치료지.

이보배는 두 주먹 불끈 쥐고 말했다.

"아는 데는 없는데 술은 마시고 싶어요."

"적극적인 자세 좋아요. 아직 저녁 전? 오늘은 언니가 비싼 거 쏜다!"

박마노를 따라가기 전, 이보배는 가족 대화방을 열었다. 밖에 나가 공기 쐬라는 톡을 확인한 사람이 한 명밖에 없었다. 높은 확률로 이해기일 것이다.

'그나마 대화방 확인이라도 해서 다행이라고 해야 하는 건지.'

[나 오늘 늦게 들어가. 기다리지 마.]

이보배는 대화방에 글을 남기고 핸드폰을 방해 금지 모

드로 전환했다.

"이보배 씨!"

"네!"

"갑각류 알레르기 없지?"

박마노가 환하게 웃으며 대게 집을 가리켰다.

"내게 명함을 받고서 먼저 연락하지 않은 건 보배 씨가 처음이에요."

드라마 남주가 할 법한 대사였다. 박마노가 웃으면서 농담했다.

"명함 버린 건 아니죠?"

"안 버렸어요! 잘 갖고 있어요!"

마노에몽이 하사하신 명함은 이보배의 지갑 안쪽에 부적처럼 고이 모셔두었다. 그런 걸 말하기엔 부끄러워서 이보배는 다른 말을 했다.

"저희 큰오빠랑 동갑이시라고 들었는데 말씀 편하게 하세요."

"그럼 너도 편하게 해."

"아뇨, 제가 어떻게 감히."

"신분제 사회도 아닌데 감히씩이나. 뭐, 각성자와 비각성자로 계층이 나뉜다고는 해도 아직은 그렇지도 않고. 정 어려우면 그냥 업계 선배처럼 대해. 비각성자가 보기엔 다 똑같은 헌터잖아. 동종 업계인이지."

"그럼 선배님."

"어려우면 강요하진 않아. 편해지면 그때 바꿔."

대게를 삶는 동안 먹을 밑반찬이 나왔다. 주문한 술도 같이 나왔기 때문에 박마노가 잔을 채웠다.

"제가 따라 드릴게요."

"괜찮아. 내가 산다고 한 거니까 그냥 편히 있어."

일단 술이 한 잔씩 들어가니 어색하던 분위기가 조금은 풀어졌다. 박마노는 계속 편했고 이보배 혼자 신경 쓰던 것이지만 말이다.

"두 달 동안 어땠어?"

"별일 없었어요. 큰오빠는 핸드폰 게임에 푹 빠졌고 막내 오빠는 재활 느낌으로 가벼운 봉사 활동을 하고 있고요. 작은오빠는."

작은오빠는 박마노에게 배신당한 후유증으로 잉여 인간이 되었다. 사실대로 말하는 건 제 얼굴에 침 뱉기라 이보배는 적당히 포장했다.

"두 오빠 돌보면서 도와주고 있죠."

"보고받은 거랑 비슷하네."

"별일 있으면 알려 드렸을 거예요."

그간 최요한이 일주일에 한 번꼴로 근황을 물었다. 이보배는 그때마다 사실에 기반해 답문했다. 친분을 쌓기 위해서가 아니라 오빠들을 감시하는 게 목적인 걸 알기 때문이다.

"그래도 직접 듣는 건 또 다르니까. 그리고 진짜 술 사 주러 온 거거든."

박마노가 이보배의 잔에 술을 가득 채웠다. 타이밍 좋게 메인인 대게가 나왔다. 먹기 좋게 살과 껍데기가 분리되어 있어 손을 쓸 필요가 없었다.

이보배는 감사히 잘 먹겠단 의미로 고개를 꾸벅였다.

"게는 오랜만이에요."

한 입 먹으니 무지 맛있었다. 절로 미소가 나오는 맛이었다.

"많이 먹어."

'축하금 받은 걸로 오빠들이랑 게 먹어야겠다.'

맛있는 걸 먹으면 자동적으로 딸린 식구들 얼굴이 떠오르니, 참으로 바람직한 가장의 마음가짐이었다. 시스템이 인정한 가장다웠다.

자신에게 딸린 식구를 생각하니 자연스럽게 박마노에게 딸린 사람도 떠올랐다. 이보배는 박마노보다 친숙해진 사람을 찾았다.

"최요한 씨는 같이 안 오셨어요?"

"쉬는 날 상사가 부르면 그렇잖아?"

“마노 선배님은 휴일이 아니세요?”

“나도 노는 날. 집에서 자다가 생각나서 찾아온 거야. 천하의 박마노가 술 사준다고 했는데 감감무소식인 후배가 퍼뜩 생각나더라 이거지.”

박마노가 집게살을 씹었다.

“내 명함 그거 증말 귀한 거거든. 최요한 명함이 레어면 내 건 쓰알. 허연 눈의 청룡 같은 거지.”

“정말 잘 갖고 있어요. 바쁜데 괜히 민폐일까 봐…….”

“농담이야. 그런데 오길 잘한 것 같네. 술 마시고 싶다니, 무슨 일 있었어?”

이보배는 입술을 꾹 다물었다. 박마노에게 오늘 있었던 일을 말할까 말까 갈등했다.

‘경멸당할 거 같은데.’

이보배가 알기로 박마노는 부길마 못지않게 열심히 사는 사람이었다. 얘기해도 부길마와 비슷한 반응을 보일 가능성이 높았다.

‘그래도 박마노 헌터님이니까.’

“실은 오늘…….”

이보배는 한현우와 면담실에서 나눈 대화를 전했다. 이야기를 모두 들은 박마노가 짜증 냈다.

“더럽고 치사하네. 능력 있고 짬 차면 승진하는 거지 향상심은 뭐야. 아, 새끼. 어린 게 높은 자리 꿰찼다고 꼰대질이네.”

그렇게 짜증 내는 박마노도 최요한에겐 간간이 꼰대 소릴 듣는 건 넘어가도록 하자. 꼰대도 상대적인 법이다.

"저한테 화 안 내세요?"

"내가 왜 너한테 화를 내. 한현우한테 화를 내야지. 걔가 게임 뇌 기미가 좀 있어. 레벨 업이 최우선이라 다른 데 기 빨리는 걸 이해 못 하는 거야. 큰오빠는 실종됐지, 막내 오빠는 병원에서 죽네 사네 하고 있는데 어떻게 스킬 연구를 해. 스킬 키워서 막내 오빠 살리는 거면 모를까."

"그렇지만 제가 노력하지 않은 건 사실이니까."

"그러니까 그 노력. 동물은 스트레스가 심하면 발상할 여력이 떨어진대. 6년 동안 노오오력할 여유가 있었냐고. 이귀한 씨 돌아오고 난 뒤에도 여유 없었잖아. 돌아오고 깨어나면 뭐 하냐고. 혼자 다니다 사고 칠까 봐 걱정되는데."

"그렇지만 작은오빠가 봐주고 있고."

"잘 들어봐."

박마노가 양 눈 옆을 손바닥으로 가렸다.

"경주마는 딴 길로 새는 걸 막으려고 눈가를 가려. 그렇게 빙글빙글 트랙을 돌아. 경주마는 땀 뻘뻘 흘리면서 달린다고. 그런 말한테 너 왜 그것밖에 못 가냐 누가 따지디? 너도 그동안 주위를 보지 못하고 달린 거야. 그러다 이제야."

박마노가 눈가를 가리던 손을 치웠다.

"주위를 볼 수 있게 된 거지."

"그렇게 쳐도 솥뚜껑에 안 들어가 본 건 너무했어요. 저 그거는 진짜 반성하고 있거든요."

"오래 달렸잖아. 지쳤는데 무슨 공부야, 짜증 나게. 지치면 쉬어야지. 쉬면서 바람도 쐬고 호흡도 가다듬고 주위에 뭐가 있는지 살펴보고 달려가고 싶은 목적지를 찾으면 돼."

박마노가 밀고라도 하듯 말했다.

"이귀한 씨는 10년 놀겠다고 하던데 너도 한 반년 놀아도 되지 않을까?"

생각지 못한 말에 이보배가 빵 터졌다.

"푸하하."

"어, 안 놀라네."

"큰오빠 돌아온 첫날 들었거든요. 10년."

"씁, 놀지 말고 일하라고 꼬시는 거 도와달라 할랬더니. 알고 있으면서 허락했다 이거지. 진짜 큰오빠가 10년 놀게 두려고?"

"큰오빠는 그러니까 사람을."

사람을 무서워한다고 말하려는데 박마노가 선수 쳤다.

"알아, 사람보다 다른 쪽에 가까운 거."

10년 얘기에 터졌던 웃음이 싹 사라졌다. 이보배는 귀신을 본 듯한 얼굴로 박마노를 쳐다봤다.

"내가 첫 발견자잖아. 아마 나 아닌 다른 사람이 발견했으면 도망쳤거나 어설프게 덤볐다가 죽었을걸. 나 정도 되니까 아, 저건 건드리면 주옥되는구나. 얌전히 데려온 거지. 물론 나도 아직 좀 부족해. 요한이한테 들으니까 주옥되는 수준이 아니던데 그걸 사람 많은 관리국으로 데려갔으니."

이귀한이 참지 않았을 경우 어떤 일이 벌어졌을까. 박마노가 혀를 끌끌 찼다. 이보배는 반사적으로 말했다.

"큰오빠는 인간이에요."

"나한텐 인간이든 아니든 상관없어."

"큰오빠는."

"현대의 문명과 사회를 존중하고 그에 섞여 살 의지가 있으면 그만이야. 그리고 이귀한 씨는 그럴 의향을 보였지."

이보배의 입술이 바싹 말랐다. 물을 찾는 이보배에게 박마노가 물컵을 건넸다.

"그거면 됐어."

이귀한의 위험을 모르기에 보일 수 있는 대범한 태도였다. 그러다 이보배는 생각을 바꿨다. 박마노라면 큰오빠의 정체를 알아도 자기 기준을 맞추면 저런 태도를 보일 만한 사람이었다.

'대단하다.'

상사에게 팩트로 후려 맞았다고 정신이 아찔해진 이보배에겐 참 부러운 뚝심이었다.

"제가 한 잔 따라 드릴게요."

"그럴 필요 없다니까."

"사주시는 거니까 한 잔만."

이보배는 박마노의 잔을 넘치기 직전까지 꽉 채워 따랐다. 박마노는 흘러넘칠 것처럼 위태로운 술을 한 방울도 흘리지 않고 입가로 가져갔다.

"선배님은 어떻게 그런 확신이 있으세요?"

"음?"

"확고한 철학과 이상이 있으시고 힘도 겸비하셨잖아요. 정의로우시기도 하고요."

"내가 좀 잘났지. 더 칭찬해 줘."

"정말 대단하세요. 지금 관리국 이미지도 다 선배님이 세우신 거잖아요. 우리나라가 각성자 범죄율 최하위인 것도 전부 선배님 덕분이고 고위 헌터들이 선배님 때문에 관리국에 취직하기도 하고요. 진짜 우리나라에 없어선 안 될 위인이시죠. 저랑 몇 살 차이도 나지 않으시는데 정말 굉장해요."

박마노가 손가락을 튕겼다. 그러더니 올라간 입꼬리를 술잔으로 가렸다.

"좋아, 거기까지. 아부는 그만하고 본론."

"전 이제 어떻게 해야 할까요?"

"스물넷에 진로 고민이라……. 균열 터지기 전이면 대학 졸업할 때긴 하네."

"전 정말 모르겠어요. 오늘 부길마님 얘기를 듣고 나니 머리가 텅 비어버려서……."

"게임 뇌 얘기는 무시해도 된다니까. 걔가 엄청 진지하게 세상 사는 것 같지? 알고 보면 만렙 찍는 거랑 스킬 트리 짜는 데 눈이 시뻘게진 거야. 삶을 게임처럼 보면서 남의 육성에 훈수 두는 거지. 아, 거기 그거 찍으면 안 되는데. 경험치 여기보다 저기가 더 주는데."

박마노는 가볍게 말했지만 이보배는 그렇게 생각하지 않았다. 한현우는 정말 진지했다. 설혹 게임 뇌면 어떠랴. 그 정도로 진지하면 게임이 그의 인생이고 인생이 곧 게임인 것을.

"어떻게 하고 싶은데?"

"그걸 모르겠어요."

"꿈은 없어?"

"얼마 전에 다 이뤘거든요."

반쯤 생존을 포기했던 이귀한이 돌아오고 이한생이 깨어났다. 이보배는 더는 바랄 게 없었다. 이대로 오빠들을 잃는 일 없이 살아가는 일만 남은 것이다.

"오빠들과 행복하게 사는 게 꿈이라……. 음……. 뭐 그럴 수 있지. 세상이 하도 위험하니까 옛날처럼 평범한 일상이 어렵긴 해."

게 먹은 흔적은 못 감춘다더니, 식탁 위에 게 껍데기가 즐비했다. 직원이 들어와 게딱지를 치우고 내장 볶음밥을 가져왔다. 박마노는 술을 추가했다.

"길드 나오는 건? 그런 얘기까지 들었는데 화 안 나?"

"나가는 게 무서워요."

"한현우가 나가도 잘될 거라고 했다며. 걔한테 인정받은 거면 나가도 어렵지 않을 거야. 공방 차리면 박마노 단골 가게라고 홍보해도 돼."

"부길마한텐 무섭지 않다고 했지만 무서운 거 맞아요. 차라리 잘린 거면 절박한 마음에 잊고 뭐라도 해볼 것 같은데 남아도 된다고 하니까 그냥 남고 싶어요."

"……향상심이나 욕심, 야망보단 자존심과 자존감 회복이 우선이구먼. 그럼 수제 포션 제작하는 것도 나쁘지 않겠어."

"역시 선배님은 자기 계발에 중점을 두시는 거군요."

"그런 게 아니라, 게임 뇌 얘기 중에 재능 있다는 부분은 나도 공감하는 편이라. 포션 제작에 재능이 있기에 시스템이 생산계로 각성시켰을 거다, 이 말이야."

비각성자들이 각성자를 비꼴 때 늘 하는 말이 있다.

운 좋아 각성한 놈. 내가 각성했으면 너보다 나았을 거다.

거기에 대고 각성자들은 이렇게 반론한다.

우리는 재능이 있어 각성한 거다.

"뭐든 잘되면 기분이 좋잖아? 자존감 향상에 괜찮겠지. 재료랑 설비 대준다는데 츄라이 츄라이. 시간을 뺏기긴 하겠지만 집순이에 취미도 없는 것 같던데. 길드는 언제든지 그만둘 수 있고."

주말에 이보배는 하는 일이 없다. 부족한 잠을 채우기 위해 자거나, 발가락으로 종아리를 긁으면서 TV를 본다. 책은 읽지 않고 노래도 듣지 않으며 마음만 먹으면 24시간 내내 이불 위에서 뒹굴거릴 수 있다. 그녀의 몸에도 식충이 세 마리와 같은 피가 흐르고 있다.

가장의 책임감 때문에 버티고 있을 뿐 사실은 이보배도 얼마든지 게을러질 수 있었다.

"포션 개발한다는 핑계로 회사 엿 먹이는 것도 좋지. 비싼 재료 팍팍 써버려. 자기가 한 말이 있으니 한현우가 사비를 털 텐데. 통장 텅장 만들어 버리자!"

신나게 말하던 박마노가 말끝을 흐렸다.

"그건 걔가 군납을 해서 좀 어려운가……."

"부길마가 군납을 해요?"

"독. 동아시아 양지의 연금술사 중엔 한현우가 유일하지. 어디 가서 대놓고 말하지는 마. 선글라스 끼고 검은 양복 입은 사람이 문 두드린다."

'독도 제작할 수 있었구나.'

독을 지닌 몬스터를 잡아도 독은 얻기 힘들다. 균열 보상으로도 잘 나오지 않아서 독은 귀했다.

독이 귀한 이유는 또 있다. 몬스터에겐 인류 무기의 꽃 총화기가 제대로 통하지 않는다. 냉병기는 통하지만 비각성자가 몬스터를 상대하는 데엔 한계가 있었다.

그런데 독은 비각성자도 사용할 수 있다. 그렇기 때문에 독은 마석 비슷하게 국가에서 전량 매수한다.

그런 독을 제작하고 주기적으로 공급할 수 있는 연금술사라면 받들어 모셔도 모자랐다. 나라에 없어선 안 되는 인재와 그런 인재를 게임 뇌라고 폄하하는 또 다른 인재. 아무리 생각해도 이보배에겐 천상계 얘기로 들렸다. 이보배 본인이 천상계 문턱을 밟았음에도 실감 나지 않았다.

"그러니까 한현우가 자기가 한 말 후회할 정도로 팍팍 써버려. 요한이 복수를 하는 거다."

"최요한 씨요?"

갑자기 웬 복수? 이보배가 어리둥절해하자 박마노가 이를 갈았다.

"요한이 월급 절반이 한현우 통장에 꽂혀. 국방부에 갑질하는 것도 모자라 공무원 월급을 뜯어가다니……. 애국심 밥 말아 먹은 자식……."

이보배는 설명을 더 요구하지 않았다. 마커 찍은 상대를 반드시 명중시키는 관통 공격. 최요한이 스스로 말하지 않았던가. 그의 공격엔 치명타가 부족하다고.

부족한 공격력은 무기와 도구로 채우면 된다. 한현우가 제작하는 독은 최요한의 부족한 공격력을 채우기 제격이었다.

'최요한 씨도 이렇게 노력하는데…….'

최요한은 자신의 스킬을 갈고닦고 약점을 보완하기 위해

노력했다. 이보배였다면 공격이 반드시 명중하는 데 만족하고 안주했을 것이다. 그리 생각하니 한숨이 절로 나왔다.

그와 별개로 독에 대한 호기심이 생겼다.

"저도 만들 수 있을까요?"

=저도 군납하고 싶습니다.

"독 제작은 스킬이라 어렵지만 해독제는 가능할걸."

"해독제는 일반 포션보다 난이도가 높다고 들었는데……."

회복 포션 외엔 제작해 본 적 없는 이보배에겐 난이도가 너무 높았다. 박마노는 어깨를 으쓱였다.

"어차피 B급 해독제면 한 번에 성공 못 하지. 이것저것 시도해 봐. 해독제가 싫으면 다른 상태 이상 치료제도 괜찮잖아. 다들 외상에 치중해서 상태 이상을 얕보는 경우가 있는데 그러다 훅 가거든. 재료도 다양하다고 들었으니까 한현우 통장을 탈탈 털기 좋을 거야."

상태 이상은 균열의 유형만큼이나 종류가 다양하다. 정신력 능력치나 내성, 무효, 흡수 등의 스킬로 막을 수 있었지만 종류가 다양하니 모두 방지하는 건 불가능했다.

"포션 중엔 모든 상태 이상을 치료해 주는 전설의 약도 있다며? 한현우에게 들었을 때 게임 얘기하냐고 안 믿었는데 영국에서 온 연금술사도 같은 얘기 하더라. 기왕 텅장 만들 거 목표를 크게 잡아봐. 그 약 이름이 뭐더라……. 게임에서 많이 들어봤는데."

"엘릭서!"

"그래, 그거. 한현우 말론 모든 상태 이상에 효과가 있다던데 한번 시도해 봐. 설명 들으면 완전 무안단물이던데 이한생 씨 기억상실도 고치지 않을까?"

이해기가 한 말이 있다. 이보배는 이한생을 치료하기 위해 엘릭서 제작을 목표로 포션 연구에 일생을 바쳤다고. 결국 엘릭서에 대한 자료를 찾다가 이해기를 노리는 세력에게 속아 살해당해 버렸다고 했다.

그게 트라우마가 되었는지 이해기는 종종 이보배를 과잉보호하려 했다. 간헐적 과잉보호라 주접이나 진상으로 느껴지는 게 안타까울 뿐이다.

이제까지 이보배는 엘릭서에 대한 이야기를 흘려들었다. 애초에 미래의 이보배가 엘릭서를 연구한 이유는 이한생을 치료하기 위해서다. 그런데 이한생이 깨어났다.

환생인지 빙의인지 기억상실인지 모르겠지만 이보배는 이한생을 막내 오빠로 받아들였다. 엘릭서를 연구할 필요가 없었다. 엘릭서는 이보배의 인생에 스쳐 지나가는 무언가에 불과했다.

그런데 이보배가 방황하고 있는 지금 그녀 앞에 엘릭서가 다시 거론되었다. 이보배의 머릿속에서 잠자고 있던 뇌세포가 움직였다.

'큰오빠의 상태를 나타내는 건 오염도야. 오염된 상태란

뜻이잖아. 그럼 엘릭서로 치료할 수 있는 게 아닐까? 완전히는 아니더라도 정화 스킬처럼 몇 퍼센트는 깎을 수 있는 거 아니야?'

심장이 뛰었다. 놀라서나 무서워서가 아니었다. 이제껏 경험한 적 없는 아찔한 의욕과 흥분이 이보배를 고조시켰다.

술기운일지도 모른다. 그럼 어떤가. 술기운이라도 방향을 잡았으면 된 거지.

"저 할래요."

"그치? 손해 안 본다니까."

"엘릭서 시도할 거예요."

"그렇지! 목표는 크게!"

박마노가 손뼉을 치고 외쳤다.

"그럼 2차 가자!"

1차가 식사에 반주를 곁들였다면 2차는 술이 메인이었다. 박마노가 워낙 유명해 오픈된 장소로는 가지 못하고 개별 공간이 있는 술집을 찾아 들어갔다.

칵테일이 있어서 둘은 단맛 위주의 칵테일을 주문했다. 짠 걸 먹었으니 단 걸 먹어야 이치에 맞기 때문이다.

"저 2차도 술 마시는 거 처음이에요. 늘 1차로 끝내고 2차는 아이스크림 먹었는데."

"3차도 갈까?"

"저 내일도 출근이라……."

"관리국 박 과장 접대했다고 해. 연차 써."

이보배는 혀를 내둘렀다. 진짜 저 자신감의 원천이 궁금했다. 인사팀에 그 변명이 통할지 않을지의 여부가 중요한 게 아니다. 저런 얘기를 꺼내도 위화감 없이 어울리고 듣는 사람이 납득한다는 게 중요했다.

"진짜 선배님은 대단하세요."

"비슷한 아부는 효과가 약한데."

"어떻게 그런 확신과 자신감을."

"보배는 술 취하면 했던 말 또 하는 게 주사구나."

"정말 존경스러워요."

"정신은 말짱하지?"

"네!"

취한 사람의 안 취했단 말은 의미가 없다지만 진짜 이보배의 정신은 멀쩡했다. 약간 알딸딸하긴 했지만 머리는 잘 돌아갔다.

박마노가 기본 안주인 땅콩을 씹었다.

"응, 취했구나. 몇 잔 안 마셨는데……. 나 술 깨는 아티팩트 있으니까 마시고 싶은 만큼 마셔."

"네!"

이보배는 메뉴판을 보고 마셔보고 싶은 이름의 칵테일을 마구마구 주문했다. 형형색색의 칵테일이 두 사람 앞에 좌르륵 놓였다. 술집 조명에 반짝이는 칵테일과 칵테일 잔이 보석처럼 아름다웠다. 이보배는 가까운 잔부터 비웠다.

“나 보배한테 궁금한 거 있었는데.”

“네! 무엇이든 물어보세요!”

“능력치가 낮은데 어떻게 오빠들을 때리는 거야?”

“아, 그건요. 제가 스킬이 있는데요, 사랑의 힘으로.”

이보배는 헤실헤실 웃으면서 〈사랑의 매〉 스킬을 설명했다. 얌전히 듣던 박마노는 방어 무시와 피해 없이 고통만 준다는 얘기에 이보배의 손을 잡았다.

“관리국에 관심 없어?”

가장은 안 빼 온다더니 동전 뒤집듯 태도가 바뀌었다.

“고문에 제격인 스킬인데 어떻게 얻는 건진 알고? 정보료는 얼마든지 낼 수 있으니까.”

“끝까지 들어주세요.”

이보배는 〈사랑의 매〉가 어디까지나 사랑에 근간을 둔 스킬임을 마저 설명했다. 박마노는 과한 관심을 보였던 사람치고 쉽게 납득했다.

“말 그대로 〈사랑의 매〉네. 신기하다. 나도 때려볼래?”

“네? 제가 어떻게 감히.”

“방어 무시가 궁금해서 그래. 자동 반격기도 무시하는 거야? 나 공격당하면 반격기로 전기 나가거든.”

“그렇구나.”

“혹시 전기가 튀면 위험하니까 이걸 쓰고.”

박마노가 인벤토리에서 두껍고 낯선 재질의 장갑을 꺼냈다. 전기 속성 저항을 올려주는 장비 같았다.

이보배는 장갑을 끼고 박마노를 툭 쳤다. 너무 가벼운 접촉이라 스킬도 때린 걸로 판단하지 않아 발동하지 않았다.

박마노가 얼굴로 말했다.

장난?

이보배는 어색하게 웃은 후 눈을 질끈 감고 박마노의 등을 때렸다.

퍽!

'세상에 내가 박마노 헌터님을 때렸어!'

그녀가 술 취해 벌인 일 중 제일 대범한 일이 될 것이다.

박마노는 맞은 부위를 어루만지며 묘한 표정을 지었다.

"어째 아프다?"

"우리나라에 선배님 싫어하는 사람이 어딨겠어요."

"쓰읍. 아파서 기분 좋으니까 기분 묘해지네. 때린 강도와 상관없이 호감에 좌우되는 거 맞지?"

"일단 그렇게 알고 있는데 제가 오빠들한테만 써봐서……."

"죽일 듯이 때려봐."

〈포션 메이커〉는 직관적인 스킬명에 스킬 사용 결과도 눈에 바로 보인다. 또한 생산계 관련 스킬은 일정한 품질로 양산하거나 최상급의 품질을 뽑거나 둘 중 하나로 스킬 용법이 갈리기 때문에 스킬 사용법에 연연하지 않는다.

그러나 전투계는 다르다. 스킬이 생성되면서 어떤 스킬인지 머릿속에 입력되고 몸에 체득되더라도 응용력에 따라, 위력에 따라 자신과 동료의 생사가 갈린다.

그렇기 때문에 전투계 각성자는 새 스킬을 얻었을 경우 치열하게 탐구하고 한계치와 최소 운용치를 시험해 본다. 혼자 하면 힘들기 때문에 믿을 만한 베테랑에게 조언을 구하는 경우도 있다. 꽤 많은 후배의 스킬을 봐준 박마노는 듣도 보도 못한 새로운 스킬에 탐구심을 불태웠다.

"진짜 때려요?"

"괜찮아!"

"에잇!"

이보배는 온 힘을 다해 박마노를 때렸다. 둘 다 비각성자였다면 큰 싸움으로 번질 만한 진심 때리기였다. 하지만 스킬 효과로 박마노가 받은 통증은 고정되었다.

"와, 진짜 아까랑 비슷하게 아프네."

박마노가 신기해하면서 즐거워했다.

"이거 중독되겠는데. 앞으로 만날 때마다 때려달라고 해서 호감도 체크해야겠어."

"아까 게 마지막이니까요!"

"이렇게 단순무식한 사랑 확인법이 있다니……. 다른 건 더 없어?"

"이것도 이상한 스킬인데요, 〈가장의 위엄〉이라고."

이보배는 남들에겐 쓰레기의 SS급이지만 그녀 한정 SS급 스킬인 〈가장의 위엄〉을 간략하게 설명했다.

"이게 저희 집 식구에게만 적용되는 건지 제가 가장인 걸 알고 있는 다른 사람에게도 적용되는 건지 모르겠더라고요. 혹시 다 적용되는 거면 괜찮겠다 싶어서 주위에 가장인 거 티 내고 다니긴 했는데…… 했더니……."

사내 인식이 좋아지고 주위 사람들이 먹을 걸 잘 챙겨주게 되었다. 덕분에 이보배는 체중이 2kg 늘었다.

처음 듣는 스킬명과 효과에 박마노는 이번에도 호기심을 내비쳤다.

"잘됐네, 나한테 써봐."

"괜찮으시겠어요? 저한테 무릎 꿇는 거예요."

"진정한 가오는 때와 장소를 가려 꿇는 무릎에서 나오는 거지."

박마노 왈, 지금이 그때란다.

박마노가 의자에서 일어나 거리를 약간 벌렸다. 이보배도 같이 일어서서 엉거주춤 섰다. 혹시 박마노가 스킬 때문에 무릎 꿇으면 같이 꿇을 의도였다.

"할게요?"

"해! 처음은 무저항, 두 번째는 저항 상태로 해보자."

"두 번이나 해요?"

"세 번 할래?"

"두 번 할게요!"

이보배가 스킬을 사용하겠다는 의지를 갖고 아무 말이나 외치면 스킬이 발동된다. 오빠들에게 외치는 말은 '이게 뭐야!'나 '너무한 거 아냐?'가 빈도수 높았다.

박마노에겐 그럴 수 없기 때문에 이보배는 스킬명을 외쳤다.

"가장의 위엄!"

박마노의 무릎이 바닥에 닿았다. 이보배는 헌터 관리국 박마노 과장을 무릎 꿇리는 데 성공했다. 박마노가 배를 잡고 웃었다.

"와, 이게 되네? 뭐야, 나 엄마한테 혼날 때도 이렇게 안 앉는데. 어? 넌 왜 꿇었어."

"하하하."

한 번 더 꿇을 거기 때문에 박마노는 무릎을 털지 않았다. 이보배는 다시 한번 스킬을 썼다. 최대한 저항하겠다던 말대로 무릎이 바닥과 부딪치는 강도가 이전과 달랐다. 빡 소리가 날 정도로 억지로 무릎이 꿇린 것이다.

"괜찮으세요?"

"이 정도는 괜찮아. 나 물방 높아. 와, 이게 꿇리네."

이번엔 정말 신기한 모양인지 박마노가 일어나지 않고 바닥과 무릎을 번갈아 보았다. 설마 저항하는 S급 헌터에게도 통할 줄은 몰랐던 터라 이보배도 깜짝 놀랐다.

'SS가 진짜 SS긴 했네.'

"스킬 등급 물어봐도 돼?"

"둘 다 SS급이에요."

"〈사랑의 매〉는 방어 무시 때문에 붙은 등급 같고, 〈가장의 위엄〉은 SS급 확실하네. 혹시 몰라 주위에 가장인 거 소문내고 다닌댔지?"

"네."

"스킬은 숨기고 가장인 건 앞으로도 소문내고 다녀. 이거 정말 유용한데."

짧은 시간일지라도 상대에게 무조건 특정 자세를 강요하는 스킬이다. 몬스터 상대론 별 효과 없을지 몰라도 사람에겐 아주 유용했다.

그리고 박마노는 몬스터보단 사람을 상대하는 헌터다. 박마노는 〈가장의 위엄〉이 마음에 쏙 든 눈치였다.

"세상엔 신기한 스킬이 참 많단 말이야……. 방심하면 안 되겠어."

"아하하."

"그나저나 남의 소중한 밑천을 털었으니 보상은 뭘로 해줘야 하나."

"네? 아뇨, 괜찮은데요."

"쓰읍. 그런 유니크한 스킬은 존재를 알려준 것 자체로 정보료를 받을 수 있다고. 거미 새끼한테 팔았으면 천은 땡겼을걸?"

"그 거미는 정보상인 거죠?"

"그래, 아라크네. 헌터닷컴이랑 헌터닷컴넷, 아라크네의 거미줄 주인."

충격적인 진실에 이보배는 눈을 깜빡였다. 대한민국 헌터들의 필수 커뮤니티 헌터닷컴은 그렇다 치자. 헌터닷컴과 표절 사이트 헌터닷컴넷의 주인이 동일하다니?

'아라크네의 거미줄은 그런 거겠지? 소설에서 흔히 보던 아무나 못 들어가는 사이트.'

"IT 강국에 금융실명제인 이 나라에서 음지 시장을 장악했는데 꼬리가 안 잡히는 거 실화냐. 못 잡아서 빡쳐. 아, 빡쳐, 빡친다. 거미만 생각하면 화가 난다."

박마노가 미치도록 잡고 싶다고 중얼거리며 칵테일 잔을 연달아 비웠다.

"제일 빡치는 건 거미 새끼가 수사에 유용한 정보를 적선하듯 던져 주는 거야아아아악!"

박마노가 발작적으로 머리를 헤집더니 이를 갈고 다리를 달달 떨었다. 누가 봐도 초조하고 짜증 난 기색이 역력했다.

"네가 한현우 말대로 재능이 있으면 그쪽에서 먼저 접촉해 올지도 모르지. 수수료를 많이 떼긴 하지만 쓰면 편하니까 그냥 써. 다들 암암리에 쓰니까. 난 자존심 때문에 못 쓰그든."

정말 자존심 상했는지 박마노가 이를 악물었다. 그러더

니 테이블에 이마를 박고 문질렀다.

"염병할 치파오……. 컨셉충이면 남고 중국 놈이면 한국서 이러지 말고 중국으로 가라."

뭔 소린지 모르겠지만 공무원의 고충이 느껴지는 한탄이었다. 듣고 있자니 몹시 서글퍼졌다.

이보배는 자신보다 정신적으로 성숙하고 잘나가는 사회인을 어떻게 위로해야 할지 몰라 당황했다. 결국 안주인 육포를 박마노에게 건네는 게 그녀의 최선이었다.

박마노는 얌전히 육포를 받아 입에 물었다. 그리고 육포와 함께 선량한 공무원을 괴롭히는 나쁜 새끼들을 씹었다. 가장 많이 나온 인물이 염병할 치파오 거미와 국적 없는 검성이었다.

부가 설명 하자면 검성의 국적은 대한민국이 맞다. 검성의 행적이 화려하기에 박마노가 나라 없는 놈이라고 씹는 것이다.

"아……. 검성에게 벌금으로 1오대강 물리고 싶다. 그 정도는 해야 그 새끼 곤란해하는 모습을 보는데……."

'낼 수 있는 액수야?'

1오대강은 세계 최강의 헌터이자 소수 정예 길드 반야의 길드장인 검성이라도 내기 힘든 액수일 것이다.

박마노는 육포를 철근같이 씹으며 이보배에게 말했다.

"너무 내 한탄만 했네. 아직 쌓아둔 거 있을 텐데."

접시에 담긴 육포를 혼자 다 씹은 박마노가 이성을 찾았다.

"저는 괜찮아요."

"괜찮긴, 하나만 쌓아둔 게 아닐 텐데."

아직 괜찮다 착각하는 건 술이 부족하다는 증거라며 박마노가 술을 추가로 주문했다.

30분 뒤. 술에 취한 이보배는 짧고 굵게 딱 한 문장만 외쳤다.

"집에 오빠가 셋인데 내가 가장인 거 실화냐!"

얼쑤, 우리 가락!

두 달간 쌓아온 속을 털어버리는 한 서린 외침이었다. 깊은 감동을 받은 박마노가 3차를 외치고 이보배가 4차, 5차까지 따를 의지를 표명했다.

안타깝게도 둘의 날밤 회동은 2차가 파하기 전 좌절되었다. 박마노의 업무용 폰이 울린 것이다.

사건 사고는 휴일을 가려주지 않으니 박마노의 휴일은 업무용 폰이 울리는 순간 쫑 났다.

박마노는 아티팩트 [피독주]로 이보배의 몸에 있는 술기운을 날렸다. 처음 보는 형태와 원리의 아티팩트에 이보배가 신기해했다.

"와, 이런 것도 있어요?"

"검성이 귀환할 때 보따리를 잔뜩 싸 왔어."

"네? 그럼 이건."

"검성 양반이 자기가 봤을 때 싹수 있다 싶은 헌터들에게 돌린 거야. 독 따위에 당해 죽지 말라고. 재수 없는 영감!"

이보배가 오빠들에게 쌓인 게 많듯 박마노도 공무를 방해하는 진상 때문에 쌓인 게 많았다. 박마노는 치를 떨다가 이보배에게 다음을 기약했다.

"다음엔 꼭 5차까지."

"네!"

"차 끊겼으니 택시 타고 갈 거지? 아니면 근처에서 자고 갈래?"

"아니요, 저 집순이라 늦어도 집에는 들어가거든요."

"그럼 택시 올 때까지 기다려 줄게."

"바쁘신 거 아니에요?"

"택시 기다려 줄 시간은 있어."

바쁜 사람 괜한 일로 붙잡아두기 미안해서 이보배가 거듭 사양했다. 그러자 박마노가 고개를 저었다.

"대형 길드들이 괜히 생산계 야간 퇴근에 회사 차 붙여 주는 줄 알아?"

'택시비 아끼라는 의도가 아니었어?'

박마노의 태도로 미루어 짐작해 보건대 교통비 지원보단 길드원 보호가 목적이었나 보다.

'어쩐지 기사님이 병원 앞에서 기다려 주더라니.'

“우리나라가 좀 안정되긴 했지만 비전투계 인신매매는 세계적인 인기 사업이야. 그리고 각성자면 무조건 죽이려 드는 새끼도 있으니 몸조심할 것.”

박마노의 경고는 무서웠지만 택시 기사는 평범한 사람이었다. 자신이 본 게 박마노가 맞는지 아리송한 듯 혼잣말로 박 어쩌고를 중얼거렸다.

‘집에 도착하면 확인 전화. 내가 안 받으면 음성 녹음할 것.’

이보배는 핸드폰을 꺼내기에 앞서 지갑 안에 모셔둔 박마노의 명함을 보았다. 박마노는 폰이 두 개다. 업무용, 개인용. 그래서 명함도 두 개였다. 업무용 번호가 적힌 명함, 개인 번호가 찍힌 명함.

이보배가 받은 건 개인 번호가 찍힌 명함이었다. 이보배의 입가가 벌어졌다.

‘하얀 눈의 청룡 카드만큼 귀한 명함. 아주 귀한 것이지요.’

황송한 나머지 번호를 저장하지 않았었지만 오늘을 기념 삼아 저장해도 될 것 같다. 이보배는 방해 금지 모드라 내내 방치했던 폰을 켰다.

쌓인 전화와 문자가 100건을 넘겼다.

‘이게 뭐야?’

100건의 절반 이상이 화르세인지가 건 전화였다.

‘이 인간이 폰을 쓸 줄 알았단 말이야?’

이보배가 전화할 땐 받는 꼴을 못 봤는데 전화 걸 줄은 알았나 보다. 이보배는 이한생에게 전화하지 않고 대화방을 확인했다.

대화방은 화르세인지가 보낸 오타가 점령했다. 이보배는 대화를 죽죽 올려 늦게 간다고 통보한 이후의 대화부터 살폈다.

[작은새끼 : 회식이니? 언제쯤 올 건지 알려다오^^]

[큰새끼 : ㅇㅋ]

[작은새끼 : 전화를 안 받는구나. 다음부터 늦을 땐 예상 귀가 시간, 어울리는 사람, 술 마시는 장소를 알려다오. 오빠가 걱정되는구나.]

[망나니 : ㄴㅓ얼ㅣ]

[망나니 : 도 ㅐ지아]

[망나니 : 애안와]

[작은새끼 : 답장이 없어 최요한에게 연락해 네 위치를 물어보았다^^ 프라이버시 때문에 위치는 알려주지 못하지만 안전하다고 하니 마음이 놓이는구나. 다음부턴 1시간에 한 번씩 생존 신고해 주면 좋겠구나^^]

[작은새끼 : 오빠가 트라우마가 있단다^^]

[망나니 : 왜아나]

[망나니 : 어디나]

[망나니 : ㅎㅗㅣ시기무ㅓ나]

[큰새끼 : 꿈과 사랑이 가득한 프린세스 프린스 프린세스 세계로의 여정에 동참하세요! 지금 왕자님과 공주님이 함께 모험하기 위해 여러분을 기다리고 있어요! 지금 프!프!프!를 다운받으세요!]

[작은새끼 : 우리 가족 모두에게 행복이 깃들기를 ^^]

"……."

이보배는 핸드폰을 다시 방해 금지 모드로 돌렸다.

택시는 집 앞 골목에 섰다. 차에서 내려 골목을 걷다 보니 1층 거실에 불이 환했다. 이보배는 시간을 확인했다. 새벽 2시. 평소라면 다들 잠들었을 시간이다.

'작은오빠일까?'

이해기는 이보배의 귀가가 늦으면 아무리 피곤해도 자지 않고 기다렸다. 왜 늦냐는 잔소리는 하지 않았다. 언제 퇴근하든 반드시 병원에 들르는 걸 알고 있었기 때문이다.

무거운 발을 질질 끌고 집에 가면 무심하지만 따뜻하게 맞아주는 작은오빠가 있었다. 그래서 이보배는 버틸 수 있었고.

'작은오빠가 보고 싶다.'

매일 얼굴 보고 산다. 그런데도 작은오빠가 그리워지는 기현상에 이보배는 한숨을 내쉬었다.

대문을 열고 도어록 비밀번호를 누르는데 쿵쾅거리는

소리가 들렸다. 비밀번호를 다 치기 전, 현관문이 열렸다. 이보배는 하마터면 현관문에 맞을 뻔했다.

"지금 시간이 몇 시야!"

화르세인지가 씨근덕거리면서 이보배에게 삿대질했다.

"돼지가 광돈병에라도 걸렸느냐! 지금이 몇 신데 이제 기어 들어와!"

망나니가 동네 사람 다 깨울 기세로 외쳤다. 병원에서도 느꼈지만 목청이 얼마나 좋은지 모른다. 고요한 새벽 주택가에 이한생의 목소리가 쩌렁쩌렁 울려 퍼졌다.

"전화? 이걸로 하는 원거리 대화는 왜 안 된 거냐! 받을 수 없다고 어떤 여자가 알려주던데 그 여자는 누구냐? 그 여자와 어울린 것이냐? 이 시간까지 돼지를 놔주지 않고 붙잡다니 마녀 아니냐!"

"막내 오빠, 쉿! 쉿! 좀만 조용히!"

"돼지가 해 지면 우리에 돌아와 잠을 자야, 읍! 우읍!"

"그만, 문 열어놓고 동네 시끄럽다."

이한생의 뒤에서 등장한 이해기가 동생의 입을 틀어막았다.

"이제 오니?"

"응."

"많이 늦었구나. 피곤할 텐데."

이해기는 이보배를 걱정할 뿐, 늦은 귀가와 연락 무시에 화내지 않았다. 그 모습이 꼭 40대 아재를 덮어쓰기 전의 작은오빠 같았다.

"으읍! 우웁! 놓아라!"

"놨다, 이놈아."

이해기는 현관문이 닫힌 뒤에 이한생을 풀어줬다. 풀려난 화르세인지가 갓 잡은 방어처럼 펄떡였다.

"너, 너 돼지! 그리고 네놈 둘째! 지금 시간이 몇 시인데 그렇게 태연하게 구느냐! 시간을 보아라! 새벽이다! 자정이 지났어! 이 돼지가 외박을 했다! 외박한 돼지는 거룩해질 자격이 없어!"

망나니가 눈에 불을 켜고 이보배와 이해기에게 삿대질했다. 한 손으로 번갈아 하다 귀찮았는지 양손으로 삿대질을 시전했다.

부재중 전화와 가족 대화방의 오타 도배. 둘로 짐작해 보건대 이한생은 이보배가 적잖이 걱정되었던 모양이다.

설마 이렇게까지 걱정해 줄 줄은 몰랐다. 이보배는 고마움을 느끼는 한편 졸려서 하품했다.

"감히 주인이 말하는데 하품을!"

"한생아, 진정하고. 너도 졸린데 억지로 버텼고 보배도 피곤하니까 내일 얘기하자. 시끄러워서 형 깨겠다."

악마가 깨어난단 소리에 망나니가 입을 다물었다. 화르세인지가 이보배를 노려보았다.

"내일 두고 보자."

인류가 쌓은 빅데이터를 분석한 결과 가장 무섭지 않은 대사 중 하나였다.

망나니가 제 방에 들어가자 이해기가 이보배를 방으로 등 떠밀었다.

"너도 얼른 자. 아침은 김칫국이랑 콩나물국 중에 어느 게 좋아?"

"해장국 끓여주게? 콩나물이 좋아."

"알겠어."

이 김칫국과 그 김칫국은 엄연히 다르지만 한동안은 김칫국이 싫어질 것 같다. 이보배는 웬일로 아침에 일어나겠다 예고하는 작은오빠의 인사를 들으며 방으로 들어갔다.

피독주 덕분에 술은 깼지만 스트레스 때문인지 피곤하고 졸렸다. 이보배는 반만 뜬 눈으로 이불 위에 누웠다.

'아, 맞다. 마노 선배한테 전화.'

전화해야 하는데 왜 이리 졸린 것인지. 이보배는 까무룩 잠이 들었다.

조련된 사회인은 전날 몇 시에 자더라도 눈뜨는 시간이 바뀌지 않는다. 이보배는 알람이 울리기 3초 전, 눈을 번쩍 떴다.

"큰났다, 전화 못 했어."

혹시 기억하지 못하지만 잠이 덜 깨 정신없는 와중, 집에 와 전화하지 않았을까. 그런 희망을 실낱같이 붙들고 핸드폰을 찾는데 보이지 않았다.

'거실에 두고 왔나 보네.'

이보배는 머리를 긁으며 방문을 열었다. 계단을 내려가니 콩나물국 끓는 냄새가 확 퍼졌다. 오늘따라 믿음직스러워 보이는 총각이 국간장으로 간을 맞추다 이보배를 보고 웃었다.

"깼어? 밥 거의 다 됐다."

"작은오빠, 혹시 나 어제 마노 선배에게 전화했어?"

"아니."

"역시! 지금 전화드리면 민폐겠지?"

"어제 나한테 전화해 확인했으니 괜찮을 거다. 최요한도 있으니 전화는 덤이었을 것이고."

이해기가 냉장고에서 반찬을 꺼내 식탁 위에 올리면서 착잡한 표정을 지었다.

"어쩐지 목소리가 인간쓰레기 대할 때랑 비슷하던데……. 내 착각이겠지?"

"그…… 렇겠지? 그럴 거야! 아하하!"

어제 이보배의 신세 한탄 중 이해기에 대한 불만이 80퍼센트를 차지했다. 박마노는 이귀한에게 뭔가 있고 이한생이 아픈 건 알지만 이해기에게 무슨 일이 있었는지는 모른다.

아마 박마노에게 이해기는 능력 있으면서 일하지 않고 막내 등골 빼먹는 인간쓰레기로 자리매김했을 것이다.

"어젠 마노 누나와 술 마신 거였구나. 미리 연락 줬으면 걱정을 덜 했잖니."

이보배가 식탁 위 반찬 뚜껑을 여는 동안 이해기가 밥을 펐다. 일어나지 않은 둘도 깨우려는지 밥공기가 네 개였다.

"나도 불렀으면 좋았…… 크읏. 어쨌든 늦는 건 괜찮지만 다음부턴 미리 연락 주고, 생존 신고도 해다오."

"미안."

'좀 이상한데.'

잠에서 덜 깨 이성보다 본능이 앞선 이보배는 본능적으로 무언가를 감지했다. 박마노가 자길 배신했다고 석양에 대고 울부짖을 땐 언제고 술자리에 끼고 싶어 한단 말인가.

'이거 설마.'

이보배는 눈이 있고 귀가 있고 머리가 있다. 이해기의 과잉반응과 질척이는 태도, 자기 혼자 쌓은 내적 친밀감에 더해 누나라 부르는 자연스러움까지.

설마설마했지만 너무 없어 보여 배제했던 가설을 확인할 때가 왔나 보다.

"작은오빠 혹시 회귀 전에."

이보배가 운을 떼자 이해기가 이제야 알았냐는 듯 한숨 쉬면서 고개를 끄덕였다. 어쩐지 굉장히 뻐기는 것처럼 보였다면 착각일까?

"그래. 내가 회귀 전에 마노 누나랑."

"쫓아다니다 차였어?"

"제대로 사귀는 사이였다!"

이보배의 눈매가 더러워졌다. 이해기는 자신을 믿어주지 않는 동생 때문에 화가 났는지 밥 푸던 걸 멈췄다.

"그 눈은 뭐야! 이 오빠가 어디가 부족해서! 난 세계 최고의 헌터였다고!"

"아니, 그거랑 연애는 다르잖아. 마노 선배가 뭐가 부족해서 오빠를 만나?"

"부족한 게 없었지……. 지금은 없고 이젠 앞으로도 없겠지."

이해기가 아련한 얼굴로 과거이자 오지 않을 미래를 회상하더니 고개를 떨구었다.

"그래. 지금의 그녀는 부족한 게 없어. 그걸 바랐으면서도 진짜 그렇게 되니 실망하는 내가 있구나. 놔주어야겠지. 다 내 욕심이고 집착이니."

'내가 어제 마신 김칫국은 김칫국이 아니었어.'

어제 김치통을 뒤집어썼던 이보배는 아무것도 아니었다. 잡은 적도 없는 물고기를 놔주겠다고 청승 떠는 이해기. 저 정도는 되어야 김칫국 마신다는 표현을 쓸 수 있는 것이다.

국 끓이느라 부엌 공기는 훈훈한데 이보배의 몸엔 소름이 돋았다. 아재 기억이 덮어쓰기된 이후 많이 망가지긴 했지만 그래도 셋 중에 제일 정상적인 작은오빠였다.

그런 이해기가 더 망가지는 모습은 보고 싶지 않았다. 막내로서 오빠를 존경하고 싶은데 어째서 오빠들은 그 마음을 몰라주는 걸까? 실로 통탄할 노릇이었다.

"난 큰오빠랑 막내 오빠 깨울게."

"그래, 콩나물국에 계란 넣어줄까?"

"응."

누구는 비려서 싫다고 하지만 이보배는 계란 넣는 게 좋다. 술 마시고 다음 날 먹는 콩나물국밥은 정말.

'해장술을 부르는 맛이지.'

이보배는 이귀한부터 깨웠다. 이귀한은 사람답게 살기 위해 1일 3식, 1똥, 8시간 수면이란 규칙을 세워 충실히 지켰다.

'통으로 안 자고 쪼개 자서 그렇지.'

심하게는 5분씩 쪼개 자서 걱정된다. 본인 주장으론 어쨌든 자긴 잔다고 하니 믿을 수밖에 없었다.

"큰오빠, 일어나. 밥 먹어."

이보배는 자면서도 손에서 핸드폰을 놓지 않는 큰오빠의 엉덩이를 발로 찼다.

"히잉, 5분만."

"난 깨웠다."

이귀한을 깨웠으니 이한생을 깨울 차례다. 귀족 출신 아니랄까 봐 11시 이전에는 절대 일어나지 않는 화르세인지가 과연 일어나려 들까?

혹 일어나도 아침부터 천것과 겸상하기 싫으니 밥상을 차려 방까지 대령하라고 우길 확률이 높았다.

이보배의 예상은 항상 적중률이 낮았다. 그걸 증명하듯 화르세인지의 반응은 이보배의 예상을 깨부쉈다.

정신연령이 막내인 걸 자랑하듯 화르세인지는 곰 인형을 안고 자고 있었다. 이한생 본인이 선물했던 인형을 끌어안고 자는 모습에 이보배의 가슴이 찡해졌다.

'햄스터 인형 하나 사 줘야겠다.'

생각해 보면 막내 오빠는 예전부터 귀여운 걸 좋아했다. 이보배는 이귀한처럼 발을 쓰지 않고 손을 써서 흔들어 깨웠다.

"막내 오빠, 일어나. 밥 먹어."

"네 이년!"

"엄마, 깜짝이야."

이보배가 흔들어 깨우기 무섭게 망나니가 벌떡 상체를 일으켰다.

"네 이년, 방종한 돼지! 내 친히 돼지를 훈계하기 위해 아침이 오기만을 기다렸다!"

"나 출근해야 하니까 밥 먹으면서 해."

"기다려라, 돼지! 훈계는 첫째 놈과 둘째 놈도 받아야 하느니라!"

화르세인지는 5분만 더 자겠다던 이귀한의 방으로 향했다. 무서운지 들어가진 못하고 방문 안으로 곰 인형을 투척했다.

"일어나라, 이 악마야!"

"히잉, 5분만."

"일어나라, 일어나!"

체키빙 공작가가 있는 세계는 귀족의 기준이 목청이었던 것이 분명하다. 기차 화통 삶아버린 소리에 이귀한이 짜증 내며 일어났다.

"다 깨웠네. 얼른 와서 밥 먹어."

이해기가 각자의 자리에 물을 따라놓았다. 어쩌다 한번 보이는 간헐적 작은오빠였다. 늘 이러면 얼마나 좋겠냐만 간헐적 작은오빠는 간헐적 과보호보다 보기 힘들었다.

'작은오빠가 사람 참 진중하니 괜찮았는데…….'

저런 이해기라면 박마노와 사귀었다는 얘기를 믿을 수 있었다.

'작은오빠가 지금 27살이니까 22년 뒤면 49살. 거의 쉰이네. 사람이 힘든 일 겪고 나이 들면 진중한 맛이 더 깊어져야 하는데 왜 작은오빠는…….'

이해기는 진국이었다. 사람이 분명 진국이었는데 지금은 10번 재탕한 사골처럼 맹탕이 되었다.

이보배는 풀리지 않을 미스터리에 고민하는 걸 그만뒀다. 그보단 콩나물국에 밥을 마는 게 실용적이었다.

큰오빠가 자리에 앉고 작은오빠도 앉았다. 막내 오빠도 일단 자리엔 앉았다.

"잘 먹겠습니다."

부모님이 계시면 수저를 드실 때까지 기다렸을 테지만 남매 사이엔 그런 거 없다. 누가 먼저랄 것 없이 숟가락을 드는데 망나니 혼자 밥숟갈을 뜨지 않았다.

"돼지! 그리고 악마와 간사한 사기꾼! 내 그간 너희의 횡포를 관대한 마음으로 참았지만 이번엔 보고 지나치지 못하겠느니라!"

이한생이 이보배에게 삿대질했다. 어제 두고 보자더니 진짜 두고 볼 생각이었나 보다.

"돼지 네 이년! 노동과 외박은 별개다! 나에겐 세계가 흉흉하니 늦게 다니지 말라면서 지는 외박을 해? 건방진 것!"

목에 핏대까지 세워가며 화내는 이한생을 보고 이귀한이 막내에게 속삭였다.

"쟤 어제 곰 인형 안고 현관문 앞에 앉아서 너 오기 기다림."

딴 길로 새지 않고 칼같이 귀가하던 돼지가 늦게 오니 걱정되었던 모양이다.

화르세인지의 분노는 거기서 끝나지 않았다.

"그리고 악마와 사기꾼, 너희 둘! 돼지의 오빠라 자처하며 돼지가 버는 돈으로 놀고먹는 그 행태, 어지간한 쓰레기도 혀를 내두를 악행이 아닐 수 없다! 악행하는 것이 악마의 본업이라는 변명은 지껄이지 말거라! 왜냐면 너, 악마 새끼는 이 돼지의 오빠를 자처하지 않았느냐!"

망나니가 두 손으로 식탁을 두드렸다. 국과 물이 사정없이 출렁였다.

"세상 어느 오라비가 동생이 늦게 들어오는데 걱정하지 않는단 말이냐! 너흰 돼지의 오라비 자격이 없다!"

이한생이 밥 잘 먹고 있던 이보배의 얼굴을 움켜잡았다.

"이 돼지를 보아라!"

"꾸익?"

"멍청하지만 건강하고 순종적이라 부려먹기 좋다! 성인 남성 3명을 건사할 만큼 밥 벌어먹을 능력도 있구나! 젊고! 건강하고! 멍청한데 능력 있고! 너희가 정녕 돼지의 오라비를 자처하겠다면 돼지를 걱정했어야 옳다!"

거룩한 돼지에 이어 1등급 고품질 노예 돼지로 인정받는 순간이었다. 이보배는 기쁨의 세리머니를 날렸다.

"꾸익! 꾸익!"

"돼지처럼 처먹지 말고 너도 말을 하란 말이다!"

"술 마시다 늦은 건 처음이지만 원래도 일찍 들어오는 편이 아니라……."

이보배의 정시 퇴근은 이한생이 깨어난 이후 시작된 일이다. 본래는 버스 막차도 끊겨 회사 차를 타고 귀가하는 게 일상이었다.

이보배가 동의를 구하듯 이해기를 보았다. 이해기가 고개를 끄덕였다.

"한생아, 보배는 학생이 아니야. 엄연한 사회인이다. 사람이 사회생활을 하다 보면 늦을 수도 있는 거야. 생존 신고만 한다면 난 보배가 언제 들어오든 자유라고 생각한다. 물론 너무 자주 늦으면 안 좋지만 너무 안 놀던 것보단 보기 좋구나."

공작가 도련님인 화르세인지가 문화 충격을 받았다.

"결혼 적령기 동생에게 외박과 유흥을 권하다니! 네놈이 제정신이냐!"

'제 입으로 망나니랬으면서 왜 이렇게 순진해. 그 동네 망나니 기준이 뭐야.'

이보배가 이세계의 망나니란 대체 무엇인가 생각했다. 식탁 앞에서도 핸드폰을 붙들고 있던 이귀한이 끼어들었다.

"셋째야, 너무 그러지 마. 둘째도 걱정했어. 최요한에게 전화해서 얼마나 진상 부렸는데."

이보배는 김치를 씹으며 이해기를 타박했다.

"신세 진 분께 그게 무슨 실례야. 얼른 전화해서 사과드려."

"차단당했다."

"……내가 대신 사과할게."

헌터를 관리하는 공무원이 헌터를 차단했으면 얼마나 개진상 떨었다는 소린가. 사과 문자와 전화로 끝낼 게 아니라 음료수 선물 세트라도 사서 바쳐야 할 급이다.

휴일에 뜬금없이 시달렸을 최요한을 위해 이보배는 3초간 애도를 표했다.

"몇 번 보지 않은 자의 말을 믿고 동생의 안전을 확신하다니! 무르다!"

"크윽, 망나니 주제에 맞는 말을 하다니."

"간사한 새끼, 네놈의 악행을 두 달간 지켜본 이 몸께서 판결을 내리겠다!"

성신의 이름으로 사법권을 허락받은 체키빙 공작가의 유일한 후계자 화르세인지 드 체키빙이 오만하게 턱을 치켜들었다. 팔짱을 낀 그가 엄숙하게 선포했다.

"유죄! 죄목은 나태와 착취! 처벌은 추방이다! 짐 싸서 악마 새끼와 함께 이 집을 나가도록 하여라!"

이해기가 가소롭다는 듯 웃었다.

"그럼 너도 유죄야."

"흥! 나는 돼지 주인이기 때문에 괜찮다!"

"난 자유로운 돼진데."

"또한 신성한 신의 사자는 존재 자체로 세계를 정화하는 법이다!"

"그렇게 치면 우리도 존재 자체로 세계를 구하고 있어. 그렇지, 형?"

이해기가 부르자 이귀한이 활짝 웃으며 둘째의 말을 부정했다.

"너랑 셋째는 아닌데? 막내가 지키는 건데? 막내 죽으면 다 뿌셔뿌셔 할 거야."

장남이 대놓고 막내를 편애하자 차남은 어깨를 으쓱였다. 삼남은 척수반사적으로 외쳤다.

"형은 맨날 막내만 예뻐하고!"

"딱 걸렸어, 이 새끼. 너 기억 없다고 건방 떠는 거 언제까지 유지될 거라고 생각하냐. 솔직하게 말하면 20대만 때려주마."

"놓아라! 놓아라악! 나는 정말 18살까지의 기억밖에 없단 말이다! 아버지가 날 창고에 가둔 후 기억이……!"

"잘 먹었습니다."

이씨 집안의 가장 이보배는 아침 식사를 마쳤다. 이해기가 따라둔 물을 시원하게 마시고 식기를 싱크대에 넣었다.

"돼지야, 날 구해라!"

이해기가 헤드락 거는 바람에 피가 쏠려 이한생의 얼굴이 삶은 문어처럼 붉었다. 아픈 동생 괴롭히는 철딱서니 없는 꼴을 보니 간헐적 작은오빠가 끝났나 싶어 이보배는 아쉬워했다.

하지만.

"보배야, 저녁으로 먹고 싶은 건 없니?"

간헐적 작은오빠는 저녁까지 유지될 모양이다. 이보배는 반색하고 외쳤다.

"나 돈가스!"

"나는 고구마 돈가스. 치즈 없는 거."

"그럼 한생이는 치즈 좋아하니까 세 종류 만들어둘게."

쾅쾅!

"무시하지 마라, 이것들아!"

출근 준비를 마친 이보배는 공허한 시선으로 현관문을 바라보았다. 아침 식사 시간은 즐거웠지만 출근 준비하는 동안 즐거운 마음이 싹 사라졌다.

'회사 가기 싫다.'

어제 그런 얘기를 들어놓고 회사 가고 싶으면 그건 인간이 아니다. 진짜 개돼지만도 못한 노예다. 이보배가 1등급 우량 돼지 판정을 받긴 했지만 그건 가족 한정 서비스일 뿐이다. 회사에까지 그러고 싶진 않았다.

'마노 선배한텐 만들고 싶은 게 있다고 말했지만.'

정작 이래놓고 몸은 자연스럽게 포션 1팀으로 들어가

D등급 포션이나 양산하지 않을까? 내일 해야지, 내일모레 해야지 미루면서 결국 한 달 기간을 마치고 C등급 포션 담당 팀장이 되어버리는 건 아닐까?

애초에 자신은 정말 엘릭서를 만들고 싶은 걸까? 한현우와 박마노 같은 진취적이고 야망 있는 사람들에게 휩쓸려 만들고 싶어진 건 아닐까?

'큰오빠를 고치고 싶은 건 진심이지만.'

엘릭서는 정말 이귀한의 오염도에도 효과가 있을까?

"현관에서 뭐 해?"

"어? 그냥 잠이 덜 깨서."

"만원 버스 타기 싫은 거면 태워다 줄게."

"괜찮겠어?"

이귀한과 이한생만 두고 나갔다간 무슨 일이 벌어질지 모른다. 이해기가 피식 웃었다.

"형 너 없을 땐 어린 척 안 하는 거 알지? 어차피 집 밖으로도 안 나가. 한생이 있으니까 참을 수 있을 거고."

"큰오빠는 괜찮은데 막내 오빠가 문제지."

"한생이한텐 너 걱정되어서 데려다주는 거라고 하면 얌전히 있을 거야."

출근하기 싫은 이유 중에 만원 버스도 포함되어 있다. 이보배는 군말 없이 이해기의 서비스를 받기로 했다.

"오늘 왜 이렇게 서비스가 과해? 내 생일은 멀었는데?"

남매의 비상금을 털어 샀으나 방치하는 바람에 먼지가 뽀얗게 내려앉은 차를 이해기가 대충 닦았다. 차에 탄 이보배가 안전벨트를 차자 이해기가 시동을 걸었다.

"우리 예쁜 돼지 누가 들고 가면 큰일이니까 잘 챙겨야겠다 싶어서."

"꾸익!"

"그거 하지 마라. 코에 주름 생긴다. 그리고 너랑 단둘이 얘기하고 싶었는데 집은 듣는 귀가 좀 많잖니. 겸사겸사."

데려다주고 돌아가는 길에 마트에 들러 돈가스용 돼지고기를 사면 완벽하다며 이해기가 웃었다.

차가 움직였다. 이해기는 도로 상황을 살펴보고는 좀 막힐 것 같다고 중얼거렸다. 정면에서 눈을 떼지 않고 운전에 집중하던 그가 입을 열었다.

"네가 늦는다고 연락했을 때 무척 걱정되었다. 네가 들어서 안 좋을 얘기라 자세히 말하지 않았다만 네 죽음은 내게 악몽이다. 마음 같아선 지금 멀쩡히 살아 있을 새끼들을 잡아 또 죽이고 싶은 심정이야."

"미안."

"그래도 네가 안전하다는 걸 알고 나니 기분이 좋았다. 왜냐면 너는…… 내가 기억하는 너는 정말 집과 병원, 회사와 연구밖에 몰랐으니까. 연애도 안 해, 친구도 없어, 그나마 소통하는 사람은 정보를 교류하는 연금술사 몇 명이 전부인데 그것도 사적 친분은 없고. 네 장례식은, 내가 상주를 섰는데……."

아침 햇살이 눈부신 듯 이해기가 선글라스를 썼다. 나이대에 어울리지 않는 디자인이었지만 이보배는 선글라스 아래 젖은 눈 때문에 지적하지 않기로 했다.

"전부 나 때문에 온 사람이고 너 하나 보고 오는 사람이 없더라. 네가 죽은 것도 죽은 거지만 그게 얼마나 가슴 아팠는지 아니? 내가 기억하는 막내는 애교 많은 말괄량이였는데 어떻게 친구라고 오는 사람이 현우 하나밖에 없는지……."

이보배는 자기 장례식 얘기보다 부길마가 조문 왔다는 말에 더 놀랐다. 진지한 이해기의 말을 끊고 싶지 않았지만 이건 꼭 물어봐야 했다.

"부길마가 내 장례식에 왔어?"

"사흘 밤샘도 같이 해주고 운구도 했어. 화장터까지 따라와 줘서 큰 위로가 되었다."

"회사 대표로?"

"아니야. 너희 둘이 꽤 친했다. 네가 회사 다닐 땐 접점이 없다가 회사 그만두고 개인 연구 시작하면서 교류 시작했을 거야. 동갑에 사계절 출신이라고 현우가 신경 많이 썼지. 네가 연구에만 몰두한다고 걱정도 하고."

"흐으으으음. 글쿠나."

바로 그 신경 써준 한현우 때문에 회사 가기 싫었다는

말은 하지 않기로 했다.

한현우는 이해기의 추억 속에 싹싹하고 정 많은 동생 친구로 영원히 남을 것이다. 그게 오빠보다 먼저 죽은 동생이 보여줄 수 있는 의리였다.

"그래서 네가 술 마신다고 문자 보냈을 때 회식 아니면 현우랑 마시는 거라고 생각했다. 설마 마노 누나랑 마실 줄은 몰랐는데……. 마노 누나랑 너는 데면데면했거든. 둘 다 여유 없이 치열하게 살았으니까."

'마노 선배가 여유가 없다고?'

박마노는 이보배가 만난 사람 중 가장 자신만만하고 확신에 찬 사람이었다. 열심히 살면서도 여유가 느껴지는 게 멋졌는데 여유가 없다니.

궁금해서 묻고 싶었지만 한번 부길마 일로 옆길로 샜으니 묻지 않기로 했다. 언젠가 여유 없는 박마노에 대해 물어볼 기회가 다시 올 것이다.

"1시간마다 생존 신고만 하면 네가 노는 건 찬성이란다. 연락 끊긴 지 오래되었지만 학교 친구도 만나고, 회사 동료와 친해지거나 취미 활동 하면서 새 사람을 만나는 것도 좋겠지. 형도 돌아오고 한생이도 깨어났으니 네가 여유롭게 살면 좋겠는데 그러질 않고 있더라 이 말이야. 그래서 진지하게 이유를 분석해 보니."

빨간불이다. 이해기가 브레이크를 밟아 차를 부드럽게

세웠다. 그가 처음으로 옆자리를 돌아보았다.

"이유가 나더구나. 내가 못 미더워서."

"그렇지는 않아."

"한생이 말이 옳아. 말로는 널 걱정하면서 실제로는 해준 것도 없고."

"작은오빠가 있어서 내가 마음 놓고 출근하는 거잖아. 작은오빠 없이 큰오빠랑 막내 오빠를 내가 어떻게 챙겨."

"세상은 멸망하지 않을 테고 너와 한생이는 죽지 않겠지. 형도 내 손으로 죽일 필요 없어. 그 평화와 행복에 너무 취해 버렸구나. 그리고 솔직히."

아주 어려운 말을 꺼내려는 듯 핸들을 잡은 이해기의 손에 힘줄이 솟았다. 이보배는 침을 꿀꺽 삼키고 작은오빠가 할 말을 기다렸다.

"한번 노니 멈출 수 없더라."

운전하는 사람을 아프게 때리면 위험하다. 이보배는 〈사랑의 매〉를 끄고 이해기를 때렸다.

찰싹찰싹. 맞는 이해기보다 때리는 이보배가 더 아팠다.

"때리지 마! 네 손만 다친다!"

"노는 게 무슨 감자칩이야? 왜 못 멈춰!"

"백수 짓이 얼마나 중독적인데! 보배야, 손! 손 다쳐!"

"내가 작은오빠한테만 기대는 것 같아서 얼마나 미안했는데 그딴 말을 해!"

미안한 마음 싹 가시게 할 용도였다면 적절한 발언이었다.

“너도 놀아보면 알겠지만 진짜 중독적이다. 옆에 같이 놀아주는 사람이 있으면 금상첨화지.”

“잘났어, 아주 잘나셨어요. 아이고, 엄마! 아빠! 전교 1등 이해기가 백수가 좋대요! 엄마 아빠 잘난 아들들 죄 백수예요!”

이해기는 십억을 벌었고 그 외에도 이보배가 모르는 뒷주머니가 있는 듯하다. 이해기가 진짜 백수는 아니었지만 한량이나 백수 노릇을 하고 싶어 하는 건 분명했다.

실제로 부모님 얘기가 나오자 이해기가 민망해했다.

“흠흠! 어쨌든. 생각해 보니 내 기억에 네가 이맘때쯤 회사를 나왔더구나. 나도 쉬지 않고 살았지만 너는 어린 나이에 더 힘들었겠지. 회사가 힘들면 그만둬도 된다.”

“그럼 돈은? 대출금은 어떻게 갚아?”

“병원비가 나갈 일은 없잖니. 내가 프리랜서 헌터로 뛰고 네가 적당히 포션을 만들어 팔면 충분할 거다.”

“그래도.”

이해기의 능력이 출중하고 이보배도 어디 가서든 밥 벌어먹을 자신이 있으니 금전적인 문제는 중요한 게 아니다. 문제는 이보배 자신에게 있었다.

이보배는 회사를 그만두는 게 무서웠다. 그녀가 주저하는 티를 내자 이해기가 말했다.

“하고 싶은 건 없니? 넌 꿈이 큰 아이였잖아. 중학생 때

장래희망이 거창했던 것 같은데."

이해기가 뭔가 잘못 기억하고 있는 것 같아 이보배가 얼른 정정해 줬다. 내일모레 쉰이면 기억이 가물가물할 만했다.

"임대업자. 빌딩 열 채."

"내가 기억을 미화했구나."

원대하다면 원대한 꿈이긴 했다. 수도권 집중이 심화된 요즘은 더 그렇다. 이해기는 강제로 정정된 추억에 슬퍼하며 말을 이었다.

"따지고 보면 넌 연금술사가 되고 싶어서 근무하는 것도 아니잖니. 한생이를 살리기 위한 유일한 선택지가 그거였을 뿐이지. 난 그나마 대학 문턱이라도 밟아봤지만 넌 그것도 없었고. 이전엔 한생이를 고치겠다고 존재가 미심쩍은 포션 개발에만 열중했지."

동생을 찾아오는 이가 하나뿐인 동생 장례식에서 지새운 사흘을 이해기는 평생 잊지 못할 것이다. 시스템에게 회귀를 제안받았을 때 그는 결심했더랬다.

"이번엔 네가 하고 싶은 대로 살 수 있게 해주겠다고 결심했었는데 말이다……. 그러기 위해선 세계를 지켜야 하니 계획을 짰는데……."

회귀자가 짠 울트라초특급스페셜나이스퍼펙트한 독식 성장 계획서가 휴지 조각이 되어버렸다.

거기에 형이 돌아오고 쓰러뜨리려던 최종 보스의 정체

가 밝혀지면서 이해기는 잠시 본래 목적을 망각했다.

“다시는 너를 잃지 않겠다고 맹세했다. 이번엔 더 잘하겠다고 맹세했다. 그러니까 보배야, 하고 싶은 게 있다면, 이루고 싶은 게 있다면 얼마든지 말해다오.”

“난 가족들만 행복하다면.”

“그러니까 하는 말이다. 네 인생이잖니. 내가 왜 크게 다치고 목숨도 위험한 짐꾼과 채집꾼 일을 했겠니? 각성하고 싶었기 때문이다. 중학생 이해기의 꿈은 소설가였고 20대 청년 이해기의 꿈은 헌터였어. 널 호강시켜 주고 한생이 병원비를 벌기 위해서가 아니다. 정말 헌터가 되고 싶었다. 왜냐면 내가 꿈꾸던 망상이 현실이 되었으니까. 주연으로 뛰고 싶잖니. 변두리 엑스트라의 삶은 살고 싶지 않았단다.”

“그럼 성공했네. 회귀는 주인공의 필수 요소잖아. 나는 약방의 감초, 주인공 여동생이고.”

이보배가 웃으며 말하자 이해기가 정색했다. 선글라스 뒤의 눈과 입매 모두 웃지 않았다.

“너는 그게 문제였지. 네 인생은 네 거란다. 네 인생의 주역은 너야. 우리가 아니야. 귀환자, 회귀자, 환생자, 빙의자. 어쩌면 기억상실. 특이하겠지, 특별해 보이겠지, 주인공처럼 보이겠지. 그래도 결국 네 인생의 주인공은 너야.”

대화 몇 번으로 죄책감이 사라질 리 없다. 이한생은 여전히 이보배의 아픈 손가락이고 이귀한의 실종은 여전히 제 탓으로 여겨진다.

이보배는 스스로를 비극의 주인공으로 몰았으나 정작 인생의 주역으로 세우진 않았다. 이보배의 인생은 가족, 오빠들을 중심으로 돌았다.

오빠가 그녀의 태양이고 우주의 중심이었다.

이해기가 낮게 웃으면서 이보배의 머리카락을 흩뜨렸다. 잔머리 때문에 꽂은 핀이 엉켜서 이보배가 짜증 내며 쳐냈다.

“주인공의 여동생이 아니라 주인공. 나도 주인공 오빠가 아니라 주인공.”

“작은오빠…….”

“언제까지 우리 뒤치다꺼리하면서 살 순 없잖아. 네 인생을 살아야지. 우리에게 휘말리지 말고 우리를 네 인생에 휘말리게 해봐. 넌 할 수 있어.”

이보배는 진지하게 따라 말했다.

“난 할 수 있다.”

“그래. 넌 할 수 있어. 하고 싶은 거 다 해. 내가 적극 협력하마.”

이보배의 안에서 메말랐던 자신감이 샘솟았다. 지금이라면 하고 싶은 게 있다! 이보배는 눈을 빛냈다.

“그럼 나 엘릭서 만들래!”

“응, 안 돼.”

넌 뭐든 할 수 있다는 격려 대신 칼 같은 반대가 돌아왔다.

'이 새끼가 사람 실컷 띄워놓고 한 입으로 두말을?'

오빠에 대한 존경심이 수직 하락했다. 이보배가 항의의 눈빛을 보내자 이해기가 단호하게 고개를 저었다.

"엘릭서는 안 돼. 다른 거."

"왜왜왜왜왜왜왜왜왜!"

"안 돼. 안 도와줘. 다른 거."

"엘릭서는 모든 상태 이상을 다 고친다고 들었어. 그럼 막내 오빠 기억상실도……."

"한생이한테 연연하지 말랬지."

"그리고 큰오빠 오염도!"

그 말에 이해기가 멈칫했다. 짚이는 구석이 있는 듯했다. 하지만 돌아오는 대답은 동일했다.

"어쨌든 안 돼."

"나 하고 싶은 거 다 하라더니 입 씻기야?"

"하나뿐인 여동생이 존재도 불분명한 전설에 인생 바치는 걸 두 번이나 보라고?"

회사가 지척이었다. 이해기는 이보배가 내리기 쉬운 장소에 차를 대고 재차 말했다.

"차라리 황금으로 피라미드를 만들어달라고 해. 그건 해줄 수 있어. 세계를 정복해 달라고 해. 그것도 나 혼자선 힘들지만 형이 도와주면 가능해. 그렇지만 엘릭서는 안 돼."

이해기는 멋대로 이보배의 안전벨트를 풀고 그녀를 차

밖으로 내몰았다. 이보배는 저항했지만 힘의 차이가 여실했다. 그녀를 차 밖으로 밀어내는 데 성공한 이해기가 차 문을 잠갔다.

"야, 이해기! 더럽고 치사하게 이러기냐!"

결국 이보배가 여동생이 가장 화났을 때 오빠를 부르는 최종 호칭을 꺼냈다. 동생의 건방진 태도에도 이해기는 화내지 않았다.

"몰랐니? 원래 회귀자는 치졸하단다."

이해기가 막냇동생의 울화통에 기름을 끼얹은 후 불을 질러놓고 떠났다. 이보배의 울화통이 폭발했다.

"으아아악!"

있으나 없으나 동생의 복장 터지게 하는 존재. 그것이 바로 오빠다.

출근 시간 빌딩 숲의 가운데에서 이보배는 오빠 새끼의 이름을 외쳤다.

"이해기이이이! 용서 못 해!"

이 상태로 출근할 순 없다. 이보배는 흥분을 가라앉히려 애썼지만 그럴수록 더 화가 났다.

'안 되겠어. 이 상태론 일 못 해.'

언제부터 이보배가 감정 때문에 일을 못 하는 사람이 되었냐면.

'바로 지금부터!'

이보배는 거칠게 숨을 내쉬다 주위의 출근하는 직장인들을 보고 이성을 가다듬었다. ㅇㅇ역 출근이 싫은 직장인으로 인터넷 유명 인사가 되기 싫었다.

어쨌든 지금 이 상태론 일 못 한다. 하기 싫다.

'나도 한다면 하는 사람이라 이거야.'

이보배는 이해기에 대한 분노를 끌어모아 회사에 전화했다. 그리고 당당하게 연차 썼다. 싱거울 정도로 쉽게 연차 신청이 수리되었다.

이대로 집에 돌아가 이해기를 족치냐고? 천만의 말씀!

'난 오늘 탈선한다!'

바보 같은 이해기는 이보배가 회사에서 열심히 일하고 있을 거라 생각하겠지? 하지만 오늘 이보배는 회사를 가지 않는다! 회사 앞에서 딴 길로 샌다!

무단결근할 용기가 없어 전화로 연차를 신청한 지점에서 탈선이 아닌 느낌이 들지만 착각일 것이다. 이보배는 애써 충동을 북돋웠다.

사계절 길드는 대형 길드답게 회사 건물도 서울 노른자위 땅에 있다. 주위에 대기업 및 사무 건물이 즐비하고 조금만 걸어가면 백화점에 대형 쇼핑센터, 영화관, 서점에 맛집, 카페도 있다.

이보배는 시간을 확인했다. 아직 백화점과 쇼핑센터가

문을 열 시간이 아니었다. 이럴 땐 만만한 게 영화관이다.

출근하려던 차림 그대로 극장에 들어가며 아이스 아메리카노를 마시니 꿀맛이었다. 이보배는 오호호 웃었다.

"……."

이보배는 떫은 표정으로 극장을 나왔다. 충동적으로 본 영화는 예술 영화였다. 돈이 아까워 억지로 보다가 졸아서 눈뜨니 엔딩 크레딧이었다.

백화점 문 열 때까지 기다릴 거였다면 카페를 가는 게 나을 뻔했다. 약간 후회했지만 이보배는 굴하지 않았다. 이제 백화점이 문 열 시간이다.

쇼핑은 그녀를 실망시키지 않을 것이다. 지름은 언제나 옳으니까.

한 시간 뒤, 이보배는 쇼핑백 하나와 양손에 큼직한 인형 두 개만 들고 백화점을 나왔다.

하나는 누워 있는 햄스터 인형, 다른 하나는 똑같이 누워 있는 형태의 강아지 인형이었다. 뭔가 사려고 했으나 눈에 차는 건 가격이 비싸고 적당한 가격대엔 눈에 차는 게 없었다.

살 것 없어 부랑자처럼 백화점을 누비다 이벤트 매대에 인형이 잔뜩 쌓인 걸 발견했다. 마침 햄스터 인형이 있어 이한생을 떠올리고 홀린 듯 집었다.

인형 말고 지른 건 쇼핑백 하난데, 이것도 남의 물건이었다. 이해기가 최요한에게 벌인 진상 짓을 사죄하기 위한 뇌물이었으니까.

'쿠키 괜찮겠지?'

박마노나 다른 동료들과 같이 나눠 먹을 수 있도록 여러 종류가 든 쿠키 선물 세트를 골랐다. 고작 과자로 휴일에 진상질 당한 분노가 풀리진 않겠지만 무시하는 것보단 나을 터였다.

'내일도 확 연차 써버리고 관리국에 가서 사죄하고 올까.'

결국 자신을 위한 지름은 없고 남을 위해서만 돈을 썼다. 그래도 영화관 나올 때보단 기분이 후련했다.

이보배는 쿠키가 부서지지 않도록 인벤토리에 수납했다. 인형은 그냥 들었다. 폭신하고 보들보들해서 양팔에 끼고 있자니 미남 팔짱을 낀 것보다 기분 좋았다.

"그럼 이제 어디를 갈까."

이제 어디 갈까 고민하면서 둘러보니 사람이 꽉 찬 카페가 눈에 띄었다.

'저긴…….'

팀원들이 애프터눈 티 세트가 끝내준다고 몇 번이나 말한 카페였다. 점심시간에 가면 줄 서서 기다리다 끝나고 퇴근하고 가면 다 팔려서 못 먹는다고 아쉬워하는 소리를 들은 기억이 있었다.

근래 저렴한 단건 많이 먹었지만 고급진 단것은 못 먹었던 것 같다. 비싼 버터와 밀가루, 설탕과 계란의 조합을 기억하는 이보배의 입에 침이 고였다.

'스콘에 클로디드 크림 잔뜩 발라서 잼이랑 한 입.'

꿀꺽.

이보배는 홀린 걸음으로 카페에 들어갔다. 비싸도 먹을 생각이었지만 가격 외의 복병이 있었다.

"애프터눈 티 세트는 1인은 안 되나요?"

"네, 2인부터 시작입니다."

'안 좋은 카페야.'

요즘은 고깃집도 1인 손님을 받는데 무조건 2인 세트라니. 안 좋은 카페였다. 이보배는 다른 곳으로 옮기려 했지만 옆자리 손님이 받은 애프터눈 티 세트가 너무 눈부셨다.

'예쁘고 맛있겠다……. 하지만 나 혼자 다 못 먹어. ……그치만 맛있겠다.'

이보배의 머리가 자신에게 유리한 쪽으로만 변명을 생각해 냈다.

'노력과 근성을 발휘하면 혼자 다 먹을 수 있지 않을까? 팀원들도 맨날 못 먹었다고 우는데 내가 언제 또 여길 오겠어? 오늘이 아니면 안 되는 거야.'

다른 날의 이보배라면 카페를 박차고 나갔을 것이다. 고급진 단게 먹고 싶으면 주위에 널린 게 카페니까.

하지만 오늘의 이보배는 탈선을 각오한 이보배다. 이보배는 애프터눈 티 세트(2인분)를 주문했다.

"주문받고 만들기 때문에 시간이 조금 걸립니다."

"넵."

해가 들지 않는 지하에서 미싱을 돌리, 아니, 포션이나 제작하다 햇빛이 살랑살랑 들어오는 예쁜 카페에서 향긋하고 달콤한 냄새에 둘러싸여 있자니 꿈꾸는 것 같았다.

물론 마냥 좋은 생각만 든 건 아니다.

'세상엔 돈 많고 시간 많은 사람이 참 많아.'

카페가 꽉 찬 것만 보아도 알 수 있다.

그렇게 카페 내부를 구경하던 것도 잠시. 이보배는 현대인의 필수품 핸드폰을 꺼냈다.

이보배는 일단 최요한에게 사과 문자를 보냈다. 답문은 오지 않았다.

'일하는 중인가 보네.'

카페에 혼자 앉아 있으려니 무료하다. 이보배는 인터넷 포탈 메인을 대충 훑었다.

'재밌는 일 없나.'

오늘도 대한민국은 평화로웠다. 뭔가 사건 사고가 일어났어도 그녀가 관심 없는 분야였다. 헌터 관리국에서 신라 길드의 낙오자 의혹에 대해 강도 높은 수사를 진행 중이라는 기사가 그나마 눈에 띄었다.

'맞아, 엘릭서.'

오늘 이보배가 탈출을 결심한 원인이 무엇인가. 바로 엘릭서다. 이보배는 그 엘릭서에 대해 아는 것이 하나도 없었다. 모든 상태 이상을 치료할 수 있는 기적의 포션, 연금술사들의 최종 목표라는 것 정도가 아는 정보의 전부였다.

이보배는 인터넷에 엘릭서를 검색했다. 꽤 익숙한 단어라 그런지 검색 결과도 많았다.

불로불사의 약, 황금을 연성하는 약, 현자의 돌 등등. 말 그대로 연금술의 끝판왕이었다.

하지만 인터넷상의 정보는 모두 과거부터 내려온 전승과 개념, 게임 속 엘릭서 이야기뿐이었다.

이보배가 관심 있는 균열의 날 이후의 엘릭서에 대한 정보는 없었다.

'해외 웹에서도 검색해 볼까? 아냐, 관두자.'

균열의 날 이후 한국은 누구보다 빠르게, 남들과는 다르게 안정을 되찾았다. 각성자 범죄율은 세계 최하위고 검성이 세운 반야 길드는 전 세계를 누빈다. 굳이 번역기 써가며 해외 웹을 뒤질 필요가 없었다.

지금 이 순간 이보배가 원하는 정보를 찾을 확률이 가장 높은 사이트는 '연금술사의 솥뚜껑'일 것이다. 한현우가 엘릭서의 존재를 알고 있다니 뭔가 적어두었을 수도 있다.

하지만 이보배는 똥고집을 부렸다.

'거긴 제일 마지막에 가자.'

어제 그런 얘기 듣고 바로 '연금술사의 솥뚜껑'에 접속하려니 자존심 상했다. 이보배는 오빠들을 위해선 자존심을 팔 수 있지만 본인을 위해선 팔지 않는다.

'장례식에 와준 건 고마우나 이번 생엔 친구가 될 연이 아닌 걸로!'

사흘간 같이 밤샘해 주고 운구까지 해줬다니 참 고마운 일이다. 그쪽 이보배는 이해기가 가장 배턴을 이어받으면서 연구에 몰두했다 하니 한현우와 죽이 잘 맞았을지도?

부길마 한현우 보시기에 여유가 생기자마자 회사까지 그만두며 연구를 시작했으니 정말 될성부른 떡잎이다 싶었을 것이다.

'그렇지만 바뀐 떡잎은 누렇다 이거야! 시들시들하다고!'

이보배는 이해기와 부길마에 대한 반감을 장작 삼아 헌터닷컴넷 회원 가입을 마쳤다. 마침 1개월 회원비가 무료이기도 했다.

'일단 여기서 검색해 볼까.'

헌터닷컴넷은 시대 흐름과 역행하는 디자인이라 좀 불편했다.

이보배는 엘릭서를 검색했다. 검색 결과는 많았지만 내용은 인터넷 포탈에서 검색할 때랑 비슷했다.

〈엘릭서 없음?〉

인간적으로다가 상태 이상이랑 치료 동시에 되는 포션 나올 때 됐잖아 ㅅㅂ

ㄴ포션팔이 웃다 죽는 소리 들린다.

ㄴㄴ시발, 균열 터진 지 8년 지났는데 B급이 최대인 게 말이댐? 노오오력이 부족한 거 아님?

ㄴㄴㄴ연금술사님들! 여기예요! 이 새끼한테 포션 팔지 마요!

〈엘릭서 얻었다〉

히히히 이제 던전 열 번만 돌고 자야지.

ㄴ이 새낀 겜 얘기를 왜 여기서 하고 자빠졌어.

〈세계 최고의 연금술사가 누구임?〉

영국 원정 갔다가 그 동네 애들이랑 싸우고 왔거든. 킹리적 갓심으로 우리 연어가 최강 아님? 국뽕 아님 절대 아님 객관적임.

ㄴㅇㅈㅇㅇㅈ 연어가 짱이지.

ㄴㄴ포션팔이 얘기에 연어가 왜 나와?

ㄴㄴㄴ모르면 닥쳐라.

ㄴㄴ연금 최강은 연어긴 한데 최고는 아니지.

ㄴㄴ그니까 연어가 왜 나와.

ㄴㄴㄴㅎㅎㅇ 별명이 연어야.

ㄴㄴㄴㄴㅎㅎㅇ가 누군데? 왜 니들만 아는 얘기로 쪼개냐 재수 없게.

ㄴㄴㄴㄴㄴ영자야 이 새끼 짤라라. 헌터 아니다.

"……."

이보배도 연어가 누군지 모른다. 연어를 모르면 헌터가 아니라니. 궁금했기 때문에 연어로 다시 검색했다. 그러자 최신 게시글이 눈에 들어왔다.

〈연어 독 삽니다〉

연어 독 삽니다. 가격 선제.

ㄴ관리국 아조시 여기예요!

ㄴ이거 신고해야 하나?

ㄴㄴ낚시잖아. 무시해.

ㄴㄴㄴ근데 나도 연어 독 사고 싶다.

ㄴ연어 독이 무엇인가요, 선배님들? 가엾은 후배에게 가르침을 내려주십시오.

ㄴㄴ살인먼지새끼 별명임.

ㄴㄴㄴ살먼살먼하다가 연어 됨.

ㄴㄴㄴㄴ박번개가 붙여줬다는 전설이 있음.

ㄴㄴㄴㄴㄴ연어 앞에서 연어라고 했다간 원소기호 풀코스를 먹는다는 전설도 있음.

ㄴ본 게시글은 신고 접수되었습니다. 댓글을 달 수 없습니다.

연어는 부길마 한현우의 별명이었다. 나라를 대표하는 헌터의 별명이니 모르면 헌터 아니라는 주장이 맞긴 했다. 박번개는 높은 확률로 박마노일 것이다. 달리 떠오르는 사람도 없었다.

'꽤 재밌네.'

성과 없는 엘릭서 검색보다 커뮤니티 뻘글을 보는 게 더 재밌었다. 추천 수가 높은 글만 모아둔 베스트 게시판엔 나름의 팁과 공략, 정보글도 있었다. 유머글이 압도적으로 많긴 했지만.

기다리던 애프터눈 티 세트가 나왔지만 이보배는 핸드폰에서 눈을 떼지 못했다. 그간 모르고 살았던 정보가 범람했다.

이보배는 추천 수 높은 글을 보면서 식으면 맛없는 스콘부터 먹었다. 카페에 들어올 때 목표했던 것처럼 클로디드 크림을 잔뜩 바르고 잼을 올렸다. 크림과 잼이 흐르기 전에 입에 욱여넣으니 천국이 따로 없었다.

대게엔 대게의 천국이, 한우엔 한우의 천국이, 디저트엔 디저트의 천국이 따로 있는 법이다. 각자의 영역을 침범하지 않는 천국은 정말 아름다웠다.

'헌터닷컴은 어떻지?'

헌터닷컴넷은 어디까지나 헌터닷컴의 표절 사이트다. 헌터닷컴이 재수 없다며 헌터닷컴넷만 쓰는 사람도 있다는 얘길 들었으나.

'주인이 같다고…….'

박마노가 말했으니 사실일 것이다. 이보배는 일단 헌터닷컴에 접속했다. 회원 가입하지 않으면 메인 페이지도 보여주지 않겠다는 듯 촌스러운 로그인창만 달랑 떴다.

'작은오빠 아이디가…….'

본래 여동생이란 존재는 오빠가 포털과 게임에서 사용하는 아이디와 비밀번호를 숙지하는 법이다. 이보배는 양심의 가책을 느끼지 않았다. 이해기도 이보배의 개인 정보로 헌터닷컴에 위장 가입했으니 피장파장이었다.

이해기가 자주 쓰는 아이디 조합을 돌려보니 하나가 걸렸다. 남은 건 비밀번호였다. 이것은 자주 쓰는 조합이 하나도 맞지 않았다.

'회귀자의 비밀번호라.'

가족 생일부터 이해기가 회귀한 날에 박마노 생일까지. 짐작 가는 건 모두 써봤지만 전부 틀렸다. 결국 로그인창에 경고 메시지가 떴다.

해킹 위험이 있으니 본인 인증을 다시 하고 비밀번호를 변경하란다.

"히잉."

이보배가 울상을 짓는데 그녀의 핸드폰이 울렸다. 회사에서 문자를 보냈나 싶었는데 본인 인증 확인 문자였다.

"고렇쥐!"

이보배는 방긋 웃었다.

이해기가 가입할 때 이보배의 개인 정보를 도용했으니 인증도 이보배의 폰으로 오는 게 당연했다. 이보배는 인증 번호를 입력했다. 그러자 로그인이 되었다.

"음, 다시 봐도 촌스러워."

헌터닷컴의 사이트 디자인은 헌터닷컴넷과 동일했다. 외려 표절 사이트인 헌터닷컴넷이 더 세련되고 유저 친화적인 면이 있다.

'주인은 같지만.'

광고가 많았던 헌터닷컴넷에 비해 헌터닷컴은 광고 하나 없었다. 사이트 분위기도 유머와 잡담보단 정보 교류와 거래에 집중되어 있었다. 사적인 글도 있었지만 댓글이 거의 없고 비추천 수도 많았다.

이보배는 엘릭서를 검색했다.

'오, 있어 보이는 게 많아.'

연회비 비싼 값을 한다. 이보배가 게시글 제목을 천천히 읽으면서 추천순으로 정렬하는데 갑자기 팝업이 떴다.

[안녕하세요, 고객님! 헌터닷컴을 이용해 주셔서 감사합니다! 찾으시는 정보가 없으신가요? 정보가 너무 많아 고객님이 원하는 정보를 찾는 게 힘드신가요? 아라크네의 거미줄은 고객님 한 분 한 분을 위해

맞춤형 서비스를 제공해 드리고 있습니다! 정보 제공을 원하시면.]

"예를 눌러주세요."

이보배의 바로 옆에서 감미로운 목소리가 팝업창에 적힌 문장의 끝을 읽었다. 이보배는 깜짝 놀라 고개를 돌렸다.

붉은 치파오가 강렬하게 시선을 사로잡았다. 모델처럼 늘씬한 몸을 따라 올라간 끝엔 화려한 인상의 미인이 있었다. 옆으로 길게 트인 치마 사이로 드러난 다리가 아주 끝내줬다. 스타킹을 신었어도 파급력이 강했을 텐데 무려 맨다리였다.

"예를 눌러주시겠어요?"

치파오를 입은 사람이 요염하게 말했다.

두 번 말하지 않아도 팝업창엔 '아니오'가 없었다. 처음부터 '예'만 덩그러니 있었다.

이보배는 울상을 짓고 팝업창을 껐지만 동일한 팝업창이 다시 떴다. 그녀가 알아채지 못한 사이 이미 거미줄에 걸려 버린 것이다.

"저는 아무것도 모르는데요."

"무지한 고객님을 위한 특별 방문 서비스랍니다."

"저는 그러니까 정말 아무것도."

"고객님은 이미 아라크네의 거미줄 VIP회원이셔서요. 서비스 추가 요금이나 불이익이 가는 추가 계약은 없으니 안심하세요."

치파오 입은 미인이 서 있는데 아무도 이쪽을 구경하지 않는다. 인지 장애든 환각이든 수를 썼단 소리다. 이보배의 손가락이 현실에 순응했다.

"감사합니다, 고객님. 그럼 맞춤형 서비스를 위해 실례하겠습니다."

이보배의 앞자리는 햄스터와 강아지 인형이 차지하고 있었다. 아라크네가 햄스터 인형을 이보배에게 건네더니 강아지 인형은 자신이 끌어안았다. 자기 인형인 듯 자연스러웠다.

이보배도 얼떨결에 햄스터 인형을 인벤토리에 넣지 않고 끌어안았다. 푹신한 것을 안고 있으니 심리적으로 안정감이 들었다.

"갑작스러운 방문에 많이 놀라셨죠. 저는 정보상 아라크네입니다. 중개업도 하고 있으니 잘 부탁드려요."

정보상 겸 중개업자. 중국인이면 제발 중국으로 가고 한국인이면 치파오 벗고 한복 입으라고 박마노를 뒷목 잡게 하는 자. 회귀자인 작은오빠가 가장 먼저 거래를 튼 자. 대한민국 양대 각성자 커뮤는 물론이고 음지의 사이트까지 거느린 자.

아라크네가 상냥하게 웃었다. 입고 있는 붉은 치파오만큼 붉은 입술이 눈에 박혔다.

'112! 119? 999!'

각성자 범죄 신고는 999! 이보배가 오래 누르면 세 곳에 모두 연락 가는 SOS용 버튼을 누르려고 하자 아라크네가 말렸다.

"신고하시게요? 원하는 정보가 있으신 것 같던데 거미줄 주인에게 직접 물어볼 기회를 날리시려고요?"

아라크네가 태연하게 트레이에 있는 오이 샌드위치를 집어 입으로 가져갔다. 새끼손톱에만 붙인 스톤이 카페 조명을 받아 반짝이며 이보배의 시선을 교란했다.

아라크네는 테이블마다 배치된 태블릿으로 음료를 추가 주문했다. 이때도 스톤이 반짝반짝 현란하게 움직였다.

마시멜로를 띄운 핫초코가 나왔다. 직원은 아라크네가 아닌 이보배의 앞에 핫초코를 내려놓았다.

"핫초코 나왔습니다."

"네에……. 감사합니다."

감사 인사는 이보배가 하고 핫초코는 아라크네가 가져갔다. 길고 가는 팔이 눈앞에서 핫초코를 가져가는데 직원은 여전히 이보배만 보았다.

"애프터눈 티 세트의 차는 한 번 리필되니까 리필 필요하시면 불러주세요."

"감사합니다."

직원이 떠나자 아라크네가 말했다.

"그냥 홍차는 별로니까 리필은 밀크티로 해요."

이보배는 졸아서 심장이 벌렁벌렁한데 아라크네는 세상

태연했다. 이보배는 일단 아라크네가 먹기 편하도록 트레이를 밀었다.

'배부른 사자는 옆에서 영양이 풀 뜯어도 누워 있는 다니까.'

아라크네는 2인용이라 두 개씩 나온 샌드위치를 하나씩만 먹었다. 그래도 최소한의 양심은 있는 듯했다.

"아무것도 안 물어보실 건가요?"

"엄…… 네. 그냥 맛있게 드시고 헤어지면 될 것 같아요."

"아라크네, 거미줄, 거미. 상징이 거미라 꺼려지세요? 천라지망처럼 정보를 놓치지 않겠다는 의미랍니다."

"그렇게 생각한 적 없는데요. 제가 낯을 가려서 처음 뵙는 분과 대화하기가 좀."

이보배는 햄스터 인형을 쥐어뜯었다. 빨리 이 자리를 벗어나고 싶었다.

"그리고 아는 분께 들었는데 수수료가 비싸다고 했거든요. 제 정보 털어보고 오셨겠지만 제가 돈이 없어요. 대출만 있어요. 회사도 그만둘까 말까 고민하고 있는데 부담이 좀……."

"걱정하지 마세요. 이번은 특별 서비스니까요."

이보배는 달달 떨리는 손을 감추며 찻물을 들이켰다. 이미 '예'는 눌러 버렸고 어차피 아라크네는 그녀의 검색 기록을 알고 있을 것이다.

이건 무조건 고를 외쳐야 하는 판이었다. 어차피 외칠 고라면 정보를 얻는 것도 나쁘지 않은 선택이었다. 먹고 죽은 귀신은 때깔이 좋고 알고 죽은 귀신은 궁금하지라도 않다.

"그러면."

이보배가 주위를 신경 쓰자 아라크네가 괜찮다고 말했다.

"제 앞에서 하시는 대화는 주위 신경 쓰시지 않아도 돼요, 고객님."

"엘릭서에 대해 알고 싶어요."

"으흠."

"균열의 날 이전의 정보는 필요 없어요. 제가 알고 싶은 건 균열의 날 이후, 세상에 포션이 등장한 후에 알려진 엘릭서의 정보예요."

"그렇군요."

"엘릭서는 기존에도 연금술과 연단술의 목표 개념으로 제시되었을 뿐, 실존한 적은 없어요. 그러니까 각성자가 등장하고 시스템이 있는 이 시점에서도 엘릭서가 단순한 개념인지, 아니면 실존한다는 증거가 있는지 궁금해요."

이해기는 22년 뒤의 미래에서 회귀했다. 엘릭서가 세상에 등장했다면 허황된 꿈이라는 말은 하지 않았을 것이다.

"엘릭서에 대한 정보는 '연금술사의 솥뚜껑'에 제일 상세하게 기록되어 있습니다. 제가 드릴 수 있는 정보도 큰 차이가 없답니다. 고객님의 열람 등급이면 접속 가능하실 거예요. 그러니 상세 정보는 그곳에서 열람하시고."

아라크네가 슈크림을 한입에 넣으려다 실패하고 절반으로 잘라 먹었다.

"고객님이 가장 궁금하실 실존 증거에 대해서 말씀드릴게요. 엘릭서는 실재합니다, 고객님. 극소수의 연금술사들이 보상으로 받은 레시피 중에 엘릭서 레시피 조각이 있답니다."

레시피 조각. 이보배는 눈썹을 꿈틀거렸다. 퍼센트가 너무 낮아 감정할 생각도 하지 않았던 균열 공략 보상이 떠올랐다. 이보배의 눈이 흔들리자 아라크네가 입꼬리를 올렸다.

"고객님도 받으셨나요? 어쩜, 기대에 부응해 주시는 분이시군요. 멋져라."

"저는 아무것도 모르는데요!"

오빠들이 힘숨찐을 하겠다면 이보배는 '모르는 일입니다. 기억나지 않습니다'를 외칠 테다.

그러거나 말거나 아라크네가 계속 말했다.

"엘릭서 연구는 알고 계신 그분과 함께하는 걸 추천해 드려요. 연금술사 혼자선 절대 만들 수 없다고 확언하시더라고요."

만약 엘릭서 레시피가 균열 보상으로만 주어진다면 한현우가 가장 선구자일 확률이 높았다. 그는 세계에 몇 없는 전투 연금술사였으니까.

어쩌면 '연금술사의 솥뚜껑'을 만든 이유도 엘릭서 레시피를 모으고 함께 연구할 사람을 찾기 위해서일지도 모른다. 이보배의 추측에 불과하지만.

"후훗."

아라크네의 입가에서 미소가 떠나지 않았다. 피부가 희어 강조되는 붉은 입술이 계속 시선을 사로잡았다. 이보배는 아라크네의 시선이 부담스러워 찻잔만 만지작거렸다.

"어떤 가엾은 인간이 개인 정보를 도용당하나 했는데……. 생각보다 흥미로운 고객님이셔서 기뻐요. 이해기 고객님껜 새로 회원 가입 해달라고 전해주시겠어요?"

"저는 아무것도 모르는데요. 저희 오빠도 몰라요."

"박 과장님에 전투 연금, 거기에 엘릭서까지. 이해기 고객님과 별도로 아주 흥미로워요. 물론 가장 흥미로운 건 이해기 고객님이지만 이보배 고객님도 멋진 분이시네요."

나긋나긋하고 약간 낮은 목소리로 칭찬하는 걸 듣고 있자니 진짜 그런 것처럼 들려 이보배의 귀가 달아올랐다.

'이게 아니잖아!'

이보배는 정신을 차리기 위해 애썼다. 이보배는 아라크네에게 좋은 사람 소리를 듣고 싶은 게 아니다. 모르는 사람 소리를 듣고 싶었다.

'망할 이해기. 꼬리 안 잡히겠다고 내 정보 도용하더니 이미 잡혔잖아!'

행복해야 할 돌발 휴가에 날벼락이 떨어졌다. 박번개를 만났으면 반갑기라도 할 것을 거미와 조우했으니 이 일을 어찌할꼬.

짝 맞춰 나온 음식을 하나씩 먹은 아라크네가 유일하게 한 조각 나온 케이크를 나이프로 잘랐다. 케이크는 정확하게 반으로 양분되었다.

매끈하니 예쁜 손에 알 굵은 보석 반지가 반짝였다. 하나가 아니라 여러 개가 반짝반짝 이보배의 눈을 따갑게 했다.

"표정이 안 좋으시네요. 어디 불편하신 데라도 있으신가요?"

"아뇨, 그런 건 아닌데."

"기껏 특별 서비스 해드리려고 여기까지 왔는데 저만 재밌나 봐요. 안 되는데. 고객님이 즐거우셔야 하는데. 그렇지 않나요?"

"솔직히 그냥 가주시면 아주 즐거워질 것 같아요."

"너무 그러지 마세요. 혼자보다 둘이 더 즐겁잖아요."

완벽하게 이등분된 케이크 반쪽을 아라크네가 앞 접시로 가져갔다. 확실히 아무것도 안 먹고 있는 것보단 계속 먹고 있는 모습이 덜 무섭긴 했다.

"앞으로 좋은 거래 하려면 첫인상이 중요하잖아요. 저는 이보배 고객님 좋게 봤는데 고객님껜 눈도장 제대로 못 찍은 것 같네요. 아쉬워라. 아까 정보가 부족하긴 했으니 뭔가 더 서비스를 해드릴까……. 음, 어떻게 생각하세요?"

"미리 연락이라도 주셨으면 반가웠을 거예요."

"그렇지만요."

아라크네가 눈꼬리를 휘며 웃었다.

"이렇게 등장하는 게 더 멋있잖아요."

그것은 부정할 수 없는 사실이다. 당하는 이보배 입장에선 심장 떨어지는 줄 알았지만.

아라크네가 포크로 케이크를 떠먹고 맛을 음미했다.

"다른 고객님들은 대부분 호응이 좋으셨답니다. 아무래도 세상이 이렇게 바뀌었으니까요."

검기를 날리는 검성, 호수를 얼리는 빙제, 천벌을 내리는 공무원이 있는 세상이다. 영화나 드라마 속 정보상처럼 수상하게 등장해 수상쩍게 사라지는 정보상의 로망. 실천할 수 있다면 실천해 주는 게 고객 서비스란다.

"직업 정신이 투철하시네요."

"제가 좋아서 하는 일이랍니다."

아라크네가 활짝 웃었다. 직업 만족도 1위를 보장하는 진실한 미소를 보자 이보배의 마음 일부분이 꿈틀거렸다.

"저 혹시."

"네, 다른 질문 있으신가요? 다른 고객님의 신상 정보만 아니면 가능한 한 알려 드리겠습니다."

"진로 상담도 받으세요?"

아라크네의 얼굴에서 처음으로 미소가 사라졌다. 이보배도 웃지 않았다. 농담이 아니라 진짜 진지하게 물어봤기 때문이다.

"제 개인 정보는 거의 다 알고 계신 것 같고 아는 것도 많으시잖아요. 저랑 친분은 없으시니까 객관적인 조언도 해주실 수 있고. 그래서 상담이나 받아볼까 하고 여쭤본 건데……. 안 될까요?"

"글쎄요."

아라크네가 강아지 인형을 고쳐 안고 고개를 갸우뚱했다. 귀여운 행동이지만 하는 사람이 아라크네다 보니 상당히 요염했다.

"이런 서비스 요청은 처음이라 솔직히 당황했답니다. 하지만 고객님이 원하신다면야."

"회사에 계속 다닐지 독립할지 고민인데요."

"그간 모은 정보와 고객님의 관심사를 도출한 빅데이터를 분석해 드리죠."

내내 이보배에게 향해 있던 아라크네의 눈이 침잠했다. 스킬을 사용하는 듯했다.

'직업이 정보상이니까 스킬도 그쪽이려나?'

이보배는 무료 사주 사이트에 생년월일을 적어놓고 결과창을 기다리는 사람처럼 답을 기다렸다.

침잠했던 아라크네의 눈동자에 빛이 돌아왔다. 이보배는 하마터면 자신이 독립할 관상인지 물을 뻔했다.

"빅데이터 결과를 도출하기 전에 사견을 말씀드려도 될까요, 고객님?"

"네."

분야는 다르지만 업계에서 정점에 선 사람의 의견이다. 들어둬서 나쁠 건 없었다.

"당장 집 나오세요."

"그것은……."

"과보호를 멈추세요. 사람은 닥치면 어떻게든 먹고살 길을 찾는답니다. 심지어 가족분들은 모두 각성하셨죠."

"작은오빠는 괜찮지만 큰오빠랑 막내 오빠는……."

"각성자는 인벤토리만 있어도 먹고사는 데 지장 없답니다. 과보호는 이제 그만."

인벤토리는 계통에 상관 없이 주어지지만, 생산계의 인벤토리가 약간 더 크다. 인벤토리 안에 수납한 물건은 수납한 당시의 형체 그대로 보존되기 때문에 효용성이 어마어마했다.

케이크를 가져갈 때 다른 사람과 부딪칠까 봐 조심하지 않아도 된다. 얼음 배달도 몇 시간이 걸리든 끄떡없다. 방금 구운 고기를 인벤토리에 넣어두면 언제 어디서든 갓 구운 고기 맛을 볼 수 있다.

"적어도 이해기 고객님은 걱정하실 필요가 없어요. 제가 예의 주시할 정도로 능력 있는 분이시거든요. 사계절에서 러브콜도 보내고 있으니 이보배 고객님보다 장래가 유망하시네요. 이귀한 씨와 이한생 씨는 여기로."

아라크네가 메모지와 펜을 꺼내 병원을 적었다.

“각성자 케어가 가능한 정신과 병원이랍니다. 여기서 빅데이터 결과를 말씀드릴게요. 사계절에 계속 근무하시는 걸 추천해 드려요.”

아라크네의 손가락이 메모지를 톡톡 건드렸다. 말이 정신과 병원이지 치료보다 격리가 목적인 수용소에 가까웠다. 대우는 나쁘지 않다고 들었지만 한번 들어가면 끝인 곳.

‘큰오빠랑 막내 오빠에 대해선 잘 모르는구나.’

아라크네가 추천한 병원은 낮은 등급의 저 레벨 각성자만 수용이 가능하다. 이귀한은 그렇다 쳐도 혹시 이한생의 스킬을 들켰을까 봐 걱정했는데 다행히 그건 아니었다.

천라지망을 펼쳐 정보를 놓치지 않겠단 의미로 거미를 자처했지만 빅브라더처럼 모든 걸 감시하고 도청하는 건 아닌 듯했다. 이보배가 눈에 띈 것도 이해기를 조사하다 관심을 갖게 된 것 같았다.

‘아, 이해기. 진짜 이해기. 가만 안 둬.’

처음 아라크네가 등장했을 땐 무서워 혼났지만 완벽하지 않다는 걸 알게 되니 마음이 놓였다. 아라크네가 티 세트의 1인분을 완벽하게 해치운 것도 경계심을 낮추는 데 한몫했다.

이보배는 일부러 시무룩한 얼굴을 하고 메모지를 집었다.

“사내 복지로 병원비를 지원받을 수 있고 엘릭서는 알고 계신 그분과 원활한 정보 교류가 가능하지요. 무엇보다.”

"네, 무엇보다."

"이보배 고객님이 사업자 등록을 비롯한 개인 공방 운영에 필수인 업무를 세심하게 보실 것 같지 않으셔서요."

"윽."

예상치 못한 부분에서 정곡을 찔렸다. 회사에선 시키는 일만 하면 되지만 개인 공방은 자유로운 대신 모든 일을 자신이 처리해야 한다. 최종 학력이 중졸에 서류 접할 일이 거의 없었던 이보배에겐 꽤 크게 와닿은 조언이었다.

"어디까지나 거미줄에 걸린 정보로만 도출한 결과라는 걸 알아주세요."

문장을 뽑아놓고 랜덤으로 조합해 보여주는 사주 사이트 결과만큼 진지하게 생각해 보란 소리다.

아라크네는 리필 받은 밀크티를 한 모금 넘기더니 눈을 가늘게 떴다.

"진로 상담이 아니라 같이 애프터눈 티를 즐긴 사이로서 말씀드리자면."

아라크네가 찻잔에 꿀을 부었다. 아주 들이부었다. 이보배는 저래도 되는 건가 싶어 말리고 싶은 걸 애써 참았다.

"자신이 하고 싶은 것, 원하는 일을 하는 게 최고랍니다."

그리 말하면서 아라크네가 다리를 꼬았다. 요염한 건 둘째 치고 삶에서 성취를 이룬 자 특유의 카리스마와 아우라가 느껴졌다.

"네, 아주 행복해 보이세요."

그에 비해 이보배는 초라하다. 이보배는 시선을 창가로 돌렸다. 길을 걷는 사람들이 보였다. 다들 목적지를 향해 걷고 있었다.

'내가 진짜 하고 싶은 것…….'

이보배는 밀크티를 홀짝였다. 꿀을 넣지 않아도 따뜻한 우유에서 은은한 단맛이 느껴졌다.

한현우, 박마노, 아라크네. 모두 자신이 하고 싶은 일을 하고 만족해한다. 삶에 여러 굴곡이 있으니 늘 만족할 수는 없겠지만 적어도 그들은 꿈이 확실했다.

'내가 진짜 바라는 것…….'

밀크티가 미지근해진 걸 알았을 땐 아라크네는 이미 자취를 감춘 뒤였다. 꿀을 퍼부은 밀크티처럼 농도가 짙은 존재감을 뽐내는 사람이었는데 올 때나 갈 때나 소리 소문 없었다.

아라크네가 앉았던 앞자리엔 강아지 인형만 덩그러니 앉아 있었다. 이보배는 강아지 인형 입에 물린 명함을 발견했다. 거미와 거미줄이 그려진 명함엔 숫자만 덜렁 적혀 있었다.

'아이피 주소인가.'

이보배는 명함을 챙겼다. 국내 최고의 정보상 명함을 받았는데 안 챙기는 사람이 바보다.

이보배는 식은 밀크티를 마저 마신 후 짐을 챙겼다. 강아지 인형을 챙길 땐 향수 냄새라도 풍길 줄 알았는데 아무 냄새도 나지 않아서 역시 정보상이구나 하고 감탄했다.

카페 출구로 걸어가며 이보배는 혹시나 했다.

'설마. 설마 아니겠지.'

이보배는 혼자 의심하고 혼자 부정했다. 수상쩍은 정보상의 로망을 간직한 직업 만족도 1위의 아라크네가 그럴 리 없다.

그러나 현실은 몇 번이고 그녀를 배신했으니. 카페 카운터를 보는 직원은 이보배가 간절히 바란 대사를 해주지 않았다.

"계산해 드리겠습니다."

"혹시 이미 계산이 되어 있다거나."

"아니요, 그렇진 않은데요."

"그럼 핫초코라도 따로 계산된 거 없나요?"

"네, 없습니다. 핫초코 포함 애프터눈 티 2인 세트 맞으시죠? 계산해 드리겠습니다."

'염치없는 거미 새끼.'

아라크네는 정보상의 낭만을 모른다. 다른 사람에게 인식되지 않는 상태로 계산까지 마치고 가는 것이 진정한 낭만이다.

'애프터눈 티 세트는 그렇다 쳐도 추가한 핫초코는 본인이 계산해야지!'

범죄자와 만난 공포, 개인 정보 털린 고통, 원하지 않게 쓴 차와 케이크까지. 신나는 돌발 휴가에 괴로운 일이 너무 많았다. 다신 탈선을 꿈꾸지 말라고 경고라도 받은 기분이 들어 이보배는 허탈해졌다.

그리고 이 모든 일의 진정한 원흉은 희희낙락 돈가스나 튀기고 있을 것이다.

이보배는 햄스터와 강아지 인형을 쥐어뜯으며 피의 응징을 결심했다.

형제자매 사이에서 극대노를 표현하는 호칭은 각종 동물의 새끼나 매국노가 아니다. 튜닝의 끝이 순정이듯 분노의 끝에도 순수가 남는다.

"야! 이해기!"

이보배는 대문을 열어 젖히면서 작은오빠를 외쳤다. 돼지고기에 계란 물과 빵가루를 입혀 돈가스를 만들던 이해기가 고개를 설레설레 저었다.

"보배야, 네가 우리 집안 기둥인 건 인정하지만 그래도 오빠의 위엄은 존중해 줬으면 한다."

"위엄은 쥐뿔이 위엄이야! 내가 오늘 너 때문에 죽을 뻔했는데!"

이보배는 〈가장의 위엄〉으로 이해기를 무릎 꿇렸다. 이해기가 무릎을 꿇고 공손히 두 손을 모았다.

“죽어? 막내가 왜 죽어?”

“돼지야, 밖에서 무슨 일이 있었느냐?”

자기 방에서 게임하던 이귀한이 자극적인 소리에 튀어나왔다. 웬일로 외출하지 않고 집에 있던 이한생도 이어 뛰쳐나왔다.

“회사에서 무슨 일 있었니, 보배야?”

이해기도 동생이 죽을 뻔했단 얘기에 깜짝 놀라 물었다. 이보배는 진지한 척하는 이해기의 머리털을 몽땅 뽑으려다 참았다. 이씨 집안에 대머리 유전자가 있다는 오해를 살 순 없었다.

“아라크네! 남의 명의 도용했으면 잡히지나 말아야지! 내가 오늘 얼마나 무서웠는지 알아? 갑자기 옆에 슥 등장해서 내 돈으로 핫초코까지 마시고 갔다고!”

이보배는 진지하게 화내는데 아라크네라고 말하자마자 이해기의 얼굴에서 걱정이 사라졌다. 이해기가 긴장이 풀린 얼굴로 말했다.

“걱정할 것 없다, 보배야. 아라크네는 적이 아니다.”

“적이 아니겠지! 내가 24년 인생 살면서 적이 없었는데 당연히 아니겠지! 애초에 적이었으면 내가 지금 이러고 있지도 못하겠지!”

분을 못 이긴 이보배의 손이 올라가자 이해기가 자연스럽게 등짝을 내밀었다. 이보배는 맞을 준비를 마친 이해기를 보고 이를 악물었다.

'참아, 이보배! 지금 때리면 속은 시원할지 몰라도 이해기 장단에 놀아나는 거야.'

이보배는 콧구멍을 벌름거리며 흥분을 억눌렀다. 화르세인지가 진짜 돼지코라며 감탄했다.

"안 때려?"

기다려도 손바닥이 날아오지 않자 이해기가 슬그머니 고개를 들었다. 이보배는 스킬을 끄고 팔짱을 껴 양손을 봉인했다.

"일단 더 들어보고. 작은오빠는 꼬리가 안 잡힐 거라고 생각했는데 아라크네가 유능했던 걸 수도 있으니까."

"꼬리가 잡힐 거라 짐작은 했다. 하지만 아라크네는 믿을 만하다. 언제나 중립을 지켰고 흉악 범죄에 가담한 적도 없어. 중개업을 하지만 살인과 협박, 납치, 폭행 등의 중개는 받지 않아. 그리고 관리국에도 호의적이지. 아라크네가 정보를 제공해 미연에 방지하거나 덜미를 붙잡은 사건이 꽤 되니까. 명의 도용당한 너에게 나쁜 짓을 하진 않을 거란 믿음이 있었다."

"그럼 나한테 말을 해줬어야지. 그렇게 무서운 사람 아니라고 귀띔해 줬어야지. 내가 갑자기 만나서 얼마나 놀랐는지 알아? 나 오늘 집에 못 들어가고 한강에 가라앉나 걱정하고."

이귀한이 이보배의 어깨를 부드럽게 감싸 안았다. 이보배는 이귀한을 가리켰다.

"나 죽어서 지구 부서질까 봐 걱정했다고."

자신이 죽으면 세계가 멸망할까 봐 걱정하는 인생이라니. 정말 주인공만 누릴 수 있는 유니크한 삶이 아닐 수 없다.

화르세인지가 그녀 근처로 다가왔다. 이귀한 때문에 아주 근처는 아니고 두어 발짝 떨어진 곳에서 이해기를 내려다보았다.

"뭔지 모르겠지만 사기꾼이 잘못한 거겠지. 용서하지 마라, 돼지."

내려다보는 눈빛과 자세가 심히 오만해 이해기가 눈썹을 꿈틀거렸다. 이보배에겐 잘못한 게 있으니 무릎 꿇지만 바로 아래 동생인 이한생이 이때다 싶어 내려다보는 건 마음에 들지 않았다.

"한생아, 빨리 안 비키면 맞는다."

"작은오빠야말로 막내 오빠 협박하지 마. 내 말 아직 안 끝났어."

이보배는 사태의 심각성을 모르는 이해기에게 경고하기 위해 〈가장의 위엄〉을 한 번 더 썼다. 이해기의 자세가 다시 공손해졌다.

이제는 그도 이보배의 극대노를 알아차렸는지 당황했다.

"사랑하는 보배야. 진짜 화가 많이 났구나."

"응. 너무 화나서 선물도 오빠 것만 안 샀어."

이보배는 이해기 코앞에서 보란 듯이 강아지와 햄스터 인형을 꺼냈다. 그리고 큰오빠와 막내 오빠에게 선물했다.

"와, 멍멍이! 막내야, 고마워!"

"흥! 고작 이런 걸로 이 몸의 환심을 사려 하다니. 하찮구나."

입은 툴툴거리지만 몸은 솔직했다. 이한생이 햄스터 인형을 소중하게 끌어안았다.

첫째와 셋째가 부재한 6년. 그동안 둘째와 막내는 서로를 의지하고 살았다. 이보배에게 가장 아픈 손가락은 이한생이지만 가장 친한 오빠는 이해기였다.

하물며 이보배가 알지 못하는 미래를 함께한 이해기는 오죽하겠는가. 이해기에게도 이보배는 가족 중에서 가장 소중했다. 이귀한과 이한생에게 죄책감을 품고 있다고 해도 이보배가 열 배는 더 소중했다.

그런 막내에게 따돌려진 현실을 이해기는 바로 믿지 못했다.

"아니지, 보배야? 내 것도 있지?"

"없어."

믿을 수 없는 현실에 이해기가 절망했다.

"크윽! 정말 미안하다, 보배야! 내가 어떻게 벌충하면 되겠니. 어차피 넌 성장하면서 자연스럽게 아라크네에게 인정받아 거미줄 회원이 될 테고, 아라크네라면 일찍 만나도 위험하지 않다고 생각했다."

"그게 싫은 거야. 작은오빠 혼자 알고 말 안 해주는 거. 하다못해 중립이거나 사람 함부로 해치지 않는 성격이라고 알려줬어야지."

"아라크네에 대한 정보는 사소한 것도 극비라 알면 알수록 위험해. 네가 아무것도 모르는 편이 안전할 거라 판단했다."

"그럼 애초에 남의 명의를 도용하지 말았어야지!"

이보배의 봉인한 오른팔이 다시 위로 치솟았다. 이번에도 이해기가 맞을 준비를 갖췄다. 이보배는 기분이 나빠져 팔을 봉인했다.

"안 때려?"

"요즘 오빠들이 맞는 걸로 애정을 확인하는 것 같아서 기분 나빠. 이제 봉인. 안 때릴 거야."

"젠장, 들켰나."

"둘째야! 잘 좀 했어야지!"

이해기가 혀를 차고 이귀한이 그를 탓했다. 몰랐으면 좋았을 진실을 알아버렸다. 이보배가 질겁하고 망나니는 더 질겁했다.

"돼지, 빨리 이쪽으로 와라. 저런 변태는 상종하면 안 된다."

망나니가 두 형에게 경멸의 눈빛을 보냈다. 그러자 이귀한이 항의했다.

"사랑을 확인하는 게 뭐가 나빠! 그런 눈빛 싫어!"

"형 말이 맞다. 수치화할 수 없는 사랑을 통증으로나마 체감할 수 있는 게 얼마나 중독적인데. 오늘은 어제랑 비슷하게 아플까 궁금하고, 어제보다 더 아프면 S급 균열을 한 대도 안 맞고 공략했을 때보다 기분이 좋다."

"맞아! 난 게임할 때도 5분에 한 번씩 캐릭터 호감도 체크하는걸! 막내의 사랑은 매일매일 확인해도 모자라!"

"힘들게 돌아온 형이나 어렵게 회귀한 나에게 보배 너의 매는 영혼을 붙잡아주는 끈이나 마찬가지다. 너무 야박하게 굴지 말아다오."

두 사람이 자신들을 옹호할수록 남은 둘의 표정이 싸늘해졌다. 물리적 거리는 변하지 않았지만 마음의 거리는 점점 벌어졌다.

"아, 그러세요."

"돼지야, 저것들에게 속아선 안 된다. 너한테 맞으면 꿈에 나올 만큼 아프다. 그걸 자처해 맞는 건 제정신이 아니라는 얘기다. 무언가 속셈이 있는 게 분명해."

이놈의 망나니는 어쩌다 삼 형제 중 정상인 포지션을 차지해 버렸다.

이보배는 혀를 차며 단단히 팔짱을 꼈다.

이보배는 정서적으로 불안한 큰오빠와 작은오빠가 걱정스러워졌다. 동시에 둘에게 이상한 버릇이 생기기 전에 끊어야겠다는 가장의 의무감이 샘솟았다.

"내가 그렇게 오빠들에게 못되게 굴어? 꼭 그런 식으로만 사랑이 느껴져? 내가 오빠들을 생각하고 위하는 마음이 전달되지 않는 거야? 아니면 내가 부족해서 그래?"

"그렇지 않다!"

"막내는 잘못 없음!"

이보배가 자책하자 큰 새끼와 작은 새끼가 열심히 고개를 저었다. 큰 새끼는 작은 새끼 옆에 같이 무릎 꿇었다.

"미안해, 막내야! 내가 확인하고 싶었어. 둘째는 나 때문에 그런 거야."

"아니다, 보배야. 형을 말리지 않고 동조한 내 책임이 크다."

이귀한과 이해기는 이보배 잘못이 아니라고 앞다퉈 말했다. 이보배는 입술을 깨물고 서운한 티를 계속 드러냈다.

'초장에 잡아야지.'

그렇지 않아도 최근 손이 쉽게 나가는 것 같아 반성하던 차다. 맞는 버릇만 버릇인가? 때리는 버릇도 버릇이다. 오빠들의 인생과 자신의 인생을 위해 이보배는 마음을 단단히 먹었다.

"앞으로 〈사랑의 매〉 금지. 항상 스킬 꺼둘게."

"좋은 생각이다, 돼지! 널 현명한 돼지라 불러주마."

실수로 맞을 일 없게 된 화르세인지가 눈에 띄게 좋아했다. 지은 죄를 아는 이해기는 반항하지 않았지만 불만스러운지 앓는 소리를 냈다. 혼자 맞지 않고 둘째를 꼬신 타락의 주범 이귀한은 항의했다.

"하지만 막내야. 너도 내 오염도 수시로 체크하잖아."

분명 마음 단단히 먹었는데 이보배의 결심이 이귀한의 공격 한 번에 와르르 무너졌다. 괜히 파괴 전문이라 자신하는 게 아니었다.

사실을 꼬집는 큰오빠의 말 한마디에 그녀의 숨이 턱 막혔다. 이보배가 시도 때도 없이 오염도를 확인하는 게 이귀한에겐 어떻게 느껴졌을까?

100퍼센트 인간으로 돌아오지 못한 자신을 탓했을까? 빨리 오염도를 낮추지 못해 미안했을까? 1퍼센트여도 괜찮다고 하더니 계속 확인하는 걸 보며 실망했을까?

어느 쪽이든 상상하니 가슴이 미어지도록 아팠다. 주저앉아 울고 싶은 걸 참고 이보배는 사과했다.

"미안해, 큰오빠. 내가 너무 배려가 부족했지?"

"숫자로 보이니까 궁금한 게 당연하지. 그러니까 막내야. 하루에 한 번이 힘들면 이틀, 아니, 사흘에 한 번만이라도 때려줘."

그렇게라도 사랑을 확인받고 싶다는 이귀한의 말에 이보배는 말문이 콱 막혔다. 그녀가 대답하지 못하자 이귀한이 초조해했다. 이귀한의 입에서 나오는 날짜가 점점 늘어났다.

"일주일! 더 이상은 안 돼!"

오염도를 자주 확인한다고 수치가 바뀌지 않는데도 이보배는 수시로 확인했다. 이귀한도 내심 신경 쓰고 있었을 텐데 보란 듯이 확인하고 그 앞에서 화제 삼았다.

그런 배려 없는 행동들이 이귀한의 불안을 키웠는지도 모른다.

'그런 것도 모르고 구박만 했으니.'

이보배는 억누른 눈물 대신 나오려는 콧물을 삼키고 입을 열었다. 목이 메어 말이 잘 나오지 않았다.

"다른 방식은 안 될까? 오빠를 사랑하는 마음이 아픈 걸로 전달되는 건 너무 슬퍼. 난 오빠들이 안 아팠으면 좋겠단 말이야."

이번엔 이귀한의 말문이 막힐 차례였다. 이보배는 무릎을 꿇고 이귀한의 손을 잡았다.

이보배가 기억하는 흉터가 가득했던 손은 다시 볼 수 없을 것이다. 하지만 아기 손처럼 부드러운 손도 잡을 수 있다면 그저 좋았다.

이보배는 이귀한의 손을 조심스럽게 쓰다듬었다.

"이렇게 하면 어때? 내가 앞으로 포션을 하나 만들려고

하는데, 만들기 어려운 포션이거든. 그러니까 연구하는 틈틈이 포션을 만들어서 오빠한테 줄게. 스킬로 만든 포션이 아니라 수제 포션. 오빠가 좋아하는 커피 향이나 사과 향을 입혀 달콤하고 맛있게, 세상에서 딱 한 명, 오빠만을 위한 포션을 만들어줄게."

이보배는 울지 않으려고 혀를 깨물었다.

"그걸로 대신하면 안 될까?"

이보배의 질문에 이귀한의 얼굴이 일그러졌다. 이귀한은 과자 뺏긴 아이처럼 울상을 짓다가 손가락을 꼼지락거리며 강아지 인형을 끌어안았다.

"그렇게 말하면…… 참을 수밖에 없잖아. 치사하다, 막내야."

이보배는 인형을 끌어안은 이귀한을 안고 등을 토닥였다.

"실은 포옹도 생각해 봤는데 지금은 분위기 타서 괜찮지만 일주일에 한 번씩 하면 민망할 거 같아서."

"응, 포션 좋네."

눈물 없인 볼 수 없는 남매의 감동 드라마의 관객은 두 명이었다. 두 명 모두 표정이 좋지 않았다. 이해기의 얼굴은 단단히 굳었고 이한생은 아예 못마땅하단 표정을 지었다.

"보배야, 그 포션 설마."

돌고 돌아 마침내 아침에 끝내지 못한 주제로 돌아왔다. 이보배는 한 자 한 자 또박또박 말했다.

"엘릭서 만들 거야."

"내가 분명히 안 된다고 했다."

이해기가 으름장을 놓았다. 이보배는 돌아앉아 이해기를 마주 봤다.

"엘릭서에 대해 말해줘. 작은오빠가 아는 거 전부."

"안 돼."

"하고 싶은 거 하랬잖아."

"비현실적이야."

"황금 피라미드보단 현실적이야."

그 말에 이해기가 콧방귀를 뀌었다.

"17년 뒤 동해에 균열이 생성된다. 공략하면 안에 있는 황금 피라미드의 주인이 될 수 있지. 너한테 줄게."

그냥 던진 말인 줄 알았는데 진짜였다. 이보배는 흥 하고 콧방귀를 뀌었다.

"이만한 거?"

이보배는 태초에 카드 앞면과 뒷면이 있는 세계관의 파라오가 목에 걸고 다니는 목걸이 크기를 예시로 들었다. 그러자 이해기가 입꼬리를 올렸다.

"진짜 피라미드다. 내부에 주거 공간을 비롯한 각종 시설이 있고 요새 기능도 탑재되어 있지. 피라미드를 구성하는 황금은 마법으로 보호받는다."

그걸 이보배에게 주겠단다. 지금 당장은 못 주고 17년 뒤에. 너무 터무니없는 얘기라 거짓말 같았다. 하지만 이해기의 자신만만한 표정을 보아하니 거짓말이 아닌 듯했다.

이보배는 황금으로 된 피라미드를 상상하고 혀를 내둘렀다.

'중요한 건 그게 아니지.'

자꾸 이야기가 다른 곳으로 새려 한다. 이것이 이해기의 속셈이라면 넘어가 줄 수 없었다.

이보배는 황금 피라미드를 상상해 보고 비죽이 올라가려는 입꼬리를 내리려고 노력했다. 하지만 입가 근육이 뇌에서 내린 명령을 무시하고 멋대로 올라갔다.

결국 볼을 두드려 진정시킨 다음 목소리를 내리깔았다.

"황금 피라미드 같은 거 필요 없어. 엘릭서에 대해 알려줘."

"공중 부양과 이동도 되는데 정말 필요 없니?"

'끝내주네.'

하늘을 나는 황금 피라미드라니. 이보다 더 탐날 수 없다. 이보배만 그리 생각하는 게 아닌지 옆에서 듣고 있던 이귀한이 눈을 초롱초롱 빛냈다. 아주 이해기의 입속으로 빨려 들어갈 기세였다.

고위 귀족 출신이라 남매 중에서 가장 귀금속에 해박한 화르세인지는.

'피라미드가 뭔지 모르는구나.'

피라미드가 뭐냐는 표정을 짓고 있었다. 이보배는 핸드

폰으로 피라미드를 검색해 망나니에게 보여줬다. 절반쯤 해동된 고등어 눈처럼 흐리멍텅하던 망나니의 눈빛도 초롱초롱해졌다.

"돼지의 것은 나의 것. 이런 건물이 날아다닌다니 훌륭하다……!"

"황금 피라미드 말고도 네가 말한다면 얼마든지."

이해기가 기억을 더듬어 가며 미래에 등장할 보상을 읊었다. 시간이 좀 걸리겠지만 모두 대단했다.

"난 앞으로 나올 유명한 균열과 보상을 알고 있다. 그걸 모두 네게 줄 수 있어. 보배야, 굳이 엘릭서에 연연할 필요가 없단다. 꽃길이 무어냐. 황금길을 깔아줄 수 있는데."

이보배는 숨을 크게 쉬었다. 날아다니는 황금 피라미드를 무시하려면 큰 용기가 필요했다.

"작은오빠가 이렇게 나오는 걸 보면 엘릭서로 정화할 수 있나 보네."

"……."

이해기는 깊은 한숨을 내쉬고 인벤토리에서 마석을 꺼냈다.

"으윽! 삿된 기운이 느껴진다!"

망나니는 인벤토리에서 마석이 나오자마자 인상을 찌푸리고 거리를 벌렸다. 이보배도 마석이 내뿜는 불길한 기운을 느꼈다.

이해기가 노쇠한 눈으로 오염된 마석을 응시했다. 주름 없는 20대 청년의 얼굴에 지독한 피로와 상실이 번졌다.

"균열이 잦아지고 이제까지와 다른 형태의 몬스터가 등장하기 시작했다. 그런 균열과 몬스터에서 나온 마석은 이것처럼 오염되어 있었지. 오염되는 건 마석만이 아니었다. 대지와 공기, 물에 마력은 물론이고 사람까지. 한현우가 정화수를 발명하기 전까지 아주 많은 사람이 이 마기에 오염되어…… 타락하고……."

이해기가 차마 말을 잇지 못하겠다는 듯 눈을 질끈 감았다. 동생이 못 하면 형이 하면 된다. 이해기의 말을 이귀한이 이었다.

"괴물이 되어서 죽이고 죽이고 죽이고 죽이고. 가족도 애인도 친구도 못 알아보고 죽이다가 마지막엔 스스로를 죽였을 거야."

"형 말대로다."

이보배는 오염된 마석을 어디서 구했는지 묻지 않았다. 물을 필요가 없었다. 이보배에게 잡힌 손을 빼내려 꼼지락거리는 이가 타락이자 파괴인 마왕이었으니까.

이귀한은 오염된 마석이 나온 뒤부터 계속 손을 빼내려고 꼼지락거렸다. 이보배는 일부러 잡은 손에 힘을 주었다. 이 매끄럽고 보드라운 손이 흉악한 몬스터의 손이 되어도 그녀는 놓을 생각이 추호도 없었다.

"작은오빠는 괜찮아? 지금 그렇게 손에 들고 있잖아."

"안에 있는 힘을 끌어내지만 않으면 단순 접촉은 괜찮다."

이해기가 오염된 마석을 인벤토리에 수납했다. 이귀한은 다시 손을 빼내려 했다. 이보배가 손이 하얗게 질릴 정도로 강하게 잡자 그가 눈빛으로 물었다. 괜찮아?

오염된 마력을 보았는데 기분이 괜찮아? 존재 자체로 위험하단 게 어떤 건지 알았는데 괜찮아? 내가 사람을 많이, 아주 많이 죽였어도 괜찮아? 이런 오빠여도 괜찮아?

어떤 괜찮아든 상관없었다. 이보배가 손아귀 힘을 풀지 않자 이귀한이 작게 웃었다. 마왕이 짓는 미소치고 소박하고 순수한 미소였다.

"큰오빠 정화 퀘스트 떴을 때도 정화수 얘기했었지? 나 기억나. 오염을 포션으로 정화할 수 있다는 건 큰오빠도 엘릭서로 정화할 수 있다는 거야. 내 생각이 맞지?"

"그래. 그리고 그래서 안 된다는 거다. 넌 엘릭서 제조에 10년을 매달렸어. 한현우는 끝까지 살아남았으니 22년을 매달린 게지. 그런데 결국 만들지 못했다. 이 얼마나 무의미한 일이니."

"왜 무의미해. 엘릭서 연구를 한 덕분에 정화수를 만들었잖아."

"이제 정화수가 필요할 일은 없을 게다. 설령 필요해져도 한현우가 만들면 된다. 보배야, 너는 엘릭서에 평생을 바쳤다. 널 위해서가 아니라 한생이를 위해서! 이번엔 형을 위해 네 인생을 바칠 셈이냐?"

이해기가 두 팔을 벌리고 열변을 토했다. 그가 진심을 담아 절박하게 외쳤다.

"그런 인생은 두 번 다시 살지 마라! 한 번이면 족해! 한 번 그렇게 살았으니 이번엔 네 인생을 살려무나. 내가 말했잖니. 네가 주인공이라고!"

"그래서 엘릭서 만들겠다는 거야."

"이보배!"

노성을 지르는 작은오빠는 돌아가신 아버지를 닮았다. 이보배는 어깨를 움찔 떨었지만 버텼다.

"나를 위해 사는 게 어떤 건데! 내가 하고 싶은 대로 사는 거잖아! 작은오빠가 생각하는 나를 위한 삶이 어떤 건데? 내가 이 집 나가서 혼자 살면 되는 거야? 17년 기다렸다가 하늘 나는 황금 피라미드에 올라타고 호호호 웃으면 돼?"

이보배는 전력으로 호소했다.

"나는 엘릭서를 만들고 싶어!"

이해기가 전력으로 부정했다.

"난 허락 못 한다!"

"오빠가 허락 못 해도 할 거야! 내 인생이거든!"

극대노한 남매의 싸움은 한 치의 양보나 물러섬 없이 지속되었다. 둘의 분위기가 과열되고 격화될 조짐을 보이자 이귀한이 말렸다.

"얘들아, 진정해. 일단 밥부터 먹을까?"

밥은 진로만큼이나 중대한 사항이다. 이귀한은 사람답게 살기 위해 1일 3식, 1똥, 8시간 수면하는 규칙적인 생활을 하고 있다. 이귀한의 규칙적인 생활을 남매 모두 응원하고 지지했다. 심지어 오늘 저녁 반찬은 돈가스다.

남매는 잠시 휴전을 선언했다.

"흥."

이보배가 이해기를 흘겨보며 일어났다. 이해기는 그런 이보배를 일부러 무시하고 부엌으로 들어갔다.

곧 돈가스 튀기는 소리와 냄새가 집 안을 장악했다. 금방 튀겨 바삭하고 고기를 펴지 않아 두꺼운 돈가스는 밖에서 사 먹는 것보다 맛있었다.

냉랭한 분위기에 먹으려니 얹힐 것 같았지만 이보배는 각성자의 소화 능력을 믿었다. 믿고 두 장 먹었다.

'니글거리네.'

아침은 콩나물국으로 무난하게 시작하고서 점심은 단 걸 먹고 저녁은 기름진 튀김을 먹었다. 한국인의 위장이 느끼함을 호소했다. 묵묵히 식탁을 정리한 이보배는 냉장고를 뒤졌다. 콜라가 없었다.

"큰오빠! 콜라 있어?"

"다 마셨는뎅."

이귀한은 몸에 지장 없다는 핑계로 물 대신 콜라를 달고 산다. 냉장고엔 늘 콜라가 있는데 하필 지금 떨어지다니.

식사를 핑계로 휴전했으니 부엌 정리가 끝나면 휴전이 끝난다. 돈가스는 맛있었지만 격앙된 마음을 누그러뜨리고 이성을 되찾는 데엔 역부족이었다.

이럴 땐 콜라가 필요했다. 시원하고 톡 쏘는 콜라든 사이다든 탄산을 들이켜야 속과 머리가 시원해질 터였다.

"나 콜라 사 올게."

이한생이 신발을 신고 뒤따라 나왔다.

"기다리거라, 돼지. 같이 가자."

"막내 오빠도 살 거 있어? 사다 줄까?"

망나니가 이보배를 노려보며 집을 가리켰다.

"지금 나더러 저 분위기를 견디라는 것이냐."

"음……."

첫째와 둘째를 무서워하는 셋째에게 지금 집 안 분위기는 꺼림칙할 것이다. 이보배는 쓴웃음을 짓고 화르세인지와 나란히 걸었다.

집과 어느 정도 떨어지자 화르세인지가 입을 열었다.

"어째서 사기꾼의 허락을 구하는 것이냐? 돼지의 일이니 마음대로 하면 되지 않느냐?"

"사람은 혼자 사는 게 아니잖아."

"돼지가 가장이니 명령하면 되지 않느냐?"

"가장 명령이 만능은 아니야. 명령 안 할수록 좋은 가장이지."

"이 세계는 가장의 위엄을 존중하지 않는구나. 가문은 가주의 것인데……."

화르세인지가 팔짱을 끼고 판타지 세계와 이 세계의 차이를 곱씹었다. 그는 몇 번을 보아도 낯선 밤하늘을 올려다보았다.

"하기야. 만민이 평등하다는 말도 안 되는 주장이 상식인 세계이니 가장의 권위도 바닥일 수밖에 없겠구나."

이보배는 피식 웃었다. 판타지 세계에서 혁명이 일어나면 화르세인지 드 체키빙은 단두대 고객 1순위였을 게 틀림없다.

"달은 하나밖에 없고, 세상엔 금이 가 몬스터가 튀어나오질 않나, 신의 존재를 의심하는 신앙 없는 짐승들이 가득한 세계. 참으로 하찮구나."

낮게 뜬 달을 보며 혼잣말하던 망나니가 이보배 쪽으로 고개를 돌렸다.

"가장 하찮은 건 돼지 너다. 악마에, 자신이 미래에서 왔다는 미친놈, 육신만 혈육이고 혼이 다른 이 몸까지. 나는 네가 무슨 생각을 하는지 모르겠다."

이보배는 다시 한번 피식 웃었다. 언젠가 막내 오빠가 이와 비슷한 질문을 던지면 반격기로 써먹으려 한 비장의 무기가 있었다.

“그러는 공자님께옵선 어째서 미친한 저를 구해주셨는지?”

“그것은!”

화르세인지가 얼굴을 붉히며 당황했다.

“하잘것없는 저보다 신의 은총을 받은 공자님께서 백배 천배는 귀하신 분일 텐데 어째서 미천한 것을 감싸셨습니까?”

“이익! 그것은!”

망나니는 대답하지 못하고 버벅거렸다. 이보배는 답을 알았다.

“모르시죠? 그냥 몸이 움직였죠?”

“그, 그렇다!”

“그럼 그걸로 된 거 아닐까요. ‘모른다’가 대답이어도 충분하잖아요. 다 알 필요 없어요. 머리만 아프지.”

어느 정도 정체가 밝혀진 이귀한과 처음부터 정체가 명확했던 이해기와 다르게 이한생은 여전히 많은 부분이 베일에 감춰져 있다.

화르세인지 드 체키빙은 이한생의 몸에 빙의했는가?

모른다.

화르세인지 드 체키빙은 이한생의 전생인가?

모른다.

화르세인지 드 체키빙은 이한생의 다른 인격인가? 그게 아니라면 화르세인지의 기억상실은 진짜일까?

모른다.

이보배는 답을 모른다. 아는 게 하나도 없다. 하지만 망나니는 이보배를 돼지라 부르고 균열개미에게서 지켜줬다.

"이유도 모르면서 절 돼지라고 부르시잖아요. 아니면 이제 돼지 안 쓰실 건가요?"

"무슨 건방진 소리냐! 넌 돼지다! 세상이 멸망해도 바뀌지 않아!"

이한생이 여동생=돼지 법칙이 절대 불변의 진리임을 천명했다. 이보배는 기분 나빠 하지 않고 동의했다. 오빠 새끼=한심한 놈 법칙도 절대 불변이기 때문이다.

"그래, 그럼 그런 걸로."

"……내가 네 오라비가 아니어도 괜찮은 것이냐?"

망나니의 걸음이 느려지는가 싶더니 아예 걸음을 멈췄다. 이보배는 뒷걸음질 쳐 망나니 옆에 나란히 섰다. 가로등 불빛에 생긴 그림자가 골목에 길게 드리워졌다.

"예전에 지나간 화제잖아. 절반은 오빠니까 문제없음!"

사실 제일 불안한 건 화르세인지일 것이다. 낯선 세계, 낯선 문화, 가족이라 주장하는 낯선 사람. 심지어 하나는 악마고 하나는 사기꾼이다. 만만한 돼지도 〈사랑의 매〉라는 강력한 스킬이 있으니 늘 얕잡아 볼 수 없다.

그런 그에게 정을 붙여달라 요청하는 건 과한 요구다. 그걸 알면서도 이보배는 미워하지 말아달라 부탁했다.

"얼른 가자!"

화르세인지는 여전히 제자리에 서서 움직이지 않았다. 이보배가 기운 차리란 의미에서 망나니의 등을 한 대 때렸다. 〈사랑의 매〉는 꺼둔 상태기 때문에 아프지 않을 것이다.

망나니는 괘씸하다 지랄하는 대신 오만상을 구겼다. 이보배가 시간 차 지랄인가 싶어 마음의 준비를 하는데 그가 말했다.

"한 대만."

"응?"

"제대로 한 대만 때려보거라."

같이 살기 시작한 후 이보배는 망나니에게 〈사랑의 매〉 스킬을 쓴 적이 없었다. 호되게 맞은 망나니가 피하기도 했고, 이보배도 망나니에겐 매를 아꼈다.

위의 두 오빠가 일부러 맞을 짓을 하다 보니 망나니에겐 상대적으로 관심이 덜 가기도 했다. 시스템교와 어울리는 건 속 터지는 일이지만 때려서 막을 일까진 아니었으니까.

"돼지 네 말이 진심인지 확인해 봐야겠으니 한 대만 때려보거라! 거짓이면 내 경을 칠 것이야!"

"큰오빠랑 작은오빠한텐 비밀이다?"

"내가 누구 좋으라고 그 변태들에게 말하겠느냐!"

이보배는 스킬을 켠 후 힘껏 오른손을 휘둘렀다.

짜악! 탄산을 마신 듯 시원한 타격음이 들리고 망나니가 바닥에 엎어져 낑낑거렸다.

"끄으으윽."

"동생의 사랑, 느끼셨는지."

"끄으으윽, 저번보다 아픈 것 아니냐?"

"축하드립니다. 제 사랑이 커졌나 봐요."

이보배는 화르세인지를 부축해 세우고 발걸음을 천천히 옮겼다.

"불안하면 언제든 말해. 막내 오빠는 특별히 때려줄게."

"날 진정 가족으로 여기느냐? 만약에 내가 네 오라비의 몸에서 빠져나와 원래 몸을 되찾는다면!"

"그래도 남은 아니지. 오빠 몸에 들어갔다 나온 사람이면……. 새언니보다 인연이 깊은 거 아니야?"

과연 이보배는 새언니를 얻을 수 있을 것인가! 큰오빠는 안 되고 작은오빠도 가망이 없으니 유일한 희망이 체키빙 공자님이셨다. 망나니가 삼 형제 중 정상인 포지션을 차지한 게 웃겨서 이보배는 웃음을 참지 못했다.

"원래 몸을 되찾아도 우리가 공자님을 외면하는 일은 없을 거야. 이것도 인연인데 같이 살지 뭐."

"신성력 때문이냐? 악마를 정화하기 위해 내가 필요해서."

"신성력이 있든 없든 상관없어."

"……그런 말을 한 건 돼지 네가 처음이다."

"무슨 말?"

"신성력이 없어도 괜찮다는 말."

화르세인지가 고개를 들어 하늘을 올려다보았다.

달이 세 개에 성신이 실존하는 판타지 세계. 대륙 최고의 권세가인 체키빙 공작가의 유일한 후계자는 성인식을 할 때까지 신성력을 발현하지 못했다.

"내가 죽을 때까지 신성력을 발현하지 못할까 다들 전전긍긍했지. 그게 너무 싫어 형제가 있길 바란 적도 있다."

"외동에겐 외동의 고충이 있구나."

대대로 신성력을 쓸 수 있는 집안이었다면 후계자가 무능한 게 큰 문제였을 것이다.

양아치는 중간에 낀 셋째의 비극으로 관심과 애정을 갈구했다. 망나니는 정반대였다. 유일한 후계자로서 사람들의 기대와 실망에 짓눌렸다.

"내가 이 세계에서 깨어난 게 신의 뜻이라면 격이 맞지 않지만 정을 나누는 것도 나쁘지 않겠지."

"형이랑 동생이 생긴 기분이 어때?"

흥! 애잔한 표정을 지었던 망나니가 정색하고 코웃음 쳤다. 남매인 걸 부정하는 말이 이어질까 싶었는데 그게 아니었다.

"형은 몰라도 여동생은 없는 것보다 낫군."

이럴 때도 솔직하게 말하지 못하는 공자님 덕분에 이보

배는 배를 잡고 웃었다.

부엌 식탁은 2차전을 위한 전장으로 바뀌었다. 청코너 이보배가 자리에 앉자 홍코너 이해기도 맞은편에 앉았다.

이보배의 옆엔 이한생, 이해기의 옆엔 이귀한이 앉았다. 2대 2로 나뉘어 수적으론 비등했다.

"돼지가 가장이고 가장 말이 법이다."

이한생이 먼저 이보배 편에 선 이유를 밝혔다. 그러자 이귀한도 이해기에게 어깨동무했다.

"미안, 막내야. 둘째한테 들었는데 그건 좀 아닌 거 같아. 너 왜 그렇게 살았어?"

'우리가 나갔다 온 동안 큰오빠를 꼬시다니.'

귀환, 회귀한 후에 이보배는 따돌리고 자기들끼리만 속닥거리더니 같은 편을 먹었다.

악마와 사기꾼 태그란 강력한 조합에 화르세인지가 겁먹었다. 이보배는 불안해하는 막내 오빠를 안심시켰다.

형제 대전은 힘의 논리가 앞서지만 남매 대전은 성별의 한계와 사회 인식 때문에 힘을 앞세운 자가 명분을 잃는다.

'최종 비기는 봉인이다. 그건 악수야.'

남매 대전의 치트키 '여동생의 눈물'은 효과는 발군이나 가장의 위엄을 상실할 위험이 있다.

무엇보다 이보배의 미래가 걸린 일 아닌가. 작은오빠 한 명 설득하지 못해 눈물을 쓴다? 당장의 승리를 위해 명분조차 버리고 완벽한 패배를 선언하는 악수였다.

"난 엘릭서 만들 거야."

"안 된다. 내 눈에 흙을 뿌려도 안 된다."

1차전과 비슷한 공방이 오갔다. 이해기는 회귀한 기억과 경험을 토대로 반대 입장을 고수했다.

"하고 싶은 게 정말 그것밖에 없니? 세상은 넓고 할 일은 무궁무진하다. 차라리 독립해라. 형과 한생인 내가 맡으마. 넌 자유롭게 살아."

"그러니까 작은오빠가 말하는 자유와 독립이 뭐냐고! 내가 집 나가서 엘릭서 만든다고 하면 작은오빠가 어쩔 건데."

"방해할 거다."

"치사해!"

"회귀자는 원래 치사해!"

쯧. 이보배는 혀를 찼다. 전세가 그녀에게 불리했다. 본래 전장엔 흐름이 있다. 흐름을 좇아 기세를 타는 것이 올바른 공격법인데 이해기에게 통하지 않았다.

'똥고집만 늘어선.'

어머니가 말씀하셨다. 사람이 마흔을 넘기면 고집이 세진다고.

내일모레 쉰의 옹고집을 장착한 이해기가 완고하게 전장의 흐름을 틀어막았다. 저 옹고집을 타개할 비책이 필요했다.

"넌 너무 어릴 때 큰일을 겪었어. 자연스럽게 어른이 되면서 정서적으로 독립할 기회를 놓치고 가장이 되어버렸다. 한생이와 형에 대한 죄책감에 짓눌려 네 행복보다 우리의 행복을 우선시하게 되었지. 그게 네 나이에 옳은 일은 아니지 않니."

"방금 그 말 엄청 꼰대 같았어. 알지? 작은오빠가 왜 멋대로 내 행복을 재단하냐고!"

"봤으니까!"

"이젠 아니잖아! 그 보배는 죽은 보배야! 오빠가 지키지 못한 걸 나한테 떠넘기지 말란 말이야! 죽은 것도 오빠 때문이었다며!"

"헉, 막내야 그건 좀."

"돼, 돼지야, 미쳤느냐."

이보배가 역린을 건드리자 이귀한과 이한생이 경악했다. 이해기는 숨을 들이켜고는 아무 말도 하지 못했다. 이보배는 식탁을 짚고 벌떡 일어나 죄책감에 얼룩진 이해기와 눈을 맞췄다.

"자책하고 후회하는 건 작은오빠도 마찬가지잖아. 옛날엔 몰랐지만 이제는 내가 자책하는 거 알 것 같다고 말했잖아. 그런데 왜 내 마음을 몰라주는 거야?"

"너는 모른다. 아무것도 몰라."

"작은오빠도 모르잖아. 오빠가 아는 미래는 이제 없어. 미래를 모르는 건 오빠도 마찬가지야."

이보배는 가슴에 손을 얹고 이해기에게 물었다.

"내가 왜 엘릭서를 만들겠다는 건지 알아?"

이해기가 붉어진 눈가로 형과 동생을 훑었다.

"뻔하지. 형의 오염을 정화하고 한생이의 기억상실을 고치려는 거잖니."

"그것만이 아니야. 나를 위해서이기도 해."

이보배는 흥분을 억누르고 자리에 앉았다. 그녀는 두 손을 모으고 조곤조곤 말했다.

"큰오빠와 막내 오빠를 위해 인생을 바치겠다는 게 아니야. 내가 정말 하고 싶은 거야."

"환상을 좇는 게 어떻게 널 위한 거냐."

"연금술사의 환상이잖아. 난 연금술사야."

"한현우도 하지 못한 일을 네가 할 수 있다고 생각하니?"

'잡았다.'

40대 옹고집을 부술 모순을 발견했다. 이보배는 반격의 봉화를 올렸다.

"그거 참 이상하네. 작은오빤 나한테 재능이 있다고 했잖아."

"한현우만 못하다."

"내가 연금술사로서 대성할 거라고 말하고 나 키우려고 했잖아. 지하실은 공방으로 쓰라고 비워뒀으면서 모든 연금술사가 꿈꾸는 엘릭서는 안 된다고?"

"지하실은 내가 기억하는 네가 항상 연구실에 처박혀 있었어서 습관적으로 그렇게 말한 거다."

"아니, 그게 아니겠지. 작은오빠 날 키울 생각이었어. 왜냐하면 작은오빠가 죄책감을 가진 사람은 나 하나가 아니니까."

너무 미안한 나머지 얼굴 보기조차 꺼렸던 사람이 이보배 옆에 앉아 있었다. 말뜻을 알아챈 이해기가 얼굴을 굳혔다.

"막내 오빠를 치료할 포션을 만들다 보면 결국 엘릭서에 대해 알게 돼. 막내 오빠가 깨어나기 전까진 엘릭서 연구를 말릴 생각이 없었지?"

"하아."

이해기가 마른세수를 하고 깊은 한숨을 쉬었다.

"엘릭서까지 가지 않더라도 한생이를 치료할 약은 만들 수 있다. 나도 네가 거기까진 충분히 닿을 수 있다고 생각했던 거란다. 하지만 한생이는 이렇게 깨어났잖니. 형의 오염도도 한생이가 성장하면 계속 낮아질 거야. 나도 다른 방법을 알아볼 거고. 네가 굳이 엘릭서에 인생을 바칠 필요는 없다."

"그러니까 계속 말하잖아. 나를 위한 거라고."

"그러니까 그게 어째서 널 위한 일이란 거냐. 엘릭서를 만들면 분명 좋겠지. 하지만 그에 따른 부귀영화는 내가 모두 줄 수 있다. 명예를 바란다면 엘릭서를 노리지 않아도 충분히 누릴 수 있어."

이해하지 못하는 작은오빠를 어떻게 설득해야 할까. 이보배는 엘릭서 제작을 시도하려는 이유를 좀 더 자세히 설명하기로 마음먹었다.

"난 꿈이 없었어."

이보배는 정신을 집중해 포션을 만들었다. 이귀한이 실종된 후 침몰해 가던 이씨 남매를 살린 E급 회복 포션이 그녀 손에 쥐어졌다.

"공부도 어설퍼, 운동도 어설퍼. 그러면서 하고 싶은 건 없어. 집에 돈 많으니까 굶어 죽진 않겠지, 대충 적당히 행복하게 살다 죽겠지. 그렇게 룰루랄라 살았는데 세상이 무너졌어. 여전히 하고 싶은 일은 없었어. 해야만 하는 일을 하기에도 벅찼거든."

이보배는 손에 쥔 포션을 만지작거렸다. 마력으로 포션과 함께 구현한 병의 질감은 딱딱하고 차가웠다. 투명한 병 안에선 연한 노란색 액체가 출렁였다.

"이대로 끝이구나 생각했을 때 시스템이 내게 포션 메이커 스킬을 줬어. 근데도 제대로 기뻐한 적 없어. 나한테 포션은 돈벌이 수단 그 이상도 이하도 아니었잖아. 기계처럼 포션을 만들고 품질 유지해서 잘 팔리기만 빌었어. 관심을 준 적도 없고 더 알아보려고 한 적도 없어."

포션을 만들어 좌판에서 팔던 시절부터 사계절 길드에 입사해 양산하던 시절까지. 이보배에게 포션은 돈벌이에 불과했다.

"그런데 말이야. 난 일하지 않아도 된다는 얘기를 들으면 포션 제조를 때려치울 거라고 생각했거든. 정말 지긋지긋하게 만들었으니까 포션에 눈도 안 돌릴 거라고 생각했는데, 이상하게 계속 포션 생각이 나더라. 포션을 만들지 않는 건 상상이 안 되더라. 대학이나 다른 선택지가 얼마든지 열려 있는데도 포션 생각이 떠나지 않는 거야."

이보배는 그때 알았다. 그녀는 포션 제작이 좋았다.

"아, 나는 이 일이 싫지 않구나. 좋아한다는 걸 깨닫는 게 너무 늦었구나. 생각해 보면 어설프게 포션 만들어 좌판에서 팔 때도 힘든 줄 몰랐거든. 그게 사실은 즐거워서였구나. 작은오빠에게, 부길마에게, 마노 선배에게 재능 있다는 얘기를 들었을 때도 와닿지 않았지만 그래도 사실은 기분 좋았구나."

잘하는 일을 싫어하는 건 어려운 일이다. 그 일이 타인이나 사회에 폐를 끼치지 않는 건설적인 것이라면 더욱 그렇다. 재능이 있고 잘하면 결국 좋아지게 마련이다. 이보배는 그걸 이제야 깨달았다.

"작은오빠, 이거 하나만 물어볼게."

이보배는 배시시 웃었다.

“하루 두 시간씩 자며 연구하던 서른넷의 나는 불행해 보였어?”

분명 힘들었을 것이다. 하지만 불행하진 않았으리라. 꿈을 좇는 이만 누리는 특권이다.

“…….”

이해기는 대답하지 못했다. 이보배는 대답을 재촉하지 않았다. 이해기는 고개를 뒤로 젖히고.

“아니.”

백기를 들었다.

이보배는 남매 대전에서 당당히 승리를 거머쥐었다. 승리를 자축할 시간은 없었다. 고개를 뒤로 젖힌 이해기가 얼굴을 가리고 비통하게 흐느꼈다.

“너는 재능이 있었다. 너라면 할 수 있었다. 그런데, 그런데……. 앞길 창창한 아이가……. 나 때문에, 나 때문에…….”

형은 실종되었고 동생은 숨만 붙은 시체가 된 지 오래다. 이해기에게 가족은 이보배밖에 없었다.

상대할 가치가 없단 이유로 방치했던 적이 동생을 납치할 줄 몰랐다. 이해기는 실로 오만해서, 적들도 자신처럼 정정당당하리라 생각했다. 레벨이 높은 헌터라면 그만한 교양과 윤리 의식을 지녔을 것이라 착각했다.

그 오만이 유일한 가족을 죽였다.

기계로 생명만 유지하던 이한생은 이보배가 죽은 후 3년 뒤 패혈증으로 사망했다. 옛적에 죽은 것이나 마찬가지였던 동생을 떠나보내며 이해기는 울지도 못했다.

"내가 더 잘할 수 있었는데, 나는 그럴 능력이 있는데. 잘못한 건 난데 어째서 네가. 너는 정말 많은 사람을 살렸는데……."

물기 젖은 거친 호흡이 얼굴을 가린 이해기의 심경을 고스란히 나타냈다. 이해기의 손목을 타고 눈물이 흘렀지만 그는 얼굴을 가린 손을 치우지 않았다.

오빠의 눈물은 여동생의 눈물보다 강력한 비기다. 남매대전에서 필승할 수 있음에도 쓰지 않은 건 오빠의 자존심 때문일 것이다.

"쿨럭, 쿨럭."

이해기는 기침하면서도 얼굴을 가린 손을 풀지 않았다. 옆에 앉은 이귀한이 안절부절못하면서 이해기를 끌어안았다.

"둘째야, 울지 마. 복수는 했지?"

"너무, 너무 쉽게 죽여서!"

"복수 1+1 가즈아! 회귀했으니까 한 번 더 죽일 수 있어!"

이해기를 안쓰럽게 응시하던 이보배가 자리에서 일어났다. 이해기를 끌어안아 위로하려는 게 아니다. 이보배는 사놓고 너무 길어 바로 인벤토리에 수납한 뱀 인형을 꺼냈다.

인형이지만 뱀이 등장하자 이한생이 기겁했다.

"으악, 뱀이다!"

"자. 작은오빠 거."

"와, 귀엽다! 둘째야, 봐봐. 네가 좋아하는 뱀이다, 뱀!"

이해기는 한 손으론 얼굴을 가리고서 남은 손으로 더듬거려 뱀 인형을 잡았다. 푹신하고 보들보들한 것이 손에 잡히자 그가 히죽 웃었다.

"쿨럭. 나는 너를…… 믿었다."

"됐고요, 눈 감고 있을 테니까 얼굴이나 씻고 와."

이보배는 오빠의 자존심을 세워주기 위해 눈을 감았다. 이해기가 웃으면서 의자에서 몸을 일으켰다.

이해기가 세수하는 동안 이보배는 식탁에 ??? 제작 레시피 조각을 내려놓았다. 레시피라고 해서 종이나 책을 생각하면 오산이다. 레시피는 그걸 획득한 사람 뇌에 입력되기 때문에 손톱만 한 돌 모양이었다.

"이게 무어냐, 돼지야?"

"돌이당."

정화와 회복 담당인 화르세인지와 파괴 담당인 이귀한은 레시피 조각이 무엇인지 몰랐다. 반면 마찬가지로 전투가 전문이지만 경력이 긴 이해기는 한눈에 알아봤다.

"레시피나 주문서인가? 이건 왜?"

"작은오빠, 감정 스킬이나 감정 가능한 아티팩트 있어?"

"없다."

돈 좀 아껴볼까 했더니 없단다. 이귀한과 이한생도 고개를 설레설레 저었다. 이보배는 비싼 돈 주고 구입한 감정 스크롤을 꺼냈다.

"저번에 개미굴 깼을 때 보상으로 받았던 거야. 퍼센트가 너무 낮아서 잊고 있었는데 내 생각엔 엘릭서 레시피 조각 같아."

"가능성이 높지."

"퍼센트 너무 낮은 거 아니냐?"

"그러게."

"없는 것보다 낫지! 어쨌든 난 이게 엘릭서 레시피라는 데 전 재산을 걸겠어!"

이보배가 호기롭게 외치자 오빠들도 덩달아 끼어 판을 키웠다.

"그럼 나도 전 재산."

"나도나도!"

"흥! 아버지께 두들겨 맞은 이후 도박은 안 하겠다고 맹세했다만, 이길 도박을 마다하는 건 우매한 짓이지! 난 가문의 명예를 걸겠다!"

'도박은 했구나.'

자꾸 정상인 포지션을 차지하는 바람에 어디가 망나닌가 싶었는데 도박을 했으면 망나니 인정이다. 이보배는 망나니를 망나니로 부를 수 있어서 행복해졌다.

"자, 깝니다. 까요."

사 남매가 전 재산과 명예를 올인했다. 이래놓고 엘릭서가 아니면 이보배는 쪽팔려 죽을지도 모른다.

이보배가 감정 스크롤을 천천히 찢자 이귀한이 손가락으로 식탁을 두드렸다.

두구두구두구두구.

반 이상 찢긴 스크롤에서 빛이 나와 ??? 제작 레시피 조각에 빨려 들어갔다. 초롱초롱한 눈 네 쌍이 감정 결과를 기다렸다.

"이건!"

A급 아티팩트 [현자의 외알 안경].

저것만 있으면 비싼 감정 스크롤을 살 필요가 없다. 각성자라면 모두가 탐내는 아티팩트를 낀 한현우가 감정을 마치고 안경을 벗었다.

"수제 회복 포션 B등급. 제작자 이보배. 감정 완료했습니다."

등급을 알고 있어도 남의 입으로 확언받으니 느낌이 색달랐다. 이보배는 자신이 만든 수제 포션을 새삼스러운 눈으로 바라보았다.

“설마 일주일 만에 가져오실 줄 몰랐습니다.”

한현우는 감탄한 기색을 숨기지 않았다. 이보배는 우쭐거리는 것으로 보이지 않게끔 솔직하게 말했다.

“저도 깜짝 놀랐어요. 하니까 되더라고요.”

요리는 네 맛도 내 맛도 아니게 만들지만 포션은 기가 막히게 잘 만든다. 이보배는 새로이 알게 된 본인 재능에 속으로 웃었다.

“그럼 이제.”

“그동안 감사했습니다.”

이보배는 꾸벅 고개 숙여 인사했다. 결심은 일주일 전에 마친 터라 서운하거나 미련이 남진 않았다. 팀장과 팀원에게도 인사를 마쳤고 한현우가 마지막이었다.

“일주일 전 제가 보인 무례 때문입니까? 그건 저도 반성하고 있고 사죄드리고 싶습니다.”

“아니에요, 부길드 마스터 말씀이 과한 것도 있고 너무 일방적인 부분도 있었지만 제게 기대하고 계셨단 것도 사실이니까요. 회사 대우엔 불만 없고 부길드 마스터께도 서운한 마음 없어요.”

이젠 오지 않을 미래지만 마지막 가는 길 배웅해 줬다는데 서운하게 생각할 리 있나. 그리고 이보배는 포션 쿨타임을 몰랐다. 이건 정말 변명이 죄악이다.

“이직하실 겁니까?”

"공방 겸 포션 가게를 차리려고요."

"이보배 씨가 좌판 열던 시절과 많이 다릅니다."

"네, 각오하고 있어요. 어렵겠지만 바닥부터 해보려고요."

"가게 규모와 상품은 정하셨습니까?"

"네?"

갑작스러운 질문에 이보배가 바로 대답하지 못했다. 한현우가 더 자세하게 물었다.

"상품과 규모 말입니다. 요즘은 재료를 대형 길드와 공방이 대량으로 구매해 소형 공방은 재료 구입 자체가 어렵습니다. 그래서 재료상을 소개해 드린다고 말씀드렸죠."

분명 그런 말을 하긴 했다. 설마 나가겠다는 사원에게 진짜 소개해 줄 거라곤 생각하지 못했을 뿐.

옳다구나 하고 소개받는 게 정상이지만 이보배에겐 한 가지 문제가 있었으니.

"그게 사실 한 반년 쉬다가 개업할 예정이라서요……."

그만둔다는 얘기를 할 때도 별 반응 없던 한현우의 미간이 꿈틀거렸다. 동갑 꼰대가 그냥 꼰대보다 무섭다는 걸 잊었을 뿐인데 반응이 살벌했다.

이보배는 다급히 외쳤다.

"노는 거 아녜요! 제가 제작 가능한 포션 종류를 알아보고 가게에서 팔 수 있는 품목과 수량 정하고, 가게 자리도 알아보고, 인테리어도 해야 하고, 또또, 6년 만에 귀환한 오빠랑 8년 만에 깨어난 오빠랑 같이 가족 여행도 갈 거예요!"

이제 그만두는 마당에 변명하는 것도 구차하다. 하지만 한현우라면 길드를 탈퇴하는 길드원에게도 훈수를 늘어놓을 것 같았다.

다행히 변명이 유효했다. 한현우의 표정이 편안해졌다. 한현우는 미련을 완전히 못 버렸는지 아쉬워했다.

"개인 공방을 차리신다니……. 이보배 씨가 심사숙고한 후 내리신 결정이겠지만 함께할 수 있으면 좋겠다고 생각했는데 아쉽습니다. 이보배 씨는 가능성이 있으니 개업 후에도 성장에 힘쓰셨으면 합니다."

"그러려고요. 만들고 싶은 포션이 생겼거든요."

"괜찮으시다면 어떤 포션인지 말씀해 주시겠습니까?"

이보배는 말할까 말까 잠시 고민했다. 그러다 한현우가 '연금술사의 솥뚜껑'에 무려 엘릭서 제작 레시피 일부를 열람할 수 있도록 게시해 둔 걸 떠올리고 말하기로 결심했다.

이보배는 혀를 한 번 돌린 후 웃음기 하나 없는 무미건조한 어조로 말했다.

"진짜마지막최종파이널라스트엘릭서요."

"네?"

"진짜마지막최종파이널라스트엘릭서요."

이것이 이씨 남매가 전 재산과 명예를 걸었던 ??? 제작 레시피 조각의 정체다. 일반 엘릭서로는 이귀한을 정화할 수 없다는 시스템의 암시였다.

누가 들어도 장난치지 말라고 화낼 이름이었다. 이보배도 그걸 알아서 무미건조한 표정을 지은 것이다. 한현우는 화내지 않고 방금 들은 포션 이름을 따라 했다.

"진짜마지막최종파이널라스트엘릭서라. 엘릭서가 끝이 아니었다니……."

"믿어주시는 거예요?"

한현우가 어깨를 으쓱였다.

"최종 보스 뒤에 진 최종 보스, 진 히든 최종 보스가 있는 건 흔한 일입니다."

'게임 뇌가 나쁜 건 아니구나.'

이씨 남매만 해도 식탁을 두들기며 '이건 아니지! 시스템 장난하냐!'라고 온갖 난리를 쳤다. 이귀한은 동생들 늙어 죽은 뒤 다 부순다고 협박하다가 사과까지 받았다고 한다.

한현우가 너무 깔끔하게 받아들여서 거부반응이나 화낼 걸 대비한 이보배는 민망해졌다.

"혹시 괜찮다면 보시겠어요?"

"네, 보여주신다면 보고 싶습니다."

한현우가 사양하지 않고 고개를 끄덕였다. 이보배는 레시피 조각을 그에게 보여줬다.

"0.001퍼센트! 가능하리라 보십니까? 엘릭서 레시피 조각은 평균 1퍼센트씩 보상으로 주어집니다. 제가 8년간 모은 게 20퍼센트를 넘기지 못합니다."

"레시피를 다 모으지 않아도 제작 시도는 가능하잖아요. 엘릭서를 기반으로 제작하다 보면 언젠가……."

턱없이 낮은 퍼센트는 신성력과 마찬가지로 포기하라는 시스템의 유혹일지 모른다. 그러나 이보배는 어려울 걸 알면서도 해보기로 결심했다.

'큰오빠가 협박한 덕분에 다음부턴 퍼센티지 올려준다고 확답도 받았고.'

개미굴 공략 같은 소소한 일엔 줄 수 있는 퍼센트가 0.001뿐이었다는 해명과 사과까지 받았다. 무려 시스템한테 직접 받은 사과니 0.001퍼센트에 포기하지 않으련다.

이보배는 씨익 웃었다.

"꿈은 클수록 좋다잖아요. 평생이 걸려도 좋으니까 해보려고요. 그렇다고 이거에만 매달리지 않을 거예요. 적당히 놀고, 사람이랑도 어울리기로 가족들이랑 약속했어요."

한현우는 이보배를 멍하니 응시했다. 날카로운 눈매가 누그러지더니 부드럽게 휘었다. 한현우가 작게 소리 내 웃었다.

"이보배 씨보다 꿈이 소박한 저는 드릴 말이 없군요. 개업 준비하실 때 연락 주십시오."

한현우가 이보배에게 명함을 건넸다. 입사할 때도 못 받은 명함을 퇴사할 때 받으니 기분이 묘했다.

'부길마 명함 겟!'

전투 연금 한현우의 명함이다. 이보배의 지갑에 곱게 모셔둘 명함이 또 한 장 늘었다.

"그럼 그동안 감사했습니다."

"이보배 씨."

"네."

"시스템은 지금도 패치를 거듭하고 있습니다. 균열의 날 모습을 드러냈던 몬스터 중엔 A급을 넘어선 S급인 놈들도 존재했습니다. 지금은 등장하지 않고 있지만 언젠가 분명히 모습을 드러낼 겁니다."

한현우가 갑자기 훈수 대신 설명을 늘어놓았다. 이보배는 깜짝 놀랐다. 이보배가 놀라거나 말거나 한현우는 뜬금없이 설명을 줄줄 읊은 목적을 밝혔다.

"사계절은 게임에서나 현실에서나 앞장서 공략하고 변화에 대비합니다. 시스템이 이보배 씨에게 엘릭서 다음 단계의 포션을 알려준 것은 분명 이유가 있을 겁니다. 키 아이템과 퀘스트는 조건을 달성한 자에게만 주어지니까요. 그러니."

한현우가 오른손을 내밀었다.

"만약 공략이 막히신다면 언제든 사계절을 방문해 주십시오."

"저 퇴사하는데도요?"

"독립한 식구도 식구지 않습니까."

한현우가 진짜 호의를 보이는 건지 목적이 있어서 선을 대는 건지 모른다. 하지만 이보배는 어느 쪽이든 상관없다고 여겼다.

'듣기 좋으면 그만이지.'

이보배는 자연스럽게 한현우의 손을 잡았다. 닿는 것도 황송해 조심스럽던 일주일 전과 달랐다.

'나 박마노 때려본 사람이다.'

때려만 봤나? 무릎도 꿇려봤다. 부길드 마스터랑 하는 악수는 아무것도 아니다. 이보배는 평범하게 잡고 평범하게 흔들고 평범하게 손을 놓았다.

"이보배 씨의 건투를 빌겠습니다."

"저도 귀사의 무궁한 영광과 발전을 빌겠습니다. 부길드 마스터도 포함해서요."

이보배가 문 쪽으로 걸어가자 한현우는 이전과 마찬가지로 문을 대신 열고 붙잡았다. 이보배는 가볍게 묵례해 감사 인사를 대신했다.

그게 사계절 길드에서의 마지막이었다.

외부인 주차장으로 가니 자동차 경적이 울렸다. 이보배는 소리가 들린 방향으로 걸어갔다. 운전석에 앉아 있던 이해기가 달려 나와 짐을 받았다.

"짐은 이게 다니?"

"응. 가벼우니까 들고 탈게."

"5년 넘게 일했는데 짐이 적구나."

"포션 재료랑 설비는 회사에 있고, 위생적인 환경이 낫겠다는 인식도 있어서 사적인 물건은 안 가져다 두는 편이었거든."

이보배가 앞 좌석에 오르자 뒷좌석에 앉아 있던 이귀한과 이한생이 고개를 들었다.

"막내야, 퇴사 잘했어?"

"돼지가 이제 자유로운 돼지가 되었구나."

"그래, 난 프리 돼지야."

이보배는 짐을 발치에 내려놓고 턱을 치켜들었다.

"프리 돼지는 자유로워. 뭐든 할 수 있고 어디든 갈 수 있지."

"어디로 모실까요, 프리 돼지 님."

"어디가 좋을까……. 그래. 오빠들이 더럽고 치사하게 프리 돼지를 버리고 간 강원도를 가볼까."

눈물 콧물 흘려가며 차 뒤를 쫓아 달린 설움은 평생 잊지 못하리라. 큰 새끼와 작은 새끼가 지레 찔려 웃고 망나니 혼자 당당했다.

"강원도는 좋은 곳이냐?"

"아아, 강원도는."

"그거 지겹지도 않느냐."

화르세인지에게 '아아, ~라는 것이다'를 써먹지 못하게 되었다. 슬픈 일이다. 이보배는 대충 산 좋고 물 좋고 바다도 있는 동네라고 설명했다.

"좋은 곳 같구나. 얼른 가자."

"이 기사, 들었지? 운전해. 오늘 저녁은 짬뽕 순두부다."

"알아 모시겠습니다!"

"밟아라!"

사 남매를 태운 차가 지하에 있는 외부인 주차장에서 빠져나와 도로에 올랐다. 시원하게 내달리는 마음과 다르게 서울 노른자위 도로는 꽉 막혀 정체 상태였다.

도로가 꽉 막히면 어떠랴. 지금 이 순간 이보배의 행복은 아무도 막지 못할 텐데.

이보배의 들뜬 마음은 차가 시외가 아닌 한강 다리 밑으로 향하기 시작하면서 가라앉았다.

이보배는 자동차 앞에 보이는 균열을 가리켰다. 주위에 관리국 직원이 없는 걸 보니 미신고 균열이었다.

"지금 뭐 하는 거지?"

"하하하, 보배야. 실은 내가 널 기다리다 심심해 전에 짜 둔 슈퍼울트라나이스퍼펙트한 독식 계획을 봤는데 말이야."

"그래서?"

"이 균열은 포기할 수 없구나. 이런 오빠라 진심으로 미안하드아아아!”

도대체 어느 새끼가 용서받기가 허락보다 쉽다고 했나. 잡히면 죽었다.

이해기가 균열을 향해 액셀을 밟았다.

“뭐냐, 뭐야! 갑자기 뭐야!”

“둘째야, 이건 나도 좀 화가 나는구나! 내 프프프!”

모두가 반대하는데 회귀자 혼자 신이 났다. 이보배는 안전 벨트를 붙잡고 비명을 질렀다.

“너 죽었어, 이해기! 죽어도 용서 안 해! 인생에 도움 안 되는 새끼야아아악!”

이보배의 처절한 비명과 함께 남매를 태운 차가 균열 안으로 사라졌다.

12. 에필로그

프린세스 프린스 프린세스의 출석 보상을 놓친 이귀한의 분노는 어마어마했다. 이해기는 마왕의 분노에 정면으로 맞서려 했다. 그러나 이보배와 화르세인지도 그의 편이 아니었다.

결국 이해기는 백기를 들고 모두의 분노가 풀릴 때까지 머슴을 자처하게 되었다.

"빨래가 왜 이렇게 많지? 이전의 두 배는 되는구나."

"정확해. 집에 사람이 넷이라 두 배가 되었어."

이씨 집안의 공식 머슴 이해기가 빨래를 개면서 투덜거렸다. 이보배는 소파에 누워 이해기의 불평을 한 귀로 듣고 한 귀로 흘리며 뉴스를 봤다.

—신라 길드가 고의적으로 짐꾼과 채집꾼을 낙오시켜 마감 시간을 늘린 의혹이 사실로 밝혀지며 사회에 큰 파장을 주고 있는 가운데, 균열 및 헌터 관리국에선 여죄 여부를 엄중 수사하겠다고 공식 입장을 밝혔습니다.

"꼴좋다."

이해기가 피식 웃었다.

"신라도 작은오빠 적이었어?"

"적에도 못 미치는 송사리였다. 그들로 인해 죽을 뻔했던 건 맞지만 알아서 자멸하니 신경 쓸 필요 없지."

이보배가 느낌이 안 좋다며 챙겨준 C급 포션이 아니었다면 이해기는 낙오되어 균열에서 명을 달리했을 것이다. 혼자 남았을 동생을 생각하면 화가 나지만 결국 각성하고 살아나왔으니 상대할 가치도 없었다.

"아라크네에게 정보 좀 찔러줬더니 발각되는 게 빠르긴 하네. 원래는 2년 뒤에 밝혀지는데."

"사람이 어떻게 저런 짓을 할까."

"사람이니까 할 수 있는 거다. 그러니 보배야, 너도 사람의 선의를 너무 믿지 말거라. 네가 순수한 마음을 유지했으면 좋겠다 싶다가도 워낙 세상이 흉흉하니 최소한의 경계는 했으면 좋겠다. 너도 알다시피 오빠가 트라우마가 있어."

"응, 간헐적 과보호."

뉴스를 틀어두면 이해기가 계속 과보호를 할 것 같아서 이보배는 채널을 돌렸다. 평일 오전이라 그런지 채널을 아무리 돌려도 재밌어 보이는 프로가 없었다.

그때 이보배와 이해기의 핸드폰이 동시에 울렸다. 이귀한이 게임 초대 문자를 보낸 것이다.

"형한테 이 게임 괜히 알려줬어. 과금을 얼마나 열심히 하는지 모른다."

"큰오빠는 그 게임이 그렇게 재밌대? 하는 거 구경했는데 별 재미없던데."

"사람들이 이세계에서 온 플레이어에게 친절한 게 마음에 든대."

"……."

내막을 생각하면 슬픈 이야기였다. 이보배는 이귀한이 용돈을 모두 게임에 쏟아붓더라도 봐주기로 했다.

"큰오빠에게 대체 무슨 일이 있었던 걸까?"

"글쎄다. 내게도 말해주지 않으니 좀 더 두고 보도록 하자꾸나."

"알겠어."

리모컨을 누르며 방황하던 채널 유랑자 이보배는 영화 소개 프로그램에서 손을 멈췄다. 스릴러 영화 예고편이 나오는데 무척 재밌어 보였다.

"우리 저거 보러 갈까?"

"저거 주인공이 범인이다."

이보배는 리모컨을 이해기에게 집어 던지려다 참았다. 이해기가 분노한 동생을 신경 쓰지 않고 말을 이었다.

"상업성과 작품성 모두 만족시킨 명작이라고 재방송을 얼마나 자주 해줬는지 모른다. 난 지겨워."

"이래서 회귀자는……."

어지간하면 〈사랑의 매〉를 쓰지 않겠다는 결심이 이럴 때마다 흔들렸다. 이보배는 복식호흡으로 마음을 가다듬었다.

다음 영화 소개가 이어졌다. 눈을 사로잡는 화려한 액션과 CG의 향연에 이보배가 눈을 크게 떴다. 액션 감수를 검성이 맡았다는 대목에선 귀를 의심했다.

"검성이 영화도 찍어?"

정확하겐 찍은 게 아니라 액션 감수를 맡은 것이다. 하지만 세계 최강이라 불리는 헌터가 균열 공략하기도 바쁜데 영화 액션을 감수했다는 얘기에 절로 관심이 갔다.

"아, 저거. 천만 관객 찍은 영화다."

"우와, 재밌나 보네. 스포일러 금지. 절대 금지."

"그런데 저 영화."

"안 들려! 안 들려! 아아아아! 하나도 안 들린다!"

이해기가 또 뭐라고 말할까 봐 이보배는 귀를 막고 '아'만 외쳤다. 이해기가 입을 다무는 것을 보며 귀에서 손을 떼자 이해기가 또 영화 관련 이야기를 하려고 했다.

이보배는 미래에서 다 보고 온 회귀자의 스포일러 테러를 피하기 위해 소파에서 일어났다.

이귀한은 초대 문자를 돌린 후 1일 8시간 수면을 채우기 위해 낮잠을 잤다.

이한생은 거동이 불편한 사람들에게 도시락 배달 가는 봉사에 따라갔다. 이보배는 말리고 싶었지만 화르세인지가 비각성자에게 맞을 능력치는 아닌지라 어쩔 수 없이 허락했다.

어쨌든 집엔 이해기와 이보배만 깨어 있다. 이해기는 콧노래를 부르면서 집안일을 하고 있고 이보배는 한가하고 심심하다. 이해기에게 말을 걸면 스포일러가 튀어나올까 봐 놀자고 할 수도 없었다.

'나도 낮잠 잘까? 아냐, 그건 아니지.'

결국 이보배는 가볍게 산책을 다녀오기로 했다.

"저녁 먹기 전에 돌아오렴. 오늘 저녁 반찬은."

"저녁 반찬 스포일러도 금지야!"

반찬은 먹고 싶은 걸 요청한 게 아니면 장바구니 내용물과 주방에서 풍기는 냄새로 알아맞히는 것이 인생의 재미 아니겠는가.

설렁설렁 공원을 산책하며 퇴직자의 참맛을 누리던 이보배가 수상한 소리를 포착했다. 따라오는 발소리가 들리는 것 같아 뒤를 돌아봤다. 그녀의 뒤엔 아무도 없었다.

'잘못 들었나?'

설마 대낮부터 여자 뒤를 쫓는 변태가 있다고 생각하고 싶진 않았다. 찝찝해 산책할 마음이 뚝 떨어졌다. 이보배는 집으로 돌아가려고 걸음을 재촉했다.

"악!"

그 순간 뒤통수에서 강렬한 충격이 전해지며 눈앞에 불꽃이 튀었다. 이보배는 의식을 잃고 쓰러졌다.

'여기는…….'

의식이 돌아온 이보배는 힘겹게 눈꺼풀을 들어 올렸다. 머릿속이 징 울리면서 지끈거렸다. 얻어맞은 뒤통수는 피부가 터졌는지 화끈거리면서 아팠다.

'여기가 어디지.'

눈을 제대로 뜨지 못해 보이지 않는 건 줄 알았는데 주위가 어두웠다. 이보배는 움직이려다 손이 뒤로 묶인 상태임을 깨달았다. 그나마 다행히 다리는 묶이지 않았다.

이보배는 주위를 둘러보았다. 처음엔 어두워서 아무것도 보이지 않았지만 눈이 어둠에 적응하자 가까운 것은 대충 보였다.

누워 있는 그녀에게 가장 가까운 건 바닥이었다. 콘크리트 재질의 바닥에선 특유의 먼지 냄새가 났다. 어딘가의 건물 안인 것 같았다. 어두워서 문은 보이지 않았다.

'도대체 누가.'

이보배는 입술을 꽉 깨물고 울상을 지었다. 도대체 누가 무슨 목적으로 그녀를 기절시켜 감금했단 말인가.

'인신매매?'

생산계 각성자 인신매매는 세계적인 인기 사업이라던 박마노의 말이 떠올랐다.

이보배가 각성자인 건 동네 사람이라면 대부분 알았다. 인신매매를 목적으로 한 납치일까? 각성자 범죄율 최하위를 자랑하는 대한민국에서 이게 무슨 일이란 말인가.

이보배는 눈물이 나오려는 것을 참고 또 다른 가능성을 생각해 보았다.

'사적인 원한은 없지. 내가 얼마나 바쁘게 살았는데.'

다른 사람 원한 살 시간도 없을 만큼 기계처럼 일만 했다. 이보배는 가족 중 원한 살 만한 사람이 없는지 생각했다.

'큰오빠는 돌아온 지 얼마 안 되었으니까 패스. 작은오빠는 가능성이 있네.'

수시로 적이 아니라는 둥 적이 있었다는 둥 말하는 이해기다. 이한생의 인간관계를 되짚어볼 것 없이 이해기였다. 무조건 이해기였다.

'아니야. 그것도 작은오빠가 헌터로 활동한 미래 얘기잖아. 작은오빠가 얼마나 성실하고 착하게 살았는데.'

회귀한 이해기가 같은 실수를 반복하지 않기 위해 몸을 사리는 건 하늘이 알고 땅이 알고 시스템이 알고 이보배가 알았다.

여러 가지 가능성을 점쳐 보던 이보배는 밖에서 들려오는 발소리에 숨을 죽였다. 녹이 슨 무언가가 움직이는 소리가 들리더니 문이 열렸다.

기절하고 시간이 얼마 흐르지 않았는지, 아니면 하루 이상 지났는지 밝은 빛이 쏟아졌다. 눈을 감고 기절한 척하려던 이보배는 익숙한 목소리에 저도 모르게 눈을 떴다.

"돼지야!"

도시락 배달 봉사 활동을 간 화르세인지의 목소리가 들렸다. 갑자기 강한 빛이 들어오는 바람에 이보배는 눈을 찡그렸다.

"막내 오빠! 구하러 와준 거야?"

반색한 그녀를 비웃듯 이한생이 앞으로 고꾸라지며 쓰러졌다. 뒤에서 누군가가 이한생을 걷어찬 것이다.

"아니, 나도 잡혔다."

'에라이.'

한심한 건 한심한 거고 걱정되는 건 걱정되는 거다. 막내 오빠까지 납치당했단 사실에 이보배의 심장이 거칠고 불길하게 뛰었다.

"벌써 깨어났나? 너무 약하게 친 거 아니야?"

"어차피 깨울 거 뭐 어때."

"감히 나를 걷어차다니! 용서하지 않겠다!"

화르세인지가 외치자 걷어차는 소리가 들렸다. 망나니가 신음했다.

"이 새낀 왜 이렇게 팔팔해? 돌았다더니 아직도 상황 파악이 안 되나?"

문이 닫히고 건물 조명이 켜졌다. 천장, 벽과 바닥만 있는 텅 빈 건물이었다. 사용하지 않는 창고 같았다.

이보배는 납치범들을 파악하기에 앞서 이한생의 안위를 살폈다. 이보배처럼 손이 뒤로 묶인 화르세인지가 바닥에 쓰러져 있었다.

납치범은 모두 다섯이었고 처음 보는 사람들이었다. 무기를 장비한 것이 헌터 같았다.

"누구세요? 저희한테 왜 이러세요? 저희 집 돈 없어요. 진짜 없어요."

"납치당했는데 말도 안 더듬네? 무섭지도 않은가 봐? 이 집안은 핏줄부터 재수가 없나."

다섯 명 중 가운데에 서 있던 납치범이 이보배에게 건들거리며 다가왔다. 그러더니 이보배를 걷어찼다. 난데없는 폭력에 이보배는 비명을 질렀다.

“꺄악!”

“네가 할 일은 하나야. 이해기한테 살려달라고 비는 거.”

“돼지를 건드리지 마라!”

다가온 납치범이 손짓하자 네 명이 이한생을 구타했다. 이자가 주범이거나 리더인 듯했다.

이보배는 아픈 것도 잊고 외쳤다.

“때리지 마요!”

“네 걱정이나 해.”

납치범이 이보배를 걷어차고 발로 밟았다. 태어나서 처음으로 무방비 상태에서 폭력에 노출되어 그저 무서웠다. 살려달라고 빌지 않은 건 마찬가지로 저항하지 못하고 맞는 막내 오빠 때문이었다.

“도대체 왜 이러시는 거예요!”

“네 오빠 이해기. 그 새끼가 관리국에 우릴 꼰지른 걸 모를 줄 알아? 처음 볼 때부터 재수 없는 새끼였는데 감히 고용주를 배신해?”

“우리 오빤 누구 배신할 사람 아니에요!”

납치범이 이보배의 머리카락을 잡고 강제로 위로 끌어올렸다. 이보배는 이를 악물고 비명을 참았다.

“쥐뿔도 없는 짐꾼 새끼를 고용해 준 게 누군데 유언비어를 퍼뜨려 길드를 배신해?”

납치범이 이보배의 얼굴에 침이 튀길 정도로 격렬하게

외쳤다.

"이해기 그 새끼가 짐꾼들 선동하고 쑤시고 다녀서 증거 모아 관리국에 찌른 거 모를 줄 알아? 지가 찌른 거 감추려고 사계절을 통해 관리국에 전달했지! 여동생이 사계절 다닌다고 잘난 척하더니 너 사계절 그만뒀다며? 이젠 문제 될 것도 없지."

납치범의 말을 듣고 나니 이보배는 대충 상황을 이해할 수 있었다.

요약하자면 이거다. 신라 길드는 갑질이 심했고 균열에 일부러 사람을 낙오시키는 등의 흉악 범죄를 저질렀다.

이번에 그 사실이 들통났는데 이 저열한 악당들은 이해기가 증거를 모아 사계절에 찔렀다고 오해한 것이다. 그래서 보복하기 위해 이보배와 이한생을 납치한 것이고.

사계절 길드가 복수할까 무서워 이보배가 퇴사한 후에 납치했다는 점에서 1류를 깎는다.

제대로 알아보지 않고 재수 없다는 이유로 이해기를 고발자로 지목한 부분에서 또 1류를 깎는다.

마지막으로 저항 못 하는 인질을 두들겨 패는 점에서 1류를 깎는다.

이해기 말대로 상대할 가치도 없는 송사리였다. 삼류 악당이란 말도 아까웠다.

납치범들이 너덜너덜해진 화르세인지를 끌고 와 이보배

옆에 두었다. 코피가 터져 피범벅이 된 얼굴을 보자 이보배는 참지 못하고 울상을 지었다.

송사리가, 아니, 송사리라고 하는 건 송사리에 대한 예의가 아니다. 저열하고 되다 만 삼류 악당이 핸드폰으로 어딘가에 전화했다. 인질을 잡았으니 이해기를 불러오려는 속셈이겠지만 이해기는 전화를 받지 않았다.

"통화 중? 하하!"

저열한 새끼가 이보배를 발로 툭툭 건드렸다.

"잘나신 이해기가 통화 중이라는데? 동생이 납치된 것도 모르고 어디에 그렇게 전화하고 있을까? 내가 다시 걸었을 때 이해기가 받지 않으면 그때마다 한 대다."

요즘은 불량배도 그렇겐 삥을 안 뜯는다. 납치범들이 이보배와 이한생을 죽이지 않고 이해기를 기다릴 셈인 것 같아 이보배는 안도했다.

'누구든 오면 너흰 끝이야.'

이해기든 이귀한이든 한 명만 오면 납치범들은 끝난다. 신라 길드에 소속된 헌터들이니 레벨이 적잖이 높을 테지만 오빠들이 질 거란 생각은 들지 않았다.

저열한 새끼가 다시 전화를 걸었다. 이보배가 들으라는 듯이 스피커로 돌려두었고 이번에도 통화 중이란 안내 음성이 떴다.

"들었어? 이걸로 한 대다."

저열한 새끼가 다시 이보배의 머리를 잡아당겨 끌어 올렸다. 따귀를 때리려는 듯해 이보배는 어금니를 꽉 깨물었다.

부르릉.

멀리서 희미하게 차 소리가 들렸다. 저열한 새끼도 들었지만 신경 쓰지 않았다. 지나갈 차라고 여긴 듯했다. 그러나 소리가 점점 가까워졌다.

"또 올 놈 있냐?"

"없어."

"젠장, 여기 아무도 안 쓰는 곳 맞지?"

"차명으로 빌린 곳이야. 우리 말고 다른 사람이 올 리 없어."

"그럼 저건 뭐야!"

차 소리는 점점 가까워지더니 바로 건물 밖에서 들렸다.

납치범 중 하나가 나가서 확인하려는데 큰 소리를 내며 창고 문이 부서졌다. 문을 부수고 들어온 차에서 이해기가 내렸다.

"발견했다. 고맙다, 아라크네."

"네놈 이해기! 여길 어떻게 알고!"

저열한 새끼의 얼굴이 일그러졌지만 오래 놀라진 않았다. 저열한 새끼가 동료 납치범에게 눈짓했다. 저열한 새끼가 말 그대로 저열하게 웃었다.

"꼴에 B급으로 각성했다지? 그래 봐야 신라 길드의 정예를 상대할 순 없을 거다."

"둘째야, 애네 알아?"

"모르는데."

"재네는 널 알잖아."

"너무 하찮아서 몰라."

"왜 하찮은 게 막내랑 셋째 납치하게 됐어?"

"끝낸 뒤에 혼나면 안 될까?"

차에서 뒤이어 나온 이귀한을 본 저열한 새끼가 낄낄 웃었다.

"귀환자라고 했던가? 각성자가 둘이면 상대할 수 있을 것 같으냐? 동생들이 다치는 걸 보고 싶지 않다면 당장 무릎 꿇고 빌어라."

납치범 넷이 이귀한과 이해기를 포위했다. 마법사도 있는지 거리를 벌려 스킬을 준비하는 모습이 심상치 않았다.

이보배와 이한생을 발견한 이귀한의 눈에서 빛이 사라졌다. 어둠 속에서 요사스럽게 빛날 때보다 빛이 사라지는 게 더 무서웠다.

"둘째야, 자신의 일은."

"스스로 하자. 알아서 척척척. 스스로 어른이."

노래가 끝나기 전에 이해기가 움직였다. 삽시간에 넷을 쓰러뜨린 이해기가 저열한 새끼에게 고개를 돌렸다. 저열한 새끼가 이보배의 옷자락을 잡고 강제로 일으켜 목에 칼을 들이댔다.

"말도 안 돼! 어떻게 너 따위가 넷을 동시에!"

이해기가 한숨을 쉬면서 다가왔다. 이보배는 목에 드리워진 칼날의 서늘함을 피부로 느꼈다.

"다가오면 죽여 버린다!"

"이러지 마세요. 제가 우리 집안 가장이란 말이에요."

납치하기 전 목표에 대한 사전 조사는 필수다. 이미 알고 있을 것 같지만 혹 모르니 한번 주지시킨 다음 이보배가 입을 열었다.

"그러니까 꿇어, 새끼야."

이보배는 〈가장의 위엄〉을 발동했다. 천하의 박마노도 무릎 꿇린 SS급 스킬이다. 삼류도 되지 못하는 저열한 새끼가 버틸 수 있을 리 없었다.

"이게 무슨!"

저열한 새끼가 칼을 떨어뜨리고 바닥에 무릎 꿇었다. 이보배는 풀려나자마자 오빠들에게 달려갔다. 이보배와 교환하듯 이해기가 저열한 새끼에게 쇄도했다.

저열한 새끼는 몇 대 맞자 바로 기절했다. 이귀한이 이보배의 묶인 손을 풀어주었다. 이보배는 손이 풀리자마자 포션을 꺼내 화르세인지의 상태를 살폈다.

"어헝헝, 막내 오빠 일어나."

참았던 눈물이 쏟아졌다. 몸이 흔들리자 망나니가 신음을 내며 눈을 떴다. 이보배는 이한생의 입에 포션을 꽂아 넣고 전신에 포션을 뿌렸다. 망나니는 입에 물린 포션병을 뱉었다.

"어떻게 된 것이냐."

"둘째가 싼 똥 스스로 치웠어!"

실제론 남이 싼 똥이지만 어쩌겠는가. 상대가 이해기를 지목했으니 이해기가 똥 주인이다.

이보배가 비축한 B급 포션을 썼기에 이한생의 몸은 깨끗하게 나았다. 이보배는 막내 오빠의 몸 상태를 여러 번 확인한 후에야 자신의 몸을 치료했다.

"어떻게 온 거야? 우리가 납치된 것도 몰랐잖아."

그러다 이보배는 이한생의 핸드폰이 위치 추적이 된다는 사실을 떠올렸다.

"아, 막내 오빠 폰을 위치 추적한 거야?"

"아니다. 한생이 핸드폰은 납치된 장소에 떨어져 있었어."

"그럼 어떻게 납치된 걸 알았어?"

이해기가 납치범들을 한데 모아 손과 발을 묶었다. 그들이 인벤토리에서 날붙이를 꺼내 밧줄을 자르지 못하도록 신경 써서 묶으며 이보배의 질문에 대답했다.

"최요한이 너와 한생이가 부상과 기절 상태라고 전화해서 알려줬다. 최요한에게 방향을 듣는 걸론 빨리 찾을 수 없어 아라크네에게 부탁했지. 아라크네가 위치를 확인하는 게 더 빠르니까."

아라크네가 최요한, 이해기와 동시에 통화하면서 길을 안내해 줘 도착할 수 있었단다.

'감사 인사 해야겠네.'

쿠키와 음료수를 바쳤는데 또 감사할 일이 늘었다. 이번엔 최요한에게 무엇을 바쳐야 할 것인가. 피가 엉겨 붙은 머리를 정돈하는데 이해기가 납치범들의 입에 재갈을 물리더니 발을 잡았다.

"끄으으윽!"

똑. 똑. 과일 따는 것처럼 단조로운 손놀림에 납치범들의 발목이 부러졌다. 싸늘한 표정으로 다리 열 개를 모조리 부러뜨린 이해기가 중얼거렸다.

"내가 동생을 잃고 배운 게 하나 있지."

원하던 것이 모두 충족된 완벽한 일상에 감춰왔던 모습이 드러났다.

"복수는 빨리하면 안 돼."

이해기는 웃지 않았다. 복수는 즐거운 일이지만 웃어선 안 된다. 감정에 몰입해 지나치게 빨리 끝내 버리는 실수는 한 번으로 족했다.

그는 더 잘하기 위해 돌아온 회귀자였다. 이귀한의 말대로 1+1을 할 생각은 없지만 먼저 건드린 놈이라면 참지 않아도 괜찮았다.

이해기의 낯선 면모를 보고 이보배는 눈을 깜빡였다. 화르세인지는 인상을 썼다.

"사기꾼이 아니라 도살자였느냐."

"나! 나나! 둘째야, 그거 내 전문!"

"나도 꽤 하는데 나한테 맡기면 안 돼, 형?"

"넌 몸만 털잖아! 난 영혼까지 알뜰히 털어!"

"그럼 몸은 내가 맡을게. 숨은 붙여둘 테니까 혼은 형이 맡아."

"몸도 내가 더 잘하는데!"

자신이 더 고문을 잘한다며 자랑하는 오빠들을 보고 이보배가 입을 열었다.

"오빠!"

큰오빠와 작은오빠를 동시에 부르니 둘이 그제야 낭패란 표정을 지었다. 이귀한이 시무룩하게 고개를 숙이고 이해기가 부드러운 미소를 지었다.

"안 그래도 놀랐을 텐데 갑자기 이런 모습 보여서 미안하다, 보배야. 관리국에 연락할게."

"그거 아니야."

이보배는 고개를 저었다. 터진 뒤통수를 포션으로 치료하긴 했는데 흔들었더니 골이 띵했다. 이보배는 인벤토리에서 빠루를 꺼내 몇 번 휘둘렀다. 한강 다리 아래 균열에서 빠루를 잃는 바람에 철물점에서 새로 구입한 장비였다. 길드에서 지급한 합금 개조 빠루보다 부실했지만 그래도 느낌은 살았다.

"맞은 건 나니까 내가 패야지. 팰 거면 같이 패자."

이보배는 법을 지키며 살아온 준법 시민이다. 그렇지만 자신을 납치하고 폭행한 악랄한 새끼를 발목만 부러뜨려 관리국에 넘기는 호구는 아니었다.

균열이 터지고 세상이 변했다. 잠깐이지만 사회 질서와 치안이 붕괴되었고 몬스터가 등장하면서 사람들은 폭력에 보다 관대해졌다.

자신의 몸은 자신이 지킨다. 특히 각성자에겐 그런 인식이 더 강하게 자리 잡혔다.

생산계이긴 해도 이보배 또한 각성자다. 뒤통수를 터뜨리고 발로 걷어찬 새끼라면 빠루로 10배 갚아줘야 공평했다.

"돼지야."

"말리지 마. 나 화났어."

"나도 다오."

이한생은 이보배처럼 한 대 맞고 기절하지 않아 더 많이 맞았다. 화르세인지가 개미굴 이후 다시 만난 빠루를 힘차게 휘둘렀다. 능력치가 좋아져서 그런지 공기를 가르는 소리가 이전보다 살벌했다.

"막내야, 셋째야. 너희가 내 동생인 게 자랑스러워."

"이 새끼들 물리 방어가 높아서 보배가 때리면 별로 안 아플 텐데."

"큰오빠, 저번에 균열 들어갔을 때처럼 빠루에 마력 좀 넣어줘."

"그럼 빠루 부서져서 한 대밖에 못 때리는뎅."

"아, 맞다. 그러네."

이보배가 고개를 저었다. 한 대만 때릴 거면 차라리 그냥 후려 패는 게 나았다.

"형, 방어력 떨어뜨리는 저주 같은 거 몰라?"

"쇠약해지게 할 수는 있는데."

"한생아, 거리 좀 벌려줄래?"

어떻게 하면 안 죽이면서 더 아프게 때릴 수 있을 것인가. 기절했다가 깨어나 신음하는 납치범들을 둘러싸고 사남매는 진지하게 의논했다.

흉겹게 달아오르는 분위기는 가까워지는 배기음과 경적 소리에 깨졌다. 고급 승용차에서 최요한이 내리더니 허허 웃었다.

"아니, 이분들이 연장을 들고 계시네. 과잉 방어 모르세요?"

"이보배 씨, 괜찮습니까?"

최요한이 내린 좌석이 운전석이 아니더라니, 운전석에서 한현우가 내렸다. 이보배는 갑자기 나타난 한현우 때문에 놀랐다.

"어, 부길마, 아니, 한현우 씨가 여긴 어쩐 일이세요?"

"한현우 부길드 마스터와 거래하던 중에 두 분이 기절

하신 걸 알아차렸거든요. 즉각 전화하다 보니 이렇게 같이 오게 되었어요."

"이자들은……."

이보배도 납치범의 정체를 몰랐고 이해기도 납치범이 누군지 몰랐지만 한현우는 알고 있는 듯했다. 한현우가 치를 떨며 납치범에게 경멸의 눈빛을 던졌다.

"신라 길드군요. 추잡하게 발악하는 건 알고 있었지만 이딴 범죄까지 저지를 줄이야. 이 일은 사계절에서도 강력하게 항의하겠습니다."

"아아."

최요한이 아쉬워했다.

"이분만 안 모시고 왔어도 적당히 묻어버리고 끝낼 수 있었는데."

이보배는 살짝 궁금해졌다. 최요한이 묻어버리지 못해 아쉬워한 것은 이 사건인가 아니면 납치범들인가.

'후자 같단 말이지.'

최요한이 하는 말이 묘하게 쎄한 느낌이 드는 것이 후자 같았다. 물리적 생매장을 하지 못해 아쉬워하는 최요한이 이보배에게 말했다.

"장부가 칼을 들었으면 무라도 썰어야 하죠. 기왕 연장 꺼내신 거 딱 맞은 횟수의 두 배만큼만 때리세요."

묶은 상태에서 다리를 부러뜨린 것으로도 이미 과잉 대

응이다. 사 남매가 아쉬워하면서 납득하는데 한현우 혼자 깜짝 놀랐다.

"최요한 씨! 그게 무슨 말입니까! 이미 제압 완료한 상태입니다!"

"현우 씨, 이번만 봐주시죠. 저희 보배 머리가 터졌습니다."

이해기가 한현우에게 친한 척하며 이보배의 터졌던 뒤통수를 보여줬다. 이보배는 고개를 끄떡이면서 피 묻은 머리카락을 가리켰다.

"아니! 생산계를 피 날 때까지 때리다니! 더 괘씸하네요! 세 배 인정해 드릴게요!"

최요한이 너스레를 떨었다. 한현우는 찡그린 미간을 펴지 않다가 못내 고개를 끄덕였다.

"저는 아무것도 보지 못했습니다."

"감사합니다."

이런 걸로 감사의 말을 전하려니 기분이 묘해져서 이보배는 푭 하고 웃었다. 이보배가 납치범을 때리러 가는데 최요한이 참견했다.

"이보배 씨가 때려봐야 별로 안 아프니까 오빠들에게 맡기세요."

"안 아파도 패고 싶어서요."

"반발력으로 이보배 씨의 손목이 다칠 수가 있어요."

이보배는 아쉬워서 혀를 찼다. 최요한이 조금만 늦게 왔어도 큰오빠가 수를 써 때릴 수 있었을 텐데.

오빠 셋이 신나게 매타작하는 걸 물끄러미 지켜보자 한현우가 불쑥 손을 내밀었다.

"크흠흠!"

'뭐야?'

갑자기 왜 이러나 싶어 한현우의 손을 보니 뭔가 쥐여 있었다. 이보배는 뭔가 싶어 얌전히 받았다. 포션 같은데 포션이 아니었다. 병 겉면엔 '최루액'이라고 쓰여 있었다.

'이런 배우신 분.'

사람에게 고통을 주는데 꼭 물리적인 방법일 필요는 없다. 다른 방식으로도 고통을 안겨줄 수 있었다.

사람은 도구를 쓰는 동물인데 왜 이 생각을 못 했을까. 한현우가 괜히 대한민국 최고의 연금술사가 아니었다. 다 이유가 있었다.

"정말 감사합니다!"

"저는 아무것도 못 봤습니다."

이보배는 한현우가 운구까지 해줄 정도로 친했다는 말을 믿지 못했었다. 이제부턴 믿기로 했다. 한현우도 알고 보니 괜찮은 구석이 있었다.

최요한이 허락해 준 것보다 딱 1.5배를 더 때리고 이보배가 납치범의 눈가에 최루액을 바르는 것으로 납치 사건은 끝났다.

최요한은 범인 수송차가 올 때까지 창고에서 대기하기로 했다. 이보배와 이한생은 혹시 모른단 이유로 병원에 가게 되었다.

한현우는 병원까지 남매를 따라왔다. 검사비를 자기 카드로 긁더니 이해기에게 사계절 길드 가입을 권했다.

"흐음, 이곳도 다시 보니 반갑군."

"셋째야, 혼자 다니지 마. 위험해."

사람 많은 병원에서 뭐 위험하겠냐만 자라 보고 놀란 가슴은 솥뚜껑 보고도 놀란다. 화르세인지가 슬금슬금 돌아다니자 이귀한이 뒤를 졸졸 따랐다.

이보배는 대화 중인 이해기와 한현우를 보다가 자판기로 다가갔다. 창고에서 먼지를 마셨는지 목이 텁텁했다.

'인벤토리에 콜라 좀 넣어둘까. 아냐, 기호품은 초콜릿으로 충분해.'

이보배는 유사시에 대비해 꽉꽉 채운 인벤토리를 점검하고 콜라 보관을 포기했다. 자판기에서 떨어진 콜라를 집으려는데 손가락이 길고 선이 곧은 손이 그녀보다 먼저 콜라를 집었다.

이보배는 곁눈질로 옆을 살폈다. 한번 보면 잊을 수 없이 강렬하고 그것 말곤 기억할 수 없게 되는 붉은 치파오가 옆에 있었다.

'맞아, 저 다리.'

길게 트인 치마 사이로 보이는 저 늘씬한 다리가 머릿속에서 지워졌었다 이 말이다. 화려하고 아름다운 얼굴은 또 어떤가. 눈이 마주치자 아라크네가 생긋 웃더니 콜라를 따서 지가 마셨다.

'염치없는 거미 새끼.'

카페에서와 마찬가지로 사람들은 아라크네를 발견하지 못했다. 한현우와 대화하던 이해기가 시선을 돌려 이쪽을 바라보았다.

"신기하여라."

아라크네가 이해기에게 손을 흔들었다. 이해기는 아라크네를 인지하고 목례했다.

"절 인지하는 건 둘째 치고 직통 전화번호는 어찌 아셨는지 몰라. 혹시 아시는 것 있으세요?"

"저는 아무것도 몰라요."

이보배는 자판기에 돈을 다시 투입했다. 아라크네에게 콜라를 뺏기는 바람에 콜라를 마시고 싶은 마음이 사라졌다. 그래서 사이다 버튼을 눌렀다.

아라크네는 이번에도 먼저 음료수를 집더니 캔을 따 이보배에게 건넸다. 사슴이 절하는 것처럼 우아했다.

"도와주셔서 감사합니다."

"별말씀을요. 고객님께 도움이 되어서 기뻐요. 조금 다치셨다고 들었지만 후유증이 없어 다행이네요."

'후유증이라.'

물리적인 외상은 포션으로 깨끗하게 나았다. 하지만 마음의 상처는 어떨까. 이보배가 그렇다는 얘기가 아니다. 갑자기 납치되어 일방적으로 얻어맞은 것치곤 충격이 덜했다.

진짜 후유증을 호소할 사람은 따로 있었다.

"잠시 상담 부탁드려도 될까요? 상담비 이미 받으셨잖아요."

"제가요?"

이보배는 아라크네가 들고 있는 콜라를 가리켰다. 아라크네의 붉은 입술이 호선을 그렸다.

"저번엔 핫초코였는데 이번엔 콜라인가요? 가격을 너무 깎으시네요."

"부족한 건 작은오빠에게 청구하세요."

"제가 지난번에 해드린 조언도 무시하셨으면서."

아라크네가 뾰로통하게 입술을 모았다. 이보배는 연기하는 게 티 나더라도 얼굴이 예쁘면 괜찮다는 진리를 목격했다.

"조언은 따르지 않았지만 결정하는 데 도움이 되었거든요. 안 될까요?"

"콜라를 다 마실 때까지만 들어드릴게요. 무엇이 고민이신가요? 점포를 낼 위치? 판매 상품?"

"생산계가 몸을 지킬 방법이 없을까요?"

"저런. 이번 일로 충격받으셨구나. 안타까워라."

납치범의 발목을 또각또각 부러뜨리는 이해기를 보고 이보배는 직감했다. 간헐적 과보호가 상시 모드로 전환될 거란 사실을.

한 번 납치로 이보배를 잃은 이해기다. 이번에도 자신 때문에 이보배가 납치당했으니 땅벌 집을 들쑤신 것이나 마찬가지였다.

간헐적 과보호를 몇 번 경험한 이보배가 판단하기에 상시 과보호 모드는 아주 귀찮을 게 분명했다. 이보배가 거부해도 이해기는 동생을 두 번 잃기 싫다고 물러서지 않을 것이었다. 불 보듯 뻔했다.

그렇다면 하다못해 자신을 방어할 능력을 키우면 어떨까. 저절로 그런 생각이 들었다.

"경호원은 어떨까요? 좋은 사람을 소개해 드릴 수 있어요."

"경호는 조금……."

경호 받을 바엔 이해기의 과보호를 받고 만다.

"아티팩트는 어때요? 비싸지만 효과는 확실하답니다."

아라크네가 열 손가락을 모두 채운 반지들을 과시했다.

'설마 저게 다 아티팩트란 소린 아니겠지?'

"아티팩트는 제가 돈이 없어서……."

"아티팩트가 안 되면 스크롤 투척도 안 되겠네요."

감정 스크롤은 그나마 저렴하지만 공격 마법 스크롤은 어마어마하게 비싸다. 이보배가 열심히 고개를 저었다.

"이것도 안 된다, 저것도 안 된다고 해서 죄송해요. 저는 그냥 그러니까……."

이보배는 한현우가 건네준 최루액을 떠올렸다. 직접 써 보니 효과가 확실했다.

"한현우 씨처럼 독이라도 쓸 수 있으면 좋겠구나 싶어서요."

"쓰시면 되잖아요."

"전 독 제조 스킬이 없거든요. 복합계도 아니고……."

"이보배 고객님이 두 가지 착각하고 계신 게 있어서 알려 드릴게요. 이건 정보료 받을 거예요."

아라크네가 검지를 올렸다.

"첫째. 중독시키고 싶은 상대가 몬스터가 아니라 사람이라면 평범한 독이라도 통해요. 물론 스킬로 제작한 독만큼 효과가 빠른 독을 구하려면 어렵겠지만 부탁하시면 업자를 소개해 드릴 수 있어요."

아라크네가 중지도 올렸다.

"둘째. 포이즌 메이커는 전투계 스킬이 아니에요. 생산계 스킬이죠. 이름에도 메이커가 붙잖아요."

아라크네가 약지를 펼락 말락 하며 이보배에게 추파를 던졌다.

"추가금을 내시면 고객님께서 아주 솔깃하실 만한 정보를 알려 드릴 텐데."

"작은오빠 이름으로 달아주세요."

"돈이 아니라 정보는 어떨까요. 이보배 고객님께 아주 특별한 스킬이 있다는 소문을 들었어요."

이보배는 정보가 어디서 샜을까 고민하지 않기로 했다. 〈사랑의 매〉와 〈가장의 위엄〉 중에서 고르라면 단연 〈사랑의 매〉다.

이보배는 〈사랑의 매〉에 대한 정보를 아라크네에게 말했다. 아라크네는 다른 사람과 비슷한 반응을 보였다.

"어머나! 그것참, 고문하기 딱 좋은!"

"사랑의 매라니까요. 제가 가진 애정에 따라 통증 세기가 바뀌어요."

"세상에 아쉬워라. 그렇지만 아주 흥미로운 스킬이에요. 알려주셔서 감사합니다."

이보배는 선불로 지급했다. 아라크네가 정보를 말할 차례였다.

"포이즌 메이커로 유명한 모 연금술사는 포션 메이커 스킬도 갖고 있죠. 그런데 그분은 여타 연금술사처럼 포션 메이커가 가장 먼저 생긴 스킬이 아니래요. 포이즌 메이커가 첫 스킬이었죠."

누구 얘기를 하는지 알 것 같아 이보배는 한현우를 보았다. 한현우는 간간이 웃어가며 이해기와 즐겁게 대화를 나누고 있었다.

"놀랍게도 그분은 각성한 지 얼마 안 되어 포션 메이커 스킬도 획득하셨죠. 어떻게 그런 일이 가능했냐 여쭈니 그 분께서 파라켈수스의 말을 인용해 대답하시길."

독성이 없는 약은 존재하지 않는다. 모든 약은 독이요, 모든 독은 약이다.

"독이든 약이든 쓰임에 따라 이름이 바뀌는 법. 독을 만들 수 있는데 어째서 약은 만들 수 없는지 의문을 품었더니 짜란! 포션 메이커 스킬을 획득하셨다고 해요."

'독은 약이고 약은 독.'

깨달음이 이보배의 머리를 치고 지나갔다. 그 순간 이보배의 귓가에 알림음이 터졌다.

[약과 독의 이치를 깨달았습니다! 비범한 업적!]

[〈포이즌 메이커〉 습득!]

[〈포이즌 메이커〉 E급]

–독을 제조할 수 있다.

이보배는 표정 관리에 실패했다. 입을 벌리고 허공을 응시하는 그녀를 보고 아라크네가 기뻐했다.

"포이즌 메이커는 워낙 희귀한 스킬인지라 정보를 구매한 고객님이 많으셨어요. 그치만 이 정보로 득을 보신 고객님은 이보배 고객님이 처음이세요."

아라크네가 눈을 깜빡였다. 긴 속눈썹이 나풀거렸다.

"축하의 의미로 느끼신 바를 알려주실 수 있을까요? 정보료는 드릴게요."

이보배는 아라크네가 따주고 한 모금도 안 마신 사이다를 원샷했다. 속에서 튀어나오려던 함성이 사이다의 탄산에 주욱 내려갔다.

"생각하시는 액수나 정보라도?"

"그냥 알려 드릴게요. 서비스."

"정말 멋진 고객님이셔."

아라크네가 기대하는 눈빛을 보냈다. 이보배는 기대에 화답했다.

"주인공 버프요."

"네?"

"주인공 버프를 받으면 돼요."

어이없어하는 아라크네를 뒤로하고 이보배는 오빠들을 향해 걸었다. 대화를 마친 작은오빠가 손을 흔들고 있었고 큰오빠와 막내 오빠는 매점에 들렀는지 간식을 잔뜩 들고 왔다.

귀환자, 회귀자, 환생·빙의·기억상실. 개성 가득한 주인공의 여동생이지만 그녀 또한 주인공이라는 이해기의 말을 가슴에 새겼다. 그렇지만 실감하지 못했었다.

〈포이즌 메이커〉 스킬을 획득하는 순간 형언할 수 없

는 고양감이 이보배를 채웠다. 일시적인 뿌듯함일지라도 상관없다. 이보배는 자신이 지금 이 순간의 주인공임을 깨달았다.

그리고 앞으로도. 이보배는 인생의 주인공일 것이다.

"무슨 얘기를 그리 재밌게 했어?"

"아, 보배야. 낮에 네가 말한 영화 말인데."

"아아아아악! 안 들린다!"

〈완결〉